AF397375

Elisabeth Marienhagen wurde 1961 in Zweibrücken geboren. Ihr Interesse am Erzählen eigener Geschichten erwachte früh und sie fand in ihrer Familie geduldige Zuhörer. Nach dem Abitur studierte sie in Erlangen und arbeitete eine Zeit lang am Institut für Geschichte der Medizin. Inzwischen lebt sie mit Mann und ihrem Mops Bruni in einer Stadtrandgemeinde von Regensburg. Die Autorin schreibt in diversen Genres. Seit Herbst 2016 vertritt Alisha Bionda von der Agentur Ashera ihre Werke.

Elisabeth Marienhagen

IN ZEITEN DER HOFFNUNG

Das Erbe der Winzerfrauen

Erstausgabe November 2024

Copyright © 2024 dp Verlag, ein Imprint der
dp DIGITAL PUBLISHERS GmbH
Made in Stuttgart with ♥
Alle Rechte vorbehalten

In Zeiten der Hoffnung

ISBN 978-3-98998-637-4
E-Book-ISBN 978-3-98778-170-4

Covergestaltung: Anne Gebhardt
Umschlaggestaltung: ARTC.ore Design
Unter Verwendung von Abbildungen von
stock.adobe.com: © 昊 周
shutterstock.com: © Antonio Guillem
elements.envato.com: © LightFieldStudios
Lektorat: Sandra Effert
Satz: dp DIGITAL PUBLISHERS GmbH
Druck und Bindung: Books on Demand GmbH, Norderstedt

*Dieses Buch widme ich meiner Mutter Anne –
die Erzählungen deiner Kindheit leben in Ellas Geschichte weiter.*

Vorwort

„Unsere Sprache kann man ansehen als eine Stadt: Ein Gewinkel von Gäßchen und Plätzen, alten und neuen Häusern, und Häusern mit Umbauten aus verschiedenen Zeiten; und dies umgeben von einer Menge neuer Vororte mit geraden und regelmäßigen Straßen und mit einförmigen Häusern." Ludwig Wittgenstein

In diesem Buch betreten wir alte Teile dieser ‚Stadt' und begegnen Wörtern, die unser heutiges Sprachempfinden verletzen. Wir reden nicht mehr von Krüppeln oder Irrenanstalten, es sei denn, in einem herabsetzenden Zusammenhang. Doch die Deutsche Vereinigung für Rehabilitation" (DVfR) wurde am 14. April 1909 als ‚Deutsche Vereinigung für Krüppelfürsorge' gegründet und das spätere Landeskrankenhaus Merzig hieß bei der Einweihung 1876 ‚Rheinische Provinzial-Irrenheilanstalt Merzig'.
Wie jede Sprache ist auch die der Medizin einem stetigen Wandel unterworfen. Die Diagnose ‚seniles Irresein', so verletzend sie in unseren Ohren auch klingen mag, entspricht dem damaligen Stand der psychiatrischen Diagnostik und wurde in Lehrwerken benutzt (siehe Quellen). Das aufgeklärte Arzt-Patienten-Verhältnis unserer Tage existierte in der Zeit nicht, in der dieses Buch spielt.

Während des Nationalsozialismus häufig benutzte Begriffe wie ‚Volksgesundheit‘, ‚lebensunwertes Leben‘, ‚Euthanasie‘ und ‚Gnadentod‘ sollten bei der Bevölkerung für die Akzeptanz der Maßnahmen sorgen, die im Zusammenhang mit Krankenmorden im Rahmen der Aktion T4 standen. Trotzdem flammte Widerstand auf. Im August 1941 wurde die Aktion offiziell beendet, aber die Krankenmorde gingen auch ohne Transporte zu Tötungsanstalten unauffällig weiter: Durch absichtliche Vernachlässigung, fehlende Behandlung, tödliche Medikamentendosen oder Essensentzug kamen ca. 130.000 Patienten zu Tode. Während der Nazizeit fielen ungefähr 200.000 Menschen der Euthanasie zum Opfer, 400.000 Menschen wurden zwangssterilisiert.
Bischof Graf von Galen hat in seiner bekannten Rede gegen die Krankenmorde vom 3. August 1941 die Wörter ‚Krüppel‘ und ‚Invalider‘ benutzt (siehe Quellen). Die Begriffe hatten damals unterschiedliche Bedeutungen. Krüppel stand für einen Menschen mit einer angeborenen Behinderung; Invalider hingegen für Menschen mit einer durch Unfälle oder im Krieg erworbenen Behinderung. Diese Begriffe, die in von Galens Predigt dazu dienen, möglichst alle Gruppen anzusprechen und einzuschließen, habe ich darum im Text übernommen. Hier ist es meiner Meinung nach wichtig, den Zusammenhang zu beachten, in dem diese Begriffe stehen.
In meinem Roman habe ich mir zudem die künstlerische Freiheit genommen, einige historische Gegebenheiten in Leiwen anzupassen.

Teil 1

Siegreiche Zeiten?

1940-1941

Ein Gespräch im Kuhstall

18. Juni 1940

Bloß nichts verschütten! Ella Gronau kippte kuhwarme Milch aus dem Melkeimer in die große Aluminiumkanne. Beim Eingießen plätscherte es, ein paar Blasen stiegen auf und zerplatzten. Lästige Fliegen schwirrten gefährlich nah um die Kanne herum. Und jetzt: *Schnell!* Rasch stülpte Ella den Deckel auf die Öffnung, bevor eins der dummen Biester einen Luftangriff probte und die Milch attackierte. Nur noch den Eimer reinigen, kopfüber im Holzgestell zum Trocknen aufhängen und fertig. Die Schweine hatten sich grunzend und schmatzend über das Futter in den Trögen hergemacht, draußen in der Wiese gackerten Hühner.

Henri, der neue Knecht, ächzte, als er eine mit Mist beladene Schubkarre Richtung Tür bugsierte. Eine Fuhre, die viel zu groß und schwer für ihn aussah. Vor zwei Wochen hatten ihre Eltern ihn beim ersten Kennenlernen vom Fleck weg eingestellt. Immerhin herrschte seit fast einem Jahr Krieg und sie brauchten dringend Helfer auf dem Hof. Ein Handschlag genügte, um den Vertrag zu schließen. Der Vater des Jungen war mit einem Stück Butter, einer Hartwurst und der Aussicht auf einen Sack Lagerkartoffeln im Herbst hochzufrieden nach Trier abgezogen. Dass der neue Knecht bereits fünfzehn und über ein Jahr älter als sie war, konnte Ella anfangs kaum fassen. Mit ihren ein Meter und siebzig überragte sie zwar auch die meisten ihrer Freundinnen um ein Stück, dennoch hätte sie bei diesem Jungen bestenfalls auf einen zu mickrig geratenen Zwölfjährigen getippt. Die Frauen im Haus, allen voran ihre Köchin, hatten den schmächtigen Kerl inzwischen ein bisschen aufgepäppelt. Ella eilte zur Stalltür voraus, die sie weit öffnete. Mit der Schubkarre, die schlingerte, rumpelte der Knecht an ihr vorbei. Sie lugte auf den Hof und schloss kurz die Augen. Genüsslich sog sie den Sauerstoff in ihre Lungen; die Sonnenstrahlen kribbelten in ihrer Nase. Sie nieste.

„Gesundheit!" Der Knecht hatte es zum Misthaufen geschafft, wo er die Ladung auskippte.

„Danke! He du, Henri, das geht schon viel besser als am Anfang."

„Find ich auch." Er setzte die leere Karre ab und spannte seinen Bizeps an. „Guck mal, ich habe in den Armen richtig Muskeln gekriegt."

Die Kühe muhten aufgeregt. Kein Wunder, sie wollten hinaus auf die Weide. Ella griff nach einem langen Stab, der am Eingang neben der Tür lehnte, und ging auf Henri zu, der die Schubkarre an ihren Platz stellte.

„Hier bitte." Sie reichte ihm den Stecken. „Ich lasse jetzt die Kühe von der Kette."

„Dann schaue ich vor zur Straße, ob ein Auto kommt." Der Junge rannte über den Hof. „Hier ist alles gut."

„Prima!" Ella befreite die Tiere mit geübter Hand. „Na, dann, hinaus mit euch, meine Damen!"

Bessie, die Leitkuh, stapfte als Erste los, die anderen folgten. Nur Milly hatte Stallarrest. Sie war brünstig und sollte heute noch auf den Nachbarhof zum Stier geführt werden. Das Tier zerrte an seiner Kette und brüllte herzzerreißend, weil es der Herde folgen wollte.

„Beruhig dich!" Ella tätschelte der Kuh den Hals. „Sonst denkt Onkel Alphons Prachtbulle noch, dass du etwas gegen das Stelldichein mit ihm einzuwenden hast. Schön brav sein. Ich gucke später noch einmal nach dir, versprochen."

„Du, Ella, da hupt einer! Ich glaub, der kommt mit einem ziemlichen Karacho an."

„Ich bin gleich bei dir." Sie rannte los.

Mit nach vorn ausgestreckten Armen und erhobenen Händen lief Henri dem Wagen auf der mit Lehmbatzen verdreckten Straße entgegen. Das Auto war schwarz, die Felgen rot.

Ella kannte den Mann hinter dem Steuer. Er bremste, aber die Reifen rutschten.

„Henri, weg da!" Wie zu einer Salzsäule erstarrt, blieb Ella stehen. Doch der Schlag und die Schmerzensschreie, die sie erwartet hatte, blieben aus: Henri hechtete zur Seite. Wie ein Bodenturner bei der Olympiade rollte er sich ab, nutzte den Schwung und landete auf seinen Füßen. Ein paar Schritte stolperte er vor. Hatte die Motorhaube ihn touchiert?

„Henri?! Bist du verletzt?"

„Nein! Ich glaube nicht." Er drehte sich langsam zu ihr um; totenbleich sah er aus. „Ich hab mich nur furchtbar erschrocken. Ich dachte, die Kühe gehen durch!"

Obwohl einige Tiere den Kopf wandten, stapfte der Rest gelassen hinter Bessie her. Johann Lauterer kurbelte das Seitenfenster seines Opel Admirals herunter. „Geht's noch langsamer? Schafft gefälligst die Viecher von der Straße, statt Maulaffen feilzuhalten."

„Kühe … haben Vorrang vor Automobilen!", zischte Henri.

Ellas Knie zitterten wie Lämmerschwänze. „Wenn er nicht so schnell reagiert hätte …"

„… wäre dem auch nichts passiert." Johann trommelte mit den Fingern gegen das Lenkrad.

„Von wegen! Du hast Henri beinahe überfahren."

„Blödsinn! Ich habe den Wagen im Griff."

„Und was ist mit den Kühen?" Von Johann würde Ella sich nicht unterbuttern lassen. „Wo haben die ihre Bremsen? Wenn die in Panik geraten wären!"

„Sind sie aber nicht, also verzieht euch."

Henri umklammerte den Stock mit beiden Händen und sah aus, als ob er Johann am liebsten eins damit überbraten würde. Ella hätte Beifall geklatscht.

„Aus dem Weg!" Johann ließ den Motor aufheulen. „Wird's bald!"

„Ella, komm!" Henri packte sie am Arm und zog sie ein Stück mit.

Obwohl immer noch Nachzügler der Herde vom Hof auf die Straße stapften, fuhr Johann zwischen den Tieren durch. Nach ein paar Metern bog er rechts auf den Hof der *Blauen Forelle* ein, wo er den Wagen parkte. Er stieg aus. Von der Gestalt her glich er seiner molligen Mutter, lediglich die Anlage zur Stirnglatze hatte er von seinem hochgewachsenen Vater geerbt. Die Autotür knallte ins Schloss, laute Schritte, eine kurze Pause, die

Haustür schepperte. Seine Eltern blieben bis spät in die Nacht wach, spülten Gläser, leerten Aschenbecher und räumten die Gastwirtschaft auf. Die schliefen um die Zeit meist noch – und diese Pestbeule machte einen solchen Radau?

„Was ist das denn für ein Idiot?" Henri trottete neben ihr die Straße hinunter.

„Sag das nicht zu laut, der arbeitet bei der Gestapo. In der Zweigstelle Trier."

„Ach, in der Christophstraße."

„Tut mir leid." Ella zuckte mit den Schultern. „Ich kenne mich in der Stadt nicht aus."

„Das Haus ist einfach zu finden. Wenn du dich vom Bahnhof aus auf der linken Seite der Nussbaumallee Richtung Porta Nigra hältst, kommst du am Platz mit dem Balduinsbrunnen und einem großen grauen Gebäude vorbei. Früher war da drin die Bahndirektion untergebracht, jetzt gehört's der Gestapo."

„Seit der Johann dort eine Abteilung leitet, hält er sich für den Allergrößten. Dabei lebt er noch bei seinen Eltern. Obwohl er gut verdient und beinahe dreißig Jahre alt ist."

„Ein Muttersöhnchen? Kein Witz?" Henri machte Augen groß wie Untertassen. „Also das …"

„Nicht so laut!"

Er verstummte und sah sich nach allen Seiten um. Die Herde marschierte unterdessen gemächlich weiter.

Hatte sie zu harsch reagiert? „Da darfst du zum ersten Mal das Vieh allein zur Weide bringen und hast gleich ein Abenteuer erlebt."

„Und ich hatt vorher Muffensausen wegen der Kühe." Henri grinste. „Das is jetzt wie weggeblasen. Es sind die

Menschen, vor denen wir uns in Acht nehmen müssen."

Dass er seine Bedenken wegen der Tiere offen vor ihr zugab, imponierte Ella. Ein echter deutscher Bub kannte schließlich keine Angst – *weder vor dem Kampf mit dem Feind noch vor dem Heldentod auf dem Feld für den Führer.*

„Henri, über deinen Sprung habe ich Bauklötze gestaunt. Der war phänomenal! Ehrlich, ich bewundere dich. Mich hätte das Auto bestimmt erwischt."

„Ich bin ein ziemlich guter Sportler. Also eher ein Läufer, nicht so der Weit- und erst recht kein Hochspringer – und ich mag längere Strecken. Letztes Jahr hab ich bei ner Landesmeisterschaft ein 5000-Meter-Rennen gewonnen." Er wurde rot. „Ich wollt nit prahlen - und jetzt kümmere ich mich um die Kuh, die im Hof rumtrödelt."

In aller Seelenruhe knabberte Molly, eine eigensinnige Schwarzgescheckte, dort an ein paar Halmen.

„Hör mal, Henri, wenn sie gar nicht will, gib ihr einen kleinen Klaps auf das Hinterteil oder klatsch laut in die Hände."

Er versuchte es mit der zweiten Variante und Molly setzte sich in Bewegung. „Ella, guck mal, es funktioniert."

„Gut gemacht!" Sie mochte ihn dafür, dass er nicht von vornherein auf das Tier eindrosch, gleich noch ein Stück lieber. „Jetzt musst du flott hinter den anderen her."

„Die hab'n wir gleich eingeholt." Henri schwenkte den Holzstab und rannte los. „Hopp, Molly, zeig der Ella, wie schnell du laufen kannst."

Sie sah dem ungleichen Gespann nach und schmunzelte. Dank Johanns unrühmlichem Auftritt war Henri sichtlich aufgetaut und hatte mehr geredet als in den gesamten zwei Wochen zuvor. In den ersten Tagen hatte er nur geguckt und Essen in sich hineingeschaufelt: Er stammte aus einer Trierer Familie mit sechzehn Kindern. Seinem Essverhalten nach zu schließen, war er dort mehr als einmal hungrig vom Tisch aufgestanden. Ein schmales Gesicht, mausbraune Haare und dunkle Augen mit wachem Blick zeichneten ihn aus. Kein idealer Arier, was im Übrigen für die meisten Dorfbewohner galt.

Ein durchdringendes ‚Möh‘ riss Ella aus ihren Gedanken.

„Erinnerst du mich an mein Versprechen, Milly? Ich komme ja schon.“ Sie marschierte zu der Kuh in den Stall, kraulte das Tier zwischen den Ohren und vertrieb nebenher ein paar dreiste Fliegen. „Henri ist nett, oder was sagst du?“

Milly rieb ihre breite Stirn an Ellas Hand.

„Das werte ich als Zustimmung. Tja, und wenn wir beide uns so richtig an ihn gewöhnt haben … Ach, dieser dumme Krieg!“ Ella musste unwillkürlich an die Strichliste denken, die ihre Mutter führte: In genau einem Jahr, zwanzig Wochen und einem Tag feierte ihr älterer und einziger Bruder Martin seinen achtzehnten Geburtstag und das hieß: Einrücken. Falls Hitler bis dahin den Sieg nicht längst in der Tasche hatte. Woran derzeit niemand zweifelte. Ellas Trübsal verflog wie Nebelschwaden in der Mittagssonne und in ihrem Geist erklang triumphierend die Fanfare, die im Radio Neuigkeiten von der Westfront ankündigte. Vor jeder Meldung spielten sie ein paar Takte des Lieds ,Wacht am Rhein‘. Heute Früh hatte der Sprecher mit seiner etwas schnarrenden Stimme die Sondermeldung aus dem Führerhauptquartier gebracht, dass Frankreich gefallen war. Keine große Überraschung nach den Berichten der vorherigen Tage und Wochen. Erst hatten Hitlers Truppen neutrale Länder wie Norwegen, Dänemark, Belgien, Luxemburg und die Niederlande angegriffen. Natürlich nur in bester Absicht, um den Eroberungsplänen des Feindes zuvorzukommen. Und was Ella irgendwo sehr seltsam fand: Die Fragen nach den Reaktionen der Engländer auf Hitlers militärische Erfolge nahmen – abgesehen von den Fotos - beinahe einen genauso großen Raum ein wie die Artikel über die triumphalen Siege. Die deutschen Truppen überrannten Frankreich. Statt des monatelangen Sitzkriegs herrschte schlagartig Blitzkrieg. Im Feindesland fiel eine Festung, eine Stadt, eine Verteidigungslinie nach der anderen, einschließlich Paris. Und Ella konnte mit ganz Wingert darauf wetten, dass jeden Tag, den Gott werden ließ, irgendwo auf der Titelseite ihres Nachrichtenmagazins in großen Lettern das Wort *England* in einer Überschrift auftauchte. Warum zum Teufel? Ob Hitler wirklich derart wichtig vorkam, was Englands Premierminister Winston Churchill über ihn dachte? Vermutlich – und noch etwas war wie verhext. Sobald Ella an Radiomeldungen dachte, kreiselte die Melodie der Fanfare samt Refrain penetrant in ihrem Kopf herum: ,Lieb Vaterland, magst ruhig sein, fest steht und treu die Wacht, die Wacht am Rhein. Fest steht und treu ...‘ *Genug davon.* Ihr war jedes Mittel

Recht, den Ohrwurm loszuwerden, also nahm sie die Unterhaltung mit der Kuh wieder auf. „Die Deutschen haben in Frankreich gesiegt, ist dir das klar?"

Milly hatte sich beruhigt und kaute ungerührt von der Neuigkeit auf ein paar Heuhalmen herum.

„Das, meine Liebe, ist die größte Meldung des gesamten bisherigen Krieges. Wir haben natürlich gejubelt." Laut genug, dass kein Nachbar Beschwerde über den mangelnden Enthusiasmus der Gronaus einlegen konnte. Sogar eine Fahne hatte ihr Vater pflichtschuldig herausgehängt, sonst hagelte es anonyme Anzeigen. Im schlimmsten Fall winkte ihm das Konzentrationslager in Hinzert bei Trier. Nazis erzogen dort Häftlinge mit falscher politischer Gesinnung um. „Und was ist mit dir? Du sagst nicht einmal ‚Muh'? Weißt du, ich ..." Erschrocken klappte Ella den Mund zu. Ihr wäre beinahe herausgerutscht, dass sie von Milly ein bisschen mehr Begeisterung für die genialen Leistungen des größten Feldherrn aller Zeiten erwartet hätte. Ob Hitler wirklich unschlagbar war? Wegen Martin hoffte Ella mit aller Kraft auf ein schnelles Ende des Krieges. Doch wie die meisten im Ort glaubten weder sie noch ihre Eltern daran, dass der Friedensvertrag mit Russland halten würde. Mehr Lebensraum für die Deutschen im Osten? So ein Unfug. Was sollte denn mit den Menschen geschehen, die dort lebten? Und welcher Deutsche wollte tausende Kilometer weit weg von der Heimat an den Ural verfrachtet werden? Niemand! Zumindest keiner, den Ella kannte. Puh, ein Glück, dass ihr nichts davon aus Versehen herausgeplatzt war: „Ich hoffe, dass das mit dem Decken heute klappt und du danach ein Kälbchen erwartest. Das wäre schön, stimmt's?"

Aus dieser Bemerkung konnte ihr selbst ein überzeugter Nazi keinen Strick drehen. *Trotzdem ...* Sie biss die Zähne fest aufeinander. Sie musste besser aufpassen, was sie sagte. Denn wenn im Dorf irgendwie ruchbar wurde, wie viel sie im Laufe der Zeit aus mehr oder weniger ,zufällig' abgelauschten Gesprächen zwischen Vater und Bruder tatsächlich über Nutzvieh und ihre Fortpflanzung gelernt hatte, würde ihrer Familie die geballte Empörung der Dorfgemeinschaft entgegenschlagen – angeführt von Dörte Kornbach. Die linientreue Frau des Dorfwarts sah in Adolf Hitler offenbar eine Art Messias. Nein, Ella durfte sich keinen Patzer erlauben! Ihre Eltern hatten ohnehin zu kämpfen, weil sie als politisch unzuverlässige Judenfreunde galten. Wenn dann noch herauskam, wie frei sie ihre Tochter erzogen ... Unterhaltungen, bei denen es um Sachen wie Brunft und Bespringen ging, wurden nicht vor Mädchen oder Frauen geführt. Die waren reine Männersache – von jeher gewesen. Und Ella musste ihr unziemliches Wissen vor allen Außenstehenden verbergen und so tun, als ob sie in der Hinsicht ein unbedarftes Gänschen war. Wieso eigentlich? Was war so schlimm daran, Ahnung von solchen Themen zu haben? Zu wissen, was die Beschaffenheit des Schleims bedeutete, den stierige Kühe absonderten? Welchen Sinn machte die Regel, dass Mädchen nichts über das Entstehen von Leben erfahren sollten? In der Rüstungsindustrie arbeiten und tödliche Waffen herstellen, durften sie hingegen. Wie ungerecht und widersinnig!

„Ach, Milly." Ella hielt den Blick gesenkt und musterte unwillkürlich den Boden. Henri mistete den Stall viel ordentlicher aus als ihr Bruder. „Warum muss Englands Premierminister so stur sein? Kann Winston Churchill nicht einfach einen Friedensvertrag unterschreiben? Dann wäre der Krieg vorbei. Aber nein, er spuckt lieber Gift und Galle."

Lauschangriff?

In der Küche drückte ihre Mutter Ella den Proviant für den Vater in die Hand. „Den hat er stehen lassen!"

„Ich bin schon unterwegs." Ella spurtete los.

Ein Glück! Ihr Vater war noch da und hievte die letzte Milchkanne für die Sammelstelle auf die Ladefläche.

„Mit lieben Grüßen von Mama." Sie reichte ihm den Korb.

„Richte ihr meinen besten Dank aus."

„Ist Henri schon zurück?"

Ihr Vater schüttelte den Kopf. „Machst du dir Sorgen?"

„Nein, gar nicht! Er ist sogar ruhig geblieben, als Johann ihn vorhin fast überfahren hat."

Ihr Vater hatte die beiden belgischen Kaltblutwallache bereits eingespannt. „Wie bitte?"

Sie erzählte ihm, was passiert war, während er den Korb mit Butterbroten, Dauerwurst und Wasserflasche samt Bügelverschluss in das Staufach unter der Sitzbank stellte.

„Der kann froh sein, dass ich nicht darauf zugekommen bin." Die Stimme ihres Vaters wurde mit jedem Wort lauter. „Dieser verantwortungslose Id..."

Ella sah sich um. Was, wenn jemand lauschte? „Pst, sag es nicht, Papa."

Er brach mitten im Wort ab und sie horchten. Eins der Pferde schnaubte. Eine Fliege surrte an Ellas Ohr vorbei. Ein dumpfes ... Hatschi?

„Bist du das, Henri?", rief ihr Vater.

„Nein, Matthias, ich bin es. Heil Hitler!" Dörte Kornbach, eine Frau Anfang vierzig, trat hinter der Mauer beim Misthaufen hervor, lachte affektiert und hob den Arm zu einem vorbildlichen Führergruß. Angeblich hatte sie früher einmal als hübsch gegolten. Ella fand es schwer vorstellbar, weil alles - bis auf die schrille Stimme - an dieser Frau schlaff und fade wirkte – die Haut, die stumpfen aschblonden Haare, die wässrig blauen Augen.

Ihr Vater erwiderte den Gruß, wenn auch nicht ganz so zackig und akkurat. „Was treibt dich so früh am Morgen zu uns?"

Auch Ella hob die Hand, denn Dörte war eine, die für irgendwelche eingebildeten Verfehlungen oder Unterlassungen umgehend Meldung bei Gestapo-Johann machte.

Ihre Besucherin wedelte mit einer Liste. „Ich komme wegen Eisenspenden, Matthias. Ihr besitzt sicher noch einige alte Töpfe und Pfannen?"

Er runzelte die Stirn. „Das würde mich wundern. Wir haben letztes Jahr alles gegeben, was wir konnten."

Dörte ließ nicht locker. „Aluminium wird auch gebraucht."

„Bitte, geh rein." Er machte eine einladende Bewegung. „Ob zwischenzeitlich etwas kaputtgegangen ist, musst du meine Frau fragen."

„Dann werde ich das tun." Dörte klopfte an die Haustür und wenig später bat Magdalena die Besucherin herein.

„Hat sie uns ausspioniert?", fragte Ella ihren Vater im Flüsterton.

„Die Wände haben Ohren – das dürfen wir nicht einen Augenblick vergessen." Er griff nach den Leinen des Fuhrwerks. „Gut, dass du mich gewarnt hast."

Die Pferde schnaubten, irgendwo bellte ein Hund. In der Ferne kündete ein vergnügtes Pfeifen Henri an. Es wurde rasch lauter. Kurz darauf winkte er ihnen von der Hofeinfahrt zu, flitzte näher und sah zu ihrem hochgewachsenen Vater auf. „Die Kühe sind auf der Weide, Herr Gronau. Und das Gatter habe ich zugemacht. Das hält bombenfest. Ich hab's zweimal überprüft."

„Stell dich nicht vor die Deichsel, Junge, das ist gefährlich. Komm her zu Ella und mir und hol dir dein Lob ab."

„Oja, Papa, das hat er verdient. Ich bin heilfroh, dass wir jetzt einen Knecht haben, der uns unterstützt. Sonst hätte ich bald das breite Kreuz und die Arme eines Preisboxers gekriegt, so oft wie ich Martin in letzter Zeit bei den Stallarbeiten vertreten musste."

„Das möchte ich sehen, du Flederwisch im Ring."

„Ich auch!" Henri hielt lieber einen halben Meter Abstand von den großen, schweren Pferden.

„Ella, deine Gegner würden es ohnehin nicht übers Herz bringen, dich zu prügeln, sondern kampflos aufgeben." Ihr Vater strich sich durch das kurze graue Haar, zwinkerte ihnen zu und wies zum Stall. „Die

Milly bringt ihr bitte gegen elf zu Onkel Alphons. Besprochen ist es. Am besten huschst du vorher trotzdem kurz zu ihm hinüber und fragst, ob es ihm um die Zeit auch passt."

„Oh, verkaufen Sie die dem, Herr Gronau?"

„Ich selbst besitze keine Zuchtbullen. Die Milly muss aber ein Kälbchen haben, sonst versiegt ihre Milch über kurz oder lang."

„Ach so, und ich dachte, zum Milchgeben reicht es, wenn eine Kuh einmal im Leben ein Kälbchen gehabt hat."

Ella musste über das Stadtkind schmunzeln. „Schön wär's."

„Von dem Soll an Milch, das Milly bringen müsste, ist sie leider weit entfernt."

„Das bleibt unverändert hoch. Ganz egal, was mit den Kühen ist." Sie fand das ungerecht.

In dem Moment trat Dörte aus der Haustür. „Einen Aluminiumeimer könnt ihr entbehren. Also hat sich das Nachfragen gelohnt. Morgen komme ich mit dem Bollerwagen und hole die Sachen ab." Nach einem ‚Heil Hitler' stob sie in Richtung *Blaue Forelle* davon.

„Darf ich Sie noch etwas fragen, bevor Sie losfahren, Herr Gronau?"

„Schieß los, Junge."

„Was passiert mit der Milly, wenn es nicht klappt mit dem Kälbchen?"

„In dem Fall bleibt mir nichts anderes übrig, als sie zum Abdecker zu bringen."

„Papa!", entfuhr es Ella wider besseres Wissen.

„Und wie ist das, wenn Kühe krank werden und gar keine oder nur ganz wenig Milch geben?", bohrte Henri weiter.

„Wenn wir nicht genug Milch abliefern, muss Papa Strafe zahlen." Ella presste die Zähne aufeinander, damit sie nicht lauthals los schimpfte.

„Oh! Das ist ja wie zweimal Prügel für eine schlechte Note."

„Du hast es erfasst." Ihr Vater lächelte flüchtig. „Die strengen Maßnahmen sollen verhindern, dass wir Bauern unter der Hand Produkte abzweigen und auf eigene Faust verkaufen. So gesehen sind sie sinnvoll und ich kann es den Behörden nicht einmal verdenken. Mich stört lediglich, dass die gesamte Bauernschaft wegen der Habsucht und Betrügereien Einzelner über einen Kamm geschoren wird."

Hatte er jemand Bestimmten im Sinn? Nachzuhaken wagte Ella nicht. Er machte eine wegwerfende Handbewegung. „Mich deswegen aufzuregen, lohnt nicht. Ich kann es eh nicht ändern. Bis heute Abend, ihr zwei, es wird spät werden."

„Komm gut zurück, Papa." Ella umarmte ihn fest.

„Auf Wiedersehen, Herr Gronau."

Kurz darauf kutschierte ihr Vater das Gefährt vom Hof und bog auf die Straße in Richtung Trier ein.

Henri sah so aus, als ob er etwas sagen wollte. Es dauerte einen Moment, bis er sich überwand. „Du sagst Papa zu deinem Vater? Kriegst du da keinen Ärger mit ihm?"

„Nein, weshalb sollte ich?"

„Na, weil das typisch für Franzosenkinder ist und es ein schlechtes Licht auf euch wirft."

„Pff!" Ella faltete ihre Arme vor der Brust. „Zuhause nenne ich meinen Vater, wie ich will."

„Wohin fährt er eigentlich?"

„Nach Thalfang in den Wald. Mit anderen Männern, die er unterwegs aufliest, muss er dort Holz schlagen. Sicher begleitest du ihn später einmal zu solchen Einsätzen. Die Arbeit ist anstrengend."

„Wieso macht er das? Ihr habt auf dem Hof doch genug zu tun?"

„Es ist eine kriegswichtige Aufgabe, die erledigt werden muss. Mein Vater ist gesetzlich dazu verpflichtet. Jeder Deutsche übrigens! Für Laster sind die Hänge zu steil, darum rekrutieren sie Leute mit Pferdewagen."

„Und wofür ist das viele Holz?"

„Für alles Mögliche. Was weiß ich? Vielleicht für Schanzen- oder Behelfsbrücken?" Ella dachte nach. Der Vater einer jüngeren Klassenkameradin arbeitete als Schaffner in der Bimmelbahn nach Trier und das Mädchen hatte vor Kurzem aus dem Nähkästchen geplaudert. „Außerdem baut die Reichsbahn das Schienennetz im Osten aus und die Bohlen für neue Trassen sind aus ..."

„... Holz."

„Genau", antwortete sie.

„Im Osten war ich noch nie!" Henri beschirmte seine Augen mit der Hand und sah in den blauen Himmel. „Ob es dort auch so heiß wird wie heute und hier?"

Sechsundzwanzig Grad hatte der Radiosprecher angekündigt. „Angenehm warm trifft es eher. Aber du hast schon recht: Wie viele Stunden Vater bis nach Thalfang braucht oder ob er im Hochsommer unterwegs einen Sonnenstich kriegt, ist den Beamten hinter ihren Schreibtischen vollkommen egal. Dienst ist Dienst, Pflicht ist Pflicht. Hauptsache, sie können in irgendeine Liste ein Häkchen setzen, einen Stempel auf das Papier drücken und ihrem Chef das Blatt zur Unterschrift vorlegen. Zuletzt heften sie es in den Ordner, auf dem ‚Erledigt' steht. Punktum, das war es."

Die Kirchenglocke läutete. Noch eine halbe Stunde bis zur Messe! Und irgendwo ungerecht, dass außer Schulkindern nur unverheiratete Frauen und Mädchen jeden Morgen hingehen mussten, weil es zu ihren unverrückbaren Pflichten gehörte.

„Ich spalte inzwischen Holz." In der Scheune riss Henri die Axt aus dem Hauklotz. „Davon krieg ich Muskeln. Ruft ihr mich, wenn's Frühstück gibt."

„Keine Angst, wir vergessen dich nicht." In der Wasserschüssel, die im Stall auf einem alten Hocker bereitstand, schrubbte Ella mit Kernseife und Bürste den Dreck unter den Fingernägeln weg. Die nassen Hände wischte sie an ihrer Arbeitshose ab. Heute würde sie auf gar keinen Fall zu spät zur Frühmesse kommen und indignierte Blicke frommer alter Damen oder ihrer ehemaligen Lehrerin ernten! Ella sah ihre Handknöchel an, die noch bis vor Kurzem so manchen Hieb einstecken mussten. Biestig weh tat das. Erleichtert seufzte sie auf. Schulzeit und Schläge gehörten seit Ostern der Vergangenheit an. Sie hatte ihre Jahre im Klassenzimmer ‚abgesessen' und das Abschlusszeugnis in Empfang genommen – gar kein so schlechtes. Auf einmal stutzte sie. *Himmel, was war denn das für ein Lärm? Diese aufgebrachten Stimmen?!*

Die leere Schnapsflasche

Beunruhigt flitzte Ella quer durch die Scheune zum Anbau, aus dem laute Stimmen drangen. Großvater Gustav, ihr Bruder Martin und seit Neuestem auch Henri hausten hier im ‚Männertrakt‘. In dem Moment als sie die Klinke fassen wollte, riss Ida die Tür auf und Ella griff ins Leere.

„Mir reicht's! Die elende Sauferei von dem Alten. Wat bildet der sich ein? Irgendwann kündig ich und such mir wat anderes!" Die Finger der Magd, die dort eigentlich die Zimmer kehren und den Pinkelpott des Großvaters nach draußen tragen und ausleeren sollte, umklammerten den Hals einer leeren Schnapsflasche. Ida hielt das Ding so, als ob sie einen damit erschlagen wollte. Mit hochrotem Gesicht und zusammengekniffenen Brauen machte sie direkt vor ihr Halt. „Wenn dat hier so weitergeht, bin ich weg!"

Die Worte trafen Ella wie ein Schlag. „Meinst du das Ernst? Willst du uns verlassen?"

Ida kannte Ella seit dem Tag ihrer Geburt. Für sie gehörte die Magd genauso zur Familie wie Traudl, die Köchin, oder Tante Lydia, die tatsächlich eine Verwandte war.

„Komm sofort zurück, du dumme Gans!", polterte der Großvater in seinem Zimmer.

„Also dat eben ..." Ida ließ die Hand mit der Flasche sinken, pfefferte die Tür zum Anbau ins Schloss und strich ihren Rock glatt. „… ist mir im Ärger rausgerutscht. Ich mein dat nit wirklich.“

Für ihr Alter, Ida zählte ein gutes Stück über dreißig, sah sie noch sehr flott aus. Und wenn sich mal ein Transport mit Soldaten nach Wingert verirrte, pfiffen ihr die Kerle hinterher.

„Du bleibst also hier?“, fragte Ella.

„Natürlich! Wo sollt ich denn hinwollen?“

„Komm her, du! Wird’s bald!“, brüllte Gustav.

„Puh, Großpapa scheint wieder einmal sehr schlecht gelaunt zu sein.“

„Der is halt ganz anders als früher.“

Das stimmte leider. Wenn Ella ihn beschreiben müsste, dann mit dem Wort ‚Launenhaft‘. In der einen Minute lieb und nett und im nächsten Moment aufbrausend und ungeduldig. Meist ohne Grund, oft auch, weil ihm etwas misslang. Manchmal schaffte er es nicht, die Hose rechtzeitig zu öffnen und schimpfte wegen der vielen Knopflöcher laut drauflos. Er brunste auch oft neben den Pinkelpott. Und es war nun wirklich kein Vergnügen, die Pfützen aufwischen zu müssen. Inzwischen müffelte sein ganzes Zimmer trotz der Gummimatte, die den Urin daran hindern sollte, in die Ritzen zwischen den Holzdielen zu laufen. Mitunter haftete ihm sogar selbst ein unappetitlicher Geruch an. Auf die Idee, seine Kleidung zu wechseln, kam er deswegen noch lange nicht, obwohl ihm ihre Mutter Magdalena Wechselwäsche herauslegte.

„Noch vor einem Jahr war dat ein so feiner Herr. Der nie wat gemacht hat und jetzt?“

Sie schwiegen beide. Gustavs Benehmen gehörte wie die Politik zur Rubrik ‚heikles Thema‘.

„Ich weiß, was du meinst." Als kleines Mädchen hatte Ella ihren Großvater regelrecht vergöttert. Sobald er damals in der Stube in seinem Ohrensessel Platz genommen hatte, kletterte sie auf seinen Schoß. Sofern ihre Cousine Judith ihr nicht zuvorkam. Manchmal hob er sie auch beide auf seine Knie, die eine links, die andere rechts, und sie schmeichelten ihm und bettelten gemeinsam um eine Geschichte. Fasziniert von seiner lebhaften Art zu erzählen, hingen sie an seinen Lippen. Mit Wonne lauschten sie den Schilderungen seiner Jugend, den Berichten über die Urgroßeltern und dem Leben mit seiner innig geliebten Lieselotte. Sie war lange vor der Geburt ihrer Enkelin leider verstorben. Mit den Jahren wurden Judith und Ella zu groß für seine Knie und zu alt für die immer gleichen Geschichten. Mit jeder Wiederholung verloren sie mehr von ihrem Glanz, bis sie wie ein trüber Spiegel matt geworden waren. So vieles hatte sich geändert. Judith lebte längst nicht mehr bei ihnen. Großvater Gustav trank zu viel und die Schnäpschen nannte er seine Medizin. Es war leider eine, die ihm alles andere als guttat. Doch das wollte er nicht einsehen. Seinen achtzigsten Geburtstag würden sie im Juli im kleinen Kreis feiern. Nicht nur wegen des Krieges – die Tage häuften sich, an denen es Gustav nicht mehr in den Kopf ging, dass seine Frau tot war. Und wehe dem, der ihn auf seinen Irrtum hinwies.

„Lotte, ich hab's nicht so gemeint. Komm zurück!" Gustavs Stimme klang flehend, schlug aber gleich wieder in einen Befehlston um. „Was fällt dir ein! Du kannst nicht weggehen! Lieselotte!"
„Sucht er wieder meine Großmutter?"

Die zusammengezogenen Augenbrauen kehrten in Idas Gesicht zurück und ihre Lippen wurden zu schmalen Strichen.

Irritiert musterte Ella die Ältere. „Habe ich etwas Falsches gesagt?"

„Ach wat."

„Lieselotte, ich werde böse!"

Wenn ihr Großvater sich in einen Wutanfall hineinsteigerte, mussten alle im Haushalt leiden. Noch hatte Ella die Chance, einzugreifen und ihn zu beruhigen.

„Am besten, ich schaue mal nach ihm." Sie wollte die Klinke fassen, aber Ida packte ihr Handgelenk mit festem Griff und drückte es unnachgiebig hinunter. So heftig schüttelte sie den Kopf, dass ihre halblangen Haare wild hin- und herflogen.

„Du gehst da nit rein. Und ich auch nit. Basta!"

„Was ist denn los? Ist Großpapa dir gegenüber ausfällig geworden?" Er konnte nicht nur Geschichten erzählen, sondern auch unflätig schimpfen.

„So ungefähr. Außerdem hat er sein Nachtgewand vollgepinkelt und is jetzt splitterfasernackt. Dat is ein Anblick, den willst du nit sehn. Ich geh gleich wieder zu ihm rein."

„Falls du dich sehr über ihn geärgert hast, solltest du mit meiner Mutter darüber sprechen."

„Alles is gut." Ida machte keine Miene, ihren Platz zu räumen oder die Flasche in den Müll zu bringen. „Um deinen Großvater kümmer ich mich. Dat is meine Arbeit und du kannst in Hosen nit vor dem Pfarrer Grimm zur Morgenmesse erscheinen. Nun geh schon."

Ella zögerte nicht länger. Wieso hatte ihre Mutter eigentlich nichts von dem Drama mitbekommen? Idas

Reaktion sprach auf jeden Fall für ein ernstes Problem. Bei der Tür, die zur Küche führte, tauschte Ella die Arbeitsstiefel gegen Hausschuhe, drückte die Klinke hinunter, trat ein und erhielt Antwort auf ihre Frage. Magdalena stellte eine Schüssel Erdbeerkompott auf dem Tisch ab, die sie wohl gerade aus dem kühlen Keller geholt hatte.

„Magda…, äh, Mama, magst du, dass ich die Schüssel auf den Tisch stelle?"

„Danke, gerne."

Ob der Fauxpas ihrer Mutter aufgefallen war? Sie musterte Ella eindringlich, sagte aber nichts. Um dem forschenden Blick zu entkommen, griff Ella nach der Schüssel, die sich angenehm kühl, glatt und ein bisschen feucht anfühlte. Mit einem trockenen Tuch wischte sie das Schwitzwasser ab. Es war wie verhext: In Gedanken benutzte Ella immer häufiger den Rufnamen ihrer Mutter. Was sicher damit zusammenhing, dass ihr vor drei Wochen die Lederkladde mit den Jugenderinnerungen Magdalenas beim Staubwischen aus dem ansonsten abgesperrten Schrank vor die Füße gefallen war. Neugierig hatte sie in die verbotene Lektüre hineingeblättert und Seite für Seite bei den Sorgen, Nöten und Liebeskummer einer Gleichaltrigen mitgefiebert. Außerdem stand dort schwarz auf weiß geschrieben, dass ihre Mutter es mit der Anrede der eigenen Eltern seinerzeit genauso gehandhabt hatte wie Ella jetzt im Geheimen bei ihren. Damals war sie durch Schritte jäh unterbrochen worden und seither wartete sie sehnsüchtig auf eine Gelegenheit, weiterzulesen.

Und das, obwohl sie wusste, wie die Geschichte mit Onkel Heiners Brief an die Düsseldorfer Kunstakademie ausgegangen war.

Aufmerksam beobachtete Ella ihre Mutter, die mit umgebundener Schürze am Herd hantierte. Mit der schlanken Figur und dem fein gezeichneten Gesicht konnte sie ohne Weiteres als ihre ältere Schwester durchgehen. Im Dorf gab es genug Familien, bei denen zwischen den ältesten und jüngsten Sprösslingen gut und gerne zwanzig Jahre lagen. Da brachten es Ortsfremde mit ihren Vermutungen über Familienbeziehungen leicht fertig, in peinliche Fettnäpfchen zu treten. Wie es letzthin Fritz Kornbach widerfahren war. Ein Gast der *Blauen Forelle* hatte Dörte für eine der Töchter ihres Mannes gehalten. Irgendwo eine Unverschämtheit. Denn im Vergleich zu seiner mit Schminke zugekleisterten Frau sah er eigentlich gar nicht übel aus.

Ellas Blick ging zu dem langen Tisch und der Bank an der Wand, mit ihrem Lieblingsplatz am Fenster, von dem aus sie den Garten im Blick hatte. Dort sitzen, dazu ein Glas kuhwarme Milch und ein Butterbrot – das wäre es jetzt. Ihr Magen knurrte. Doch vor dem Empfang der Heiligen Kommunion gab es nichts zwischen die Zähne! Noch eins der ehernen Gesetze im Dorf. Und zu trinken allenfalls Wasser! Und das, obwohl Ella schon Stunden auf den Beinen verbracht und weiß Gott nicht auf der faulen Bärenhaut gelegen hatte. Als sie daran dachte, dass Magdalenas junges Ich über die gleichen Punkte geklagt hatte, die ihr selbst sauer aufstießen, musste sie grinsen. Das betraf sogar die

Beichte. Inzwischen empfand Ella den Kirchbesuch allerdings eher wie ein heimliches Aufbegehren gegen die allgegenwärtigen Forderungen und Parolen der Nazis und sie lauschte den Predigten deutlich interessierter als früher. Vielleicht, weil sie mittlerweile die Bedeutung der Worte begriff. Im Übrigen machten weder der Pfarrer noch seine Schwester, die ihm den Haushalt führte, einen Hehl aus ihrer ablehnenden Haltung gegen die derzeit herrschende politische Strömung, der sie eindeutig keine tausend Jahre gaben. Also hängte die olle Kornbach die beiden oft und gerne bei der Gestapo hin - und im Dorf hieß es hinter vorgehaltener Hand, dass die Grimms demnächst im Konzentrationslager landen würden, wenn sie ihren Mund nicht hielten.

„Liebes, die Kirche! Traudl und Tante Lydia sind gerade zur Tür hinaus", ermahnte ihre Mutter sie. „Beeil dich ein bisschen."

„Die gehen immer viel zu früh los, weil sie vor der Morgenmesse noch mit den Ferber-Schwestern tratschen wollen."

„Ella!"

„Wenn es doch stimmt, Mama."

Magdalenas Mundwinkel zuckten, während Ella die Schlagzeilen der ersten Seite der Zeitung überflog.

Frankreich am Boden! Und jetzt gegen England? Über dem Leitartikel stand in fetten Lettern: *Zweihunderttausend Kriegsgefangene an einem Tag. Die französische Armee befindet sich in völliger Auflösung.*

Eine Welle des Mitleids mit den Verlierern überflutete Ella. Ihr Land war vernichtend geschlagen und sie

hockten von ihren Lieben getrennt zusammenge-
pfercht wie Schlachtvieh in viel zu kleinen Lagern.
Während sie die Stufen hochstürmte, musste sie an die
horrende Zahl von über einer Million französischer
Kriegsgefangener denken, die Anfang Juni Schlagzeilen gemacht hatte. Heute in der Kirche würde sie für
diese Menschen beten.

In ihrem Zimmer legte Ella die anstößige Hose ab,
hängte sie über den Stuhl und strich über die Lehne, wo
ein Fussel hing. Sie warf ihn aus dem Fenster. Wie der
Rest der Einrichtung – Bett, Schrank und Tisch –
stammte der Stuhl aus den Beständen ihrer Urgroßeltern, war den damaligen Vorlieben entsprechend aus
Nussbaumholz gefertigt und alles zusammen fand sie
urgemütlich. Rasch holte sie einen dunkelgrauen Rock
vom Bügel, der an einem Haken an der Wand hing, und
schlüpfte hinein. Unempfindliche Farben und ein
ebensolcher Stoff - Kriegsmode, die nicht schick und
elegant zu sein brauchte, wenn deutsche Soldaten in
der Ferne kämpften. Zwei Aquarelle ihres Onkels Heiner hatten einen Ehrenplatz an der Wand erhalten.
Eine Ansicht des Weinbergs der Familie und ein Blick
auf die Leiwener Moselschleife, der schönsten des gesamten Flusses – beides jeweils in warmen Herbstfarben zu Papier gebracht. Der Bruder ihrer Mutter hatte
an der Kunstakademie in Düsseldorf studiert und es in
Deutschland unter Hitler nicht ausgehalten. Ein Foto
von ihm und seiner Familie – als Witwer mit Tochter
hatte er eine Witwe mit Sohn geheiratet – hing neben
seinen Kunstwerken. Es zeigte die ‚Kanadier‘ vor ihrem
Haus in Vancouver. Seit Kriegsbeginn war jede Nachricht von Heiner und seinen Lieben ausgeblieben. Sie

hier in Wingert wussten nicht, wie es ihren Verwandten in der Ferne ging - genauso wenig wie umgekehrt. Briefe aus Deutschland konnten sie selbstverständlich auch keine ins Feindesland senden. Besonders ihre Cousine vermisste sie immer noch schmerzlich. Ellas Verstand bläute ihr ein, dass einer Halbjüdin wie Judith – und Juden überhaupt – gar nichts Besseres passieren konnte, als Deutschland rechtzeitig den Rücken zu kehren. Trotzdem wollte ihr Herz die Cousine zurück, die wie eine Schwester mit ihr aufgewachsen und nur wenige Monate mehr zählte als sie. Vielleicht waren sie einander nach sieben Jahren fremd geworden? Außerdem dauerte der Krieg an. Der musste erst enden, bevor sie an einen Besuch denken durfte. Aus den Augenwinkeln bemerkte Ella eine Bewegung beim Fenster. Eine dunkle Silhouette, ein leises Maunzen. Mit einem eleganten Satz landete Maumau, ein grau getigerter Kater, auf der Überdecke ihres Bettes und rollte sich dort zusammen.

„Na, du?" Schon vor Jahren hatte Ella es aufgegeben, die Katzen davon zu scheuchen. Im Sommer stand das Fenster in der Früh zum Lüften meist sperrangelweit offen und die gewieften Mäusefänger kamen und gingen, wie sie wollten. „Heute ohne Geschenk?"

Vor allem Maumau brachte ihr von seinen Ausflügen gerne lebende Mäuse mit, die teils noch in der Lage waren, in einen Unterschlupf zu flüchten. Ella ging zu ihm hinüber. Lächelnd beugte sie sich über das Bett und kraulte ihn hinter den Ohren, wo sein Fell besonders weich war. Ein Brummen erfüllte den Raum, sein schönstes Schnurren. Schließlich gähnte er, ließ seine weißen Zähne aufblitzen und suchte zuletzt nach einer

bequemeren Schlafposition auf der Überdecke. „Falls
du gerade an uns denkst, Judi, wir sind alle wohlauf
und deinem Kater geht es gut."
Die Kirchenglocken! *Jetzt aber los!*

Frühstück mit Hindernissen

Hungrig stürmte Ella nach dem Besuch der Morgenmesse in die Küche, dicht gefolgt von Ida. Die beiden alten Damen, Tante Lydia und Traudl, trödelten noch an der Garderobe herum. Obwohl es an dem langen Tisch reichlich Platz für ein gemeinsames Frühstück gab, hatte Magdalena in der Stube gedeckt, wie es Großvater gewohnt war. Veränderungen in seinem Tagesablauf behagten dem alten Herrn überhaupt nicht und so blieb die Familie dort wie gewohnt unter sich, während die beiden Mägde und Henri nebenan aßen.

Ihre Mutter legte die Schürze ab. „Ich gehe rasch zu Gustav hinüber und sage ihm, dass das Frühstück fertig ist."

„Das kann ich doch machen, Magda ... Äh, magst du da nicht ...?

„Was denn, Ella?"

„... stattdessen lieber in die Stube gehen? Also, ich wollte damit nur sagen, dass ich die jüngeren Beine habe und ich ..."

„Lass nur. Wenn du helfen willst, kannst du schon einmal die Kaffeekanne in die Stube bringen."

Geschickt wickelte Ella ein Tuch um den heißen Griff und den Bauch der Kanne. Selbst so geschützt konnte sie die Hitze spüren. Sie eilte los. Ihre Finger brannten und in ihrer Hast wäre sie beinahe gegen die Kante des Vertikos gestoßen, den halbhohen Schrank, der in der Stube an der Wand stand. Ihre Mutter hatte alles vorbereitet, auch ein Untersetzer lag bereit. Ella stellte die Kanne darauf ab und wedelte mit beiden Händen durch die Luft. Puh, gerade noch geschafft! Beim Anblick der Leckereien für das Frühstück, die sie hungrig inspizierte, lief ihr das Wasser im Mund zusammen. Schalen mit Quark, Dickmilch und Erdbeerkompott aus sonnengereiften Früchten fehlten genauso wenig wie etwas Butter und ein paar Scheiben Hartwurst, die so auf einem Teller drapiert waren, dass sie nach mehr aussahen, als es tatsächlich gab. Unwillkürlich schielte sie zum Brotkorb. Das Knäuschen, Endstück und leckerstes Teil überhaupt, lag zuoberst. Bevor sie der Verlockung erliegen und es schnappen konnte, kündeten Schritte im Flur die anderen an. *Na dann, nicht.* Sie schnitt eine Grimasse, die ihr der Spiegel, der in den altmodischen Holzumbau des dunkelgrünen Sofas eingelassen war, prompt zurückwarf. Kurz nacheinander traten Tante Lydia, Großpapa Gustav und Magdalena ein. Ella wartete, bis die anderen saßen, nahm auf ihrem Stuhl Platz und faltete die Hände. „Komm, Herr Jesus, sei unser Gast und segne, was du uns bescheret hast."

Seit Henri in ihr Leben getreten war, sprach sie die Worte des Gebets viel andächtiger als vorher. Sie hatten genug zu essen – viele andere nicht.

Ohne Matthias und Martin zum Frotzeln verliefen die Mahlzeiten meist recht ruhig. Bis auf Floskeln wie: ‚Reichst du mir bitte die Butter' oder ‚dieses warme Wetter ist gut für die Weinblüte' wurde kaum ein Ton gesagt. Ella war es recht. Sie schmierte Quark auf ihr Brot, gab einen großen Klecks Erdbeerkompott darauf und biss ab. *Wie köstlich, aromatisch und süß!*

Magdalena legte Ellas Großvater unterdessen eine Serviettenkette um den Nacken und knipste ein Mundtuch aus Leinen an den Endstücken fest. „Was möchtest du essen, Schwiegerpapa? Ein Brot mit Wurst?"

„Pfui Teufel, nein. Ich will den … Du weißt schon den … Was du immer machst … Den … Brei."

Heute gelüstete es Gustav ausnahmsweise nach etwas Süßem.

„Wie du wünschst." Mit einem Messer zerteilte ihre Mutter eine Scheibe Brot in Stückchen, füllte sie in eine Schale und gab reichlich Dickmilch dazu. Sie streute ihm sogar einen Löffel Zucker darüber, zwar keinen gehäuften, aber immerhin.

„Du bist geizig", schnauzte Gustav sie an.

„Großpapa, Mama kann nichts dafür. Seit Krieg herrscht, ist Zucker rationiert."

Er führte seine Tasse zum Mund, nahm einen Schluck Kaffee und verzog das Gesicht. „Igitt, das Zeug schmeckt widerlich."

„Da hast du recht." Tante Lydia nippte selbst an dem Gebräu und verzog das Gesicht. „Aber echter Bohnenkaffee ist praktisch nicht mehr zu kriegen."

„So ist es und das Wenige an Zucker, was uns zugeteilt worden ist, brauchen wir zum Einkochen." Magdalena wies auf das Kompott. „Die Beeren sind reif."

„Unsinn, du lügst. Du und die da!" Gustavs Augen wurden schmal.

Als ob er sie für seine Feinde hielt, schoss es Ella durch den Kopf.

Seine Mundwinkel gingen nach unten. „Ihr widert mich an, ihr Diebinnen! Ihr fresst den Zucker selbst.“

„Das stimmt nicht, Großpapa! Wieso behauptest du so etwas?“

Magdalena fing Ellas Blick ein, legte den Zeigefinger an die Lippen und schüttelte den Kopf. „Möchtest du stattdessen Kompott? Es schmeckt süß und sehr lecker. Wir haben es aus frischen Früchten zubereitet, die wir durch die flotte Lotte gegeben haben und müssen es schnell verbrauchen.“

„So etwas Gutes kriegst du nicht im Geschäft!“ Lydia reichte ihm einen Löffel mit Mus. „Hier, bitte, probiere es.“

„Billiger Dreck!“ Gustav neigte den Kopf hin und her und begutachtete die Kostprobe aus schmalen Augen.

„Mir schmeckt es.“ Magdalena bediente sich an der Schüssel. Gustav tunkte nun doch den Löffel in seine Schale mit dem Brot und der Dickmilch und rührte darin herum. Ella beobachtete ihn, ohne es zu wollen: Seine faltigen Wangen wiesen Bartstoppeln auf und die schütteren weißen Haare standen zerrauft vom Kopf ab. Abgenommen hatte er außerdem. Das Hemd war ihm zu weit geworden. Die schlaffe Haut seines Gesichts sah blass aus. Die Hand, mit der er den Löffel zum Mund führte, zitterte. Unwillkürlich streckte Ella ihre Rechte aus. Zum Eingreifen war es zu spät: Die ersten Kleckser landeten auf der Tischdecke.

„Falsch! Hier ist alles falsch.“ Gustav schleuderte den Löffel zu Boden. Das Metall schlug scheppernd auf das Parkett, wo die Reste der Dickmilch ein Spritzmuster hinterließen.

„Ich reibe rasch die Flecken weg und mache dir etwas anderes zurecht." Magdalena sprang auf, um nach dem Tuch zu greifen, das auf dem Vertiko lag.

„Also wirklich, Gustav!" Lydia tupfte mit ihrer Serviette die Dickmilch von der Tischdecke. „Du benimmst dich wie ein kleines Kind."

Währenddessen fischte Ella mit den Fingern nach dem Löffel, der bis unter ihren Sitz geschlittert war.

„Du! Was hast du mit Lieselotte gemacht? Lotte, was haben sie dir gegeben? Lotte?!" Gustav schob seinen Stuhl zurück und kam flinker auf die Beine, als Ella es ihm zugetraut hätte. Mit beiden Händen packte er Lydia an den Schultern und schüttelte sie. Gerade so eben fing die alte Dame die Tasse ein, die sie eigentlich zum Mund geführt hatte. Es klirrte, als Lydia sie auf dem Unterteller abstellte. „Bist du noch bei Sinnen?"

„Du hast Lieselotte vergiftet! Stimmt's? Und jetzt bin ich dran. Mörderin, du mischst mir Gift ins Essen! Du Hexe, du!"

„Bitte, lass Lydia los, lieber Schwiegerpapa!" Äußerlich wirkte Magdalena gelassen, aber das leichte Flirren ihrer Stimme bewies Ella, dass ihre Mutter nicht so ruhig war, wie sie sich gab. Gustav ließ los. *Das war immerhin etwas.*

„Ich gehe hinaus." Lydia erhob sich.

Magdalena nickte. „Am besten, wir lassen ihn alle in Ruhe. Kommt, wir gehen!"

Ella folgte den beiden.

„Ihr … Ihr wollt mich vergiften!" Gustav griff die Steingutschale mit der Dickmilch und holte aus.

„Tante Lydia, Achtung!"

Zu spät! Ella schlug die Hände vor den Mund. Zum Glück hatte ihr Großvater schlecht gezielt. Donnernd krachte das Wurfgeschoss gegen die Wand, zerbarst in tausend Scherben und fiel auf den Boden. Sie sprang zur Seite. Bis hinten zu dem Ohrensessel ihres Großvaters flogen die Splitter. Ein paar größere Teile klirrten gegen die Messingtatzenfüße der Stehlampe und rutschten unter den kleinen runden Beistelltisch.

Lydias Bluse war mit Buttermilch bekleckert. Die Ärmste fasste an ihre Wange, von der ein roter Striemen abstach. Einige Bluttropfen quollen aus der Schramme hervor. Genug, um ihre Fingerspitzen rot zu färben. „Gustav, wenn einem von uns eine Scherbe in die Augen geflogen wäre!"

„Fehlt dir sonst etwas?", fragte Magdalena. „Schmerzt es sehr?"

Während Ella für einen Moment wie zu Eis erstarrt dastand, schob ihre Mutter sich zwischen Lydia und Gustav.

„Schon gut, sorg dich nicht um mich. Mit mir ist alles in Ordnung."

„Wat is denn hier los?" Ida hatte unterdessen die Tür aufgerissen und stoppte abrupt auf der Schwelle.

Ellas Gedanken überschlugen sich. Ihr Großvater war ein alter Mann und sie jetzt zu viert. Mit ihm sollten sie spielend fertig werden.

„Ihr hinterhältigen Giftmörderinnen!"

„Großpapa, beruhige dich!"

„Lass ihn, Ella." Ihre Mutter packte sie am Arm und sie folgten Lydia zur Tür.

„Fresst es selbst, euer Gift!" Gustav packte die Kaffeekanne und ließ sie sofort wieder los. „Wollt ihr mich verbrennen! Ihr Hexen." Fluchend schnappte er den Brotkorb und hob die Hand. Sie nutzten die Gelegenheit zur Flucht. Geistesgegenwärtig schloss die Magd die Tür hinter ihnen und stemmte sich mit ihrem Gewicht dagegen. Sie hörten ein Bollern. Sicher der Brotkorb, der gegen die Tür gerumst war. Sie lauschten schweren Schritten. Die Klinke ging wild auf und ab. Ella und Magdalena eilten Ida zu Hilfe. Gegen ihre vereinten Kräfte kam ihr Großvater zum Glück nicht an.

„Lasst mich raus! Euch werd ich's zeigen."

Puh! Ella seufzte. So schlimm wie heute war es noch nie gewesen.

Traudl hastete auf Lydia zu und reichte ihr den Arm als Stütze. „Die schaffen dat ohne dich. Setz du dich in der Küch' auf die Bank. Ich hol dir inzwischen eine saubere Bluse. Herrje, Henri, steh gefälligst nit im Weg rum. Mach dich nützlich! Gieß Wasser in ne Schüssel und setz den Teekessel auf'n Herd."

„Ihr Diebinnen! Ihr widerwärtigen Mörderinnen! Ihr elendes Dreckspack! Lasst mich raus!" Fluchen und Trommeln wurden immer lauter und gipfelten in einem Krachen, das nach einem heftigen Tritt klang. Das Holz vibrierte. Die Angeln knarrten. Hoffentlich hielt das Türblatt stand!

„Dat der noch solche Kräfte entwickeln kann, wo er doch so alt is." Ida war blass geworden und Magdalena sah mit ihren weit aufgerissenen Augen genauso aufgewühlt und erbärmlich aus wie Ella sich fühlte. Eine Mischung aus Angst, Wut, Sorge und sogar Mitleid mit Gustav schwappte über sie hinweg. Endlich wurden seine absurden Anschuldigungen leiser und gingen in Schluchzer über. Das Schlurfen von Schritten war zu hören und ein Knarzen, als ob Stuhlbeine über Parkett rutschten. *Waren Gustavs Kräfte erschöpft? Hatte er sich in seinen Sessel gehockt?* Ella presste ihr Ohr gegen das Holz. Hörte sie richtig? Jammerte er ‚Lenchen‘?

„Tretet bitte beiseite." Magdalena wischte mit beiden Händen über ihre Wangen und öffnete die Tür einen Spalt. „Gustav?" Sie nickte ihnen kurz zu und trat ein.

Ella folgte ihr. Eingerollt wie ein Igel, der seine Stacheln verloren hatte, hockte er in seinem grünen Ohrensessel.

„Ist dir kalt?"

„Ja, mein liebes Töchterchen." Gustav schniefte und lächelte Magdalena an, die eine Decke aus dem Vertiko holte und über ihn breitete.

„Setzt du dich ein Weilchen zu mir?", fragte er.

„Sicher doch." Sie griff nach seiner Hand und Ella brachte ihr einen der Stühle vom Tisch, auf dem ihre Mutter sich niederließ.

„Ich räum ab, Mama." Sie stapelte die Teller aufeinander.

„Da liegen Scherben." In Gustavs Stimme schwang Erstaunen mit.

„Die kehrt Ida gleich fort", antwortete ihre Mutter ihm sanft.

Er deutete aufs Parkett. „Und Brot auf dem Boden."

„Ich heb es auf." Ella fischte den Brotkorb aus einer Ecke. Sie kniete nieder, sammelte die Scheiben ein und war froh, als sie das Zimmer verlassen konnte. Auf dem Flur kam ihr Ida mit Eimer, Handbesen und Kehrblech entgegen.

Tante Lydia hockte mit gesenktem Kopf und blassem Gesicht auf der Küchenbank. Vor ihr stand eine Tasse mit Tee, der beruhigend nach Melisse und Lavendel duftete. Umständlich fingerte sie am Ärmel der sauberen Bluse, die sie zwischenzeitlich übergezogen hatte.

„Warte, ich helfe dir." Ella stellte den Brotkorb auf den Küchentisch, setzte sich neben Lydia und drückte den Knopf durch den engen Schlitz. „Tut dir die Wange sehr weh, Tantchen?"

Der Striemen war nach wie vor deutlich sichtbar und erhaben. Wenn die Schwellung erst einmal abklang, würde nur ein schmaler, blutverkrusteter Strich von ungefähr zwei Zentimeter Länge bleiben.

„Macht nicht so viel Aufhebens um den kleinen Ratscher. Da haben mich die Katzen schon schlimmer zugerichtet."

Henri hatte sich in sein Eck verdrückt. „Mich hat eine mal bös erwischt, dabei wollt ich die nur streicheln. Dat hätt beinah eine Blutvergiftung gegeben."

Ella nickte ihm zu. „Oje, das tut mir leid."

„Ich hätt sie halt in Ruh lassen sollen."

„Wie wär's mit einer anständigen Stärkung?" Traudl griff zu ihrer Patentlösung für alle Lebenslagen.

Stumm sahen sie ihr dabei zu, wie sie einige Eier in eine Pfanne schlug und auf dem Herd brutzelte. *Was für ein furchtbarer Morgen.* Ella dachte an ihren Großvater, musterte Lydias Wange und ließ den Kopf hängen.

„Hier, bitte, greift zu: Essen hält Leib und Seele beisammen!"

„Danke, für mich nicht." Lydia hob abwehrend die Hand.

Es roch lecker, aber auch Ella verspürte keinen Appetit und verzichtete.

„Ich nehme gerne, wenn ich darf!" Sobald es ums Essen ging, fiel jegliche Zurückhaltung von Henri ab.

Traudl reichte ihm seine Portion und erntete ein Lächeln. Die restlichen Eier ließ sie auf einen großen Teller gleiten, richtete ein Tablett mit allem Nötigen und ging nach nebenan in die Stube.

„Lecker!" Henri wischte die letzten Eigelbreste mit einem Stück Brot vom Teller. Noch während er den letzten Bissen schluckte, sprang er auf und räumte sein Geschirr zur Spüle. „Ich werd dann mal anfangen und den Kessel mit den Kartoffeln für die Schweine füllen. Sonst haben die armen Viecher heut Abend nix zu fressen." Er sauste zur Tür hinaus.

„Bist du in Ordnung, Tante?" Ella gefiel die Gesichtsfarbe der alten Dame nicht, die im Grunde Anspruch auf den ehrwürdigen Titel Urgroßtante hegte.

„Die Aufregung war wohl doch ein bisschen viel für mich, Kind."

Ella legte ihr einen Arm um die Schulter. Von klein auf hatte ihre Tante den Eindruck vermittelt, dass nichts, aber auch gar nichts ihr etwas anhaben konnte. Egal, was passiert war. Sei es, dass Ella von Bäumen purzelte, sich bei der Aktion ein Bein brach und ins Krankenhaus musste, Onkel Heiner auswandern oder Magdalena Juden verstecken wollte, Lydia handelte besonnen und stand ihren Lieben zur Seite, unerschütterlich ruhig wie ein Fels im sturmgepeitschten Meer. Ihr hageres Gesicht war von Falten zerfurcht und ein paar zusätzliche Pfunde auf den Rippen hätten ihr bestimmt gutgetan, aber dass ihr etwas zu viel wurde …

„Traurig is dat, wenn einer seine fünf Sinne nimmer beisammenhat." Traudl war in die Küche zurückgekehrt. Sie hob die gusseiserne Pfanne vom Herd, gab Salz hinein und schrubbte sie gründlich. „Ich war vierzehn, als ich hierhergekommen bin und werd siebzig in dem Jahr. Ich sollt mich endlich zur Ruhe setzen."

Ida schleppte gerade das Putzzeug aus der Stube heran und stellte den Eimer so abrupt ab, dass das Schmutzwasser beinahe überschwappte. „Wat sagst du?"

„Dat ich in Rente geh. Je eher, desto besser."

„Nein! Du kannst hier nicht einfach alles stehen und liegen und uns allein lassen! Du gehörst zur Familie." Ellas Unterlippe zitterte. „Genau wie Tante Lydia."

„Du bist doch ein großes, verständiges Mädchen. Sieh mal her, der is gestern mit der Post gekommen." Traudl zog einen Briefumschlag aus ihrer Schürzentasche. „Mein Bruder is gestorben. Ich hab sein Häuschen geerbt."

„Du hattest einen Bruder?" Im Gegensatz zu ihr machten weder Ida noch Lydia einen sonderlich überraschten Eindruck bei dieser unerhörten Eröffnung.

Traudl überging die Frage. „Hier muss junges Blut her, dat gut schaffen kann."

Ida nickte, griff nach dem Putzeimer und schleppte ihn hinaus.

„Und wegen des Hauses werd ich meine Zelte eher abbrechen müssen als gedacht."

„Gäbe es dort denn auch ein Plätzchen für mich?", fragte Lydia ernst.

„Was? Du willst auch fort?" Ella biss ihre Zähne aufeinander, damit sie nicht lauthals aufbegehrte.

„Und ob! Für dich is dort immer ein Zimmer frei, meine Liebe. Wat sollen die hier auf dem Hof denn noch mit zwei alten Weibern wie uns? Nit mehr lang und du gehst auf die achtzig. Wenn du mit mir kommst, genießen wir dat Leben und machen uns ein paar schöne Jahre."

„Die ganze Nacht konnte ich nicht schlafen, weil mir so viel durch den Kopf gegangen ist." Lydia zog die Ärmel ihrer Bluse zurecht. „Vonseiten meiner Mutter habe ich dort in der Gegend selbst Verwandte. Obwohl wir kaum Kontakt haben."

„Dat könntest du ändern."

„Alte Bäume zu verpflanzen, ist und bleibt ein Wagnis. Und es gilt, einiges zu bedenken: Was wäre für den unwahrscheinlichen Fall, dass du vor mir zum Herrn abgerufen wirst?"

„Rück mal ein Stück." Traudl zwängte sich neben Lydia auf die Bank. „Wat redest du denn da. Wenn ich vor dir sterbe, erbst du dat Häuschen. Ich wüsst sonst keinen, dem ich's lieber hinterlassen würd."

Lydias Wangen waren auf einmal rosig überhaucht. Sie griff nach Traudls Hand. „Wenn wir keine Miete zahlen müssen, könnten wir von unseren Renten ein Dienstmädchen engagieren."

„Und wo ist dieses Haus?" Ella schwante der furchtbare Verdacht, dass es nicht in Leiwen stand. Vielleicht nicht einmal in Trier!

„In Kallmünz. Dat wird dir wahrscheinlich nix sagen, dat is ein kleiner Ort bei Regensburg."

Ella überlegte einen Moment. „Aber, Traudl, das liegt in ... Bayern."

Die Köchin nickte. „In Lydias ehemaliger Heimat."

„So weit weg?!" Ella fasste es nicht. Dieser furchtbare Tag wurde immer schlimmer. „Wie kommt, ich meine, wie kam dein Bruder denn dorthin?"

„Der hat sich aus der Pfalz nach da versetzen lassen und meinen Eltern damit dat Herz gebrochen."

„Und was sagen Papa und Mama zu diesen Plänen?" Von denen Ella gar nichts hielt. Seit damals als Judi, Onkel Heiner und seine Familie fortgegangen waren, hasste sie Abschiede.

„Na, wat wohl? Die suchen einen Ersatz für mich. Und nun lass den Kopf nit hängen. Ich bleib so lang, bis deine Leut jemand gefunden haben, der ihnen passt."

„Traudl, bevor du das Erbe antrittst, sollten wir nach Kallmünz fahren und gründlich prüfen, in welchem Zustand das Haus ist."

„Dat is ne gute Idee, Lydia."

Von wegen! Am besten die beiden fanden eine Bruchbude vor!

Erwachsenengespräche

Lydia und Traudl beschlossen, die Einzelheiten der Reise nach Bayern beim Beerenpflücken im Garten zu besprechen. Mit großen Emaille-Schüsseln bewaffnet gingen sie hinaus. Mit hängendem Kopf blieb Ella auf der Küchenbank hocken. Sie wollte nicht, dass die Frau, die sie von klein auf verhätschelt hatte, aus ihrem Leben verschwand – und gar noch Lydia mitnahm, die Ella als eine Art Großmutter betrachtete und innig liebte. Briefe boten nur einen erbärmlichen Ersatz für ein Lachen, eine Umarmung oder den Vanillepudding mit Eierschneebergen, Ellas Leibgericht, das Traudl ihr manchmal bei Kummer kredenzte.

Ida kehrte von draußen zurück, verstaute den Putzeimer im Besenschrank und nahm sich Tante Lydias verschmutzte Bluse vor, die in einer Schüssel weichte. Prüfend schaute die Magd in die Packung mit Waschmittel. Es wurde in den Geschäften immer knapper, da halfen auch Bezugsscheine nicht. Und das bisschen, das sie besaßen, musste höchst sparsam verwendet werden. „Der Fleck is fast draußen. Dafür verschwend ich dat lieber nit."

Sie wrang das Kleidungsstück aus, legte es in die Spüle und nahm sich den schmutzigen Putzlappen vor, den sie ins Einweichwasser tauchte und zwischen ihren Fäusten rieb. „Na, du siehst nit grad begeistert aus, Ella."

„Wusstest du über die Pläne der beiden Bescheid?"

„Dat haben sie mir vorenthalten, diese Heimlichtuerinnen. Ich hab gestern Abend nix davon mitgekriegt. Dat nehm ich ihnen aber nit übel. Im Leben wird's immer wieder Dinge geben, an denen du nix ändern kannst. Die musst du ertragen – hilft nix. Et wird halt anders, ohne die beiden. Dat heißt nit, dat es schlechter sein muss."

„Doch!"

„Sei nit albern." Ida kippte das Schmutzwasser in eins der Becken des Spülsteins. Gluckernd floss es in den Garten ab. Sie füllte frisches aus einer Kanne und heißes aus dem Becken neben dem Ofen nach und steckte behutsam die Hand hinein, um die Temperatur zu prüfen. Die schien zu passen, denn Ida griff zur Kernseife. „Die reicht für dat bisschen Wäsch."

Ellas schlechtes Gewissen regte sich. „Brauchst du Wasser zum Ausspülen?"

„Schon."

„Dann hole ich dir welches." Wie gut, dass der Brunnen seinen Platz in der Küche hatte. Ella ging zur Treppe, die ihn zumindest teilweise verbarg, räumte die Abdeckung beiseite und ließ den Eimer am Seil hinab. Mit einem Platschen tauchte er ins Wasser und lief im Nu voll. Sie ächzte, als sie die Kurbel der Winde drehte, und zog den schweren Eimer hoch. Sie hievte ihn auf den gemauerten Rand des Brunnens, stellte ihn auf den Boden und hob die Abdeckung wieder darauf. Geschafft!

„Ich hoff, dat die Ferber-Schwestern bald wieder Waschmittel reinkriegen. Sonst müss'n wir demnächst mit Buchenasche waschen wie unsere Großmütter anno dunnemal und eigene Seife sieden.“

Magdalena war aus der Stube gekommen. „Nun mal den Teufel nicht an die Wand!“ Sie stellte die benutzten Teller samt Besteck in das zweite Becken der Spüle, griff zu einem Lappen und wusch sie ab. „Gustav schläft jetzt übrigens friedlich in seinem Sessel.“

„Mama, was sagst du zu Traudls Plänen?“ Ella schleppte den vollen Eimer zu Ida, dabei platschte ein bisschen Wasser auf den Boden. „Weißt du überhaupt schon davon?“

„Sicher.“ Magdalena sah müde aus mit dunklen Ringen unter den Augen. „Der Brief kam gestern.“

„Und dass Tante Lydia auch weg möchte?“ Ella griff nach einem Tuch und wischte die Pfützen weg.

„Damit habe ich gerechnet“, antwortete ihre Mutter. „Die beiden sind ein Herz und eine Seele und hängen sehr aneinander.“

Ella hätte ihr feuchtes Tuch am liebsten in Idas Schüssel mit der Seifenbrühe gepfeffert. Stattdessen landete es auf dem Griff des Ofens, wo sie es glattzog, damit es schneller trocknete. „Aber Tante Lydia hat selbst gesagt, dass alte Bäume nicht versetzt werden sollen. Sie könnten das Haus von Traudls Bruder verkaufen und hier eins bauen.“

„Ich fürchte, in der Angelegenheit haben wir kein Mitspracherecht und die Arbeit erledigt sich leider auch nicht von selbst. Und nun los!“ Magdalena mahnte zum Aufbruch. „Wir müssen uns sputen.“

„Ich häng nur schnell noch die Wäsch auf.“ In Windeseile klammerte Ida die beiden Teile an die Leine. „So, fertig. Wohin geht’s denn heut?“

„Zum Acker im Tal." Magdalena trat an die Tür, die zur Scheune führte und öffnete sie. „Weiß eine von euch, wo Henri steckt?"

Ella huschte an ihr vorbei. „Er wollte sich ums Schweinefutter kümmern, Mama."

„Der Jung is ein Glücksgriff, Herrin!" Ida schloss zu ihnen auf. „Dem musst du nit zehn Mal sagen, tu dies, tu das. Der sieht selbst, wo's wat zu schaffen gibt. Von der Sort könnten Sie noch ein paar einstellen."

„Da hast du Recht." In der Scheune schlüpfte Ella in ihre derben Schnürschuhe. Für die anfallende Arbeit brauchten sie viel mehr Leute. Schließlich gab es seit Kriegsbeginn keine Unkrautvernichtungs- oder Pflanzenschutzmittel mehr. All das, was die Männer vorher bequem mit Spritzapparaten erledigt hatten, musste jetzt mühsam von Hand gemacht werden. Und nicht nur das – Benzin und Sprit gehörten auch zu den Mangelwaren, für die sie Bezugsscheine benötigten.

„Ich hol den Henri." Ida eilte davon.

„Danke. Wir nehmen die Abkürzung durch die Gärten, kommt dorthin. Wir warten." Ihre Mutter griff nach einer der Feldhacken. Ella suchte sich ebenfalls eine aus und folgte ihr in den Küchengarten hinter dem Haus, wo Erbsen, Lauch, verschiedene Kohlsorten, gelbe Rüben, Zwiebeln und Buschbohnen wuchsen. Die beiden alten Frauen pflückten dort rote Johannisbeerrispen von den Sträuchern und redeten halblaut miteinander.

„Ich komm schon." Traudl stellte ihre Schüssel beiseite.

„Und ich bleibe hier und halte die Stellung." Lydia lugte hinter einem Busch hervor.

Ella bedauerte sie aus ganzer Seele – Beeren pflücken, entstielen, entsaften und Gelee kochen. Zu zweit machte das alles viel mehr Spaß.

Zu ihrer Überraschung wandte sich Magdalena an Traudl. „Mir ist wohler, wenn du heute ebenfalls hierbleibst."

„Ach, schön für mich!" Lydia lächelte.

„Dafür behaltet ihr nebenbei bitte Gustav im Auge."

Ein paar Mal war Ellas Großvater bereits ausgebüxt, um seine Frau zu suchen. Zum Glück hatten sie ihn jedes Mal wiedergefunden oder er war von den Ferber-Schwestern, Onkel Alphons oder einem anderen Nachbarn zurückgebracht worden. Einmal sahen sich sogar die Kornbachs von weiter unten dazu genötigt, Gustav bei ihnen abzuliefern. Damals hatte der Dorfwart ihn geführt und sich dem Tempo des Älteren angepasst. Doch mit was für einem schnippischen Gesicht seine Frau, diese hochnäsige Schnepfe, ihre Familie bei dieser Gelegenheit bedacht hatte. Als ob man ihnen nun allesamt *erbkrank* auf die Stirn eintätowieren müsste. Nur, weil Großpapa Gustav seine Lieselotte vermisste. Obwohl, der Vorfall beim Frühstück bereitete Ella Sorgen. Sie presste den Kiefer zusammen. Diebinnen und Giftmörderinnen? Woher kamen ihm solche Gedanken?

„Vielleicht kann er uns hier zur Hand gehen?" Lydia stellte die Beerenschüssel ab und band die Schleife ihrer Schürze neu. „Das Wetter ist schön und die Arbeit nicht allzu anstrengend. Außerdem bleibt es ihm unbenommen, sich zwischendurch auf die Gartenbank zu setzen und ein Päuschen einzulegen."

„Das ist eine gute Idee“, antwortete ihre Mutter. „Versucht es.“

„Na, dann geh ich ihn gleich holen. Bleibt et bei Kartoffelsupp mit gerösteten Brotwürfeln, Herrin?“

Magdalena nickte.

„Na, dann weiß ich Bescheid.“ Traudl marschierte an Ida und Henri vorbei auf das Haus zu. Er hatte beide Hacken geschultert. Ida zog den Leiterwagen mit dem Proviant.

„Los geht es!“ Magdalena hob die Hand und wies Richtung Kartoffelfeld. „Bis später.“

„Ich freue mich jetzt schon auf heute Abend.“ Henri strahlte noch eine ganze Weile vergnügt vor sich hin, nachdem sie aufgebrochen waren.

Dabei hatte es in letzter Zeit häufig Eintopf gegeben: Die alten, verschrumpelten Knollen mussten verbraucht werden, bevor die neue Ernte hereinkam. Wenn Traudl wenigstens die feinen mit Puderzucker bestäubten Waffeln dazu reichen würde. Bei der Erinnerung an den himmlischen Duft und die herrliche Süße lief Ella das Wasser im Mund zusammen. *Dieser dumme Krieg!* Seit einem Jahr war alles rationiert und obendrein diese utopisch hohen Abgabequoten, da wurde es manchmal sogar mit den Eiern knapp. Obwohl es in den Wiesen reichlich Futter gab, dachten manche der älteren Gronau-Hühner gar nicht daran, jeden Tag ein Ei zu legen wie in dem Gassenhauer, den sie immer mal wieder im Radio spielten. ‚Ich wollt, ich wär ein Huhn ...‘ Ella summte die Melodie in Gedanken mit, bis sie an der Strophe ‚Ich brauchte nie mehr ins Büro, ich wär dämlich, aber froh‘ hängenblieb und so laut seufzte, dass Henri, der neben ihr herlief, sie ansah.

„Ist was?", fragte er.

„Eigentlich müssten wir auch in die Weinberge. Da wuchert das Unkraut genauso wie auf den Feldern."

Henri zuckte mit den Schultern. „Das Kriegswichtige hat halt Vorrang."

So war es: Schließlich musste die Ernährung der Bevölkerung und der Soldaten gesichert werden – das wusste inzwischen jedes Kind. Und ein Ende des Krieges stand nach dem epochalen Triumph des Führers ohnehin nicht zur Debatte. *,Frankreich am Boden! Und jetzt gegen England?'* Die Überschrift der heutigen Zeitung präsentierte den Lesern bereits die naheliegende Schlussfolgerung und im Radio brachten sie nicht nur die Siegesmeldung. Der Sprecher hatte auch berichtet, dass Adolf Hitler beabsichtigte, in München mit dem italienischen Führer Mussolini, dem Duce, zusammenzutreffen. Ob bei diesem Gespräch etwas Denkwürdiges herauskam? Vielleicht eine weitere Front in Afrika? Falls die in Polen und Frankreich nicht genügten?

Manchmal hatte Ella überhaupt keine Lust mehr, etwas über den Krieg zu lesen oder zu hören. Oder den Sieg über Frankreich lauthals zu feiern. Ganz selten überfiel sie sogar der deprimierende Gedanke, dass es Leute wie Johann Lauterer von gegenüber, die ganz fest an die Ideale der Nazis glaubten, leichter hatten als sie. *Dämlich, aber froh.* Für den SS-Mann war Hitler das Maß aller Dinge. Aber so werden wie der? Nein, das wollte Ella um keinen Preis. Mit weit ausholenden Schritten stiefelte sie los. Ohne schlechtes Gewissen unschuldige Menschen jagen, nur weil sie Juden waren? Das Haus anderer Leute durchsuchen und Briefe lesen, die nicht an ihn gerichtet waren? Ihren Onkel Heiner und seine Kunst niedermachen? Im Denken dumpf wie der Lauterer sein? Alles nur das nicht. Nein! Sie erlaubte keinem anderen, ihr vorzuschreiben, was sie denken sollte. Jetzt und in Zukunft nicht! Punkt!

Ihre Hacke wanderte von der rechten in die linke Hand. Henri trottete schweigend neben ihr her. Ob er es auch schwierig fand, den markigen Sprüchen zu entkommen, die als Giftsamen in das Gehirn eindrangen und dort wie Unkraut unterirdisch Wurzeln schlugen? Vielleicht störte es ihn gar nicht? Es klang vollkommen normal, wenn jeder von Judenpack, Volksschädlingen oder Untermenschen redete. ,Arbeit macht frei‘ war noch so ein Motto, das Nazis wie Johann Lauterer gerne zitierten. Und das Schlimme war, einprägsame Sprüche wie dieser blieben im Kopf haften. Sogar in ihrem eigenen. Dabei gehörte die Gastwirtschaft, in der er seine großen Reden schwang, ihren Eltern. Seine Familie hatte das Haus nur gepachtet. Ella ballte die Fäuste, bis die Fingernägel sich schmerzhaft in ihr Fleisch bohrten. Sie öffnete die Hand bewusst.

Henri räusperte sich. „Ella? Darf ich dich was fragen?“
„Na klar.“
„Wie alt ist dein Bruder. Sechzehn oder siebzehn?“
„Siebzehn, warum?“
„Er ist doch nicht krank?“
„Wie kommst du denn darauf?“
„Na, wegen des Pflichtjahres beim Arbeitsdienst. Müsst er das nit längst ableisten?“
„Ach deshalb.“ Ella lachte auf. „Für uns Bauernkinder gibt es eine Ausnahmeregelung. Wir werden unter ,mithelfende Familienangehörige‘ verbucht und dürfen bleiben, wo wir sind. Vielleicht können meine Eltern

beantragen, dass du diese Zeit ebenfalls bei uns abarbeiten darfst?"

„Das wär schön. Hier gefällt's mir nämlich."

„Zu den Schieß- und Luftschutzübungen kannst du wie der Martin von Wingert aus trotzdem gehen."

Zum Kartoffelfeld hatten Ella, Henri, Magdalena und Ida eine gute halbe Stunde Fußweg. Es lag weit unten im flacheren Teil des Moseltals, wo sich sogar der Einsatz von Traktoren lohnte. Ein paar Krähen, deren Gefieder in der Sonne grünblau schillerte, stoben auf. Ein Kohlweißling flatterte ihnen vor den Nasen herum. Unten im Tal glitzerte das Wasser der Mosel silbern, die Hänge mit den Weinbergen und den Rebstöcken zeigten ein sattes Grün. Warme Luft liebkoste Ellas Wangen. Herrlich friedvoll? Von wegen: Vor ein paar Tagen war bei einem feindlichen Fliegerangriff ein Stück flussabwärts eine Fähre zerstört worden und zu allem Übel auch ein paar Minen im Fluss gelandet. Ein Spezialtrupp musste sie aufspüren und sprengen – wenigstens waren keine Menschen zu Schaden gekommen.

„Warm is dat heut!" Ida bremste den Handwagen, auf dem zwei Metallkannen mit Wasser aneinanderschlugen. Unter den Tüchern lagen Brot und Hartwurst für die Mittagspause bereit. Flink öffnete sie die Knöpfe ihrer Ärmelbündchen, die sie einmal umschlug. „Also mir sitzt der Schreck von heut Morgen noch in den Knochen. Dir nit, Ella?"

„Glaubst du, Großvater hat uns in dem Moment nicht erkannt? Er hat uns angesehen wie Fremde." Ein unfassbar beängstigender Gedanke.

„Wat soll ich sagen, ich denk, dat is manchmal so. Dat is wegen der elenden Sauferei."

„Ida, was redest du?" Ihre Mutter schüttelte den Kopf. „Gustav hat sein Lebtag geschuftet und geackert wie kein Zweiter. Mit siebzig konnte er noch für zwei arbeiten und … Nun gut, ab und zu hat er über die Stränge geschlagen und zu viel getrunken. Er hat seinerzeit gerne gefeiert, das ist wahr. Doch ein Säufer in dem Sinne war er nie. Diese Unterstellung verbitte ich mir."

„Dat stimmt schon, …" Ida schloss mit dem Leiterwagen wieder zu Magdalena auf. „… aber ich hab oft Flaschen weggeräumt."

„In den letzten Jahren hat er selbst gemerkt, dass er nicht mehr konnte, wie vorher und wie viel ihm entfällt. Sein Verstand wäre ,löchrig' geworden, wie er einmal zu mir gesagt hat." Magdalena machte eine kurze Pause, bevor sie fortfuhr. „Ihn selbst bedrückt sein Zustand am meisten. Er ist labil und es wirkt mitunter, als ob er getrunken hätte. Tatsächlich ist er verwirrt und überfordert und möchte das verbergen."

„Manchmal is der alte Herr sehr anhänglich. Direkt lästig kann er werden."

Henri lief stumm neben Ella her, die dem Gespräch der Erwachsenen mit gespitzten Ohren lauschte, obwohl sie wegen des Rumpelns des Karrens nicht alles verstand.

Auf dem steileren Stück griff Magdalena ebenfalls nach dem Handlauf und half, den Schwung des Leiterwagens zu bremsen. „Wer weiß, wie es uns einmal geht, wenn wir alt sind. Es ist nicht leicht für ihn. Er merkt, spürt und fühlt, dass sein Geist zerfällt. Das setzt ihm sehr zu. Darum erwarte ich von euch ein gewisses Maß an Verständnis."

„Wat soll dat heißen? Wollen Sie Ihrem Mann etwa nix von dem Vorfall erzählen?" Ida blieb unvermittelt stehen.

Henri stoppte gerade noch rechtzeitig, sonst wäre er in sie hineingelaufen. Wieder zeigte sie diesen erbitterten Blick, der Ella bereits heute Morgen aufgefallen war, als Ida aus der Tür des Anbaus gestürmt war.

„Dat dürfen Sie nit, Herrin. Ich weiß, wat Sie für Ihren Schwiegervater tun. Blind bin ich nit. Ich hab mitgekriegt, dat Sie ihm mindestens ebenso oft beim Waschen und Anziehen helfen wie ich. Mir is klar, warum Sie ihm die Brote schmieren, ihm die Knöpfe vom Hemd zuknöpfen, Hose und Strümpfe anziehen und ihn rasieren. Aber jetzt is et genug. Dat geht nit mehr so weiter und is regelrecht gefährlich. Wenn er dat Messer genommen hätt, dat auf dem Tisch lag."

„Wohin versteigst du dich?" Magdalenas straffte sich und kreuzte die Arme vor ihrer Brust. „Selbstverständlich werde ich heute Abend mit Matthias sprechen; alles andere wäre fahrlässig. Schließlich tragen wir die Verantwortung für euch."

„Wohl wahr! Warm is dat. Einen Moment mal." Ida schob die Ärmel ihrer Bluse hoch.

„Um Himmels willen, was ist denn da passiert?"

Durch den Aufschrei ihrer Mutter alarmiert, sah Ella genauer hin und erschrak. Unterhalb von Idas Ellenbogen stach ein faustgroßer blauroter Bluterguss grell von der blassen Haut der Magd ab.

„Ach, dat. Da hab ich gar nit mehr dran gedacht. Dat is ein Andenken an heut morgen und war auch mit meine Schuld. Der Gustav wollt weiterschlafen. Den hat geärgert, dat ich reingekommen bin." Ida seufzte laut. „Als Nächstes hat er seine Uhr am Nachttisch gesucht. Die lag halt nit da. ‚Die hätt ich gestohlen.‘ Er is raus aus dem Bett, schreit ‚Diebin‘. Ich wollt zu seiner Hose, gucken, ob die Uhr in der Tasche steckt, bin ausgewichen und gegen die Kante vom Schrank gestolpert. Wegstoßen und sämtliche Knochen brechen kannst du so einem alten Mann auch nit. Manchmal is er dann halt wieder sehr anhänglich, da kannst du deine Arbeit auch nit machen. Aber diese Vorwürfe. Ich lass mir doch nit nachsagen, dat ich eine Diebin bin! Die Uhr war da - in seiner Hosentasche.“

Henri, der neben Ella herging, wurde immer langsamer. Unwillkürlich passte sie ihr Tempo an seines an und ließ ihren Blick schweifen. Von dem Weg aus hatten sie freien Blick auf die Mosel und die Weinberge der Trittenheimer Seite.

„Meiner Schwester is mal so wat ähnliches passiert wie der Ida. Aber schlimmer. Die kam mal grün und blau geschlagen nach Haus. Überall blaue Flecke und eine dicke Lippe.“

Ella blieb wie angewurzelt stehen. „Oje, die Arme, wie ist das denn passiert?“

„Der Kerl, der ihr dat angetan hat, war ein Freund von unserem ältesten Bruder. Fünfzehn war die erst und der hat ihr ein Kind gemacht, obwohl die nit wollt. Als dat rauskam, war der Teufel los. Mein Vater hat den windelweich geprügelt und meine Oma hat gezetert. Gesagt, das wär die Schuld von der Fanny. Weil die mit ihren Seidenstrümpfen zu aufreizend angezogen wär und Schminke auf ihre Visage geschmiert hätt.“ Wenn Henri etwas aufregte, verfiel er unwillkürlich in Dialekt. „Als et dann so weit war mit dem Kind, hat ein

Freund von dem Kerl, ein hohes Tier bei der Gestapo, die Fanny in ein Heim für ledige Mütter verfrachtet."

Ella setzte ihre Hacke ab. „Hieß der mit Nachnamen zufällig Lauterer?"

Henri überlegte. „Dat weiß ich nit. Warum?"

„Das ist der von heute Morgen."

„Ach, der! Dat Kleine haben die von dem Lebensborn jedenfalls an eine Familie von ganz strammen Nazis zur Adoption vermittelt. An irgendeine Trierer Bankiersfamilie. Dabei hätt meine Mutter es aufgezogen. Es is ja immerhin ihr Enkel. Der Fanny war's aber recht so. Die wollt das Kind eh nit. Die arbeitet jetzt in einer Heeres-Munitionsfabrik bei Koblenz. Da is sie aber nit glücklich. Sie muss so ein Zeug abwiegen, das zu etwas zerbröselt, das wie Haferflocken aussieht, aber giftig is. Sie hat geschrieben, dass wir sie bestimmt nicht wiedererkennen täten, weil sie wie eine Vogelscheuche aussieht. Die Hände und Haare wären orange gefärbt. Elend übel sei ihr, sie könnt nix mehr essen und kein Kleid tät ihr noch passen. Alle wären viel zu weit und sie käme mit dem Engermachen nit mehr hinterher, weil sie viel zu müde nach einem Arbeitstag wär."

„Dass es deiner Schwester so schlecht geht, tut mir leid."

Henri sah sie an. „Ist ... es vielleicht möglich, dass ihr sie einstellt? Ihr könnt doch Leute gebrauchen, die auf dem Hof mitarbeiten."

„Schon. Bloß, das fragst du besser meine Eltern, nicht mich."

Er senkte den Kopf. „Aber denen kann ich doch nit so wie dir sagen, was mit der Fanny passiert is. Wenn du das vielleicht tätest?"

„Müssen sie das denn wissen?" Ella betrachtete den glitzernden Fluss. Ihr Blick ging zu den Wiesen hin, auf denen Apfelbäume standen. Eine Taube gurrte.

„Ich glaub schon, dass es besser is. Die Leute reden halt schlecht über meine Schwester, dabei hat sie das nit verdient. Wenn deinen Eltern die Sach mit dem Kind später irgendwie zu Ohren käme, wird es heißen, warum habt ihr's uns nit gleich gesagt."

Ella überdachte das Argument und es leuchtete ihr ein. „Ich muss eine günstige Gelegenheit abpassen, um Magdalena ..."

Henri stutzte.

„... meine Mutter einzuweihen. Versprechen kann ich dir leider nichts."

„Und es ist noch was: Mit Männern hat die Fanny nix mehr am Hut. Die kriegt Panik, wenn sie mit einem allein bleiben soll. Wie die zittert, das fällt schon auf. Am liebsten würd sie Nonne werden. Aber dat geht wegen dem Kind nit."

„Obwohl es nicht bei ihr lebt?"

„Sie kann doch nit lügen und sagen, dass sie keins hat."

„Stimmt auch wieder. Es gibt aber Witwen, die ins Kloster eintreten, obwohl sie Kinder haben."

„Wirklich? Eine Mitgift müsste die Fanny auf jeden Fall auch mitbringen, wenn sie Nonne werden will. Glaube ich jedenfalls."

„Oje, da bin ich überfragt." In einem Konvent Schutz zu suchen, um ihr Leben Gott zu weihen, hatte Ella nie ernsthaft in Erwägung gezogen. Dafür liebte sie ihre Freiheit und die Natur viel zu sehr. Grillen zirpten. Ein grünbrauner Grashüpfer landete auf ihrem Schuh.

„Hier, halt mal!“ Sie drückte dem verdutzten Henri ihre Hacke in die Hand, bückte sich und fing das Tierchen ein. Es versuchte, seinem Gefängnis zu entkommen und kletterte auf ihrer Handfläche herum, die kribbelte und kitzelte. Ella lächelte, öffnete die Faust und ließ es frei. Der Grashüpfer machte einen Satz auf den Weg und mit dem nächsten Sprung verschwand er im Gras. Die Kirchenglocke schlug. Zwei Weinbergschnecken krochen nebeneinander auf dem Weg. Ella kam eine Idee. „Machen wir einen Wettlauf zu den anderen?“

„Soll ich dir einen Vorsprung geben?“

Sie überlegte nicht lange. „Na klar, wenn du Pokale gewonnen hast! Zwanzig Schritte?“

„Einverstanden, aber deine Hacke trägst du schön selbst.“ Henri hielt ihr den Stiel wie einen Staffelstab hin. Kaum, dass ihre Finger das Holz umschlossen, rannte sie los. Er hatte trotzdem keine Mühe, sie einzuholen.

Die Blaue Forelle

19. Juni 1940

In der Frühe wachte Ella nicht sonderlich erholt auf, schlappte zum Waschtisch und schlurfte nach der allmorgendlichen Säuberung und dem Ankleiden die Treppe hinunter in die Küche.

„Guten Morgen." Sie unterdrückte ein Gähnen und begrüßte ihre Eltern. „Wo sind denn Martin und Henri? Sind die beiden noch nicht wach?"

„Du bist es, die spät dran ist", antwortete Magdalena. „Die Buben arbeiten schon seit einer Weile im Stall."

Da Matthias die beiden nicht begleitete, musste er wohl wieder zum Holzschlagen nach Thalfang. Sehnsüchtig schielte Ella zu dem Brotkorb, der auf dem Tisch stand. Ihr Magen knurrte, aber Essen gab es erst nach der Frühmesse. Sie streckte die Hand aus, um ein Stück Brot zu stibitzen und war fest entschlossen, ihrem Sündenkatalog die Völlerei hinzuzufügen. Doch von der Scheune drangen aufgeregte Stimmen zu ihnen. Schritte, die rasch näherkamen. Sie ließ die Hand sinken. Die Türklinke wurde heruntergedrückt. Martin und Henri platzten herein.

„Kommt sofort mit!" Die Wangen ihres Bruders waren hochrot. „Das müsst ihr euch ansehen! Also, das ist eine solche Unverschämtheit."

„Und was für eine", pflichtete Henri ihm todernst bei, obwohl seine Augen vergnügt funkelten. „Wir wollten gerade in den Stall, da haben wir's bemerkt."

„Was ist denn los?" Matthias trat ans Fenster und spähte hinaus. „Ich sehe nichts Ungewöhnliches. Auch nicht im Hof der *Blauen Forelle*."

Die Gastwirtschaft, die ihren Eltern gehörte, lag schräg gegenüber. Ursprünglich hatten Ellas Urgroßeltern in dem Haus gelebt, ihrem Großvater war es dort aber nach seiner Hochzeit schnell zu eng geworden. Also hatte er angrenzend an Scheune und Stall ein eigenes Haus errichtet, in dem ihre Mutter aufgewachsen war. Nach dem Tod der Urgroßeltern kam Magdalenas Mutter Annegret auf die Idee, den leer stehenden Flügel des Dreiseithofs in eine Gastwirtschaft umzuwandeln. Mit dem Vorschlag stieß sie bei ihrem Mann auf offene Ohren. Den zurückgesetzten Stall samt Scheune funktionierten Ellas Großeltern dabei zu einem Tanzsaal um. Anfangs waren sämtliche Gebäudeteile miteinander verbunden gewesen. Alles zusammen wirkte auch jetzt noch wie eine Einheit. Später veranlasste Tante Antonia, die Witwe von Magdalenas ältestem Bruder, der vor fast einem Vierteljahrhundert im Krieg gefallen war, dass der Durchgang zu ihrem Haus zugemauert wurde. Ella mochte die hochnäsige Antonia und ihren Sohn, seit seinem bestandenen Physikum ein Kandidat der Medizin, nicht sonderlich. Ob der Kerl, der als Bub gerne Katzen ertränkt hatte, wirklich das Zeug zu einem mitfühlenden Arzt in sich trug? Doktor Bender, den ihr Vater wegen Gustav ins Haus bestellen wollte, war da viel eher nach ihrem Geschmack.

„Von dort aus kannst du lange gucken, Papa." Martin rannte zur Tür. „Du musst schon bis zur Straße vorgehen."

Ella schlüpfte bereits in ihre Schuhe, während die Eltern noch nachfragten. Sie rannte über den Hof und sah nach links und rechts. Auf der Straße war absolut nichts Ungewöhnliches los. Sie wollte schon zurückstürmen und Martin der Lüge bezichtigen, als ihr Blick das Schild der *Blauen Forelle* streifte. Ella schlug die Hände vor den Mund und biss sich auf die Lippen. Jemand hatte vermutlich im Suff zu Leiter und Pinsel gegriffen. Das Schild samt blauer Forelle war weiß übertüncht. Ein rotes Gebilde, das von der Form her an ein Osterei erinnerte, hatte der Künstler nicht ganz mittig hineingepinselt. Spuren von Farbtränen verliehen dem Kunstwerk in Verbindung mit dem krummen und schiefen Hakenkreuz einen ganz besonderen Charme. Zumal nicht alle Querstriche in die richtige Richtung wiesen.

„Die haben unser Schild vollkommen verschandelt!", schimpfte ihr Bruder, während Ella sich das Ungeheuer ausmalte, das aus diesem Ei schlüpfte. Vielleicht ein Hase mit Hitlerbart?

Vermutlich hatte der Sieg über Frankreich den oder die Täter zu der ‚Nacht-und-Nebel-Aktion' animiert und jede Wette, dass letzten Endes Johann Lauterer dahintersteckte. Womit die arme Tante Berta, die geplagte Ziehschwester ihrer Mutter, nur einen solchen Sohn verdient hatte? Vielleicht war er ein Wechselbalg? Oder eine Strafe Gottes?

„Oh!" Magdalena biss sich auf die Unterlippe. „Das kann nicht so bleiben. Auf keinen Fall."

Matthias zwinkerte. „Stimmt, wir müssen einschreiten, dieses Machwerk könnte als Verunglimpfung nationalsozialistischer Symbole gemeldet werden.“

***

Gemeinsam mit ihrem Vater, den Ella dazu überredet hatte, sie zu den Lauterers mitzunehmen, marschierte sie zur Hintertür der Gastwirtschaft, die von der Küche hinaus in den Garten führte. Matthias klopfte mit Schwung an. Ob Berta überhaupt schon auf war? Im Lauf des vergangenen Kriegsjahres hatte die rundliche Ziehschwester ihrer Mutter noch einmal deutlich an Gewicht zugelegt. Bestimmt Kummerspeck, weil Bertas weiches Mutterherz beim Radiohören oder Lesen der Wehrmachtsberichte vor Sorge um ihre Zwillinge unter Garantie jedes Mal verging. Gleich zwei ihrer Söhne dienten an der Front: Leo als Scharfschütze im Infanterie-Regiment 124 und Max als Funker auf U-Boot 122. Nach der spektakulären Sache mit Scapa Flow im Oktober 1939, einer Bucht bei den Orkneyinseln, von der Ella nie zuvor gehört hatte, juckte ihn der Hafer und es musste die Marine sein. Der verblüffende Überraschungsangriff eines deutschen U-Boots, das unter dem Kommando von Korvettenkapitän Günther Prien in einen englischen Hafen eingefahren war, um dort unversehens die Royal Oak zu versenken, ein Schlachtschiff mit eintausendvierhundert Mann Besatzung, hatte diese Waffengattung unter den Buben im Dorf quasi über Nacht populär gemacht. Dass bei der Attacke über achthundert Menschen ertrunken waren, interessierte

69

die Jungs nicht im Mindesten. Max war reichlich enttäuscht gewesen, dass er nicht unter dem Helden von Scapa Flow dienen durfte. Berta hingegen hatte drei Kreuze gemacht und in der Kirche dankbar eine Kerze für die heilige Jungfrau Maria angesteckt, die ihre Bitten erhört hatte. Wochenlang hatte Johann in der *Blauen Forelle* das Loblied auf Kapitänleutnant Günther Priens ‚Husarenstreich‘ gesungen. Den Buben im Dorf wollte er sogar vom Kriegshelden unterschriebene Sammelkarten besorgen. Bislang konnte er allerdings noch kein einziges Autogramm des verwegenen Kapitänleutnants vorweisen. Zwischen den Einsätzen auf U-Boot 122 erhielt Johanns Bruder Max selbstverständlich Landgang, den er aber nicht für Heimfahrten nutzte. Er hatte sich nicht ein einziges Mal zu Hause blicken lassen, kritzelte höchstens alle paar Wochen ein paar knappe Zeilen an seine Familie und klagte unentwegt über Zeitmangel. Nach Max' Angaben war das U-Boot seit dem ersten Einsatz im März dieses Jahres unheimlich viel auf Achse, ständig zu neuen Missionen unterwegs und ohne ihn völlig aufgeschmissen. Vermutlich übertrieb er schamlos. Sein Zwillingsbruder Leo schrieb viel häufiger Feldpost. Den letzten Brief hatte er zum großen Entsetzen seiner Familie aus einem Lazarett geschickt und versprochen, seinen Genesungsurlaub in der Heimat zu verbringen – sofern er einen erhielt. Ein Lichtblick für die leidgeplagte Berta.

Ella lauschte angespannt, aber im Haus blieb es ruhig. „Vielleicht sind sie noch nicht wach?"

Matthias klopfte noch einmal. „Ihr Vieh müssen die Lauterers genau wie wir versorgen. Am besten, ich schaue zum Schweinestall."

„Warte!" Ella drückte ihr Ohr gegen die Tür. „Ich glaube, ich höre jemanden."

„Wer da?"

Ella erkannte Bertas Stimme.

„Ich bin's, der Matthias."

Die Tür wurde geöffnet. Ein paar unordentliche graue Strähnen hingen aus Bertas Haarknoten und sprachen dafür, dass sie ihn hastig hochgesteckt hatte.

„Und die Ella. Na dann, hereinspaziert, meine Lieben. Wat führt euch denn um die Uhrzeit her? Und wo is dat Lenchen? Is irgendwat passiert? Sag schon!"

Matthias legte ihr eine Hand auf den Arm. „Keine Sorge, bei uns drüben ist alles in bester Ordnung. Ist dein Mann da?"

„Der schläft noch, gestern Abend is et sehr spät geworden. Die haben den Sieg bis in die Puppen gefeiert. Worum geht's denn?"

„Um das Schild der *Blauen Forelle*", antwortete Matthias. „Du wirst es nicht wiedererkennen."

„Wat sagst du?" Während die beiden miteinander sprachen, stapften die jüngsten Lauterer-Sprösslinge mit einer Magd herein und beäugten Ella und ihren Vater mit großen Augen.

„Kümmer du dich um die Kinder!", befahl Berta. „Wir sind kurz draußen."

Ella rümpfte die Nase, als sie durch den großen Saal der Gastwirtschaft hasteten, in dem es widerlich nach abgestandenem Rauch und schalem Bier stank.

Auf dem Flur kam ihnen ein Mädchen in ihrem Alter entgegen. „Ella? Habe ich doch richtig gehört. Was machst du denn hier?"

„Komm einfach mit, Luzie."

Beim Anblick des Schildes staunte ihre Freundin nicht schlecht. „Ach, du liebes Bisschen! Wann haben die das denn gemacht? Der arme Fisch, in Farbe ersäuft."

Sie sah Ella an, die mühsam ein Lachen unterdrückte. Wie auf Kommando kicherten sie los, was ihnen tadelnde Blicke Bertas einbrachte. „Hört auf. Dat is ne ernste Angelegenheit. Davon hatt ich keine Ahnung, Matthias. Also dem Johann werd ich ein Wörtchen erzählen."

„Ist der nicht schon nach Trier aufgebrochen?", fragte Luzie.

„Wozu gibt et dat Telefon." Berta stürmte ins Haus zurück und klingelte bei ihrem Ältesten an, der das Gespräch schließlich entgegennahm.

„Johann, die Gronaus stehen grad neben mir. Es geht um ... Wie bitte, die soll'n sich nit so haben? Aber dat is ihr Schild! Mir is dat nit egal. Hast du gesehen, wie dat ausschaut. Grauenhaft! Dann warst du et? Ein paar deiner Männer. Dat macht's nit besser." Berta legte auf. „Wir bringen das in Ordnung. Ich hoffe nur, dass ihr meinem Mann und mir die dumme Geschichte nit nachtragt."

„Dass ihr beide nichts mit diesen Schmierereien zu tun habt, war von vornherein klar. Berta, eine Bitte habe ich. Dürfte ich euer Telefon benutzen? Ich wollte wegen Vater bei Doktor Bender anrufen. Ich zahle dir das Gespräch natürlich."

„Sei nit albern. Kommst du danach noch auf einen Kaffee herein?"

„Ich würde gerne, leider muss ich meiner Dienstpflicht nachkommen."

Während ihr Vater mit der Frau des Arztes telefonierte, fasste Luzie nach Ellas Hand und zog sie mit, bis sie ein Stück abseitsstanden. „Sehen wir uns am Sonntag?"

„Auf jeden Fall!"

„Vielleicht ist Leo dann schon da!" Ihre Freundin klatschte in die Hände.

„Das wäre schön. Wie geht es ihm denn?"

„Viel besser! Er soll bald aus dem Hospital entlassen werden. Max will nach seinem nächsten Einsatz übrigens auch Urlaub nehmen." Luzie strich sich eine Strähne aus der Stirn, die sich aus ihrem Zopf gelöst hatte. „Er hat uns letzthin einen furchtbar besorgten und für seine Verhältnisse ellenlangen Brief geschrieben. Er hätte mit einem Mal einen scharfen Schmerz im Bein gespürt. Der hätt ihn regelrecht durchzuckt wie ein elektrischer Schlag. Ob wir wüssten, ob mit Leo alles in Ordnung wär. Meinst du, so was ist möglich? Dass ein Zwilling merkt, wenn der andere angeschossen wird?"

„Luzie, weißt du noch, als wir klein waren und Max beim Heidelbeerpflücken im Wald verschwunden ist? Leo hat immer gesagt, dass es dem gut geht. Und so war es auch."

„Stimmt! Und als Leo mit der schlimmen Mittelohrentzündung ins Krankenhaus musste, hat Max die ganze Zeit gejammert und gesagt, dass ihm der Kopf wehtäte. Wer weiß, vielleicht schaffen sie es sogar, gleichzeitig hier einzutrudeln? Max hat gesagt, dass er es irgendwie einrichten wird, uns zu besuchen, um selbst zu sehen, wie es Leo geht."

„Den beiden traue ich so ein Wunder glatt zu."

„Das wäre eine Freude. Weißt du, Mutter weint oft. Sie hat Angst, dass es Krach gibt, wenn Leo allein kommt und etwas sagt, was dem Johann nicht passt. Die beiden können gar nicht miteinander. Max hat meist zwischen ihnen vermittelt, der ist viel nachgiebiger als Leo. Die Zwei wären schon immer wie Feuer und Wasser gewesen. Mutter sagt uns ständig, dass wir Johann auf keinen Fall reizen dürfen. Sie wüsste nicht, was dem sonst noch einfiele. Wir müssten wie die Luchse aufpassen, damit keine Katastrophe passiert!“ Luzie riss erschrocken die Augen auf und sah sich nach allen Seiten um. „Erzähl das bloß nicht weiter. Nicht einmal deinen Eltern.“

„Als ob ich petzen würde!“ Ella bemitleidete ihre Freundin zutiefst. Sie musste zwar Rücksicht auf Opa Gustav nehmen und manche Themen vermeiden, aber das war etwas anderes als die ängstlich angespannte Atmosphäre, die bei den Lauterers herrschte. Aus den Augenwinkeln bemerkte sie eine Bewegung. Henri war auf der Straße aufgetaucht und musterte Luzie interessiert. Ob ihre Freundin sein offensichtliches Interesse teilte, wagte Ella zu bezweifeln. Dabei konnte sie wirklich nichts Schlechtes über ihn sagen, er arbeitete fleißig und was er über seine Schwester erzählt hatte ... Sie nahm sich fest vor, heute mit Magdalena über das Mädchen zu sprechen. Fanny, ob es eine Abkürzung für Franziska war?

Luzie hatte Henri auch bemerkt. „Denkst du, euer neuer Knecht hat mitgekriegt, wovon wir reden?“

„Selbst wenn, wir haben nichts Schlimmes gesagt.“ Ella legte ihren Arm um die Schultern ihrer Freundin

und zog sie an sich heran. „Ich frage mich, was die beiden vom Krieg berichten werden." Und ob Leo sich
ebenso den Mund verbieten ließ wie Luzie, die sich
streng an die Vorgaben hielt, die ihre Mutter ihr einbläute.

Das einfache Leben

Bei dem Gespräch über Gustav zwischen den Eltern sollten weder Ella noch Martin anwesend sein. Die Eltern wiesen sie hinaus. Lydia und Traudl hatten die Küche bereits verlassen und Ida verzog sich ebenfalls nach oben in ihre Stube. Sie wollte Feldpostbriefe an ihre Brüder und Cousins schreiben, um mehr über den triumphalen Sieg in Frankreich in Erfahrung zu bringen – und vielleicht das eine oder andere Mitbringsel aus Paris zu erbitten. Henri, der vermutlich nichts Besseres zu tun hatte, stand noch bei Martin und ihr.

„Dass die Eltern dich nicht dabeihaben wollen, wenn sie über Großvater reden, kann ich verstehen", murrte ihr Bruder. „Du bist schließlich ein Kind. Doch mit mir können sie reden, wenn es Probleme gibt."

„Du wieder." Ella verdrehte die Augen. „Du weißt nicht mal, worum es geht, und daran trägst du selbst die Schuld."

Martin war gerade noch rechtzeitig zum Abendessen von der Schießübung aufgetaucht, hatte rasch die Uniform der Hitlerjugend abgelegt und so getan, als ob er am Verhungern wäre. In Gustavs Anwesenheit sprachen sie seinen Gewaltausbruch selbstverständlich nicht an. Ihr Bruder verdrückte eine Riesenportion Kartoffelsuppe und belegte sein Brot großzügig mit den Hartwurstscheiben, die eigentlich für alle reichen sollten.

„Und du bist eingeweiht? Dass ich nicht lache", zischte er.

Ella grinste breit. „Ich war sogar dabei."

„Ihr sprecht ganz schön laut. Wollt ihr nicht von der Tür weggehen?" Henri marschierte in die Küche voraus.

Sie folgten ihm.

„Alles, was recht ist, du neunmalkluge Besserwisserin. Ich bin nicht zu meinem Vergnügen unterwegs gewesen." Martin richtete sich zu seiner vollen Größe auf. „Und noch eins: Beim Schießen habe ich als Bester abgeschnitten."

Henris Kopf ruckte hoch. „Alle Achtung!"

Sie schnaubte. „Pff! Auf Zielscheiben, die sich nicht bewegen."

„Mach's mir nach, Ellabätsch!"

Sie hasste es, wenn Martin ihren Namen derart verhunzte. „Wie denn? Wenn ich nicht einmal eine Waffe halten darf."

„Das ist ein Argument." Henri beugte sich vor und das elektrische Licht beschien sein gespanntes Gesicht. „Schießt du wirklich so gut, Martin?"

„Und ob!" Mit den Fingern seiner Rechten strich ihr Bruder den langen Pony zurück. Einige Strähnen fielen ihm der derzeitigen Mode entsprechend bis über die Augenbrauen in die Stirn. Den Rest seines Haars trug er kurz geschoren.

Ella begriff einfach nicht, warum so viele Mädchen im Dorf ihrem Bruder, diesem eitlen Fatzke, hinterherliefen. Sogar Luzie schwärmte für ihn. Ihre beste Freundin hielt ihn für hübsch, weil er wie Matthias groß und sportlich schlank aussah. Vom Gesicht her glich Martin angeblich dem ältesten Bruder ihrer Mutter, der 1917 gefallen war, und seinerzeit als der Adonis von Wingert galt. Obendrein lobte Luzie ihren Bruder für seine guten Manieren – stets grüße er sie zuerst. Martin sei nicht dreist und respektiere immer die Grenzen von Anstand und Sitte. Da gäbe es viel schlimmere Kerle, die gar kein Benehmen kannten. Dass Martin und Ella Geschwister waren, merkte keiner ihnen auf den ersten Blick an. Insgeheim fragte sie sich oft, nach wem sie mit ihren grünen Augen und den dunkelblonden Haaren, wie Tante Lydia den Farbton nannte, geraten war. Den deutlichen Rotstich, den Ellas Locken aufwiesen, ignorierte die alte Dame dabei geflissentlich.

„Das nächste Mal nehm ich dich zum ‚Knochenschleifen' mit, Henri." Mit dem reichlich übertriebenen Ausdruck meinte Martin lediglich die harmlosen Übungen, die er und seine Kumpane bei der Hitlerjugend durchführten. „Da wirst du ein paar famose Kameraden treffen."

„Danke, das ist ein sehr netter Zug von dir. Ich freu mich drauf." Henri machte aus dem Stand heraus einen Sprung, streckte den Arm aus und tippte die Decke des Zimmers an. „Also wenn's dich interessiert, kann ich dir verraten, worum's bei der Sache mit deinem Großvater geht."

„Das ist mächtig elefantös!"

„Musst du immer so ein albernes Zeug schwätzen?" Seine Begeisterung über Henris Vorschlag konnte ihr Bruder auch anders ausdrücken. Klasse, toll, prima – Ella fielen jede Menge passender Ausdrücke ein.

„So reden wir Kameraden eben unter uns, aber davon verstehst du halt nichts. Lass uns auf mein Zimmer gehen." Martin stupste Henri an. Beide wünschten ihr eine ‚gute Nacht' und stiefelten nebeneinanderher Richtung Tür. „Und jetzt erzähl, was war denn los?"

Wie bitte? Musste sie etwa allein zurückbleiben? Damit war Ella nicht einverstanden. „Wartet, ich will …"

Auf der Schwelle wandte ihr Bruder den Kopf. „Denk nicht daran, hinter uns her zu dackeln. Sonst sage ich es Tante Lydia."

Die hatte Ella erst vor Kurzem einen Vortrag gehalten, dass junge Mädchen nicht zu gleichaltrigen oder gar älteren Buben aufs Zimmer gehen durften, um nicht in Verruf zu geraten. Obwohl Ella keine Ahnung hatte, was zwischen Martin und ihr Unschickliches vorfallen sollte. Zärtlichkeiten? Ihrer Freundin mochte die Vorstellung gefallen, mit ihm Küsse auszutauschen. Bei Ella löste allein der Gedanke daran einen akuten Brechreiz aus. Und Henri? Der sah aus wie ein Kind. Der kam für Unziemliches genauso wenig infrage wie Martin, der sie gnadenlos verpetzen würde, wenn sie auf ihrem Wunsch bestand. Ella beschloss daher, den Ratschlag ihrer Tante zu befolgen. Sie ging nach oben in ihr Zimmer, um ein bisschen in dem Buch zu blättern, das ihre Mutter ihr vor ein paar Tagen in die Hand gedrückt hatte. Ein Roman von Ernst Wiechert. Einen brandaktuellen Bestseller, den Alma Grimm, die Schwester des Pfarrers, Magdalena gegeben hatte. Die beiden waren gut befreundet und lasen gerne, konnten dafür aber längst nicht so viel Zeit erübrigen, wie sie wollten. Und wenn Magdalena ein halbes Stündchen dafür abzwacken konnte, wählte sie nicht die Sorte Romane als Lektüre, die Ella gefiel.

In ihrem Zimmer war es drückend heiß. Sie legte das Buch auf den Nachttisch. Da das elektrische Licht zuhauf Motten anzog, schloss sie die Fenster, obwohl eine angenehm kühle Brise sie streifte. Ob das Lesen lohnte? Ella betrachtete das Buch mit seinem Leineneinband und studierte den Titel zweifelnd: ‚Das einfache Leben?‘. Sie seufzte. Ein glamouröses führte sie weiß Gott nicht. Augenbrauen zupfen, Haare ondulieren, Lippenstift auflegen und in Stöckelschuhen wie ein Ufa-Star herumflanieren ... Besaßen die in ihrem Schlafzimmer vielleicht Ventilatoren? Das wäre es jetzt. Ella strich sich den Schweiß aus der Stirn und fächelte mit den Händen Luft gegen ihr Gesicht.

Ernst Wiechert war 1938 für einige Monate als politischer Häftling wegen offenen Widerstands im Konzentrationslager Buchenwald gewesen. Demnach war das hier das Werk eines Nazi-Gegners und erstaunlicherweise das erfolgreichste Buch des gesamten letzten Jahres. Dass dieser Autor noch etwas veröffentlichen durfte, lag an einer Sondergenehmigung des Führers. Ernst Wiechert und sein Werk waren bei der Bevölkerung derart beliebt, dass Hitler höchstselbst beschlossen hatte, ihn aus der Haft zu entlassen. Die Macht der öffentlichen Meinung! Schon seltsam, was für Blüten sie trieb, dass sogar der Führer klein beigab. Puh, ihr war zu warm und sie außerdem zu müde, um weiter darüber nachzudenken, ob und was Menschen gemeinsam bewegen konnten, wenn sie wollten. Oder auch nicht. Unten in der Stube redeten ihre Eltern über Gustav. Was sie wohl über ihn entschieden? Konnten sie überhaupt etwas tun? Etwas ändern? Und wenn ja, was? Ella ließ ‚Das einfache Leben' auf dem Nachttisch liegen. Für das Federbett war es heute viel zu warm. Sie hängte es über den Stuhl. Ihr reichte ein Leintuch und die dünne Wolldecke, die sie aus dem Schrank holte. Sie öffnete das Fenster und lauschte. In der Ferne keckerte ein Fuchs. In *der Blauen Forelle* feierten sie wohl noch. Leise Stimmen und Lachen wehten zu ihr herüber. Die Luft, die hereinströmte, brachte etwas Abkühlung. *Nur noch das Licht löschen.* Gähnend stieg sie ins Bett und streckte den Fuß aus der Decke. Sie schloss die Lider, rollte von der linken Seite zur rechten und wieder zurück und stellte fest, dass sie trotz der bleiernen Müdigkeit nicht einschlafen konnte. Irgendwann verschränkte sie die Hände im Nacken und sah hinaus zu den Sternen. Magdalena genügte ‚ein einfaches Leben' vielleicht. Ella wollte mehr! Sie wollte ein aufregendes, ein spannendes, ein buntes, voller wunderbarer Abenteuer – und ohne Krieg.

Arztbesuch

20. Juni 1940

Magdalena lief in der Küche auf und ab. Sie war früher vom Feld zurückgekehrt als gewöhnlich. Wegen des anstehenden Arztbesuchs hatte Traudl sie bei der Arbeit abgelöst. Brummte da ein Motor? Das Geräusch wurde lauter. Ein Auto fuhr auf den Hof ein, hielt an und ein Mann mit hoher Stirn und Brille entstieg dem Gefährt. Magdalena eilte an die Haustür und begrüßte Doktor Bender freundlich, der inzwischen seine Arzttasche aus dem Wagen geholt hatte.

„Danke, dass Sie den Hausbesuch bei uns zwischen Ihre anderen Termine eingeschoben haben, Herr Doktor."

„Leider ist es später geworden, als ich dachte, gnädige Frau. Ihr Mann hat während des Telefonats erwähnt, dass Ihr Schwiegervater vergesslich und mitunter auch äußerst unruhig und aufgebracht ist."

„Leider ja. Wo wir gerade bei Vätern sind, wie geht es denn Ihrem eigenen?"

„Danke der Nachfrage, gut. Mein alter Herr ist noch recht rüstig, hilft seit geraumer Zeit aber nicht mehr in der Praxis aus, was ich deutlich merke." Der Arzt folgte ihr in den Flur des Anbaus. „Lange dauert es zum Glück nicht mehr, dann ist mein Ältester so weit, dass er Medizin studieren kann. Da fällt mir ein: Wenn Ihr Neffe

Interesse daran hat, bei mir zu famulieren, soll er sich bitte melden.“

„Ihr großzügiges Angebot richte ich meiner Schwägerin gerne aus.“ Magdalena klopfte an Gustavs Tür. Von drinnen ertönte ein ‚Herein‘. Sie drückte die Klinke hinunter und machte Platz. „Bitte nach Ihnen, Herr Doktor.“

„Herr Gronau, schön Sie zu sehen? Wie geht es Ihnen?“ Der Arzt reichte ihrem Schwiegervater die Hand.

„Ich werde nicht jünger, will mich aber nicht beklagen. Und selbst?“

„Ich bin zufrieden.“ Doktor Bender stellte Gustav einige Fragen, die er prompt und sinnvoll beantwortete. „Ich würde gerne Ihr Herz abhören.“

„Das kann nicht schaden.“ Gustav lief zur Hochform auf, öffnete die Knöpfe seines Hemdes selbst und bat Magdalena hinauszugehen. Nach einer Weile riefen die beiden Herren sie wieder hinein. Ihr Schwiegervater war nach wie vor guter Dinge und brachte den Arzt bis zur Zimmertür, wo Gustav ihn wie einen guten Freund mit Handschlag und einem Verweis auf den nächsten Spieleabend verabschiedete. Magdalena begleitete Doktor Bender in die Stube und stellte ihm Kaffee und einen Imbiss in Aussicht. Er klopfte auf seinen ansehnlichen Bauch und lehnte dankend ab, nahm aber Platz.

„Und, wie schätzen Sie den Zustand meines Schwiegervaters ein?“

„Körperlich ist er äußerst rüstig. In der Hinsicht kann er es mit zwanzig Jahre Jüngeren aufnehmen. Zudem hat er sein Hemd nach der Untersuchung mit ein wenig Hilfe selbst angezogen und auch zugeknöpft.“

„Heute hat Gustav einen ausgesprochen guten Tag.“

Doktor Bender schmunzelte. „Ein Arztbesuch lässt manchmal sogar Schmerzen auf wundersame Weise versiegen. Das ist ein bekanntes Phänomen.“

„Abends ist mein Schwiegervater leider oft besonders unruhig. Martin hat berichtet, dass Gustav in der Nacht zuvor ungewöhnlich lange herumrumort und laute Selbstgespräche geführt hat. Könnte es sein, dass eine gestörte Bettruhe der Grund für sein ... unduldsames Verhalten war?“

„Das ist denkbar, Frau Gronau. Im Großen und Ganzen machte Ihr Schwiegervater während unseres Gesprächs einen recht geordneten Eindruck, einige auffällige Befunde konnte ich dennoch erheben. Folgendes: Er war zeitlich nicht immer orientiert. Außerdem hat er mich des Öfteren mit meinem Vater verwechselt und nach ‚unseren‘ Kartenabenden gefragt. Meiner Meinung nach sprechen seine Symptome für ein *seniles Irresein,* eine sogenannte Alterspsychose, die durch verkalkte Arterien zustande kommt. Übrigens kann es dabei durchaus Phasen geben, in denen sich die geistige Verfassung und die Stimmung des Patienten bessern.“

„Letztere schwankt stark, Herr Doktor. Was können wir von unserer Seite dazu beitragen, dass Gustavs Zustand stabil bleibt?“

„Er hat darüber geklagt, dass ihm eine Beschäftigung fehlt. Sein gewohnter Tagesablauf gibt ihm Struktur und stützt ihn wie ein Korsett.“

„Ich dachte, es täte ihm gut, wenn er seine Ruhe hat.“

„Im Gegenteil. Lassen Sie ihn wieder mithelfen. Einfache Arbeiten kann und soll er unter Aufsicht erledigen.

Seine vertraute Umgebung und das Gefühl, eine sinnvolle Aufgabe zu haben, sind die beste Medizin für ihn." Doktor Bender holte ein braunes Apothekerfläschchen aus seinem Arztkoffer und drückte es ihr in die Hand. „Das hier ist Chloralhydrat, eine bewährte Schlafmedizin, die Sie Ihrem Schwiegervater auch geben können, wenn er einen besonders unruhigen Eindruck auf Sie macht. Dreißig Tropfen von dem Sirup reichen im Bedarfsfall aus. Bei zu häufiger Anwendung tritt leider ein Gewöhnungseffekt ein. Also dosieren Sie das Medikament möglichst sparsam. Bei weiteren Problemen oder für den Fall, dass Ihr Schwiegervater zu einer ernsthaften Gefahr für sich oder andere wird, melden Sie sich bitte umgehend. Frau Gronau, es tut mir leid, ich muss weiter, grüßen Sie Ihren Mann von mir."

„Herzlichen Dank." Sie begleitete ihn zur Tür. Auf der Straße schlenderte die seit neustem wasserstoffblonde Dörte Kornbach entlang, die vermutlich zur *Blauen Forelle* unterwegs war. Sie blieb stehen und blickte zu ihnen herüber.

Doktor Bender hob demonstrativ die Hand. „Heil Hitler."

„Einen schönen Tag noch." Magdalena nickte ihm zu und schloss die Tür. Mal sehen, wann Alphons Berthold auftauchte, um sie auf den fehlenden Gruß anzusprechen und zur Vorsicht zu ermahnen. Wie auch immer, solange sie Rückhalt bei Matthias fand, konnte Dörte ihr gestohlen bleiben. Außerdem musste Magdalena nicht nur über Gustavs Befund nachdenken, sondern auch über das, was Ella ihr über Henris Schwester anvertraut hatte. Diese Lebensbornheime für ledige Mütter, in denen Nazigrößen ihre Geliebten unterbrachten,

genossen weiß Gott nicht den besten Ruf. Magdalena
straffte sich. Schluss mit dieser Art von Vorverurteilun-
gen. Wenn diesem armen Mädchen tatsächlich solch
furchtbare Dinge widerfahren waren, brauchte es Verständnis und Schutz.

Sonntagsspaziergang

7. Juli 1940

Ein durchwachsener Frühling war in einen ebensolchen Sommeranfang übergegangen. Was den Wein anbetraf, mussten sie wohl auf einen sonnigen Herbst hoffen. Ella stand am Küchenfenster und musterte den wolkenverhangenen Himmel. Nur siebzehn Grad und Schauer. Wenn sie der Wetterprognose vom Siebenschläfertag glaubte, würde es die nächsten Wochen genauso weitergehen: Regnerisch und viel zu kühl. *Was für tolle Aussichten!* Wenigstens etwas Erfreuliches gab es zu vermelden: Der Rat des Arztes hatte sich als goldrichtig erwiesen. Nach sechs Werktagen, an denen Gustav mithalf, besuchte er sonntags im Anschluss an die Messe wie gewohnt den Frühschoppen und hielt nach dem Essen seine Mittagsruhe. Matthias machte ebenfalls ein Nickerchen. Ella hingegen freute sich auf ihr Treffen mit Luzie, aber die Zeit bis dahin wollte einfach nicht vergehen. Die verflixten Zeiger der Uhr schienen auf ihren Plätzen festgeklebt zu sein. Da ging nichts vorwärts. Kribbelig vor Ungeduld wanderte sie in der Küche auf und ab, machte schließlich am Fenster Halt und sah sehnsüchtig zur *Blauen Forelle* hinüber. Das Schild der Gastwirtschaft war inzwischen auf Kosten der Lauterers wiederhergestellt worden. Laut Berta hatte sie dafür gesorgt, dass Johann die Rechnung aus eigener Tasche beglich. Doch nicht einmal der Gedanke an die Standpauke, die Berta ihrem missratenen Sohn erteilt hatte, heiterte Ella auf. Wie konnte das sein? Noch zwanzig endlos lange Minuten warten, wo auf der anderen Seite die Zeit nur so verflog! Nicht mehr lange und Traudl und Tante Lydia zogen fort. Unerreichbar weit weg – nach Bayern. Sie trommelte mit den Fingerspitzen auf das Fensterbrett. Ihre Freundin hatte bestimmt nichts dagegen, wenn sie etwas eher auftauchte. Ella beschloss, ihrer Mutter Bescheid zu geben und klopfte an die Tür der Stube.

„Herein.“

„Ich bin es.“ Ella drückte die Klinke herunter und spähte ins Zimmer. „Ich gehe zur Luzie hinüber, Mag... ich meine Mama.“

Ihre Mutter saß über Papiere gebeugt am Tisch. Sie hob den Kopf. „Kann es sein, dass du mich Magdalena nennen wolltest?“

So ein Mist, ertappt! Ellas Wangen brannten heiß, hastig schlüpfte sie in die Stube und schloss die Tür von innen. „Du hast es bei deinen Eltern auch gemacht.“

„Ach ja, und woher weißt du das?“, fragte Magdalena.
„Weil ich ...“
„Du hast in meinem Buch gelesen?“
„Nur den Anfang – und weil es mir vor die Füße gefallen war“, gestand Ella. „Ihr hattet den Schrank nicht abgesperrt.“

„Dann trage ich deiner Meinung nach wegen meiner Unachtsamkeit selbst die Schuld an deinem Ungehorsam? Obwohl du wusstest, dass dich die Dinge, die dein Vater und ich dort verwahren, nichts angehen.“

„Ich wollte es eigentlich zuklappen, aber dann habe ich deine Schrift erkannt und angefangen reinzulesen.“

„Und konntest nicht wieder aufhören?“

„Du hast Papa nicht mal als Ersten geküsst, sondern ...“

„Darum wollte ich nicht, dass du dir das Buch jetzt schon zu Gemüte führst. Und dabei bleibt es. Vorerst. Ella, ich bin dir wegen deiner Neugier nicht böse und in Gedanken kannst du mich nennen, wie du willst, aber achte vor anderen darauf, Mutter zu mir zu sagen. Wir können es uns nicht leisten, dass noch mehr Gerede über unseren liberalen Erziehungsstil aufkommt. Besonders jetzt nicht, wo wir Henris Schwester ins Haus nehmen.“

„Von mir wird keiner etwas über ihre Vergangenheit erfahren.“

„So ist es recht, mein Schatz. Hoffentlich sickert von anderer Seite nichts durch. Dörte kennt in Trier Gott und die Welt.“

„Danke, dass ihr Fanny helft ...“ Nach einer kleinen Kunstpause setzte Ella das Wort ‚Mutter‘ hinzu, legte beide Arme um Magdalena und drückte ihr einen Kuss auf die Wange.

„Grüß Berta schön.“

„Das mache ich, Mama. Bis später.“

Während Ella die Straße überquerte, musterte sie die Forelle auf dem Wirtshausschild, die grinsend aus ihrem Bach sprang. Die Farben leuchteten nach der Überarbeitung herrlich blau und grün. Darum fiel umso mehr auf, dass das Haus einen neuen Anstrich vertragen konnte. Ein Grauschleier lag auf dem Weiß, dunkle

Flecken verunzierten die Wände unter den Fensteröffnungen, die Ella an Augen mit verschmierter Wimperntusche erinnerten. Aber wer renovierte im Krieg ein Haus? Sie war kaum in den Hof getreten, als die Eingangstür aufgerissen wurde und Luzie erschien. Sie hatte die schlanke Figur ihres Vaters geerbt, braune Haare und ebensolche Augen. Hinter ihr tauchte noch jemand auf. Nicht Johann, wie Ella im ersten Moment befürchtete, sondern einer der Zwillinge. Obwohl eine gewisse Familienähnlichkeit mit ihrem älteren Bruder vorhanden war, überragten sie Johann um ein gutes Stück. Ella gehörte zu den wenigen, die Leo und Max ziemlich mühelos auseinanderhalten konnte. Sie musterte das Gesicht ihres Gegenübers und entdeckte an der rechten Braue die kleine Narbe, die ihr jeden Zweifel nahm. „Leo! Wie schön! Geht es dir gut? Bist du wieder gesund?"

Ehe er den Mund öffnen konnte, antwortete Luzie für ihn. „Sein Bein ist noch steif, nachdem sie ihm eine Kugel herausgepopelt haben. Er muss täglich Übungen machen, damit es beweglicher wird. Ein kleiner Spaziergang schadet ihm nicht. Nun steh nicht rum, Leo. Begrüß Ella, danach gehen wir los."

„Herrje, bist du gewachsen in den eineinhalb Jahren. Ich hätte dich bald nicht erkannt." Leo schenkte ihr ein flüchtiges Lächeln. Er sah elend aus. Grau und blass im Gesicht. Anders als Ella ihn in Erinnerung hatte. „Im Übrigen ist mir heute nicht nach Herumlaufen und belanglosen Plaudereien zumute. Ich bleibe daheim."

„Mutter hat aber gesagt, dass du ein bisschen an die frische Luft sollst. Vielleicht ist es wirklich besser? Dann kommt Johann dir nicht in die Quere. Außerdem lenkt es dich von deinen trüben Gedanken ab." Luzie zog ihren Bruder an der Hand hinaus auf den Hof und weiter zur Straße. Ella folgte ihnen schweigend. Irgendwas lag da im Argen. Ihre Freundin bog nach links ab und wählte den Weg, der bergauf Richtung Weinberge führte. „Ist es hier nicht schön? Leo, bitte, es steht doch noch gar nicht fest, dass das U-Boot mit Max gesunken ist. Johann sagt ..."

„Bleib mir vom Leib mit dem gequirlten Mist, den dieser Sesselfurzer ablässt. Der hockt auf der Schreibstube, verhaftet Leute, die ihm nicht passen, und hat vom echten Leben und dem Krieg keine Ahnung. Der weiß gar nichts. Max ist tot!" Leo ballte die Faust, und schlug ein paar Mal auf seine Brust, dorthin, wo das Herz saß. „Da drin ist es seit zwei Wochen leer und ich kann dir genau sagen, wann es passiert ist. Kurz nach Mitternacht am 22. Juni. Ich hatte Schmerzen und konnte nicht schlafen, hab nur gedöst, als auf einmal ... Es war wie in einem Film, nur, dass ich mittendrin war und alles sich vollkommen wirklich angefühlt hat. Ich hab die Augen aufgeschlagen, mir war kalt, alles nass, alles dunkel. Überall tutet was, Sirenen, Alarme, Wasser. Von allen Seiten. Überall Wasser. Hektisches Brüllen und Schreien, Zischen, Krachen. Mein Puls rast, das Wasser steigt, irre schnell, steht mir bis zur Kehle, ich kann nirgends hin. Es dringt in meinen Mund, in die Nase. Ich kriege keine Luft mehr, schrecke in Todesangst hoch ... und liege in meinem Bett. Max ist tot. Er ist nicht mehr da. Und jetzt soll ich ruhig am Tisch sitzen und Johanns Schwachsinn anhören? Dass das U-Boot lediglich als vermisst gilt und noch zurückkommen könnte. Nein, wird es nicht. Und wenn der Kerl darüber schwadroniert, was für ein großartiger Stratege Adolf Hitler ist, möchte ich ihm Verstand in sein Erbsenhirn prügeln. Wisst ihr, was dem größten Feldherrn aller Zeiten eingefallen ist, als er die Chance hatte, Englands Truppe entschieden zu schwächen?“

„Nein!“ Ella umarmte Luzie, die bei ihr vor dem Zorn ihres Bruders Zuflucht gesucht hatte. „Woher denn?“

„Nichts, buchstäblich gar nichts. Vor Dünkirchen hat er einen Haltebefehl gegeben, drei Tage gezögert und dem Feind in die Hände gespielt. Keiner von General Guderians Männern hat es verstanden. Der Sieg war zum Greifen nah.“

Luzie machte keinen Mucks.

„Das war Ende Mai?“, fragte Ella.

Leo nickte. „Zwischen dem 24 und dem 26., um genau zu sein.“

Sie dachte nach. „Du meinst schon den Panzervorstoß?“

„Stimmt.“

Luzie sagte immer noch keinen Ton, also blieb die Unterhaltung mit Leo an Ella hängen. „Dann verstehe ich deinen Einwand nicht! Der Angriff war doch auf ganzer Linie erfolgreich! In der Zeitung stand, dass wir Deutschen die Schlacht gewonnen haben. Die Engländer mussten massenweise schwere Waffen zurücklassen, haben das Hasenpanier ergriffen und sind feige geflohen.“

„Sich das Debakel als einen deutschen Sieg schönzureden? Ella, das ist nicht dein Ernst. England wäre geschlagen gewesen, wenn wir die dreihunderttausend englischen Soldaten gefangen gesetzt hätten, die wegen des absurden Haltebefehls geflohen sind. Dieses Expeditionskorps macht das Gros der englischen Truppen aus und besteht aus lauter gut ausgebildeten Männern. Da könnte Winston Churchill seine fetten Backen noch so aufpusten, seine Armee wäre zusammengebrochen. Ihm hätten diese Soldaten an allen Ecken und Enden gefehlt. Ohne diese Truppen wären die Engländer mit Sicherheit längst eingeknickt und der verdammte Krieg vielleicht schon vorbei. Max könnte noch am Leben sein. Aber Hitler musste aller Welt unbedingt beweisen, dass er das Sagen hat – und nicht seine Generäle."

„Das alles steht überhaupt nicht fest", erwiderte Luzie. „Und rede bloß nicht so laut! Und vor allem nicht vor Johann und seinen Leuten. Sonst zerrt der dich noch wegen Wehrkraftzersetzung vor's Standgericht und dort machen sie kurzen Prozess mit dir."

„Warum bin ich überhaupt hergekommen? Nix sehen, nix hören, nix sagen! Eure elende Duckmäuserei vor dem Kerl steht mir bis hier." Er hielt seine Hand über den Kopf und humpelte in Richtung Marienkapelle davon.

„Leo, bitte, ich hab's nicht böse gemeint."

„Lass ihn, Luzie, wir gehen ihm langsam nach und warten ab, bis er sich ein bisschen beruhigt hat. Glaubst du ihm, dass Max tot ist?"

Ihre Freundin schniefte. „Davon bin ich überzeugt und das macht es noch schlimmer."

Sie folgten ihm mit einigem Abstand in den Wald zur Kapelle, die zum Teil in den Felsen gebaut und deren Dach von Moos überwuchert war. Leo saß dort auf einer Holzbank, den Kopf hielt er gesenkt und die Hände in seinem Haar vergraben. Als sie näherkamen, ließ er sie sinken und sah ihnen entgegen.

„Es tut mir leid. Ich habe zu heftig reagiert." Er rückte ein Stück zur Seite, sie nahmen Platz, sahen hinunter zur Mosel und schwiegen zu dritt, jeder gefangen in seinen eigenen Gedanken. *Dieser Krieg brachte nichts als Leid!* Ella lauschte den Grillen, den Vögeln, dem leisen Rascheln der Blätter. Dem Schlagen der Kirchenglocken. Für sie wurde es schließlich Zeit. Sie kam auf die Beine. „Ihr könnt ruhig noch bleiben, ich muss nach Hause."

„Wir gehen gemeinsam." Leo erhob sich prompt.

„Wartet auf mich." Luzie bildete das Schlusslicht. „Ich musste gerade an früher denken. Weißt du noch, Ella?"

Als kleine Mädchen hatten Luzie und sie oft die Köpfe zusammengesteckt und überlegt, dass die Zwillinge unbedingt Schwestern heiraten müssten oder wenigstens Cousinen wie Ella und Judith. Allerdings waren sie damals nie darüber einig geworden, welche von ihnen, wen nehmen sollte. Nur eines stand unumstößlich fest, dass Martin für Luzie bestimmt war. Harmlose Gedankenspiele, die nichts mit Verliebtheit und noch weniger mit Liebe zu tun hatten.

„Früher sind wir oft hier lang gegangen", sagte Leo leise. „Max, Judi, Luzie, du und ich. Mir kommt es vor wie in einem anderen Leben."

Ellas Vermutungen

20. Juli 1940

Ella fröstelte. Schließlich war es noch früh am Tag und die Nächte für Ende Juli kalt. Auf Leos ausdrücklichen Wunsch hin, durfte sie ihn und ihre Freundin Luzie heute nach Leiwen zum Bahnhof begleiten, wo er in den Zug nach Trier steigen musste. Einen Regenschirm hatte sie nicht dabei, obwohl Pfützen auf der Straße von dem nassen Wetter zeugten, das seit Wochen herrschte und nichts Gutes für die Getreideernte verhieß, falls es weiter anhielt. Im Hof der *Blauen Forelle* standen die Lauterers wie die Orgelpfeifen aufgereiht. Zu Ellas großer Erleichterung glänzte Leos ältester Bruder durch Abwesenheit. Besser war es. Johanns dumme Sprüche über die Ehre deutscher Soldaten, die stolz sein mussten, notfalls ihr Leben für den Führer zu geben, wollte nämlich keiner hier hören. Sie grüßte zu den anderen hinüber und bezog etwas abseits von Leos Angehörigen Stellung. Das jüngste Familienmitglied, einen Buben von eineinhalb Jahren, der zappelte und greinte, hielt seine Großmutter auf dem Arm. Vielleicht, weil Berta jemanden zum Festhalten brauchte?

„Nun lass ihn schon runter. Er begreift doch nit, was der Aufstand hier soll." Leo wuschelte seinem Neffen über den Kopf und wandte sich an die jüngeren Kinder, die ihn wie auf Kommando umringten, als er eine Tüte mit Zuckerzeug aus seiner Jacke zog. Er reichte sie seiner ältesten Nichte. „Die sind für euch alle. Nun, hopp, lauft los. Im nächsten Urlaub besuch ich euch wieder.“

„Bringst du bitte den Vater mit?“, fragte das Mädchen.

„Das kann ich dir leider nicht versprechen.“

„Nam, nam?!“, jammerte der Kleine auf Bertas Arm.

„Gib ihn mir, Großmutter.“ Seine Schwester streckte die Hände aus. „Ich schmier ihm ein Brot. Die Bonbons teile ich erst aus, wenn er ordentlich gegessen hat. Auf Wiedersehen, Onkel Leo. Ich werde für dich und den Vater an der Front beten.“

„Er wird sich freuen, dass du deiner Mutter brav hilfst.“

Das Mädchen schleppte ihren Bruder ins Haus und die jüngeren Kinder folgten ihr wie Entenküken ihrer Mutter. Die anderen wünschten Leo tonlos alles Gute.

„Mein lieber ... Junge! Komm gesund ... wieder.“ Berta umarmte ihn und rannte in Tränen aufgelöst in die *Blaue Forelle*. Sein Vater strich ihm liebevoll über die Wange und gab ihm seinen Segen.

„Zeig's den verdammten Engländern.“ Christoph, der ein paar Monate jünger als Martin war, kam an und schlug seinem älteren Bruder auf die Schulter. „Knall so viele von denen ab, wie du kannst. Dann ergatterst du vielleicht das Eiserne Kreuz.“

„Die Ehre überlass ich dem Johann.“

„Aber der kämpft doch gar nit.“

„Für seine besonderen Verdienste hinter dem Schreibtisch hat er mindestens zwei Orden verdient!“ Leo wandte sich zum Gehen, Ella und ihre Freundin folgten ihm schweigend.

Auf dem Weg durch die Weinberge hinunter zur Mosel wurde die Stille schwerer und lastender. Als ob die Füße mit jedem Schritt tiefer in einem Sumpf aus Trauer versanken. Eine einsame Eidechse hockte auf einem Stein und huschte in einen Spalt, als sie näherkamen.

„Die hat's gut, die kann sich verkriechen." Der traurige Klang seiner Stimme ließ Ella schlucken. Dabei war sie mitgekommen, weil sie ihn aufmuntern wollte, nicht um loszuheulen.

Auf dem Bahnsteig angekommen, stellte Leo sein Gepäck ab. Stumm verfolgten sie die Ankunft der Bimmelbahn, den Rauch, der aus dem Schornstein qualmte, das Quietschen der Bremsen. Fahrgäste stiegen aus, ein paar Ungeduldige drängelten vor und belegten die Abteile. Schließlich zog Leo sie beide gleichzeitig an seine Brust, drückte Luzie und sie so fest, als ob er sie nie wieder loslassen wollte.

„Alles Einsteigen!", brüllte der Schaffner.

„Hilft nix, es wird Zeit. Lass dich als Schwesternschülerin im Lazarett ja nicht von irgendwelchen Soldaten umgarnen, Luzie. Die Saukerle wollen alle nur das eine. Und du, werd nicht zu schnell erwachsen, Ella." Abrupt ließ er seine Arme sinken, griff nach dem Gepäck und stieg in den Waggon ein. Sobald er das Fenster öffnete, fassten ihre Freundin und sie nach seinen Händen, die er ihnen entgegenstreckte. Warm und stark war sein Griff. „Danke, dass ihr für mich da wart. Lebt wohl."

Bei seinen Abschiedsworten zog ein trostloses Gefühl Ellas Magen zusammen. Antworten konnte sie ihm nicht. Ein schriller Pfiff ertönte. Der Schaffner schloss die Türen und sie traten zurück. Luzie brach in Tränen aus, Ella verbiss ihre mit Mühe, zog die Freundin in eine tröstende Umarmung und lächelte Leo zu. Er sollte nicht nur die Erinnerung an verheulte Gesichter mit auf den Weg nehmen. „Wir sehen uns wieder!"

„Ganz ... bestimmt!" Luzie schluchzte auf. „Ich schreib dir."

Als die Lokomotive zischend und schnaubend in einer Rauchwolke losdampfte, winkten sie, bis der Zug ihren Blicken entschwunden war

***

„Kann ich Tante Lydia und dir bei etwas helfen, Traudl?" Ella und der Rest der Familie waren gerade vom Weinberg nach Hause gekommen, trotzdem fühlte sie sich verpflichtet zu fragen.

„Ach wat, wir tischen das Abendessen gleich auf."

Gott sei Dank! Ella plumpste auf die Küchenbank, gähnte und rieb sich den schmerzenden Rücken. Stundenlang hatten sie Unkraut gejätet, verdächtig aussehende Blätter ausgeschnitten und die Rebstöcke mit Salbeiextrakten behandelt. Kurzentschlossen legte sie Tante Lydias Brille, die auf der zusammengefalteten Zeitung lag, auf den Tisch und schlug die erste Seite auf. Wenn Ella den Radiomoderator gestern Abend richtig verstanden hatte, war Hitler seit Neuestem unter die Hellseher gegangen. Sie überflog die Titelseite mit der endlos langen Rede, die der Führer gestern im Kroll-Theater in Berlin vor dem Reichstag gehalten hatte, und fand die Stelle. Das Wort, das sie gesucht hatte, stand dort schwarz auf weiß.

… Und Herr Churchill sollte mir dieses Mal vielleicht ausnahmsweise glauben, wenn ich als Prophet jetzt Folgendes ausspreche: Es wird dadurch ein großes Weltreich zerstört werden. Ein Weltreich, das zu vernichten oder auch nur zu schädigen, niemals meine Absicht war. Allein ich bin mir darüber im Klaren, daß die Fortführung dieses Kampfes nur mit der vollständigen Zertrümmerung des einen der beiden Kämpfenden enden wird. Mister Churchill mag glauben, daß dies Deutschland ist. Ich weiß, es wird England sein.

Wenn Leo noch da wäre, hätte er bestimmt angemerkt, dass die Bibel des Führers unter Garantie nicht das Neue Testament und ‚die andere Wange hinhalten‘ beinhaltete, sondern ‚Mein Kampf‘ hieß. Danach hätte er die englischen Soldaten erwähnt, die bei Dünkirchen geflohen waren, und zuletzt vermutlich ‚warten wir’s ab, welches Reich es trifft‘ gesagt. Sie sorgte sich um ihn! Unglücklich faltete sie die Zeitung zusammen. Sie erhob sich, trat ans Fenster und sah zur Gastwirtschaft hinüber. Die arme Tante Berta. Max galt nach wie vor als vermisst, von seinem U-Boot gab es keine Spur – und für Leo ging der Krieg weiter. Ob es ihn an die Westfront oder nach Osten verschlug?

Lautes Hupen riss Ella in die Gegenwart zurück. Ein Lastwagen fuhr in den Hof der *Blauen Forelle* ein. Im ersten Moment dachte sie, dass Kriegsgefangene im Anmarsch waren. In Leiwen arbeiteten bereits seit vier, fünf Tagen welche. Aber statt armseliger Gestalten in französischen Uniformen liefen ein paar Hitlerjungen in ihren braunen aus dem Gasthaus und räumten sperrige Bretter oder Ähnliches von der Ladefläche. Was um alles in der Welt hatten sie damit vor? Ella presste ihre Nase immer dichter an die kühle Scheibe des Küchenfensters. Sie wollte ihrer Freundin ohnehin einen kurzen Besuch abstatten. Ihr Pferdeschwanz wippte, als sie den Kopf zu Magdalena umwandte, die einen Löffel in der Hand hielt und den Kräuterquark abschmeckte. „Mama, darf ich zu den Lauterers hinübergehen und mich für Sonntag mit Luzie verabreden?"

„Jetzt noch?"

„Bitte, übermorgen wird sie dieses dumme Haushaltsjahr in der Krankenhausküche in Koblenz antreten, dann werden wir uns für eine halbe Ewigkeit nicht mehr sehen."

„Sie hätte ihren Arbeitsdienst genauso gut bei uns am Hof ableisten können. Die Tätigkeit zählt als hauswirtschaftliches Praktikum. Wir hätten sie mit Kusshand genommen."

Ella seufzte schwer. „Ich habe es ihr angeboten wie Sauerbier. Aber sie will unbedingt in ein Krankenhaus reinschmecken und mit Schwesternschülerinnen reden, bevor sie ihre Entscheidung trifft, ob sie diesen Beruf lernen möchte."

„Wat für ein vernünftiges Dingelchen!" Traudl schwitzte Zwiebeln an, die einen vielversprechenden Duft verbreiteten. Mit Mehl bestäubt würden sie zu einer Suppe weiterverarbeitet. Dazu sollte es Bratkartoffeln und Quark mit frischem Schnittlauch geben.

„Und ich könnte bei der Gelegenheit auch fragen, was die dort drüben treiben. Oder wisst ihr es?"

Topfdeckel klapperten. Traudl griff zum Schneebesen. „Neugier is der Katzen Tod, heißt et. Aber ich wüsst schon gern, wat da vorgeht."

„Ach, Mama, bitte. Sogar Traudl ist dafür.“

„Na gut, einen kurzen Abstecher zu deiner Freundin darfst du unternehmen.“

„Danke, und keine Angst, ich bin im Handumdrehen wieder da. Falls ich mich doch etwas verspäte, lass ja nicht zu, dass Martin oder Henri mir alles wegfuttern.“

Ella rannte aus dem Haus. Sie trug eine bequeme dunkle Hose und eine weite Bluse aus blauem Stoff mit eingewebten bunten Blüten – nichts Enges, was die Fantasie der Pimpfe auf dem Hof anheizen konnte. Die Jungs, die dort herumliefen, waren beinahe alle ein, zwei Jahre jünger als sie und mussten im Gegensatz zu ihr noch zur Schule gehen. Der Gedanke daran hob ihre Laune noch ein Stück und sie kam sich herrlich erwachsen vor. Christoph, Luzies sechzehnjähriger Bruder, fungierte als ältester zugleich auch als Scharführer des Trupps. Wie seine Kameraden steckte er in einer braunen Uniform. Er streckte seine Hand vor und begrüßte sie mit einem lauten: „Heil Hitler!“

„Was macht ihr denn da?“ Ella grüßte halbherzig zurück und im Gegensatz zu Johann, sah Christoph großzügig über ihre Laxheit hinweg.

„Holz abladen.“

Sollten das Pritschen werden? Für Kriegsgefangene? Bestimmt nicht unter Johanns Kommando. Wenn der etwas zu sagen hatte, konnten die Franzosen froh sein, wenn sie auf Strohsäcken schlafen durften. „Zimmert ihr Betten aus dem Holz?“

„Da liegst du kolossal daneben. Im Tanzsaal der *Blauen Forelle* wird ein Lager für gefangene Franzmänner eingerichtet und wir müssen die Fenster vernageln,

Fluchtwege verbarrikadieren und so weiter. Keine Ahnung, warum wir erst jetzt welche kriegen. Wollt ihr euch auch einen holen?"

„Ja, klar. Also, wenn wir einen haben dürfen. Arbeitskräfte können wir gut gebrauchen." Ihre Eltern rechneten allerdings nicht damit, dass sie zum Kreis der Auserwählten gehörten. Ihnen fehlte eindeutig die richtige politische Gesinnung.

„Es kommen bestimmt mehr als genug an." Auf einmal zog Christoph eine wichtige Miene. „Übrigens habe ich noch eine Frage für dich. Weißt du, woran du einen französischen Soldaten erkennst?"

Ella schüttelte den Kopf und er prustete los.

„Na, an den weißen Fahnen, die sie schwenken."

„Halt keine Maulaffen feil, du faule Socke! Es wird bald dunkel und wir sind noch längst nicht fertig."

Ella überlegte, wie der übereifrige Junge hieß, der Christoph an seine Pflichten erinnerte. Walter … Genau, Walter Diez.

„Ja und, wir haben Scheinwerfer dabei!"

„Und wenn's Fliegeralarm gibt?"

„Mach dich nicht lächerlich!" Christoph schlug sich mit der flachen Hand gegen die Stirn. „Die Franzmänner haben kapituliert."

Walter zuckte mit den Schultern. „Na, sieh mal einer an, unser Schaf denkt mit."

„Ich helfe dir gleich. Für dich immer noch Scharführer." Christoph drehte sich wieder zu ihr um. „Schaf, so eine dämliche Abkürzung."

Ella grinste. „Wieso dämlich, ich finde die herrlich."

Er kratzte sich den Kopf, lachte auf und seufzte. „Schade, dass Leo weg ist. Herrlich - der hätte viel eher begriffen."

„Was fällt dir ein, meine Freundin in Beschlag zu nehmen, Chris. Such dir gefälligst selbst eine." Luzie stürmte aus der Tür zu ihnen heraus und zog Ella mit in den Flur der Gastwirtschaft. „Ist das nicht ein Jammer? Ausgerechnet jetzt, wo die Franzosen kommen, muss ich fort."

„Also, das hast du dir eindeutig selbst zuzuschreiben." Da Luzie derart offen redete, ging Ella davon aus, dass im Wirtshaus nichts los und Johann abwesend war. „Wann treffen sie überhaupt ein?"

„Morgen."

„Dann kannst du sie ja noch begutachten."

„Meinst du, die sehen gut aus?" Luzie hob ihr Kinn und strich ihre dunklen Haare betont langsam hinter ihr Ohr zurück. „Angeblich sollen Franzosen sehr charmant sein."

„Und wenn, die werden nicht verstehen, was wir sagen. Die reden Französisch. Wie willst du da mit denen flirten?"

„Du Spielverderberin." Luzie klimperte mit den Wimpern. „Außerdem macht das nix. Ich habe sprechende Augen."

„Du traust dich was." Ella lachte. „Anbiederung mit dem Feind. Lass das bloß nicht den Johann hören."

„Nie und nimmer, ich bin nicht lebensmüde."

„Du? Sicher nicht! Sehen wir uns morgen?"

„Auf jeden Fall, meine allerbeste Ella! Die übliche Zeit?"

„Gut, dann ist das abgemacht. Ich muss wieder rüber und gebe Papa Bescheid, dass bald Gefangene eintreffen.“

„Er soll einen Hübschen für euch aussuchen.“

„Das werde ich ihm selbstverständlich mit einem lieben Gruß von dir ausrichten.“

„Untersteh dich! Er wird sowieso nicht nach dem Aussehen gehen, sondern einen nehmen, der gut arbeiten kann. Ich begleite dich hinaus.“

Als sie gemeinsam auf den Hof traten, dröhnten laute Hammerschläge auf. Die Jungs hatten angefangen, die Fenster des Tanzsaals zu verbarrikadieren. Ein Erwachsener stand an der Wand gelehnt, rauchte und gab ihnen Anweisungen.

„Das ist einer der Soldaten, die abkommandiert worden sind, die Gefangenen zu bewachen“, flüsterte Luzie ihr zu und kaum hörbar fuhr sie fort. „Die sind alle nicht mehr frontdiensttauglich. Aber mit einem Gewehr umgehen und schießen können die.“

Bei den Worten lief Ella ein Schauder über den Rücken.

Anweisungen

Später am Abend stickte Ella ihr Monogramm auf ein Kopfkissen ihrer Aussteuer, während Magdalena Stopfwäsche flickte. Matthias hatte gerade den Radioapparat eingeschaltet, als jemand an die Haustür klopfte.

„Ich bin's", rief der späte Besuch.

Ihr Vater eilte aus dem Zimmer. „Alphons, wie nett. Komm rein"

Ein Verwandter war dieser Onkel streng genommen nicht als zweiter Mann der Witwe von Magdalenas ältesten Bruder. Da er jedoch maßgeblich daran beteiligt gewesen war, einen jungen Juden und Freund der Familie, für den Ella eine Weile geschwärmt hatte, vor Johann Lauterer in Sicherheit zu bringen, hatte er einen großen Stein bei ihr im Brett. Und das, obwohl er die Nationalsozialisten im Dorf vertrat. Nachdem Magdalena ihr erklärt hatte, dass Alphons als Ortsvorstand von Wingert die schlimmsten Auswüchse der Hitler-Partei verhindern wollte, war Ella sogar mit seiner herausgehobenen Stellung ausgesöhnt. Matthias führte seinen Schwippschwager in die Stube, unterdessen ließen Magdalena und Ella Unterhemden und Strümpfe im Nähkorb verschwinden und begrüßten ihren Gast.

„Bitte, setz dich." Matthias deutete auf die freien Stühle. „Ich wollte gerade zum gemütlichen Teil des

Abends übergehen und eine Flasche Wein öffnen. Darf ich dir auch ein Glas anbieten?“

„Gerne!“ Alphons nahm Platz. „Immerhin seid ihr die letzten auf meiner Runde und morgen ist Sonntag. Ich störe euch natürlich nicht aus Jux und Tollerei.“

Das war Ellas Stichwort. „Du kommst bestimmt wegen der Kriegsgefangenen.“

„Welches Vögelchen hat dir denn davon gezwitschert?“

„Um diese Schlussfolgerung zu ziehen, reichen die Augen in meinem Kopf. Erstens der Lastwagen im Hof, zweitens die Holzlatten, drittens die vernagelten Fenster.“

„Ich sehe schon, dir kann ich kein X für ein U vormachen.“ Die Lachfalten um Alphons Mund und Augen vertieften sich.

Ella, legte ihre Hand in den Schoß. „Außerdem hat Christoph mir erzählt, was Sache ist.“

„Klug, hübsch und ehrlich noch dazu. Die Mischung lobe ich mir.“ Alphons lehnte sich zurück, streckte seine Beine aus und erinnerte an einen Kater, der zufrieden auf der Ofenbank ruhte. „Ihr könnt stolz auf eure Tochter sein.“

„Ella, gehst du hinüber und bittest Ida, eine Flasche Wein aus dem Keller zu holen? Einen von ’37“, wies ihr Vater sie an.

„Ein guter Tropfen – den müssen wir genießen. Haken wir vorher schnell noch die Formalitäten ab.“

Ella sprang auf und rannte in die Küche hinüber. „Ida, Papa hat einen Auftrag für dich.“

Nicht, dass sie mit ihren vierzehn Jahren Wein trinken durfte, aber sie kannte sich aus. Was die Menge anbetraf, war der 37er nicht gerade üppig ausgefallen, von der Qualität her jedoch deutlich besser als die beiden darauffolgenden Jahrgänge. Wie wohl die Ernte im Herbst ausfallen würde? Spritz- und Unkrautvernichtungsmittel standen ihnen nicht zur Verfügung – und dazu der viele Regen. Ein paar Pflanzen hatten sie bereits beschneiden müssen, weil Magdalena befürchtete, dass die Blätter von Pilzen befallen sein könnten. Und der Abfall taugte nicht einmal für den Kompost. Nachdem Ella den Auftrag weitergegeben hatte, kehrte sie in die Stube zurück. Sie wollte nichts von dem verpassen, was Onkel Alphons über die Franzosen berichtete. Doch noch waren die Kriegsgefangenen nicht das Thema.

„Wo habt ihr eigentlich den Martin gelassen?", fragte Alphons.

„Er ist mit Henri im Anbau", antwortete Magdalena.

„Die tauschen Sammelkarten von Kriegshelden", fügte Ella hinzu. „Soll ich ihn holen?"

Alphons wandte sich an Matthias. „Es reicht, wenn du den beiden mitteilst, was ich euch sage. Übrigens, macht sich euer neuer Knecht gut?"

„Ja!" Ein eindeutiges Votum und es kam nicht nur von Ella, sondern auch von ihren Eltern.

„Und Gustav ist schon schlafen gegangen? Arbeitet er wieder mit? Jedenfalls sehe ich ihn öfter im Hof und wir halten unsere Schwätzchen."

„Ich dachte eigentlich, in seinem Alter hätte er ein wenig Ruhe verdient, aber da lag ich falsch", sagte Magdalena. „Er ist nun viel ausgeglichener."

Das stimmte, überlegte Ella. Ihr Großvater half bei den Stallarbeiten und wenn sie ihm einen Besen in die Hand drückten, fegte er den Hof, ob es nötig war oder nicht. Und die Schlaftropfen, die sie von Doktor Bender bekommen hatten, brauchte Magdalena ihm bisher nur zwei-, dreimal zu geben.

„Das freut mich zu hören. Ach ja, von Antonia soll ich euch herzliche Grüße ausrichten. Sie ist die Tage nach Heidelberg gefahren, um Frieder zu besuchen.“

„Wann lässt euer Sohn sich wieder einmal in Wingert blicken?“, fragte Magdalena.

Ella vermisste ihren Cousin kein bisschen. Schon als kleiner Junge hatte er gerne Hühnchen oder Kaninchen geschlachtet, gehäutet und zerlegt, um ‚Studien‘ zu treiben. Aber vor seinem Stiefvater Alphons durfte keiner ein böses Wort gegen Frieder sagen.

„Spätestens im Herbst macht er uns die Freude, wenn er bei Doktor Bender famuliert. Aber jetzt zurück zum Zweck meines Besuchs. Die Kriegsgefangenen werden morgen im Anschluss an die Messe im Hof der *Blauen Forelle* verteilt.“

Magdalena schüttelte den Kopf. „Nach dem Gottesdienst? Muss das sein?“

Da predigte Pfarrer Grimm ein paar Minuten vorher vielleicht noch von Nächsten- und Feindesliebe und nach dem Sonntagssegen begutachteten seine Schäfchen die Kriegsgefangenen. Der Termin passte wirklich wie die Faust aufs Auge, dachte Ella – und war gleichzeitig ein Schlag gegen die Kirche.

„Der Vorschlag stammt von Johann und ich konnte schlecht dagegen argumentieren. Die Angelegenheit mit dem Frühschoppen zu verbinden, bietet sich an, weil dann ohnehin alle vor Ort sind."

„Wie kommen wir überhaupt zu der Ehre, dass wir in den Kreis derer gehören, denen ein Kriegsgefangener zugeteilt wird?", wollte ihr Vater wissen. „Hat Johann nicht vehement dagegen protestiert?"

„So lange ich in Wingert etwas zu melden habe, geht es nicht nach dem Gutdünken dieses Herrn, sondern nach der Größe des Landbesitzes. Außerdem, was will er euch vorwerfen? Ihr seid unbescholten."

Ida klopfte an und brachte einen Krug mit Wasser, Wein, Gläsern und Korkenzieher auf einem Tablett, das sie auf dem Tisch abstellte. Sogar an einen Aschenbecher, Feuerzeug und eine Packung mit Zigaretten hatte sie gedacht. „Einen schönen Abend wünsche ich."

Matthias dankte ihr. Während sie aus dem Zimmer ging, machte er sich daran, die Flasche zu öffnen.

„Wenn ihr einen Franzosen nehmt, verpflichtet ihr euch dazu, euren Gefangenen jeden Tag persönlich abzuholen und wieder zurückzubringen. Er darf nie unbewacht oder unbegleitet bleiben. Ihr seid zudem verpflichtet, den Gefangenen zu verpflegen."

„Als ob wir jemanden, der für uns arbeitet, hungern lassen würden!" Magdalenas Augen funkelten vor Empörung.

Matthias legte seine Hand auf ihre.

Alphons seufzte. „Ich muss es dazusagen. Bei eurem Vetter Wilhelm Zänder habe ich es zur Vorsicht dreimal wiederholt – auch dass es verboten ist, die armen Kerle halb tot zu prügeln, wenn ihm der Sinn danach steht. Ihr dürft nicht an einem Tisch mit dem Gefangenen essen."

„Ob ich mir so viele Vorschriften merken kann.“ Matthias probierte den Riesling, dem der Schieferboden angeblich eine besonders fruchtige Note nach Weinbergpfirsichen und Aprikosen gab. Ob es stimmte, konnte Ella nicht beurteilen. Ihr Vater nickte zufrieden, füllte die Gläser und schob ihr eines hin, in das er jede Menge Wasser und einen winzigen Spritzer Wein gegeben hatte. Es schmeckte fade.

„Ich warne dich und euch alle, das wird kontrolliert. Ihr dürft nur deutsch mit dem Gefangenen reden.“ Alphons zündete sich einen Glimmstängel an. „Die armen Schweine. Ich möchte morgen Früh nicht in ihrer Haut stecken.“

Sie verfielen in Schweigen, während er einen Zug inhalierte und die Glut der Zigarettenspitze rot aufleuchtete.

Durch Mund und Nase stieß er den Rauch aus. „Ich werd so gut es geht zusehen, dass Johann diese Männer in Frieden lässt!“

„Darauf stoßen wir an“, schlug Matthias vor und die Gläser klangen aneinander.

„Und darauf, dass der Krieg bald endet“, sagte Magdalena.

Ella nahm einen großen Schluck. „Und die Soldaten gesund heimkehren.“

„Gut gesprochen. Sorgen macht mir allerdings, was passiert, wenn einer von denen flieht. Den Versuch würde ich keinem verübeln, aber ihr kennt ja den Johann.“ Alphons rauchte die Zigarette zu Ende, leerte sein Glas und wünschte ihnen eine gute Nacht. „Es ist spät, bis morgen, wir sehen uns.“

Die Franzosen

21. Juli 1940

Matthias saß neben Gustav in der Kirchenbank und beobachtete den Küster, der die Kerzenlichter mit einem an einem langen Stab befestigten Metallhütchen löschte. Der scharfe Geruch der rauchenden Dochte mischte sich mit dem schweren Duft von Weihrauch. „Die Heilige Messe ist vorbei. Fast alle anderen sind schon draußen, Vater."

Beim Schlusssegen war Gustav sitzen geblieben und auch jetzt wollte er seinen Platz auf der Bank nicht verlassen. „Geh ohne mich. Ich hab's nicht eilig."

Matthias faltete die Hände und betete um Geduld. Sein Blick wanderte zum Altar und weiter zu den Heiligenbildern und den Darstellungen der Passion des Heilands. Kreuz und Dornenkrone, die Christus drückten. Eisennägel, die Hände und Füße durchbohrten, und die klaffende Wunde in der Seite des Erlösers. Menschen waren schon immer erfinderisch darin gewesen, ihresgleichen Qualen und Leid zuzufügen.

„Vater, der Gottesdienst ist vorüber."

Gustav schreckte aus seinen Gedanken hoch und sah sich suchend um. „Wo ist Lieselotte? Und Lenchen ist auch nicht da! Worauf wartest du? Wieso trödelst du so? Lass uns hinausgehen!"

„Gewiss doch!" Matthias erhob sich, half seinem Vater beim Aufstehen und führte ihn hinaus ins Freie. Für heute hatte der Wetterbericht Höchsttemperaturen von maximal zwanzig Grad angekündigt. Das kam hin. Er musterte den bewölkten Himmel. Wenigstens regnete es nicht. Magdalena, die bei den Ferber-Schwestern stand, entdeckte ihn und schenkte ihm ein Lächeln, das ihm das Herz wärmte.

„Schau einmal, da sind Martin und Henri." Er winkte die beiden herbei und löste seine Hand von Gustavs Arm. Durch einen Blick gab er seinem Sohn zu verstehen, dass er seinen Platz einnehmen sollte. „Ich gehe rasch zur *Blauen Forelle* voraus."

„Kann ich mit dir kommen, Papa? Heute werden doch die Kriegsgefangenen verteilt. Das ist bestimmt eine große Gaudi. Den Jux will ich nicht verpassen."

Matthias missfiel gründlich, dass sein Sohn diese Angelegenheit als einen Spaß betrachtete. „Begleite bitte deinen Großvater nach Hause."

„Herr Gronau!" Henri vertrat ihm den Weg.

„Was ist denn? Ich habe es eilig!"

„Nein, Henri, lass!", zischte Martin. „Ich ..."

„Einen schönen Sonntag." Herr Kornbach, der Dorfwart, grüßte zu ihnen hinüber und überholte sie. Er war nun auch schon an die siebzig, hatte sich jedoch bedeutend besser gehalten als der acht Jahre jüngere Wilhelm Zänder, der ihren Trupp schnaufend passierte. Die leichte Steigung machte dem Mann mit seiner behäbigen Figur offensichtlich zu schaffen. Er blieb kurz stehen, zog ein Tuch aus der Hosentasche und tupfte mit dem Stoff über seine Stirn. Gleich darauf hastete er wieder los. Gustav hingegen stapfte gemächlich die Straße hinauf.

„Also ich ...“ Martin setzte von Neuem an. „Es ist ... unfair, Papa! Ich möchte mir mitansehen, wen du ins Haus bringst. Schließlich wird dieser Franzose bei uns ein und aus gehen.“

„Vertraust du meinem Urteil etwa nicht?“

„Doch, natürlich, Papa.“

„Dann denk einmal über deine Worte nach. Hältst du es wirklich für einen Jux, dass wir einen Kriegsgefangenen aufnehmen?“

Martin presste die Lippen zu dünnen Strichen zusammen.

„Was glaubst du, warum Pfarrer Grimm in seiner Predigt heute folgenden Satz erwähnt hat ‚Was ihr dem geringsten meiner Brüder getan habt, das habt ihr mir getan‘? Er mahnte damit jeden in der Kirche, diese Männer menschlich zu behandeln. Und das werden wir. Du genauso wie ich, wen auch immer ich mitbringe. Darauf vertraue ich. So, und jetzt beeile ich mich besser.“

„Papa! Bitte, ich muss mit dahin!“

„Sag ihm halt den Grund!“

„Henri, noch ein Wort und ich ...“ Martin ballte seine Fäuste. „Ich habe den Kornbachs bei meiner Ehre geschworen, nichts zu verraten und ein solches Kameradenschwein, dass ich mein Wort breche, bin ich nicht.“

Eindringlich musterte er seinen Sohn, der dem Blick geflissentlich auswich. „Martin, wenn sie es mit allen Mitteln geheim halten wollen, kann das, was sie vorhaben, kein Pappenstiel sein. Was nun?“

„Papa! Bitte! Ich hab mein Wort gegeben!“

Henri legte Martin eine Hand auf die Schulter „Wenn du nicht damit rausrückst, sag ich es. Ich bin denen zu nix verpflichtet.“

„Lass mich, du …“ Martin streifte die Hand seines Freundes ab und stopfte seine Fäuste in die Hosentaschen. „Also, es ist so: Ein paar Pimpfe wollen die Franzmänner gebührend empfangen und ich hatte vor, irgendwie dazwischenzugehen …“

„Jetzt verstehe ich ungefähr, was du mit ‚Gaudi‘ gemeint hast.“ Matthias atmete tief durch und dachte an den Tag, an dem SS-Leute die Leiwener Synagoge zerstört hatten. Sein Sohn war damals auf einem Aquarell seines Onkels Heiner herumgetrampelt, das dessen jüdische Frau Esther zeigte. Die Lektion hatte Martin nicht vergessen, das sah er ihm an. „Die Situation muss dich ziemlich belastet haben.“

„Mir ist klar, dass danebenstehen und nichts gegen eine Sache tun, die ich für Unrecht halte, nicht viel besser ist, als selbst dabei mitzumachen. Aber ich habe mein Ehrenwort gegeben.“

„Was genau planen sie?“

„Ich weiß nur, dass sie etwas vorhaben“, sagte Martin. „In die Einzelheiten eingeweiht haben sie mich nicht. So weit trauen sie mir auch wieder nicht. Wir sind und bleiben nun mal die ‚Judenfreunde‘. Jetzt weißt du alles, was ich weiß. Mir war deswegen richtig elend zumute.“

„Das kann ich bestätigen, Herr Gronau. Gestern ist Ihr Sohn zur Schlafenszeit ruhelos in seinem Zimmer hin und her gelaufen. Ich hab die Schritte gehört und kein Auge zugemacht. Irgendwann bin ich rüber und hab so lange nachgebohrt, bis er mir alles erzählt hat. Ich hab ihm gleich gesagt, dass er sich an Sie wenden soll. Und ich find's gut, dass du damit rausgerückt bist, Martin."

„Worum geht es?" Gustav hielt seine Rechte wie einen Trichter hinter das Ohr. „Redet ihr über mich?"

„Nein, Großpapa. Vater holt uns einen französischen Kriegsgefangenen und wir anderen gehen nach Hause."

„Ah ja, der Krieg. Gibt es Feldpost, Matthias? Ich mache mir Sorgen um deine Brüder – und wo ist Lieselotte? Sie ist sicher auch beunruhigt."

„Es tut mir leid, Vater. Diese Woche sind keine Briefe eingetroffen." Was vollkommen der Wahrheit entsprach: Matthias' ältere Brüder waren vor mehr als fünfundzwanzig Jahren kurz nacheinander im ersten großen Krieg gefallen. Er nickte Gustav zu und beschleunigte seine Schritte. Ihm fiel es unsagbar schwer, dem geistigen Verfall seines Vaters hilflos zusehen zu müssen. Wenigstens war Gustav von Natur aus freundlich geartet und abgesehen von seinen absurden Anschuldigungen ihnen gegenüber zumeist verträglich. Dass dieses Leiden seinen Vater und nicht Lieselotte getroffen hatte, konnten Lenchen und er wahrhaft als Glück im Unglück bezeichnen. Dabei hatte Lieselotte wohl auch nur das an ihn und seine Brüder weitergegeben, was sie am eigenen Leib im Waisenhaus bei den Nonnen erfahren und erlitten hatte. *Wart nur du, glaubst du, der Herr oben im Himmel ahnt nicht, was du tust? Er weiß alles. Er weiß genau, was du denkst. Du bist ein schlechtes Kind! Verdorben und böse bis ins Mark!* Unvermittelt wie ein Schlag in die Magengrube traf Matthias die Erinnerung an die schrille Stimme seiner Mutter. Wie immer, wenn er an ihre Sprüche zurückdachte, war dieses Gefühl begleitet von der Gewissheit, dass er für seine schiere Existenz Strafe verdiente – und jeder, der ihm nahestand. Bei der Linde am Dorfplatz warf er von einer unsinnigen Sorge gepeinigt einen Blick über die Schulter. Die anderen waren ein gutes Stück zurückgefallen. Ihnen fehlte es an nichts. Wieso auch? Was hatte er erwartet? Dass ein Blitz auf sie herniederfuhr? Er setzte seinen Weg fort - die Bewegung und sein schneller Schritt halfen ihm dabei, seine Fassung wiederzugewinnen. Es gelang ihm dennoch nur mühsam. Andere, ebenso quälende Erinnerungen stiegen in ihm auf – zerfetzte Leiber, Schreie und Artilleriefeuer. Ein Anflug von Panik überfiel ihn. Über Jahre hatte ihn keine Angstattacken mehr geplagt, bis die verdrängten Bilder aus dem letzten Krieg mit dem Beginn des Polenfeldzugs und seiner Einberufung vor einem Jahr zurückgekehrt waren. Die Albträume quälten ihn zum Glück nicht mehr so heftig wie früher, auch weil ihm Magdalena zur Seite stand. Sie weckte ihn, sobald er im Schlaf laut aufstöhnte. Sie nahm ihn in den Arm, wenn er zitternd aufwachte und im ersten Moment nicht wusste, wo er war. Sie flüsterte ihm ‚Alles ist gut‘ ins Ohr, wenn er im Halbschlaf nach seinem Gewehr tastete. *Er fuhr sich über die Stirn, aber seine Schuld konnte er nicht wegwischen: Er hatte getötet!*

Bei der Straßengabelung bog Matthias nach rechts ab. Das Schild mit der Blauen Forelle kam in Sicht und das Stimmengewirr vieler Menschen drang an sein Ohr. Er erreichte den Eingang des Hofs und hielt unwillkürlich inne.

„Wat soll dat werden!“, herrschte Alphons fünf Pimpfe in Uniform an. Er kniff die Augen zusammen und musterte ihre ausgebeulten Jacken- und Hosentaschen sowie die zu Fäusten geballten Hände, die jede Menge kleiner Kiesel umschlossen. Das war wohl das Begrüßungskommando, von dem Martin gesprochen hatte – drei Lauterer-Kinder, Neffen Bertas, und zwei Kornbachs. „Ihr habt hier nix zu suchen! Dat is wat für Erwachsene, also Abmarsch, verzieht euch.“

„Wir wollen …“

„Nix da! Kinderwille Kälberdreck und wer ihn tut, der is ein Depp.“ Alphons stemmte beide Fäuste in die Hüften und machte mit zusammengekniffenen Augen einen Schritt auf die Jungen zu. „Ich sag’s euch im Guten: Haut ab, oder ich mach euch Beine.“

Die Buben sahen sich um, mussten aber feststellen, dass keiner ihnen in dem Trubel beistand. Sie trollten sich, ohne den Feind und in dem Gedränge auch alle Umstehenden mit ihren Steinen zu bewerfen.

Auf dem Hof ging es ungefähr so zu, wie Matthias sich zu seiner Schulzeit einen antiken Sklavenmarkt vorgestellt hatte, nur dass hier die weißen, bodenlangen Togen der alten Römer fehlten. Ihm schossen zwei Worte aus dem Lateinunterricht durch den Kopf: *Vae victis.* Wehe, den Besiegten. Eine ebenso zeitlose wie grausame Wahrheit.

Die Kriegsgefangenen standen in drei Reihen zu je neun Mann. Gefesselt waren die Franzosen nicht; sie wurden von zwei bewaffneten Soldaten in Schach gehalten. Zwischen ihnen gingen die Wingerter umher, Männer und Frauen. Die stolzen ‚Sieger‘ begutachteten die Gefangenen von allen Seiten, drehten Köpfe hin und her, ließen den einen oder anderen ein paar Schritte laufen und tasteten ungeniert an den Muskeln ihrer Opfer herum. Ein Wunder, dass die Männer ihre Kleidung anbehalten durften und nicht auch noch alle Zähne herzeigen mussten. Einigen wenigen schien die herabwürdigende Behandlung nicht viel auszumachen. Sie sahen ihren Gegenübern gelassen ins Gesicht und dachten vielleicht so etwas wie: ‚Macht nur, morgen bin ich weg.‘ Andere hielten ihre kurz geschorenen Köpfe gesenkt und vermittelten den Eindruck, als ob sie die demütigende Prozedur einfach nur hinter sich bringen wollten. Das Gros sah apathisch aus, müde und übernächtigt, manche hohlwangig. Arme Kerle!

Gudrun Kürten, eine geborene Lauterer und damit eine der zahlreichen Nichten Bertas, packte einen der Franzosen am Nacken und drückte den Mann rüde nach unten. Eine unnötig grobe Aktion, zumindest in Matthias' Augen. „Was tust du denn da? Lass ihn los.“

„Wat führst du dich auf? Mein Mann is an der Front. Ich hab's nit so gut wie dat Lenchen. Ich brauch einen Kerl, der wat schaffen kann und werd ja wohl noch gucken dürfen, ob dem sein Rücken krumm is. Alphons, wat is der von Beruf? Kannst du mal auf deiner Liste schau'n?“ Sie entließ den Franzosen aus ihrem Griff.

Er richtete sich auf, fuhr mit den Fingern durch sein dichtes dunkles Haar und blickte Matthias dankbar an.

„Hast du ihn gefragt, wie er heißt?“ Alphons drängte sich zu ihnen durch. „Ich brauche seinen Namen.“

„Emil Renard.“ Gudrun galt im Dorf allgemein als eine sehr ansehnliche junge Frau. Stattlich und groß wie eine Germania, allerdings eine dunkelhaarige. Der Franzose, den sie mit sicherem Griff ausgewählt hatte, war ungefähr einen halben Kopf kleiner als sie, sah aber kräftig und nicht nach einem durchgeistigten Intellektuellen aus wie einer der Männer in der hintersten Reihe. Der würde es schwer haben, jemand zu finden, der ihn aufnahm, dachte Matthias mitleidig.

„Renard, warte, den hab ich gleich." Alphons' Zeigefinger glitt über die Liste, die er in Händen hielt. Im unteren Drittel stoppte die Kuppe. „Gefunden! Im Zivilleben ist er landwirtschaftlicher Helfer."

„Na, wunderbar." Gudrun lächelte zufrieden. „Den nehm ich."

Alphons zückte einen Stift. „Gut, dann trage ich deine Adresse in die Liste ein."

„Einen Moment! Ich schaue mich weiter um, vielleicht finde ich einen besseren. Aber merk den trotzdem schon einmal vor."

„Von mir aus." Alphons zückte seine Taschenuhr. „Ich reserviere ihn dir für zehn Minuten."

„Falls Gudrun ihn nicht will, bin ich interessiert. Nein, ich habe es mir anders überlegt!" Fritz Kornbach wählte einen deutlich unauffälligeren Mann.

Die meisten Kriegsgefangenen schienen irgendwo in ihren Zwanzigern zu sein, einige ältere mochten um die Mitte, Ende dreißig zählen. Die vier, die am jüngsten aussahen, erinnerten Matthias beklemmend an seinen Sohn, halbe Kinder, die noch nicht einmal einen ordentlichen Bartwuchs aufwiesen.

Zwei der gefangenen Soldaten in der letzten Reihe erregten seine Aufmerksamkeit, weil einer genau in dem Moment, als er hinsah, einem Älteren etwas zuflüsterte. Der Angesprochene, der Intellektuelle, der

Matthias bereits aufgefallen war, hatte hohe Geheimratsecken. Er trug eine Nickelbrille mit dicken Gläsern auf der plumpen Nase, sah im Gesicht auffallend blass und von Gestalt schmächtig aus. Von Landwirtschaft verstand der sicher nichts. Außerdem hustete er. Der junge Bursche neben ihm starrte jeden feindselig an, der ihnen beiden zu nahekam. Unwillkürlich musste Matthias an eine Wildkatze denken. Waren sie Vater und Sohn? Dafür kam ihm der Altersunterschied nicht groß genug vor, zudem fehlte jede Ähnlichkeit zwischen ihnen. Abgesehen von der Figur: Der Junge war ebenfalls dünn, wirkte dabei aber viel drahtiger als der andere und gesünder mit seiner gebräunten Haut. Wangen und Kinnpartie wirkten noch kindlich weich, aber in seinen dunklen Augen glomm ausgewachsener Hass. Matthias hielt auf die beiden zu.

„Wie heißt du?", fragte er den Jüngeren freundlich. „Deinen Namen, bitte."

So viel Deutsch sollte sein Gegenüber nach ein paar Tagen oder Wochen im Lager inzwischen verstehen. Die Wangenmuskeln des Jungen arbeiteten. Vermutlich biss er wütend die Zähne zusammen, weil ihm bewusst war, dass er sich in seinem eigenen Interesse nicht taub stellen durfte.

„Jacques Legrand", spie der Franzose schließlich aus.

„Und Sie sind?", fragte Matthias dessen Nebenmann.

„Pierre Duprè." Er hielt seine Hand vor den Mund und hustete.

Gesund sah er auch von Nahem nicht aus, viel zu blass und dazu fiebrig glänzende Augen. Matthias spürte ein Kribbeln in seinem Nacken. Ein sicheres Zeichen dafür, dass sich jemand von hinten näherte. Er wandte den Kopf. Es war Alphons, dessen Schritte er bei dem Lärm nicht gehört hatte. „Gut, dass du da bist. Was sind die beiden von Beruf?"

Matthias nannte ihm die Namen.

„Der jüngere ist Student und der andere ein Professor."

„In welchem Fachbereich arbeitet er?"

Alphons fuhr mit dem Finger waagrecht über seine Liste. „Das steht nicht da."

Matthias wandte sich direkt an den Mann. „Herr Professor ..."

„Ah, non, non, non. Da liegt eine Verwechslung vor." Pierre redete mit einem deutlichen Akzent. „Ich bin ein Lehrer für das Fach Deutsch an einer höheren Schule und kein Universitäts- oder Hochschulprofessor."

Alphons wies auf Jacques. „Denkst du etwa daran, so einen hübschen Kerl wie den in dein Haus zu nehmen?"

Matthias fielen die steilen Falten und die angewiderte Miene des jungen Franzosen auf. Konnte es sein, dass er ihre Unterhaltung verstanden hatte? „Die Beurteilung männlicher Schönheit gehört nicht gerade zu meinen Stärken."

„Die liegt immerhin im Auge des Betrachters. Hast du dich entschieden? Wenn du ihn nicht willst, würd ich mich erbarmen."

Das Gesicht des Jungen fror zu einer starren Maske ein. Sein trotziger Blick und die wütend zusammengepressten Lippen erinnerten Matthias an Martin und daran, dass irgendwo in Frankreich ein Vater hoffte, dass jemand seinen Sohn anständig behandelte. „Ich ..."

„Weg da!"

Bevor er seine Antwort beenden konnte, wurden Alphons und er durch einen Aufschrei Wilhelm Zänders unterbrochen. Sie wirbelten beide herum.

„Weg da! Der da, das ist meiner!"

In der vorderen Reihe krachte es mächtig. Gudrun stand direkt neben ihrem Kontrahenten und drückte die Schulter ebenso erbittert wie erfolglos gegen ihren vielleicht fünfzig Pfund schwereren Gegner. „Ich war zuerst hier. Den Mann habe ich mir vor dir ausgesucht!"

Matthias fasste es nicht. „Was ist denn mit denen los?"

„Die beiden! Darauf habe ich gewartet." Alphons winkte ihn näher heran. „Hast du es noch nicht mitbekommen?"

„Was denn?"

„Gestern Abend hat der Zänder in der *Blauen Forelle* mal wieder gesoffen wie ein Loch und ziemlich despektierlich über Frau Kürten geredet. Eine dumme, arrogante Gans wär sie. Das wird jemand der Gudrun zugetragen haben."

„Die Frau ist über dreißig Jahre jünger als Willi. Dass der sich nicht schämt."

„Alter schützt vor Torheit nicht, Matthias. Ich beschwichtige die lieber, bevor es ungemütlich wird. Und du überlegst dir inzwischen, wen du für deinen Gronau-Hof möchtest."

„Nicht nötig, ich habe mich schon entschieden."

Jacques Legrand

Jacques sah dem Kerl nach, der ihn ‚hübsch' genannt hatte. Vor diesem Alphons würde er sich hüten – und auch vor dem anderen, der freundlich tat. Sein Blick streifte den Mann, Matthias oder wie er hieß, der ihm den Rücken zukehrte, nachdem zwei der erhabenen Herrenmenschen angefangen hatten, lautstark um einen Kriegsgefangenen zu balgen. Hilfloser Zorn überwältigte Jacques, während er die deutschen Männer und Frauen musterte, die über seinen Wert richteten. Die Pest wünschte er denen an den Hals. Allen hier, die auf seine Mitgefangenen und ihn herabschauten wie eine Kundschaft auf ein billiges Schnäppchen beim Trödler, hinter dem sie arglistige Täuschung witterten.

„Verzieh dich, Gudrun!", zischte ein Stiernackiger mit hochrotem Gesicht. „Brauchst dir nicht einzubilden, dass ich Rücksicht auf dich nehm, nur weil du ein Weib bist."

„Als ob ich vor einem wie dir kuschen würde!"

Die deutsche Walküre brüllte ihren Gegner mit Verve nieder. Jacques' potenzieller Arbeitgeber versperrte ihm die Sicht auf das Drama. Also reckte er sich, um den Moment nicht zu verpassen, wenn die Dame handgreiflich wurde und Ohrfeigen austeilte. Herrlich, wenn Deutsche sich einander wegen eines französischen Gefangenen bekriegten. Obwohl er nur die breiten Schultern und den dunklen Haarschopf seines Kameraden aus der vordersten Reihe sah, wusste Jacques sofort, um wen sich die beiden zankten. Jean-Philippe Fleury arbeitete im Zivilleben als Schmied und war entsprechend muskulös gebaut.

„Du spinnst!", brüllte der Rotgesichtige, der aussah, als ob ihn jeden Moment der Schlag treffen würde. „Den Mann habe ich mir zuerst ausgesucht! Also verzieh dich, Gudrun."

„Nur weil du lauter schreist als ich, bist du noch lange nicht im Recht!" Die Frau gab keinen Deut nach.

Wenn er von hier floh und daheim von diesem Streit erzählte, würde ihm kein Mensch glauben. Es sei denn Pierre bezeugte es. Die Schimpfwörter zu verstehen, bereitete Jacques keinerlei Schwierigkeiten, die hatte er während seiner Ferien bei deutschsprachigen Verwandten im lothringischen Bitsch gelernt. Dort hatten ihn die Dorfkinder regelmäßig mit derlei Nettigkeiten bedacht, weil er nicht dazugehörte. Der Wahlspruch dieses Örtchens mit seiner im letzten großen Krieg unzerstörten Zitadelle lautete nicht umsonst: ‚Ich beiße nicht nur vorn, sondern auch hinten'.

„Du raffgieriges grobknochiges Weibsbild!", brüllte der Stiernackige.

Den Ausdruck ‚gierig' kannte Jacques, aber wofür stand das raff? Es fiel ihm nicht ein. Matthias ging vor zu den Streitenden. Offensichtlich hatte er das Interesse an ihm verloren. Oder wollte er seinem Freund, diesem seltsamen Alphons, beistehen?

„Hoffentlich kehrt er wieder. Ich wäre froh, wenn er dich nehmen würde." Pierre hustete und schöpfte neuen Atem. „Was mich angeht. Ich denke, ich werde wieder ins Lager zurückmüssen!"

„Rede keinen Unsinn!"

„Mich wird keiner wollen. Aber das wusste ich schon vorher. Ich bin nur deinetwegen hier." Sein Freund verstummte schlagartig, weil der Wächter mit der Waffe zu ihnen hinübersah. Sie starrten stur nach vorne und beobachteten die Streitenden.

„Egal, was du sagst, Gudrun. Der da gehört mir!"

„Habt ihr immer noch nicht genug? Aufhören, alle beide!" Alphons trat zwischen die beiden. „Ich bin der Bürgermeister, ich entscheide. Wie heißt du?"

Jean Philippe nannte seinen Namen. Alphons studierte die Liste, die er in Händen hielt, und grinste breit.

„Wenn zwei sich streiten, freut sich der Dritte. Den Mann nehme ich."

„Unerhört! Das ist Amtsmissbrauch!", zischte der Rotgesichtige.

„Du kannst gerne Beschwerde einlegen", aber das wird dir nichts nutzen. Der Mann ist Schmied. Es wär eine glatte Verschwendung, wenn er nicht an der Esse arbeitet."

Der Rotgesichtige schnaubte. „Also, das hättest du ja wohl gleich sagen können. Was für eine unverschämte Frechheit!"

„Wohl dem, der lesen kann - oder denkst du, ich lerne solche Listen auswendig." Alphons winkte ab. „Und ihr zwei trennt euch."

„Wenn ich den da nicht kriegen kann, nehme ich den ersten", sagte die Frau.

„Einen Moment. Emil Renard, abgehakt. Er ist deiner!"

Ein Auto fuhr vor, der Fahrer bremste und blinkte, konnte aber wegen der vielen Leute nicht auf den Hof einbiegen. Der Wagen hielt auf der Straße. Drei Männer in Polizeiuniform stiegen aus und bauten sich neben dem Auto auf. Einer trat vor und öffnete den Schlag. Alle Augen waren auf den Mann mittleren Alters gerichtet, der dem Wagen entstieg. Obwohl der Neuankömmling Zivilkleidung trug, rückten die Einwohner des Örtchens zur Seite, als er und seine Männer näher kamen. Dabei wirkte der Kerl mit seiner untersetzten Gestalt, dem lichten Haupthaar und dem rundlichen Gesicht nicht sonderlich martialisch oder gar bedrohlich. Zielstrebig ging er auf Alphons zu und streckte den rechten Arm aus. „Heil Hitler.“

Alphons erwiderte den Gruß nicht ganz so zackig. „Sieh an, lieber Besuch von der Gestapo. Was führt dich her, Johann? Etwas Offizielles oder deine Familie?“

Wie bitte? Jacques horchte auf. Dieser gewöhnlich aussehende Mensch gehörte zu Hitlers gefürchteter geheimer Staatspolizei? Von dieser Sorte Männer hatte er eine völlig andere Vorstellung gehabt: Schwarze Uniform, rank und schlank mit Gardemaß, stahlblauen Augen und strohblonden Haaren. Dieser Kerl hingegen erinnerte Jacques fatal an den Spitz seiner Großmutter. Ein elender Kläffer, der einen Heidenlärm veranstaltete und stiften ging, wenn einer Ernst machte.

„Gibt es irgendwelche Probleme?“, fragte Alphons.

„Hast du welche?“, blaffte der andere zurück.

„Absolut nicht, Johann.“

„Umso besser. Ich werde lediglich eine kleine Ankündigung machen und anschließend den Saal inspizieren, in dem die Gefangenen untergebracht sind.“

„Sicher, gerne. Bitte, fang an."

Der Gestapo-Mann und sein Gefolge gingen mitten durch die Reihen der Kriegsgefangenen, sodass Jacques und Pierre beiseite springen mussten, um ihnen Platz zu machen. Sich umzudrehen, wagte Jacques nicht. Doch das dumpfe Klatschen von Sohlen auf Stein verriet ihm, dass der Gestapo-Mann die Stufen emporstieg, die zum Haus führten. „Volksgenossinnen und Volksgenossen! Während deutsche Männer, eure tapferen Brüder, Väter und Söhne die Grenzen der eroberten Gebiete sichern und ihre Pflicht tun, müssen wir hier an der Heimatfront kämpfen, um die Ernte einzubringen. Denn wir müssen nicht nur uns und unsere heldenhaften Soldaten, sondern auch den Feind ernähren, der sich uns nicht nur zu Zehn- oder Hunderttausenden ergeben hat. Über eine Million Gefangene liegen uns auf der Tasche."

Jacques hätte sich am liebsten seinen Nacken abgewischt, weil er sich einbildete, dass Johann bei seiner Rede weiter als ein Lama spuckte. *Ekelhaft!*

„Sieg Heil!", brüllte der Rotgesichtige.

Beifall brandete auf. Der Gestapo-Mann wartete, bis er abflaute und nahm seine Rede wieder auf. „Da ist es nur recht und billig, diese Schmarotzer für ihr tägliches Brot hart arbeiten zu lassen. Wir müssen es dulden, dass sie zu diesem Zwecke unsere Häuser und Höfe betreten. Doch seid euch zu jeder Zeit bewusst, dass in ihnen der Feind vor euch steht. Keine Minute, keine Sekunde dürft ihr das vergessen! Daher fordere ich euch in aller Eindringlichkeit auf, seid wachsam! Achtet auf eure Nachbarn. Seht genau hin und meldet jeden ehrvergessenen Deutschen, der Anstalten macht, sich mit dem Feind zu verbrüdern. Ein fauler Apfel kann eine ganze Lage voll unverdorbener Ware verderben. Das wisst ihr! Darum seid ihr verpflichtet, zu handeln. Solch infame Gestalten müssen beizeiten aus unserer gesunden Volksgemeinschaft ausgestoßen werden. Ein Wort noch an die Herren Gefangenen. Übersetz das!", wies er einen der Männer an, die ihn begleitet hatten. *Vielleicht ein zwangsrekrutierter Elsässer?* Der Mann sprach ausgezeichnet Französisch und er ratterte die Sätze wie eine Maschine herunter, ohne dass seine Stimme Anzeichen von Emotionen zeigte. Was er sagte, war eine unmissverständliche Warnung: „Jeder Fluchtversuch wird unnachgiebig verfolgt. Merkt euch eins: Ich kenne kein Pardon!"

Normalerweise ließen solche Ankündigungen Jacques kalt, aber der Ton in dem Johann gesprochen hatte, verhieß nichts Gutes.

„Stopp! Das war es für die da."

Der Übersetzer verstummte.

„Volksgenossinnen und Volksgenossen, Skrupel und Mitleid sind fehl am Platz gegenüber haltlosen Elementen, die gemeinsame Sache mit dem Feind machen, ebenso bei Säufern und Debilen von minderem Erbgut, die wie Ungeziefer unsere deutsche Volkswirtschaft schädigen."

Der Rotgesichtige wurde mit einem Schlag leichenblass, als ob er sich von dem Nachtrag speziell angesprochen fühlte.

„Wir müssen eine reiche Ernte einfahren. Lasst die Franzosen für Deutschland arbeiten. Lang lebe der Führer!", brüllte Johann und knallte die Hacken seiner blank geputzten Schuhe zusammen. „Sieg Heil!"

Unfassbar, wie die Leute diesem Kerl zujubelten, und geradezu unheimlich, wie jäh der Lärm abbrach. Vielleicht hatte der Gestapo-Mann eine Geste gemacht? Eine Tür wurde geöffnet, Schritte dröhnten. Die Tür fiel ins Schloss. Dumpfere Schritte, die rasch verklangen. Johann und seine Meute waren demnach ins Haus gegangen.

Die Atmosphäre, die an einen Viehmarkt erinnert hatte, änderte sich merklich nach dem Auftritt des Gestapo-Manns. Die Leute aus dem Dorf hatten es auf einmal sehr eilig mit der Auswahl. Der Rotgesichtige und zwei Bauern musterten Pierre und ihn verächtlich und gingen zügig weiter. Sie wählten andere Kameraden und nahmen sie mit zu Alphons, der seine Eintragungen machte. Für alles gab es in Deutschland Haken und Listen. Zu Jacques' Erleichterung kehrte Matthias zurück und machte die Sache ab. Er war untergebracht. Pierre, der von Hustenstößen gequält wurde, noch immer nicht – und der Hof leerte sich rasch. Innerhalb weniger Minuten standen abgesehen von dem Bürgermeister und dem Kameraden, den er für sich ausgewählt hatte, nur noch Matthias, Pierre und er selbst da. Der Gestapo-Mann riss die Tür der Gastwirtschaft auf und steuerte mit seinem Gefolge auf Alphons und Matthias zu, die leise miteinander redeten.

„Zu wem gehören die da?" Er wies auf Pierre und ihn. „Will die keiner? Wenn die zurück ins Lager sollen, nehm ich sie mit."

Bei seinem lauernden Blick und den feixenden Gesichtern von Johanns Männern überfiel Jacques ein beklemmendes Gefühl. Was hatten die vor?

„Mitkommen!" Er packte Pierre und ihn grob am Arm.

Matthias verstellte ihnen den Weg. „Lass sie in Ruhe, Johann. Sie werden beide auf meinem Hof arbeiten.“

„So ist's.“ Alphons setzte zwei Haken auf seine Liste. „Erledigt, du kannst sie mitnehmen, Matthias.“

Johann ausgeliefert zu sein, allein mit dem Kerl und seinen Kumpanen im Wagen? Die Vorstellung jagte Jacques einen Schauder über den Rücken. Keiner regte sich. Er selbst wagte kaum zu atmen. Waren sie gerettet? Wieso zögerte Matthias? Endlich setzte der Mann sich in Bewegung und Pierre und er folgten ihm auf dem Fuß. Als ob sie dünnes Eis überquerten und das sichere Ufer in Sicht kam.

„Stehen geblieben!“, brüllte Johann.

Ihr zukünftiger Arbeitgeber stoppte.

„Wieso schusterst du ausgerechnet dem Gronau zwei Hilfskräfte zu?“

Jacques linste zu Alphons hinüber. Breitbeinig stand der Ortsvorsteher da und wich kein Stück vor dem Gestapo-Mann zurück, der dicht an ihn herantrat.

„Merk dir eins, Johann. Mir liegt das Wohl Deutschlands und das Einbringen der Ernte ebenso am Herzen wie dir. ‚Lasst die Franzosen für Deutschland arbeiten‘. Das sind deine Worte. Nichts anderes hatte ich im Sinn, als ich Matthias gebeten habe, die beiden Kriegsgefangenen zu übernehmen. Sollte ich sie etwa zurück ins Lager schicken, wo sie uns Deutschen die Haare vom Kopf fressen und unnötige Kosten verursachen, wie du so treffend gesagt hast?“

Pierre hielt beide Hände vor den Mund und hüstelte.

„Dann nimm gefälligst du sie, statt sie einem ortsbekannten Judenfreund zu überlassen.“ Zum Glück war

Johann nicht aufmerksam geworden. „Oder gib sie meinen Eltern.“

„Die besitzen weder einen Bauernhof noch Land. Diese Zuteilung könnte ich beim besten Willen nicht begründen. Ich selbst möchte nicht in den Ruf kommen, mir bei Gelegenheiten wie dieser Vorteile zu verschaffen. Als guter deutscher Volksgenosse halte ich etwas auf meine Ehre“, entgegnete Alphons.

Johann gab ein Grunzen von sich. „Ich sehe schon, du willst mich nicht verstehen. Sieh sie dir doch an, diese unnützen Hungerleider. Als ob die Schmarotzer arbeiten könnten. Was sollen die zur Ernte beitragen?“

„Wenn Matthias sie verköstigt, fallen sie ihm und nicht der Staatskasse zur Last“, erwiderte Alphons.

Johanns Gesicht hellte sich auf. „Stimmt, dann ist es sein Schaden. Dich habe ich im Auge, Gronau. Nimm das Pack und verschwinde.“

Sobald Jacques auf die Straße trat, fiel die Anspannung von ihm ab. Seine Beine zitterten und eine ungeheure Erleichterung überflutete ihn. Fürs Erste waren Pierre und er gerettet.

„Ich habe meine Pläne geändert!“, brüllte Johann seinen Männern zu. „Wir bleiben über Nacht.“

Die Tochter des Hauses

Jacques' neuer Dienstherr steuerte zielstrebig das Haus gegenüber an, wo ein alter Mann den Hof kehrte. Er nickte ihnen zu. „Sind das die neuen Knechte?"

„So ungefähr. Das ist mein Vater Gustav." Matthias streckte die Hand aus und griff nach dem Besen. „Sonntags brauchst du nicht zu kehren."

„Ich ... Ich ..." Der alte Mann hielt den Stiel krampfhaft fest. „Nein, nein, das ... stimmt nicht."

„Schon gut", sagte Matthias sanft. „Bist du allein hier?"

„Nein! Natürlich nicht, Papa. Ich wollte nur nicht stören." Ein junges Mädchen mit einem dunkelblonden Pferdeschwanz, der bei jedem Schritt wippte, lief ihnen aus dem Schatten der Scheune entgegen und musterte sie. Es trug Hosen. Am Sonntag?

„Wieso hat das denn so lange gedauert? Alle anderen sind vor dir rausgegangen."

„Geduld ist eine Tugend, Ella."

„Ach, Papa."

Matthias stellte ihnen seine Tochter vor. „Die beiden heißen Pierre Dupré und Jacques Legrand."

Das Mädchen betrachtete seinen Freund und ihn eingehend aus großen grünen Augen. „Du solltest einen auswählen, der uns Arbeit abnimmt - und jetzt bringst du stattdessen doppelt so viele zum Aufpäppeln? Mama wird sagen, dass du unverbesserlich bist."

Wieso maßte sich dieses Gör ein derartiges Urteil an? Jacques sandte ihr einen wütenden Blick zu. Die Tochter des Hauses missfiel ihm gründlich.

„Und dir vorlautem, kleinem Naseweis steht es weiß Gott nicht an, meine Entscheidung zu kritisieren." Matthias wuschelte dem Mädchen über den Kopf.

Sie stellte sich auf die Zehen und drückte ihrem Vater einen Kuss auf die Wange. „Ich meine es nicht böse, Papa. Die beiden sehen wirklich halb verhungert aus."

Auf das Mitleid, das jetzt bei der jungen Deutschen mitschwang, verzichtete Jacques dankend.

„Ella, Herr Duprè ist Deutschlehrer. Er kann dich verstehen."

„Oje!" Sie schlug ihre Hände vor den Mund. „Das ist mir peinlich."

„Zu Recht."

Sie wandte sich an Pierre. „Entschuldigen Sie meine unpassende Bemerkung, mein Herr."

„Sie haben nichts gesagt, das mich kränkt, gnädiges Fräulein. Wir sehen tatsächlich wie Hungerleider aus. Die Portionen im Lager waren nicht üppig bemessen, aber wir dürfen in Zukunft ein Paket im Monat aus der Heimat …" Ein Hustenstoß unterbrach Pierres Redefluss. Im Gegensatz zu Jacques sprach er Deutsch mit einem starken und typisch französischen Akzent. Doch auf solche Äußerlichkeiten kam es im Deutschunterricht nicht an; Wert gelegt wurde lediglich auf die Kenntnisse der Grammatik und der Klassiker. Das war ein Gebiet, auf dem sein Freund glänzte. Sie stammten beide aus Épernay in der Champagne – das schweißte sie zusammen. Im Zivilberuf unterrichtete Pierre an einem Lycée, einem Gymnasium, in Reims. Und die Erfahrungen im Strafgefangenenlager XII D hatten ihn keineswegs von seiner Bewunderung für die Werke Goethes und Schillers kuriert. Jacques hingegen? Jeden Morgen und Abend zum Zählappell antreten? Stundenlang um Essensmarken anstehen, danach stundenlang vor der Essensausgabe auf einen Teller mit dünner Steckrübensuppe und ein bisschen Brot warten? Nicht nur die qualvolle Enge im Lager hatte sie dazu getrieben, sich als Freiwillige für ein Arbeitskommando in der Landwirtschaft zu melden. Sie wollten die nächstbeste Gelegenheit nutzen, um gemeinsam zu fliehen. Erst einmal zu den Verwandten nach Bitsch und von dort weiter in den unbesetzten Süden. In das freie Frankreich. Dank einiger Gespräche zwischen Wachmännern, die Jacques belauscht hatte, wusste er, dass Brigadegeneral De Gaulle nach England entkommen war und zum Widerstand gegen die Deutschen sowie die Regierung Marschall Pétains aufrief. Dass nicht nur sein Freund, sondern auch er dazu imstande war, jeder Unterredung zwischen Deutschen mühelos zu folgen, wusste niemand, abgesehen von Pierre. Von offizieller Seite waren Jacques' Sprachkenntnisse nicht erfasst. Weder bei der französischen Armee noch bei seiner Gefangennahme hatte er angegeben, dass er die Sprache des Erzfeindes beherrschte.

„Papa, ich wollte nicht ungehörig sein. Wenn ich gewusst hätte, dass Herr Düprä tatsächlich krank ist, hätte ich mir keinen meiner kleinen Scherze erlaubt. Jetzt tut es mir noch viel mehr leid. Ich hole Mama her!" Das Mädchen rannte los.

Pierre sah ihr nach. „Ihre Tochter ist ein reizendes Geschöpf, Herr Gronau.“

„Danke, da stimme ich Ihnen aus ganzem Herzen zu. Obwohl ich als Vater natürlich voreingenommen bin.“

„Sie erinnert mich an meine Älteste.“ Pierre verstummte.

„Die Sie gewiss sehr vermissen“, entgegnete Matthias.

„Oja, ich sehne mich krank nach meiner Familie“, gestand Pierre viel zu freimütig für Jacques’ Geschmack ein. Er warf seinem Freund einen warnenden Blick zu. Was brauchte der Deutsche zu wissen, wie sie sich fühlten?

„Diese Empfindungen kann ich sehr gut nachvollziehen. Mir ging es nicht anders, während ich als Soldat in der Fremde war. Wir müssen hier übrigens nicht wie festgenagelt stehen, um auf meine Frau zu warten. Vater, kommst du bitte mit ins Haus?“

Der alte Mann nickte, dachte aber nicht daran, den Besen beiseitezustellen. Vielleicht war er schwerhörig?

„Mama, was ich dir gesagt habe, stimmt. Siehst du, der Mann kann auf keinen Fall arbeiten!“ Die junge Deutsche kehrte mit einer dunkelhaarigen Frau mittleren Alters zurück, die sie an der Hand zog.

Ihr folgten zwei Burschen, die wohl etwas jünger waren als er selbst. Beide ebenfalls dunkelhaarig. Vielleicht die Söhne des Hausherrn?

Matthias stellte sie einander vor und nannte ihre Namen. Eine weitere Hustenattacke quälte Pierre. Hörbar klapperten seine Zähne aufeinander.

„Mein Gott, Matthias, dem Mann geht es gar nicht gut!“, sagte die Frau leise.

„Stimmt. Darum wollte kein anderer ihn.“

„Also hast du ihn mitgebracht?“

„Hätte ich ihn Johann überlassen sollen, der ihn mitnehmen wollte?“

„Sicher nicht.“ Sie umschloss Pierres Finger mit ihrer Hand und legte sie ihm anschließend auf die Stirn. „Sie glühen förmlich und dazu der Schüttelfrost! Ich fürchte, dass das Fieber noch steigt. Haben Sie Schmerzen irgendwo?“

„Beim Atmen.“

„Hoffentlich ist es keine Lungenentzündung oder ...“

Dachte sie an Tuberkulose? Wenn, sprach sie ihre Befürchtung nicht aus. Die Frau lotste sie in die Scheune.

„Eigentlich gehören Sie in ein Bett! Meinst du, sie kontrollieren heute schon, ob wir alle Vorschriften einhalten, Matthias?“

„Möglich ist es. Johann ist vorhin mit ein paar Polizisten aufgetaucht und hat zu vermehrter Wachsamkeit aufgerufen. Keine Verbrüderung mit dem Feind und so weiter. Dem wäre es am liebsten, wenn jeder jeden meldet. Außerdem hat er angekündigt, dass er über Nacht bleibt.“

„Ach herrje, dann müssen wir vorsichtig sein. Arbeiten können Sie auf keinen Fall. Wir machen Ihnen eine Wärmeflasche und einen Tee aus Thymian. Der sollte Ihnen guttun. Ella, sag Ida Bescheid. Sie soll Kissen und Decken bringen.“

„Ich bin schon unterwegs.“ Das Mädchen öffnete eine Tür und verschwand.

„Sie können in der Küche auf der Bank beim Herd ruhen. Die ist breit genug zum Hinlegen und dort ist es schön warm. Matthias, zeigst du dem anderen Herrn unterdessen die Gerätschaften und den Stall? Danach kommt ihr bitte herein – das Essen ist gleich fertig."

Was stimmte mit diesen Leuten nicht? Jacques starrte seinem Freund und der Deutschen nach. Statt über Pierres Zustand zu schimpfen, nahmen sie ihn mit ins Haus?

Matthias sprach seinen Vater an. „Kommst du bitte und hilfst mir, dem neuen … Knecht den Hof zu zeigen."

„Das Haus hat mein Großvater gebaut", erklärte der alte Mann stolz. Als ein Automotor auf der Straße brummte, wandte er den Kopf.

Matthias wies auf Traktor und Dreschapparat, beides moderne und gut gepflegte Maschinen, soweit Jacques beurteilen konnte. „Meine Tochter kann sie alle einwandfrei bedienen."

Jacques wäre beinahe ein verblüfftes ‚Tatsächlich?' herausgerutscht. In einem weiteren Abteil stand ein Steinblock mit Abflussrinne. Eine Kelter? Wahrscheinlich produzierten sie hier auf dem Gut einen dieser minderwertigen Essige, die sie Weine schimpften und mit kiloweise Zucker versetzten, um das saure Gesöff wenigstens einigermaßen genießbar zu machen. Er selbst war da weit bessere Qualität gewohnt: Unter der Marke Leblanc de Savonne stellte seine Familie einen Champagner her, der weit über die Grenzen Épernays bekannt war. Stolz erfüllte Jacques, obwohl er als Jüngster keinen Erbanspruch besaß und sich schweren Herzens dazu entschieden hatte, einen anderen Beruf zu ergreifen und Lehrer zu werden. Doch all das brauchten die hier nicht zu wissen.

„Dort entlang geht es zum Stall." Der erstaunlicherweise an die Scheune und nicht ans Haus grenzte. Vermutlich eine regionale Besonderheit?

„Wir halten Pferde, Schweine und Kühe", erklärte Gustav.

Die Boxen und Abteile standen leer, nur hinten im Eck grunzten ein paar Mastferkel. Die anderen suhlten vermutlich draußen.

„Kühe und Pferde sind ebenfalls auf der Weide. Die kommen erst abends in den Stall."

Jacques presste die Lippen aufeinander. Bei ihnen hatten die Deutschen gewütet; Tiere ohne Not geschlachtet.

„Diese Tür führt zum Hof." Matthias öffnete sie und trat ins Freie. Er folgte ihm. „Wie Sie sehen, ist es von hier nicht weit bis zum Misthaufen und der Latrine. Vater, wir essen jetzt, komm bitte mit hinein."

„Ich wollte ... zum Frühschoppen."

„Dafür ist es schon zu spät."

Der alte Mann, der unterdessen bis zur Straße vorgelaufen war, schlurfte zurück zu ihnen. „Die Scholtes halten Hunde!"

„Seit wann denn das?" Wie Matthias spähte Jacques zu der Gastwirtschaft hinüber, wo auf dem Hof inzwischen ein Wagen parkte. Vermutlich der, mit dem die Gestapo-Männer gekommen waren. Hunde waren dort keine zu sehen oder gar zu hören. Jaques lauschte. In der Ferne bellte allerdings einer.

„Die sind gerade angekommen. Lotte, ich muss dir was erzählen. Lieselotte?" Gustav eilte in die Scheune.

„Vater, besinn dich. Mutter mag keine Hunde."

„Richtig, richtig."

„Vielleicht erzählst du die Neuigkeit stattdessen lieber den anderen?"

„Oja, das mache ich. Lenchen?", rief der Alte laut.

„Schwiegerpapa?", antwortete eine Frauenstimme.

„Auf die Wahrnehmungen meines Vaters ist leider kein Verlass mehr. Das Alter ... Darum sucht er auch nach meiner Mutter, die seit Jahren tot ist", erklärte Matthias und seufzte. „Ich vergaß, Sie verstehen nicht, was ich sage. Bevor wir ins Haus treten, wechseln wir unsere Schuhe. Mal sehen, wie wir es mit Ihnen machen. Pantinen vielleicht? Müssen Sie Ihre Uniform zum Arbeiten tragen? Das wird sich alles finden. Treten Sie erst einmal ein."

Matthias öffnete eine Tür und bedeutete ihm vorzugehen. Am liebsten wäre Jacques im Eingang stehen geblieben und hätte sich an den Aromen berauscht, die ihn umfingen. Es duftete köstlich nach Braten. Wie an Fäden gezogen ging er weiter, immer dem Duft nach. Und ehe er wusste, wie ihm geschah, hockte er neben Pierre am Ende des langen Tisches und löffelte eine cremige Kartoffelsuppe, während sein Freund einen Tee trank.

„Wir machen hier keine Unterschiede." Eine mollige, alte Frau sammelte den tiefen Teller ein und setzte ihm einen flachen mit allem vor, was die Familie speiste. „Wer mit uns arbeitet, kriegt dat, wat wir auch essen, sagt die Herrin."

***

„Na, endlich!", begrüßte Ella ihre Freundin Luzie, die am frühen Nachmittag an der Tür klopfte.

„Viel Spaß bei eurem Spaziergang", rief Magdalena aus der Küche.

„Danke!", antworteten Luzie und sie wie aus einem Mund.

Sie schlugen den Weg ein, der an den Obstbaumwiesen die Straße hinauf Richtung Wald führte. Bei einem Feldweg bogen sie ab und kletterten die Stufen hoch, die seit Generationen zum Weinberg ihrer Familie führten. Bei den Wiesen unterhalb der Rebstöcke standen Bänke, aber von ganz oben hatten sie einen wunderbaren Blick auf das Moseltal. Den wollten sie genießen, bevor es Abschiednehmen hieß.

„Dass du aber auch weggehst." Ella ließ ihren Kopf hängen.

„Alles nur, um Johanns Fuchtel zu entkommen. Der wird immer schlimmer. Faselt von Erbkranken und unnützen Essern. Der hängt mir so zum Hals raus. Ich wette, du an meiner Stelle würdest auch fliehen."

„Oder ihm an die Gurgel gehen?"

Luzie kicherte. „Ich werde dir schreiben, wenn ich Zeit habe. Wann kommt denn endlich Henris Schwester. Die hätte ich zu gerne noch kennengelernt."

„Die Ärmste kuriert eine Leberentzündung aus. Sie war so schwer krank, dass es mit ihrer Entlassung aus der Munitionsfabrik überhaupt keine Probleme gab. Zumal sie in einem anderen kriegswichtigen Bereich arbeiten wird."

„Krank? Ach, du liebes Bisschen. Hoffentlich erholt sie sich rasch. Und jetzt, erzähl mal von euren Franzosen."

Ella kniff die Augen zusammen. „Siehst du, was ich sehe? Ich glaube, da kommt mein Vater mit dem Jüngeren."

„Ihr habt zwei, nicht wahr? Wo ist denn der andere?"

„Zuhause, der hustet und hat Fieber." Ihre Freundin und sie verschnauften, sahen den beiden entgegen und ließen sie passieren.

„Kranke werden bald dein täglich Brot sein."

„Vorerst arbeite ich nur in der Küche und nicht als Schwester."

Matthias mit dem Franzosen im Schlepptau blieb kurz bei ihnen stehen. „Einen schönen Nachmittag wünsche ich euch Mädchen."

Sie dankten ihm lächelnd und er ging weiter. Der Kriegsgefangene eilte grußlos hinter ihm her; Luzie musterte ihn trotzdem eingehend und flüsterte: „Hui, der sieht gut aus! Der könnte mir gefallen."

„Als ob es auf ein hübsches Gesicht ankommt. Der ältere ist viel netter. Den finde ich richtig sympathisch. Allerdings sagt Mag... Mama, dass wir bei ihm wegen des furchtbaren Hustens erst einmal vorsichtig sein müssen. Nicht, dass er Läuse und Flöhe hat."

„Hör auf, so etwas zu sagen! Jetzt juckt's mich überall." Luzie kratzte ihren Kopf und ihre Arme. „Dieses eklige Ungeziefer. Ich dachte, die Gefangenen wären behandelt worden, bevor die hergekommen sind."

Ella wies auf einen blau schillernden Käfer, der auf einen Löwenzahn kletterte. „Solches Krabbelviech meinte Mutter damit auch nicht. Sie befürchtet, dass er nicht nur an diesem fiebrigen Infekt, sondern obendrein vielleicht sogar an Tuberkulose leidet."

„Ach, du heiliger Bimbam! Und was jetzt? Muss er zum Röntgen?“ Luzie blieb stehen und fasste nach Ellas Hand. „Und ihr auch?“

„Vielleicht? Ich weiß es doch auch nicht. Wenn der Husten nicht besser wird?“

„Hoffentlich hat euer Franzose die Schwindsucht nicht! Ich mach mir Sorgen.“

„,Unkraut vergeht nit‘, sagt Traudl immer.“ Ella stiefelte los und zog Luzie mit.

„Tuberkulose ist eine seltsame Krankheit“. Ihre Freundin runzelte die Stirn. „Meine Mutter hat gesagt, dass die Schwester der vorherigen Besitzerin vom Dorfladen, also nicht die Ferbers, sondern eine Tante Lene, Lore ...“

„Louischen, kann das sein?“

„Genau, das ist sie.“

Ella lächelte. „Die war wohl sehr nett und hat meiner Mutter immer Zuckerzeug geschenkt, als sie klein war, wie später die Ferber-Schwestern uns.“

„Also, Mutter und Schwester von dieser Louise wären beide sehr jung an Tuberkulose gestorben, wohingegen sie und ihr Vater die Krankheit nicht gekriegt hätten und beide seien sie uralt geworden. Dabei hätten die alle dicht aufeinander gehockt und die Eheleute im gleichen Bett geschlafen.“

„Und die Schwestern vielleicht sogar gemeinsam in einem?“

„Vermutlich. So wie bei uns. Ich muss mir meins schließlich auch mit meinen Schwestern teilen und das ist keine reine Freude, so wie die da drin herumkugeln. Also, was ich sagen will: Selbst, wenn der das hat, heißt es nicht, dass du die Tuberkulose von ihm aufschnappst. Oder ich mir? Von dir."

„Mensch, Luzie, du malst dir aber auch alles in schwarzer Farbe aus. Sei lieber froh, dass es nicht regnet. Den Tag heute lassen wir uns nicht vermiesen." Gemeinsam mit ihrer Freundin stieg Ella die schief getretenen Steintreppen bei den Weinbergen hoch. Auf halbem Weg verschnauften sie und sahen hinüber auf die Trittenheimer Seite, wo die Weinstöcke in Reih und Glied standen. Hier wie dort streckten die Pflanzen ihre Blätter dem Licht entgegen.

„Du hast gut reden, Ella. Wenn ich an die vielen Krankheiten denke, gegen die nix hilft, wird mir richtig bange. Ich werde mich sehr gründlich umschauen, bevor ich mich entscheide, ob der Schwestern-Beruf etwas für mich ist. Wenn nicht, hätte ich dann bei euch eine Chance? In eine Munitionsfabrik will ich nicht."

„Das fragst du ernsthaft? Natürlich! Meine Eltern würden dich jederzeit anstellen; das hat meine Mutter selbst gesagt." Ella umarmte ihre Freundin stürmisch.

„Erdrück mich nicht." Luzie befreite sich. „Weißt du denn, was gegen Tuberkulose hilft?"

„Nicht so richtig."

„Also ich habe mal ein Bild in einer Zeitschrift gesehen, die in der Gastwirtschaft herumlag. In Lungenheilanstalten ruhen sie warm eingepackt in Liegestühlen an der frischen Luft und faulenzen den ganzen Tag. So schlecht klingt das eigentlich nicht."

Ella schüttelte den Kopf. „Wenn du dir dabei nicht die Lunge aus dem Leib husten würdest."

„Hast recht. So viele sterben daran."

Zu gießen brauchten sie die Weinstöcke seit Wochen nicht. Im Gegenteil. Ella pflückte ein Blatt von einer Rebe, das für Pilzbefall verdächtige Flecke aufwies. Die mussten sie ausschneiden und verbrennen. Sie schob die Blätter beiseite und begutachtete die Traubenansätze. „Sonne täte ihnen gut.“

„Tuberkulosekranken hilft sie auch. Und … Schmalzbrote, glaube ich. Das hat meine Mutter mal gesagt. Fingerdick draufstreichen.“

„Pfui Teufel, brächtest du die runter?“ Auf den Schieferplatten, die sie als Unkrautschutz und wegen der Mineralstoffe zwischen den Weinstöcken ausgebracht hatten, standen teilweise Pfützen. Ella musste aufpassen, damit sie in ihren Sonntagsschuhen nicht ausrutschte.

„Wenn es hilft? Vielleicht lerne ich im Krankenhaus jemand kennen, den ich fragen kann, ob’s nutzt? Lass mich auf jeden Fall wissen, wie es mit eurem kranken Franzosen abgegangen ist.“

„Das mache ich, sobald du mir deine Adresse geschickt hast.“

„Heute werde ich an Leo schreiben“, sagte Luzie.

„Grüß ihn von mir.“

Sie stiegen ein Stück höher Richtung Schiefergrube.

„Die Armen haben ständig mit Hinterhalten von Partisanen zu kämpfen. Seine Einheit hat vor ein paar Tagen zur Vergeltung für einen Mordanschlag, dem zwei Soldaten der Nachhut zum Opfer gefallen sind, ein Dorf in Polen dem Erdboden gleich gemacht. Anweisung des diensthabenden Leutnants. Frauen, Kinder, ausnahmslos alle. Johann war begeistert bei der Stelle im Brief, Leo war schockiert, sonst hätte er das Morden nicht erwähnt."

„Hat er … Musste er denn auch mitmachen?"

„Ich bin mir nicht sicher. Wenn, hat er danebengeschossen." Luzie lehnte ihren Kopf für einen Moment an Ellas Schulter. „Das ist alles so furchtbar."

„Wie wäre es? Wollen wir den Krieg für heute vergessen?"

Luzie nickte. „Versuchen können wir es."

Sie stiegen bis zum Eingang der Schiefergrube hinauf, die oberhalb der Rebenreihen in den Berg gehauen und deren Stollen inzwischen zum Teil von Wasser überflutet waren. Matthias duldete es darum nicht, dass außer ihm noch jemand hineinging. Sie nahmen auf zwei größeren schwarzen Platten Platz, die trotz des durchwachsenen Wetters angenehm warm waren, und blickten auf die Mosel hinunter. Die Wolkendecke riss auf, die Sonne blitzte hervor und ein Stück blauer Himmel. Wortlos beobachteten sie die Schiffe im Wasser, Kinder, die am Ufer des Flusses spielten, Spaziergänger, die auf dem Treidelpfad entlangliefen und die Weinberge auf der Trittenheimer Seite. Still war es, abgesehen von den Grillen, die zirpten, und ein paar Vögeln, die zwitscherten. Ein Zitronenfalter zog seine Bahnen. So wunderbar friedlich konnte es bleiben.

Hasenjagd

Die ersten Wingerter brachten ihre Franzosen zurück. Johann Lauterer schaute ungeduldig aus dem Fenster. Was für ein öder Tag! Kein Fluchtversuch bisher? Dabei hatte er extra Vorkehrungen getroffen. Sollte er sich freuen, dass seine Rede einen derart durchschlagenden Erfolg zeitigte, oder enttäuscht sein? Seine Männer, ein von ihm persönlich handverlesener Trupp, der im regulären Polizeidienst stand, spielten Karten, rauchten, lachten, lärmten. Die beiden Schäferhunde, die dösend dagelegen hatten, sprangen auf und spitzten ihre Ohren, gaben aber keinen Ton von sich. Kurz darauf hämmerte eine Frau an die Tür. Er erkannte die Stimme seiner Cousine Gudrun. Einer seiner Männer erhob sich und öffnete ihr.

„Johann! Schnell!" Sie war vollkommen außer Atem. „Unser ... Franzose! Er ist ... einfach verschwunden!"

„Was ist passiert?" Johann wies auf einen der Stühle an seinem Tisch. Sitzgelegenheiten gab es in der Gastwirtschaft seiner Eltern reichlich. Während sie sich hinhockte, fasste er in seine Jackentasche, holte eine Zigarettenschachtel hervor und fischte einen Glimmstängel heraus.

„Also ... der Franzose hat das Vieh versorgt."

Einer seiner Männer ließ ein Feuerzeug klicken. Johann zündete seine Zigarette an der Flamme an und nahm einen Zug.

„Der Mann war auch nett zu den Kindern. Er hat … die ganze Zeit gut gearbeitet und wir haben ihn immer im Auge gehabt. Bis … nun ja, er musste auf den Abort. Da konnte doch keiner von uns mit. Dat wär zu ungehörig. Wir sin selbstverständlich in der Nähe gewesen … auf dem Hof. Die Kleinen haben Nachlaufen gespielt; einer hat den anderen geschubst. Es gab Tränen und blutige Knie. Ich bin nur schnell ins Haus, um Jod zu holen.“

Johann rauchte, während Gudrun ihre Hände knetete. Sie machte eine kurze Pause und redete weiter.

„Als ich das nächste Mal zum Häuschen geschaut habe, war der Franzose weg. Er hat den Kindern gesagt, dat sie alle mit ihm Verstecken spielen sollten. Er muss durch die Scheune raus, hinten zu den Gärten und querfeldein Richtung Wald gerannt sein.“

„Wie lange ist das her?“ Da hatte er die Franzmänner extra gewarnt – trotzdem war einer abgehauen? In Johanns gehobene Stimmung mischte sich Wut. *Nun, der würde sehen, was er davon hatte.*

„Vielleicht fünf, höchstens zehn Minuten. Was soll ich denn jetzt tun?“ Sie schluchzte. „Werde ich deswegen bestraft?“

Er blies Gudrun Rauch ins Gesicht. „Ich brauch den Namen.“

„Meinen?“

„Quatsch kein dummes Zeug!“ Die faulen Mägde seiner Mutter musste er sich später auch noch zur Brust nehmen, der Aschenbecher quoll vor Kippen über.

„Ach so. Emil Renard.“

„Keine Sorge, der Kerl kommt nicht weit! Wir brauchen etwas, das nach ihm riecht und steckt Taschenlampen ein. Los geht es; auf zur Hasenjagd!“ Er zog eine kleine, dünne Metallröhre aus der Tasche. Den Schraubverschluss drehte er ab, ließ zwei Tabletten auf seine Handfläche gleiten und warf sie in den Mund. „Wer will? Pervitin hebt die Stimmung und hält dich die ganze Nacht wach."

„Ich will nicht hoffen, dass es so lange dauert, bis der Franzmann mir vor die Flinte läuft", rief einer der Jüngeren.

„Du kriegst als Erster was!" Johann hielt das Röhrchen in die Höhe. „Es ist ein vollkommen unschädliches, frei verkäufliches Zeug. Das gute Fliegermarzipan – die Wunderpille unserer Piloten."

„Na dann, immer her damit!"

Seine Männer streckte ihm ihre Handflächen entgegen und Johann kippte jedem eine Tablette darauf.

„Alle bereit?" Johann beorderte einem der Wachposten, seinen beiden Hundeführern die Habseligkeiten des Franzosen zu zeigen. Innerhalb kürzester Zeit beschnüffelten sie einen Mantel und nahmen Witterung auf. Die Schäferhunde zerrten an ihren Leinen. In gespannter Erwartung hob Johann die Hand und gab das Zeichen zum Abmarsch. Als sein Trupp und er gleich darauf auf die Straße traten, kam ihnen Matthias Gronau mit seinen Gefangenen entgegen.

„Was ist passiert?", fragte der elende Judenfreund angesichts des Aufgebots.

„Wonach sieht's denn aus?", blaffte Johann zurück.

„Nach einem Fluchtversuch. Könnt ihr Hilfe gebrauchen?"

„Deine sicher nicht. Ich kann mir schon denken, wie du als Offizier tickst. Vor Verständnis triefend."

Matthias' Kinnlade kippte herunter.

„Weißt du, Gronau, unter euch Offizieren mag die Regel von ‚ehrbaren‘ Fluchtversuchen gelten, aber für Mannschaften ist nichts dergleichen vorgesehen. Also halt dich raus!“ Einer wie der hatte Johann gar nichts zu sagen. Der Depp wollte doch nur mitkommen, um lästig zu fallen und seine Nase in Angelegenheiten zu stecken, die ihn absolut nichts angingen. „Ich denke, meine Warnungen sind deutlich genug gewesen, oder etwa nicht?“

Er grinste breit und ließ Matthias mitsamt den Gefangenen einfach stehen. Seine Laune stieg nach dem gewonnenen Schlagabtausch sprunghaft an. Wie bleich die beiden Franzmänner angesichts der Hunde geworden waren, gefiel ihm. Ebenso, dass die einbrechende Dämmerung und ein kleiner Vorsprung die Jagd nach dem Entflohenen aufregender machten.

Die Schäferhunde folgten der Spur des Mannes durch die Streuobstwiesen bis zum lichten Wald, der hauptsächlich aus Buchen, Eichen und Fichten bestand. Manchmal ließ Johann den Trupp anhalten, um ins Unterholz zu leuchten. Der Franzose kauerte mit Sicherheit hier irgendwo in der Nähe in einer Mulde oder hinter einem Busch. An einem Baumstamm sprangen die Tiere kläffend hoch. Einer von Johanns Männern leuchtete in die Krone. Nichts. Der Kerl war cleverer als gedacht. Sie machten bei den umstehenden Bäumen weiter, bis der Lichtkegel schließlich an einem bleichen Gesicht hängenblieb.

„Was haben wir denn da für einen hässlichen Vogel? Runterkommen, wird’s bald!“

Die Hunde unten am Baumstamm geiferten und knurrten.

„Offensichtlich ist der Franzose schwerhörig!", sagte Johann.

Seine Männer lachten.

„Tja, wer nicht hören will, muss fühlen!" Er zog seine Waffe aus dem Holster, eine der neu eingeführten Walther P.38, die gut in der Hand lag und auch zuverlässig traf. Er wollte lediglich einschüchtern, genoss jedoch die Angst, die er verbreitete.

„Non, non! Nischt schießen!" Der Franzose drehte sich sofort um und stieg abwärts.

„Wie lahm ist denn der? Was denkt ihr, Männer? Wollen wir dem ein bisschen nachhelfen?"

Der Eifrige hob einen faustgroßen Stein auf. „Wie wäre es damit?"

Johann nickte. Ein leises Zischen, ein dumpfer Schlag. Der Franzmann schrie auf, schwankte und verlor den Halt. Er griff nach dem Ast. Vergebens! Ein paar dünne Äste knackten, Blätter raschelten. Wie ein nasser Sack stürzte der Kerl zu Boden und prallte mit dem Rücken auf einen Wurzelausläufer. Er stöhnte. Amüsiert beobachtete Johann, wie schnell jegliche Schmerzäußerungen verstummten; die Hunde stellten ihre Beute, ihre Reißzähne blieben nur eine Handbreit entfernt von der ungeschützten Kehle. Beide waren mannscharf und warteten auf das Zeichen zum Zuschnappen. Was für gut erzogene Tölen! Ihr Opfer blieb reglos liegen und starrte mit Angst verzerrtem Gesicht auf die Tiere.

„Pfeift sie zurück!", befahl Johann ihren Herrchen.

Die Viecher parierten aufs Wort.

„Und du, steh auf. Ab Marsch, zurück ins Dorf!"

Der Franzose rappelte sich hoch, rieb über seinen Rücken und humpelte los.

„Schneller!" Johann beobachtete, wie Hoffnung die Züge des Mannes belebte. Nicht mehr weit bis zu den ersten Häusern. Er winkte den jüngsten Burschen heran, blieb stehen und flüsterte. „Du erledigst das. Der trägt selbst Schuld, an dem, was jetzt passiert!" Bis zur französischen Grenze war es nur ein Katzensprung, da musste ein warnendes Beispiel her, um weitere Fluchtversuche zu unterbinden.

„Ich ... soll ... äh, also darf?" Der junge Polizist schluckte hörbar.

„Dein erstes Mal?"

Der Mann nickte.

„Es ist nicht immer leicht, seine Pflicht zu erfüllen." Johann kehrte seine verständnisvolle Seite heraus, um zu prüfen, wie sein Untergebener reagierte. „Wenn du zweifelst, kann ein anderer die Sache erledigen."

„Ich ... Ich ... brenne darauf, dem Führer und dem deutschen Vaterland einen Dienst zu erweisen. Danke für die Chance." Der Bursche zog seine Waffe und entsicherte sie mit zitternden Fingern.

„He, du da, Renard, oder wie du heißt, dreh dich um!", sagte Johann halblaut.

Der Franzose gehorchte widerspruchslos. Seine Augen wurden groß, als er den Lauf der Waffe sah, der auf ihn gerichtet war. Er sank auf die Knie. „Ah, non! Bitte, non!"

Die Hand des Schützen bebte.

„Isch mach es nie mehr. Isch bleib und mach Arbeit für zwei", flehte er. „Bitte!"

Irgendwo bellte ein Hund.

„Isch 'ab zwei Kinder!"

Eine Schnake surrte an Johanns Ohr vorbei und ließ sich auf seinem Handrücken nieder. Er schlug zu. Zurück blieb ein kaum identifizierbarer Rest, den er wegwischte, während er den Franzosen und seinen Mann beobachtete. Wurde das bald was? Oder musste er den Kerl selbst erledigen.

„Bitte, 'aben Sie ein Herz!"

Zwei Schüsse knallten und hallten nach, zwei Treffer in Brust und Bauch. Nun ja, das Ziel war auf die kurze Distanz auch nur schwer zu verfehlen. Der junge Schütze beobachtete das Blut, das aus den Wunden quoll und wurde bleich.

„Gut gemacht!" Johann schlug dem Mann auf die Schulter. „Nachher gebe ich dir einen aus."

Der Franzmann riss erschrocken die Lider auf. Blut rann ihm aus dem Mund. Es gurgelte, als er Atem holte. Schon erstaunlich, wie viel Lärm so ein Sterbender veranstaltete. Todesangst verzerrte das Gesicht des Franzosen, bis der Kopf haltlos zur Seite kippte. Endlich herrschte Ruhe. Mund und Augen des Toten standen halboffen, was seinen Zügen ein überraschtes Aussehen verlieh. Ein Triumphgefühl übermannte Johann. Im Grunde musste er dem verdammten Matthias dafür danken, dass der ihm heute Mittag dazwischengefunkt hatte, sonst lägen statt dem hier die beiden halb verhungerten Nichtsnutze im Hof der *Blauen Forelle*, um die es absolut nicht schade gewesen wäre. Dass der hier sterben musste, ein gesunder Kerl, der ordentlich arbeiten konnte, bewies weit besser, dass sie keinen von diesem elenden Pack schonten! Wen hätte das hustende Klappergestell geschert, das Matthias gerettet hatte? Am besten machte er auch diesem nutzlosen Esser schnellstmöglich den Garaus! Was konnte ein Kranker denn bei der Ernte leisten? Nicht einmal als abschreckendes Beispiel für die anderen Gefangenen taugte eine solche Ballastexistenz. Ein Ärgernis war das. Genau wie dieser verdammte Gronau. Dem selbst ernannten guten Samariter würde er auch noch das Handwerk legen. Schon, weil der die Unverschämtheit besaß, ihm in die Parade zu fahren. Ob dem überhaupt zwei Franzosen zustanden? Das würde er sehr genau prüfen. Im Dorf unten veranstaltete irgendwer einen kleinen Aufruhr.

„Schüsse, dat war'n Schüsse", schallte es bis zu ihnen hinüber.

„Haben die den Franzosen gefunden?"

„Packt ihn an den Füßen und zieht ihn über die Wiese bis zur Straße", rief er seinen Männern zu und marschierte vorweg.

Ein lautes Ploppen unterbrach die Schleifgeräusche. Johann fuhr herum. Der Kopf des Franzmanns war gegen einen Stein geprallt.

„Was wiegt denn der?", murrte einer.

„Bestimmt über 150 Pfund!"

„Die geben denen im Lager viel zu viel zu fressen", flachste einer der Hundeführer.

„Du sagst es." Johann nickte. „Weiter geht's!"

Die beiden älteren Kinder seiner Cousine, ein Mädchen, das inzwischen um die sieben, acht Jahre zählte und ihr vier oder fünfjähriger Bruder, rannten durch den Garten auf ihre Gruppe zu, stoppten jedoch abrupt.

„Wat is denn mit dem Emil, Onkel Johann?" Das Mädchen hielt den Jüngeren zurück und stierte entsetzt auf den Franzosen, von dem kein Laut und kein Stöhnen kam, obwohl er an den Beinen über Stock und Stein geschleift wurde.

„Is dat Rote da Blut? Is er tot, Hanne?" Der Bub schluchzte auf.

„Allerdings! Der ist mausetot", antwortete Johann ihm.

„Aber warum?" Seine Schwester wimmerte. „Er war nett!"

„Ha... Hanne!" Der Kleine klammerte sich an seiner Schwester fest. *Diese Memme!*

Johann grinste. „Was ist? Hast du etwa Angst? Ihr seid deutsche Kinder! Keine jämmerlichen Zimperliesen. Seht genau hin. Dann wisst ihr, was mit unseren Feinden passiert. Was euer Vater im Felde tut."

„Aber ... er hat mit uns gespielt." Hannes Stimme schwankte.

„So wat Gemeines macht der Papa nit!" Ihr Bruder fing an zu greinen.

Schnelle Schritte. Die dunkle Silhouette einer Frau vor dem vergehenden Abendrot. Gudrun kam außer Atem bei ihnen an.

„Mama, Onkel Johann sagt, dass Papa Leute totmacht."

„Was bist du nur für ein Mensch, Johann Lauterer! Wenn ich gewusst hätte, wie's endet ..."

Wagte dieses unverschämte Weibsbild etwa, ihm Widerworte zu geben? „Was sagst du?"

„Ach nichts. Ich hab mich in der Aufregung ... nit richtig ausgedrückt. Ich meinte damit, dat mir jetzt die Arbeitskraft von dem fehlt."

„Du hast ihn entkommen lassen!" Johann hielt einen deutlichen Hinweis auf ihre Mitschuld und die Konsequenzen ihres Tuns für angebracht. „Vorsatz unterstelle ich dir nicht. Aber du warst nachlässig. Ich kann dir einen neuen Kriegsgefangenen beschaffen, da du den Verlust deiner Arbeitskraft offenbar sehr bedauerst. Doch eins garantiere ich dir: Wenn der entkommt, wanderst du wegen Fluchthilfe ins Zuchthaus. Keine Sorge, deine Kinder würde ich in dem Fall höchstpersönlich ins Waisenhaus bringen."

„Ich will sowieso keinen Gefangenen mehr. Kommt, weg da! Wir gehen ins Haus." Gudrun bückte sich zu ihrem weinenden Sohn hinunter. Sie hob ihn auf ihren Arm, fasste ihre Tochter an der Hand und eilte mit ihren Kindern davon.

„Diese dumme Pute mit ihren verwöhnten Bälgern. Je eher die sehen, wie's im echten Leben zugeht, desto besser. Außerdem hat der Kerl nur bekommen, was er verdient hat!" Johann wies auf den Leichnam. „An dem werden wir ein Exempel statuieren. Wir binden den an den Wagen und schleifen den bis zum Hof der *Blauen Forelle*. Dort lassen wir den Dreckskerl liegen. Morgen früh werden die anderen Franzmänner an dem da vorbeigehen und ich sorge dafür, dass jeder Einzelne genau hinschaut. Bildet dieses Pack sich etwa ein, dass es uns Deutschen auf der Nase herumtanzen kann?"

„Johann? Ist alles in Ordnung mit dir?" Von der Straße kam Dörte Kornbach angerannt. Ihr Mann folgte in einigem Abstand. „Wir haben Schüsse gehört. Huch, da liegt der Kerl ja. Ich hab mich furchtbar aufgeregt."

Ihr Mann blieb neben ihr stehen und rang hörbar um Atem.

Dörte hatte in ihrer Panik Johanns Hände gefasst, ließ sie los und tastete seine Brust ab. „Ein Feind, der frei herumläuft. Wer weiß, was so einer mit uns schutzlosen Frauen anstellen würde, wenn ihr ihn nicht erwischt hättet.“

„Traust du uns nicht zu, dass wir mit einem einzigen Franzosen fertig werden?“ Johann wehrte seine Geliebte, die ihn mit ihrem indezenten Gebaren vor dem halben Dorf blamierte, unwirsch ab. Dass er ein Verhältnis mit einer Frau von gut Mitte vierzig unterhielt, musste sie nicht vor allen Anwesenden demonstrieren. Wie stand er sonst da? „Lass das! Mir ist nichts passiert.“

„Aber Johann, ich sorge mich doch nur!“

Fritz Kornbach musterte den Toten. „Der Mann muss lebensmüde gewesen sein, trotz deiner Warnung zu fliehen. Ihr wart bewaffnet – er nicht.“

„Seine maßlose Überheblichkeit ist ihm übel bekommen. Ich musste ihn erschießen. Mitleid ist etwas für Schwächlinge, Fritz.“ Er klopfte Dörtes Mann herzhaft auf die Schulter. Johanns Blick blieb an den beiden Hundeführern und ihren Tieren hängen und wanderte weiter zu dem Schützen, der doch etwas mitgenommen aussah. *Was für eine Mimose!* Dem würde er später noch einmal auf den Zahn fühlen und an die Front schicken, wenn der für seinen Posten nicht die nötige Härte besaß.

Schritte und Stimmen – von allen Seiten kamen Leute angelaufen. Bald stand eine ganze Traube Neugieriger um den Toten und sie herum. Pfarrer Grimm, Matthias und Alphons waren natürlich vorneweg dabei. Der Geistliche kniete theatralisch neben der Leiche, schloss dem Mann die Augen und sprach ein Gebet. Alphons und Matthias bekreuzigten sich. Etliche der Umstehenden folgten ihrem Beispiel. Eine von Gudruns Mägden, eine füllige Matrone mit einem behaarten Muttermal auf der Wange, brachte ein Laken, das sie mit bleichem Gesicht über den Toten breitete. Einer zweiten, einem hübschen jungen Ding, standen gar Tränen in den Augen.

„Die Herrin möchte wissen, was mit ihm geschehen soll", sagte die Ältere.

Von seinem im Zorn geschmiedeten Plan, den Toten durch das Dorf zu schleifen, hatte Johann angesichts der betroffenen Gesichter, die viele Leute zogen, inzwischen Abstand genommen.

„Wieso schickt die Gudrun dich, statt selbst zu kommen?", schnauzte er die Magd an.

„Sie hat alle Hände voll damit zu tun, die Kleinen zu trösten." Das unverschämte Weibsbild stemmte die Fäuste in die Hüften und kanzelte ihn ab wie einen Schulbuben, der im Unterricht nicht aufgepasst hatte. „Sie sagt, dat ein paar Männer den Toten in den Schuppen bringen können, bis er abgeholt wird."

„Nix da! Wir schaffen ihn in den Hof der *Blauen Forelle.*" Was fiel seiner Cousine, dieser dummen Gans ein? Da musste er sich direkt schämen, dass Gudrun mit ihrer beschränkten Auffassungsgabe zur Familie gehörte. Es ging hier nicht darum, die Würde eines Toten zu wahren und seine Leiche vor Blicken zu schützen. Ihm ging es um den Abschreckungseffekt!

„Ich spanne den Wagen an", sagte der alte Kornbach. Er hakte Dörte unter und führte sie weg.

„Und ich mache Meldung im Gefangenenlager." Alphons musste natürlich auch seinen Senf dazugeben.

„Nicht nötig. Telefonat, Berichte und alles Weitere erledige ich. Das war es hier." Die Wingerter verstanden Johanns Wink. Sogar Matthias hielt seine große Klappe und schwieg. „Ihr könnt alle beruhigt sein: Der Entflohene ist tot und die Gefahr für Leib und Leben gebannt. Bleibt einer von euch bei der Leiche, bis der Fritz kommt und sie abholt? Oder müssen wir unsere Zeit auch noch damit verschwenden?"

„Mein Bruder in Christus, diese Last nehme ich dir ab." Pfarrer Grimm betonte jedes einzelne Wort. „Für mich bedeutet es keine leidige Pflicht, bei diesem Mann Totenwache zu halten und um das Heil seiner Seele zu beten!"

Selbstgerechte Frömmler wie den, die in der Kirche auf den Knien herumrutschten, bis die Hosenbeine durchgewetzt waren und auf treue Volksgenossen herabsahen, hatte Johann gefressen wie zehn Pfund Schmierseife.

„Ich bleibe auch!", erklärte Matthias.

Von Pfarrer Grimm und dem Judenfreund Gronau hatte Johann nichts anderes erwartet.

Alphons schloss sich ihnen an. „Ich helfe euch beim Aufladen."

„Ihr anderen verzieht euch!" Johann wartete ab, bis nur noch die Drei bei der Leiche standen, gab seinen Männern den Abmarschbefehl und sie stiefelten gemeinsam los. Auf ihrem Weg durchs Dorf wurden sie immer wieder angehalten. Wie ein Lauffeuer hatte sich die Nachricht von dem toten Franzosen verbreitet und die Gemüter erhitzt.

Linda, die älteste Ferber-Schwester, ein bissiges altes Weib von über achtzig mit schütteren krausen Locken, maß ihn aus zusammengekniffenen Augen von oben bis unten. „Der arme Kerl!"

Wie früher, als sie in der Gaststätte seiner Eltern ausgeholfen hatte. Johann kam die Galle hoch. „Hätte ich ihm für seine Flucht etwa einen Orden verleihen sollen? Die Gudrun kann froh sein, dass ich sie wegen ihrer Fahrlässigkeit nicht belange. Jeder Fluchtversuch wird bestraft! Und wer einem von denen hilft, ist Abschaum und kommt dorthin, wo er hingehört: in Haft. Also spar dir dein dummes Altweibergeschwätz!"

Ihre Antwort wartete er nicht ab. Was zählte ein Einzelner denn angesichts des großen Ganzen? Die Ernte stand an und die deutschen Kämpfer fehlten. Die Weiber mussten weit mehr mitanpacken als bisher und die Franzosen sollten gefälligst arbeiten. Es ging hier um das Wohl der deutschen Volksgemeinschaft und der Soldaten im Feld! Ob Polen, England oder Frankreich – wenn die arische Rasse überleben wollte, musste mitleidlos ausgemerzt werden, was ihr im Wege stand. Die Judenplage und das ganze schamlose Gesocks, das Ressourcen verbrauchte, ohne etwas dafür zu leisten. Alles Erbkranke und Schwache gehörte ausgelöscht und jeglicher Widerstand im Keim erstickt. Was die Kriegsgefangenen anbetraf, denen mussten mit harter Hand die Flausen ausgetrieben werden. Die sollten, nein, die mussten arbeiten, bis sie umfielen. War das so schwer zu verstehen?

„Wat is denn los? Seit du der Alten begegnet bist, ziehst du ein Gesicht wie Drei-Tage-Regenwetter." Der junge Schütze sprach ihn an und riss ihn aus seinen Gedanken.

„Ich ärgere mich maßlos über den Unverstand einiger rückschrittlicher Leute. Die sind von den Lehren der Kirche verdorben oder ... zu einfältig. Sie begreifen die großartigen Pläne unseres Führers nicht, geschweige denn, dass sie fähig wären, seine Visionen zu würdigen."

„Wir sind anders." Die Augen seines Untergebenen glänzten vor Eifer. „Wir haben unseren Eid auf Hitler geschworen. Wir stellen keine Fragen. Wir gehorchen seinen Befehlen bedingungslos."

Johanns Ärger verflog. Die alte Ferber stand eh schon mit einem Bein im Grab. Die Generation würde bald aussterben. Auf die Jungen musste er sich konzentrieren. „So ist es! Vor uns liegt eine strahlende Zukunft, wenn wir ..." Johann hielt kurz inne und suchte nach einem Wort, das die ungeheuren Ausmaße der fälligen Veränderungen treffend umschrieb. „... den gewaltigen, nein, genialen Plänen unseres Führers folgen. Schaut euch um: Überall hängen Hakenkreuz-Fahnen. Wir haben Frankreich geschlagen, bald wird England fallen."

„Mit den paar Kanaillen, die aufmucken, werden wir spielend fertig", rief einer der Hundeführer. „Vor denen is mir nit bange. Solang die Mehrheit ihr Maul hält, braucht uns der Rest nit zu jucken."

„Hast recht. Denen gewähren wir kein Pardon." Johanns Laune hätte nicht besser sein können. Das Schild der *Blauen Forelle* kam in Sicht. „Auf die glorreiche Zukunft Deutschlands heben wir einen, Kameraden!"

Ein Fleischergang?

22. August 1940

Antonia Berthold saß in einem blauen Kleid am Frühstückstisch in der Küche, nippte an ihrem Milchkaffee und beobachtete ihren Mann.

Alphons hatte seinen letzten Bissen Brot verspeist und drückte die Kuppe seines Zeigefingers gedankenverloren gegen ein paar Brotkrumen auf dem Teller. „Matthias hat gerade im Stall bei mir vorbeigeschaut."

„Was wollte er?"

„Ich hatte ihm vor ein paar Tagen erzählt, dass wir heute in Trier einen Termin haben. Er hat mich gefragt, ob es uns große Umstände bereiten würde, wenn wir seine neue Magd auf dem Rückweg mitbrächten. Eine Hand wäscht die andere, also habe ich zugesagt. Übrigens: Das Kleid steht dir." Alphons beugte sich vor und strich ihr eine goldblonde Locke aus der Stirn. „Es betont die Farbe deiner Augen und deine Haare erinnern an ein von Kornblumen gesäumtes Weizenfeld."

„Süßholzraspler."

„Andere sind in deinem Alter grau."

„Mit sechsundvierzig?" Voller Genugtuung dachte sie an die vier Jahre jüngere Magdalena von gegenüber. Vielleicht spielte er aber auch auf Dörte an, die ihre Haare wegen grauer Strähnen mit Wasserstoffperoxid bleichte und Dauerwellen hineinpraktizieren ließ. Brüchig und stumpf sahen die Locken aus und im Gegensatz zu dem, was ihre Freundin glaubte, nicht sonderlich vorteilhaft. „Außerdem brauchst du dir nicht einzubilden, dass mich deine Schmeicheleien vom Wesentlichen ablenken. Wieso lässt du dich dazu breitschlagen, Chauffeur für die Angestellte anderer Leute zu spielen? Du bist der Bürgermeister Wingerts! Was gehen uns die Gronaus und ihr Personal an?" Sie ließ ihren Blick über die Einrichtung schweifen, die zum Teil noch aus der Zeit ihrer Schwiegermutter stammte. Tisch und Bänke, ebenso das Buffet. Gutmütigkeit zahlte sich nicht aus. Weder in barer Münze noch sonst wie.

„Matthias muss seine Dienstpflicht erfüllen und ist die gesamte Woche von früh bis spät mit dem Wagen unterwegs. Er kann das Mädchen nicht abholen und wir sind ohnehin in Trier. Da ist das doch kein Umstand."

„Sie könnte genauso gut mit der Bahn nach Leiwen fahren. Irgendeinen Dummen, der sie ein Stück mitnimmt, wird sie dort schon finden. Mich hat auch keiner von Trier abgeholt, als ich damals meine Stelle bei den Scholtes antreten musste."

„Ich hätte dir meine Hilfe angeboten." Alphons' Stimme wurde weich. „Außerdem hat das Mädchen gerade erst eine schwere Leberentzündung überstanden."

„Und sie will auf dem Gronau-Hof arbeiten, obwohl sie noch in der Rekonvaleszenz ist?"

„Ach, Toni, du kennst sie doch." Ihr Mann setzte den flehenden Blick auf, dem sie von jeher nur schwer widerstehen konnte. „Die werden ihr für den Anfang leichtere Arbeiten geben."

„Du hast die Betreffende noch nie gesehen." Beinahe war sie schwach geworden. „Wie willst du sie überhaupt erkennen?"

„Matthias hat bei ihr angeklingelt und gesagt, dass sie ein Schild in den Händen halten soll, auf dem Wingert steht."

„Wenn ohnehin schon alles entschieden ist, wozu brauchst du dann noch meine Zustimmung?" Mit Aplomb stellte sie die Tasse auf den Unterteller. Es klirrte – laut.

„Weil ich den Termin heute gut und gerne allein wahrnehmen kann – und wir beide fahren nächste Woche gemeinsam in die Stadt. Die Wahl liegt bei dir."

In aller Ruhe wartete er ihre Antwort ab. Er kannte sie zu gut. Er wusste genau, wie er reagieren und was er sagen musste, um ihren Unmut etwas zu besänftigen.

„Und wer garantiert mir, dass du dann nicht wieder irgendeinen Botengang erledigst? Ich bin schon geschminkt. Außerdem möchte ich Stoff kaufen, solange es noch welchen von einigermaßen guter Qualität gibt."

Er sah sich um, die Fenster waren geschlossen und die Mägde hockten allesamt in der Kirche, die konnten nicht lauschen. „So pessimistisch? Unsere Luftwaffe schießt tagtäglich hundertfünfzig englische Flieger ab. Laut der Meldungen der Obersten Heeresführung ist die Royal Air Force in spätestens drei, vier Wochen am Ende und der Krieg im Westen so gut wie vorbei."

„Glaubst du an Märchen?" Sie hörten mitunter Feindsender, denen zufolge die englischen Flieger mindestens ebenso große Erfolge erzielten wie die deutschen. Nur, dass sie ihre getroffenen Maschinen, sofern sie keinen Totalschaden aufwiesen, wieder instand setzen und verwundete Piloten gesund pflegen konnten. Deutsche Maschinen und Besatzungsmitglieder hingegen waren für weitere Einsätze verloren, sobald sie in England notlanden mussten. Vorerst wirkte sich dieser Fakt vielleicht noch nicht gravierend aus, aber je länger die Luftschlacht dauerte ... Das Ergebnis konnte sich jeder selbst ausrechnen.

„Wie es wirklich ist, wissen wir nicht." Alphons zog sie in den Arm. „Und bis Frieder einrücken muss, dauert es noch."

„Zum Glück! Wenn ich daran denke, dass die Briten gestern zum Gegenschlag ausgeholt und einen gezielten Angriff auf Bismarcks Mausoleum geflogen sind. So steht es jedenfalls in der Zeitung." Sie wies auf das Tageblatt, das neben ihm auf der Bank lag. „Die Empörung darüber ist ungeheuer groß."

„Lass sehen!" Er schob den Teller zur Seite, griff nach der Zeitung, deren Umfang seit Kriegsbeginn deutlich abgenommen hatte, und schlug die Titelseite auf.

Britische Bombenflieger verübten gestern einen verabscheuungswürdigen Anschlagsversuch auf ein deutsches Nationalheiligtum. Nachdem der Angriff auf das Goethehaus in Weimar fehlgeschlagen war, bombardierte die Royal Air Force die Grabstätte unseres großen Kanzlers Bismarck und verfehlte sie – allerdings nur um zweihundert Meter. Die Gedenkstätte liegt abseits großer Verkehrswege mitten im Wald. Diese militärisch völlig sinnlosen Attacken des Feindes dienen nur einem einzigen Zweck: Sie beabsichtigen, die überlegene Kultur des deutschen Volkes zu treffen.

„Diese Heuchler regen mich auf, Alphons! Denn wenn im Gegenzug einer unserer Flieger die Chance erhielte, den Buckingham-Palast samt König George in die Luft zu sprengen, würde er es ohne Hemmungen tun und hinterher dafür gefeiert werden."

„Darauf kannst du Gift nehmen. Für die Italiener geht es in Afrika gut voran. Sie haben die Briten tatsächlich aus ihrer Kolonie Somaliland vertrieben und Berbera eingenommen. Mussolinis Pläne von einem mächtigen römischen Reich könnten wahr werden." Er las weiter und runzelte die Stirn. „Trotzki ist ermordet worden! In Mexiko mit einem Eispickel erschlagen - und noch steht nicht fest, wer dafür verantwortlich ist."

„Kein schöner Tod." Antonia runzelte die Stirn. Der Name sagte ihr nichts. „Wer war er?"

„Ein Kommunist im Exil, der die internationale Revolution forderte." Alphons rieb über sein Kinn. Ob er an seinen Freund Valentin dachte, den SS-Leute kurz nach Hitlers Amtsantritt verhaftet, gefoltert und umgebracht hatten? „Streit und Missgunst machen auch vor den Roten nicht Halt. Sicher steckt Stalin dahinter. Die beiden galten als Feinde."

„Du weißt gut Bescheid." Manchmal befürchtete sie, dass Alphons insgeheim Kontakte zu früheren Bekannten hielt, deren politische Gesinnung ihn in Teufels Küche bringen konnte: Gewerkschafter und Kommunisten. Bereits einige Male hatte sie versucht, ihn darauf anzusprechen.

„Unsinn!" Er sprang auf. „Wenn ich rechtzeitig zu meiner Geschäftsbesprechung in Trier sein will, müssen wir los. Hast du alles? Geldbörse? Bezugsmarken?"

Sie drang nicht in ihn. Misstraute er ihr? Oder schwieg er, um sie zu schützen?

***

In Trier hatte Antonia einen recht angenehmen Vormittag verbracht und ihre Zeit genutzt, um Bezugsscheine in Waren umzusetzen. Es war ihr gelungen, einen Wollstoff für Alphons, ein paar Bahnen Baumwolle, ein Päckchen Bohnenkaffee und eine Garnitur recht ordentlicher Unterwäsche zu ergattern. Mit Tüten beladen ging sie vom Trierer Marktplatz durch die Simeonstraße. Das Christophelhaus mit seiner Stuckfassade musterte sie nur flüchtig. Um halb Elf war sie mit Alphons im Café Astoria verabredet, froh, dass sie einen freien Tisch erwischte und vorerst keinen Schritt mehr tun musste. Ihre eleganten Schuhe, die sie bisher nur für die kurze Strecke zum Kirchgang benutzt hatte, drückten an den Fersen. Bei der Bedienung bestellte sie einen Pfefferminztee. Den Kaffee streckten sie hier unter Garantie auch mit bitterer Zichorie und geröstetem Malz. Darauf konnte sie verzichten. Sie hatte bereits eine Illustrierte durchgeblättert und ihre Tasse geleert, als Alphons endlich erschien, den Hut abnahm und mit einem Taschentuch Schweißperlen von der Stirn tupfte.

„War deine Besprechung erfolgreich?", fragte sie.

„Nun ja, es ging um die Abgaben. Da muss alles seine Ordnung haben. Ich war gut in der Zeit, bis ich zufällig einen von Valentins Freunden getroffen habe." Er winkte die Kellnerin heran. „Bis halb zwölf schaffen wir es trotzdem noch rechtzeitig zum Bahnhof."

Sie sah auf ihre Armbanduhr, die zehn nach Elf zeigte. „Wer weiß, ob die betreffende Dame überhaupt auftaucht."

„Ich denke nicht, dass es ein Fleischergang wird." Er zahlte ihre Zeche, nahm ihr die Tüten ab und hastete schnellen Schrittes in Richtung Porta Nigra. Das ehemalige römische Stadttor hatte beinahe zweitausend Jahre überdauert und wer weiß, wie vielen Auseinandersetzungen oder Kriegen standgehalten. Bestimmt war mehr als eine eitle Frau daran vorbeigegangen, deren Füße dank unpassendem Schuhwerk schmerzten. „Nicht so schnell!"

Kurzentschlossen blieb sie stehen und trat die Fersenkappen der Schuhe hinunter. *Schon besser!* Weiter ging es.

„Sollen wir mit der Straßenbahn fahren, Toni?"

„Die kurze Strecke? Sei nicht albern."

Es waren noch ungefähr fünfhundert Meter die schattige Nussbaumallee entlang bis zu ihrem Ziel. Der Bahnhof, ein zweistöckiges Bauwerk, auf das sie zueilten, war gegen Ende des letzten Jahrhunderts in der Regierungszeit Kaiser Wilhelms des Zweiten entstanden. Mit seinen Arkaden und den beiden großzügigen Flügeln spiegelte er unverkennbar Wohlstand und Glanz der damaligen Zeit wider. Das hohe Eingangsportal, das zur Wartehalle führte, erinnerte an einen Triumphbogen und passte zu einer ehemaligen Römerstadt. Ihr Wagen kam in Sicht. Das Auto, in dem sie ihre Füße ausstrecken konnte, war ihr momentan lieber als all der Prunk und die Pracht. Alphons öffnete ihr den Wagenschlag.

„Herrje, meine Füße!" Mit einem Seufzer sank sie vorn auf den Beifahrersitz und streifte ihre Schuhe ab.

„Wer schön sein will, meine Liebe ..."

„Noch ein Wort!"

Alphons schlug lachend die Tür zu. Mit ein paar Schritten war er bei der Treppe, die zur Bahnhofshalle führte. Er wandte den Kopf und sah nach links und rechts.

Antonia beobachtete unterdessen das Kommen und Gehen der Menschen rings um ihn herum. Ein so munteres Treiben wie vor dem Krieg herrschte nicht. Das Hin und Her blieb überschaubar, dennoch gab es einiges für sie zu sehen. Zumeist Frauen - mit und ohne Kinder. Einige halbwüchsige Bengel tummelten sich in einem Grüppchen und hoben die Hand zum Gruß, als zwei Uniformierte an ihnen vorbeimarschierten. In Trier gab es drei Kasernen, einige Armeekommandos und natürlich eine Abteilung, die für die Befestigung und Kontrolle der Grenze zuständig war. Da tauchten schon einmal Soldaten auf. Alphons hielt einer jungen Frau mit Kind, die ins Freie treten wollte, die Tür auf und verschwand schließlich in die Bahnhofshalle.

Ob die Magd der Gronaus drinnen wartete? Oder womöglich am Haltepunkt der Bimmelbahn? Ein älterer Mann rannte strahlend die Stufen hoch auf die Frau und das Kind zu. Er herzte und küsste sie, hob das kleine Mädchen auf seine Arme. Gemeinsam gingen sie zum Pferdewagen, wo er es auf den Bock setzte. Wenig später saß es zwischen den Erwachsenen und strahlte über das ganze Gesicht. Das Fuhrwerk rollte schließlich rumpelnd davon, wodurch zwei Soldaten in Antonias Blickfeld rückten, die nur ein paar Meter von ihr entfernt Zigaretten rauchten und lachten. Ihre Tornister lehnten an der Wand. Der eine stieß den anderen an und wies mit dem Kinn hinter sich. Dort standen ein großer Koffer und eine weitere Person, die fast vollständig hinter den beiden verschwand. Ihr Hab und Gut aus den Augen zu lassen oder an den beiden vorbeizugehen, wagte sie wohl nicht. Sie trug derbe Schuhe, Wollstrümpfe und ein Kleid, so viel konnte Antonia immerhin erkennen. Ob es vielleicht das Mädchen war, das Alphons suchte? Auf einmal kam Bewegung in die Gruppe. Ob die beiden einander mit dem Nicken ein Zeichen gegeben hatten? Wie auf Kommando warfen sie ihre Kippen auf den Boden, traten mit den Absätzen ihrer Stiefel darauf und drehten sich zu dem Mädchen um. Dabei gewährten sie Antonia für einen Moment freie Sicht. Die ängstlich geduckte Haltung des zierlichen Geschöpfs, das unwillkürlich vor den beiden zurückwich, rief das Bild eines vor Panik verstörten Kinds in ihr wach. Sie musste an ihr früheres Selbst denken, das des Nachts voller Furcht auf die Schritte des Onkels lauschte. Eine Ekelwelle erfasste sie und ihre Muskeln versteiften sich wie damals bei dem Gedanken an das Monster, das sie jahrelang missbraucht hatte. Eine Mischung aus Wut und Mitleid überwältigte sie. Einer der beiden hatte das Mädchen am Handgelenk gepackt, ihr Kopftuch abgestreift und zu sich herangezogen. Mit beiden Händen wehrte sie den Mann ab. Doch der grinste nur und beugte den Kopf vor, um sie zu küssen, obwohl sie nicht wollte. *Widerlich, diese Kerle!* Antonia konnte es keine Sekunde länger ertragen, vergaß ihre schmerzenden Füße und stürzte aus dem Auto. Ein paar Steinchen drückten sich in ihre seidenbestrumpften Fußsohlen, egal, solange es keine Scherben waren.

„Lass sie sofort los!", brüllte sie dem Kerl entgegen, der von Nahem nicht viel älter als sein Opfer aussah. „Wo habt ihr euch diese Sitten angewöhnt? In Frankreich oder Polen?"

„Was ist denn bei einem Kuss dabei?", fuhr er auf. „Sie neidische alte Schnepfe."

„Komm, nicht hier vor den Leuten. Das gibt Ärger." Sein älterer Kamerad legte ihm eine Hand auf die Schulter.

„Halt's Maul!", schnauzte der Jüngere zurück. „Die Kleine gefällt mir und nur weil die Alte Zicken macht, ziehst du den Schwanz ein? Die kann gar nichts tun!"

„Lass sie los!", brüllte Antonia so laut sie konnte. Sie würde nicht schweigen, wie andere es getan hatten. Ihre Tante, der Priester ... „Lass sie sofort los!"

„Herrgott, du Idiot! Die Leute glotzen schon."

Alphons drängte zwischen den Gaffern hindurch.

„Hier bin ich!", schrie sie.

„Euch Mistkäfer krieg ich!" Ihr Mann stürmte los und reckte die Fäuste.

Antonia spürte das Beben des schmalen Geschöpfs und ihr stieg ein scharfer, unangenehmer Geruch in die Nase: Angstschweiß. Die beiden Soldaten griffen nach ihren Tornistern und machten sich aus dem Staub, als sie sahen, dass männliche Verstärkung nahte.

„Kümmere du dich um die Kleine, die kann sich ja kaum auf den Beinen halten. Ich verfolg das Gesindel!"

Antonia packte ihn am Ärmel. „Lass es. Die sind längst in irgendeiner Gasse verschwunden."

„Solche Elemente gehören vor das Militärgericht", grummelte er, während Antonia dem Mädchen einen Arm um die Taille legte. „Wohin sind Sie unterwegs, mein liebes Fräulein? Wenn es auf dem Weg liegt, könnten wir Sie mitnehmen."

„Vielen Dank für Ihr freundliches Angebot, gnädige Frau. Leider muss ich ablehnen. Ich werde abgeholt."

Alphons bückte sich, hob ein Pappschild auf und drehte es um.

„Sind Sie die neue Magd der Familie Gronau?"

„Ja, das … ist richtig", stammelte es und drückte sich dichter an Antonia. „Ich … Ich heiße Fanny Horten."

„Und ich bin Antonia Berthold. Das ist mein Mann Alphons. Wir sind da, um Sie abzuholen."

„Vielen Dank, dass Sie mir geholfen haben, gnädige Frau. Und dafür, dass Sie mich zu meiner neuen Arbeitsstelle bringen, mein Herr. Das ist sehr freundlich von Ihnen."

„Es ist uns ein Vergnügen." Alphons streckte ihr die Hand hin. Die des Mädchens zitterte sichtlich, als sie den Gruß erwiderte.

Antonia lotste Fanny zum Wagen. „Du wirst froh sein, deinen Bruder wiederzusehen. Er ist auf dem Hof der Gronaus Knecht, nicht wahr?"

„Das ist richtig." Fanny nahm auf der Rückbank Platz, fingerte am Knoten ihres Kopftuchs, das zu ihrem Hals gerutscht war und zog es ab. Sehr aufrecht und wachsam saß sie da.

Antonia stieg ein und wandte sich zu ihr um. Das Mädchen brachte Beschützerinstinkte in ihr zum Klingen, die sie selbst überraschten. Es trug die dunkelblonden Haare jungenhaft kurz geschoren und hielt die Augen auf die Hände in ihrem Schoß gerichtet. Antonias Erstaunen über die unkonventionelle Frisur schien es dennoch zu registrieren.

„Wir haben sie abgeschnitten, weil sie von der Arbeit in der Munitionsfabrik orange gefärbt waren. Mutter meinte zwar, ich müsste mich bei meinen neuen Dienstherren nicht dafür schämen. Aber Vater fand die Farbe abstoßend. Also haben wir sie abgeschnitten.“

„Die Gronaus stören sich bestimmt nicht an deiner Haartracht“, sagte sie zu Fanny. „Das sind nette Menschen.“

Alphons, der den Wagen gestartet hatte und jetzt die kurvige Landstraße nach Wingert entlangfuhr, warf ihr einen verblüfften Seitenblick zu. Nach dem Motto: Hör ich recht, ein nettes Wort von dir für die Gronaus? Antonia zuckte mit den Schultern. Auch sie konnte gelegentlich mit Überraschungen aufwarten und wenn sie ehrlich war: Inzwischen ging ihr Dörte Kornbach mit ihrer Affenliebe zu Johann unendlich auf den Geist. Sobald er auftauchte, erschien diese Frau und benahm sich wie eine ... rollige Katze. Und nicht nur das: Jedes Wort, den kleinsten Klatsch und Tratsch, trug Dörte an den Gestapo-Mann weiter. Antonia hatte es bis obenhin satt, in ihrem Beisein ständig ihre Zunge hüten zu müssen. Sie lächelte Fanny zu, die diese freundliche Geste scheu erwiderte.

Überraschender Besuch

10. September 1940

In aller Herrgottsfrühe schwang Ella die Beine aus dem Bett. Ach, was waren die Tage herrlich mit Fanny im Haus. Jetzt konnte Martin sie nicht mehr mit seinem ‚Du bleibst weg und störst Henri und mich nicht‘ ärgern. Sie hatte selbst jemanden, mit dem sie reden und lachen konnte. Zum Glück gehörte Fannys anfängliche Zurückhaltung ihr und auch den anderen Frauen gegenüber zur Geschichte. Die Männer im Haus sah das Mädchen nach wie vor an wie eine ängstliche Jungfrau den Drachen, der sie rauben und in eine Höhle verschleppen wollte. Eine verständliche Haltung eingedenk von Fannys Vorgeschichte.

Trotzdem trieb Ellas Fantasie Blüten und sie malte sich die märchenhafte Szene aus, bis sie kichern musste. Sogar das simple in Ketten legen müsste bei dem Größenunterschied für solch ein Drachenvieh eine echte Herausforderung bedeuten. Bei dem Gedanken an einen zierlichen goldenen Schlüssel in krallenbewehrten Riesenpfoten musste sie grinsen. Sie selbst würde sicher nicht in Ohnmacht fallen, um beim Aufwachen festzustellen, dass das Untier eine eiserne Spange um ihren Fußknöchel gelegt und sie an eine Kette gefesselt hatte. Ha, sie würde blitzschnell reagieren, auf den Hals des Drachen klettern und sich an den schillernden Schuppen in seinem Nacken festklammern. Die Bestie würde sie schon zähmen. Und dann? Auf einen Prinzen warten? Ella runzelte die Stirn. Warum zum Teufel trug der überflüssige Retter, der in Wams und albernen engen Strumpfhosen vor ihrem inneren Auge auftauchte, Jacques' Züge? Wieso sah ihr Prinz ausgerechnet so aus wie der schlecht gelaunte Kerl, der nie im Leben auch nur einen Finger für sie rühren würde? Der zu allen anderen viel netter war als zu ihr? Besonders zu Fanny? Also wirklich! War sie noch bei Verstand?

Sie tauchte ihre Hände in die Waschschüssel, kippte eine Ladung lauwarmes Wasser in ihr Gesicht und fing mit der Morgentoilette an. Im echten Leben eilte kein Retter der Jungfrau in Nöten zur Seite. Den armen Mädchen, die menschlichen Bestien zum Opfer fielen, erging es wie Fanny.

Wie so oft kam sie als letzte unten in der Küche an, wo es bereits nach Kaffee duftete. Die beiden alten Damen, deren Abschied unweigerlich näher rückte, saßen mit Fanny am Tisch und schnippelten Bohnen für den Eintopf, den sie später mit einem Bollerwagen zum Feld schaffen würden.

„Guten Morgen allerseits", rief Ella munter in die Runde und schielte nebenbei auf die Schlagzeilen der Zeitung, weil sie die Morgennachrichten im Radio verpasst hatte. Aber da stand nur das Übliche vom bevorstehenden Sieg über England, der nun schon Wochen auf sich warten ließ – und wie eine Fata Morgana niemals zum Greifen nahe rückte.

„Danke schön, den haben wir." Fanny deckte den Tisch. „Das Frühstück ist so weit vorbereitet. Deine

Mutter sieht nach Gustav und du sollst Henri mit dem Schweinefutter helfen."

„Natürlich, ich bin schon unterwegs." Ella ging durch die Scheune hinüber zu dem kleinen Kabuff, das vom Stall abgeteilt war. Die Türen standen offen, darum konnte sie alles hören, was nebenan gesprochen wurde.

„Übernimm dich nicht mit der Schubkarre, Pierre", rief ihr Vater laut. „Besser du erledigst das, Jacques."

Den Kessel für das Schweinefutter, der auf dem Herd stand, war so groß, dass sie ihn mit beiden Armen nicht umfassen konnte. Henri füllte ihn mit einem Sack Getreideschrot. Sie kippte Wasser hinein. Außerdem kriegten die Tiere noch Luzerne, Karotten, Heu und allerlei Kräuter untergemischt, die sie auf dem Heimweg vom Feld gesammelt hatten. Denn die Rüben mussten noch ein Stück wachsen.

Zum Glück hatte der Doktor bei dem kranken Franzosen keine Tuberkulose festgestellt, sonst hätte der Ärmste sofort zurück ins Lager gemusst, was in seinem Zustand vermutlich einem Todesurteil gleichgekommen wäre. Doch seine Lungen waren trotzdem nicht gesund. Er hatte es auf den Bronchien und geriet schnell aus der Puste.

„Ich gucke kurz rüber zu Papa und wünsche ihm einen guten Tag."

„Klar, mach nur, das geht in Ordnung."

„Ich beeile mich."

Ihr Vater fütterte die Pferde. „Guten Morgen, mein Schatz."

„Was macht das Frühstück?" Ihr Bruder schaufelte Heu in die Futterkrippen der Kühe.

„Das ist auf dem Weg.“

„Ah, das Fräulein Sonnenschein.“ Pierre hatte die Last an seinen jüngeren Kameraden abgetreten, der die Arbeit schweigend erledigte und Ella wie Luft behandelte. Auch gut, sie konnte Jacques genauso wenig leiden wie er sie. Ohne sie eines Blickes zu würdigen, kehrte er vom Hof zurück und stellte die geleerte Schubkarre an ihren Platz. Sie lauschte. Kam da jemand hinter ihm her? Sie traute ihren Augen nicht. Was wollte Johann Lauterer hier? Ein ungutes Gefühl legte sich wie eine Schraubzwinge, die immer fester zugezogen wurde, um Ellas Magen. Ihr Vater bedeutete Martin mit ein paar Worten, bei den Gefangenen zu bleiben, die permanent unter Bewachung stehen mussten. An diese Vorschrift hielten sie sich insbesondere in der Gegenwart eines Gestapo-Manns, der ihnen übelwollte.

„Ein Besuch zu der frühen Stunde?“ Matthias trat auf den ungebetenen Gast zu. „Ich nehme an, du bist dienstlich hier? Oder kommst du als Nachbar?“

„Ihr seid angezeigt worden.“

„Was? Wieso?“ Die Worte platzten wie von selbst aus Ella heraus, ehe sie es verhindern konnte. Sie schlug beide Hände vor den Mund. Um welche Vorwürfe ging es? War Johann etwa aufgetaucht, um ihren Vater zu verhaften? In der Nähe von Trier gab es ein Konzentrationslager, in das ‚unerwünschte politische Elemente‘ zur Umerziehung verfrachtet wurden. Drohte Matthias ein Aufenthalt dort? Die beiden Männer ignorierten sie, während panische Angst in ihr hochstieg. Ellas Knie zitterten und sie wollte sich irgendwo anlehnen. Doch ihr Stolz gewann die Oberhand und sie nahm eine straffe Haltung an. Die Genugtuung, ihre Furcht zu sehen, sollte Nazi-Johann nicht zuteilwerden. Auch ihr Vater blieb gelassen, zumindest äußerlich.

„Martin, pass auf die beiden Franzosen auf. Ihr macht unterdessen mit der Arbeit weiter!"

„Es gibt noch einen Punkt, den ich mit dir besprechen muss, es geht um eure Kriegsgefangenen."

Pierre entglitt die Heugabel, mit der er Futter in die Krippe schaufelte. Es gab einen dumpfen Schlag. Jacques bückte sich, hob sie auf und drückte sie seinem Kameraden mit Nachdruck in die Hand. Ellas Gedanken überschlugen sich. Hatte sie im Zusammenhang mit den beiden irgendetwas gesagt oder getan, das zu einer Anzeige geführt hatte? Zählten ihre Blicke? Das harmlose Necken Pierres? Hatte jemand am offenen Fenster gelauscht und gehört, dass er sie ‚Fräulein Sonnenschein' nannte? Waren diese kleinen Scherze verboten? Musste er deshalb zurück ins Lager?

„Ich nehme nicht an, dass du mir mitteilen wirst, von wem die Anzeige stammt", sagte ihr Vater.

„Es war ein anonymer Tipp."

„Ach, und denen geht ihr von der Gestapo nach?"

„Wir tun unsere Pflicht."

„Gewiss doch, ich denke, dass wir alles Weitere im Haus besprechen sollten." Matthias wies mit ruhiger Hand in die entsprechende Richtung. „Bitte, nach dir."

Die beiden setzten sich in Bewegung.

„Im Übrigen haben wir uns gewissenhaft an alle Vorschriften gehalten." Matthias schloss die Tür. Ein deutliches Zeichen. Sie sollten ihm nicht folgen.

Martin stellte die Mistgabel beiseite. „Ist der Lauterer verrückt geworden? Reinzuplatzen und uns zu drohen? Ich geh den beiden nach."

Ella rannte zur Tür und lehnte sich gegen die Füllung. „Bist du irre?"

„Was soll das?" Ihr Bruder fasste an ihr vorbei nach der Klinke und drückte sie hinunter.

„Du musst bleiben! Papa hat dir die Verantwortung für die Gefangenen überlassen. Gerade hat er Johann versichert, dass wir die Vorschriften beachten. Du kannst ihn jetzt nicht Lügen strafen."

„Lass mich. Ich hab's begriffen!" Ihr Bruder seufzte und ließ die Klinke los. „Alle zurück an die Arbeit. Dem werden wir zeigen, was wir leisten können."

Die beiden Franzosen stießen ihre Gabeln ins Heu.

Ein leises Knarren. Sie wandten ihre Köpfe.

„Ich bin's nur!", rief Henri, noch bevor er eingetreten war. „Ich packe auch mit an!"

„Hast du mitgekriegt, was Vater vorgeworfen wird?", fragte Martin ihn.

„Die waren so schnell wieder weg …"

„Keine Sorge, ich finde heraus, was los ist!"

„Ella! Untersteh dich!" Martin wollte sie abpassen.

„Im Gegensatz zu dir, hat Papa mir nicht aufgetragen, dazubleiben. Also werde ich ins Haus gehen." Sie wirbelte herum, bevor ihr Bruder sie schnappte, und rannte vom Stall hinaus in den Hof, vorbei am Misthaufen und dem Örtchen. Die Stufen, die zur Haustür führten, flog sie förmlich hinauf. Sollte sie wirklich eintreten? Ihr Herz pochte wie verrückt. Sie würde leise sein und lauschen. Denn erst, wenn sie wusste, was überhaupt los war, konnte sie entscheiden, wie und was sie tun musste, um ihrem Vater zu helfen. Behutsam drückte sie die Klinke hinunter und schlüpfte durch den Türspalt. Verfluchter Durchzug. Sie fasste den Drücker, bevor es einen lauten Knall gab, schloss die Tür und streifte die Schuhe ab. *Puh, das* war *gerade noch einmal gut gegangen.* Auf Strümpfen schlich sie zur Küche, spähte hinein und machte: „Pst."

Die beiden verblüfften alten Damen, die auf der Küchenbank saßen, starrten Ella an wie einen Geist. Sie hatten eine große Schüssel mit Kartoffeln vor sich stehen, aber die Messer lagen unbenutzt auf dem Tisch.

„Habe ich mich erschrocken! Dein Vater kam mit Johann an. Die beiden sind ohne Erklärung in die Stube hinüber", flüsterte Tante Lydia kaum hörbar. „Ich habe Fanny losgeschickt, deine Mutter zu holen. Weißt du, was los ist?"

„Wir sind angezeigt worden. Irgendetwas wegen der Kriegsgefangenen. Ich versuche herauszufinden, worum es geht." Ohne eine Antwort abzuwarten, schlich Ella weiter bis vor die geschlossene Stubentür. Sie beugte sich vor. Ihr Ohr musste sie regelrecht gegen das Holz pressen, um etwas zu verstehen. Johann sprach alles andere als laut. Aufgebracht oder wütend klang der nicht, eher gehässig. Außerdem hatte seine Stimme einen drohenden Unterton. „… einen eurer Kriegsgefangenen werdet ihr umgehend abtreten."

Also kein Umerziehungslager für ihren Vater? Erleichterung durchflutete Ella, bis ihr aufging, was dieser Fakt für ihre Franzosen bedeutete. Auf wen ihre Eltern verzichten würden, war klar. Pierre mochte noch so nett plaudern, als eine große Hilfe bei der Arbeit auf dem Hof konnte nicht einmal sie ihn bezeichnen. Im Lager würde es ihm schlecht gehen. Falls er überhaupt dort ankam. Erst vor ein paar Wochen hatten Johanns Männer die Leiche eines Kriegsgefangenen in einem

Wagen der Kornbachs durch das Dorf gekarrt. Auf der Flucht erschossen? Von wegen. Kein Mensch hatte ihnen die Lüge abgekauft. Ella wollte nicht, dass Johann Pierre genauso erbarmungslos umbrachte wie den andern. Das durfte er nicht und sie würde es nicht zulassen! Aber wie sollte sie es verhindern?

„… so lauten die gesetzlichen Bestimmungen, Gronau.“

Welche denn? Wovon redeten die beiden? Wieso sprach Johann so leise?

„Greifen die in dem Fall überhaupt?“, fragte ihr Vater mit fester Stimme. „Als Ortsvorsteher könnte …“

Die Lösung durchfuhr Ella wie ein Blitz: Genau! Alphons! Er musste helfen. Sie wich einen Schritt zurück, machte kehrt und hastete zum Ausgang. Dort schlüpfte sie in ihre Schuhe, stopfte die Schnürsenkel in den Schaft, ohne sie zu binden, und stürmte los. Sie rannte die Stufen der Steintreppe hinunter, quer über den Hof und die Straße zum Haus gegenüber. Alphons musste einfach zu Hause sein.

Unerwartete Begegnung

Ella stürmte auf das Wohnhaus zu, in dem ihre Mutter aufgewachsen war. Nach fünf Stufen war sie an der Tür. Sie klopfte an und rief: „Ich bin's. Ist jemand da?"

Warum trödelten die da drin so lange? Sie klopfte noch einmal.

„Ich komme schon." Die Stimme gehörte eindeutig nicht zu Alphons. „Wer ist denn da?"

„Die Ella."

Ihr Cousin Frieder öffnete die Tür, hob die Brauen und sah auf sie herab. Er war hochgewachsen wie ihr Vater, vielleicht sogar ein paar Zentimeter größer, und verstellte ihr den Weg. „Ella? Ich hätte dich bald nicht erkannt. Du hast dich rausgemacht in den drei Jahren, in denen wir uns nicht gesehen haben."

„Damals war ich zwölf. Jetzt bin ich fast fünfzehn. Natürlich habe ich mich verändert."

Er fuhr sich mit den Fingern durch seine blonden Locken.

„Ist Alphons da?", fragte sie.

„Willst du mich nicht erst anständig begrüßen?"

Sie hätte am liebsten die Augen verdreht, stattdessen hob sie den rechten Arm. „Heil Hitler. Sagst du mir jetzt, wo Alphons ist?"

„Da hast du mich drei Jahre nicht gesehen und hast es so eilig, Cousinchen? Wie wäre es, wenn du fragst, wie es mir geht?", antwortete er.

„Und, wie geht es dir?"

Er grinste. „Danke der Nachfrage, gut."

Für solche dummen Schwätzchen hatte sie nun wirklich keine Zeit. „Wenn du mir nicht sagst, wo er ist, gucke ich in den Stall."

„Tu das. Vielleicht ist er ja dort. Ich weiß es nicht." Frieder hob seine Hände und hielt sie gegen das Licht. „Die hier sind nämlich zu kostbar für die Stallarbeit."

Was für ein eingebildeter Fatzke! Da der ursprüngliche Stall zuerst zum Tanzsaal, dann zum Allzweckraum und inzwischen zum Lager für die Gefangenen umfunktioniert worden war, durchquerte sie die Scheune. Christoph, einer von Bertas jüngeren und viel netteren Söhnen, öffnete die Stalltür, lautes Muhen ertönte. Leo hatte ihm vor seiner Abreise eine Tracht Prügel angedroht, für den Fall, dass er sich mit siebzehn freiwillig zur Wehrmacht meldete. Also war er geblieben und arbeitete wie bisher als Knecht für Alphons, um sich ein Zubrot zu verdienen. „Ella? Ich hab gesehen, dass mein Bruder zu euch rüber ist. Ärgert der euch mal wieder?"

„Du hast es erfasst. Ich suche den Alphons."

„Der is dahinten und melkt Kühe. Wat is denn?"

„Später!" Sie drängte an ihm vorbei in den Stall mit seiner schwülwarmen Luft und ging auf die Melknische zu, in der eine Schecke angebunden stand. Da saß der Gesuchte tatsächlich auf einem Schemel. Als sie nähertrat, hörte sie die Milch, die aus der Zitze in den Eimer spritzte. „Onkel Alphons, kannst du bitte mitkommen?"

Er wandte den Kopf zu ihr um, molk aber weiter. „Worum geht's denn? Ist es wichtig?"

„Und ob! Johann sagt, dass einer unserer Franzosen sofort wegmuss.“

Alphons kam nicht aus dem Rhythmus, während sie ihm in hastigen Worten erklärte, was sie hergeführt hatte. Er erhob sich und stellte Milcheimer und Melkschemel beiseite. „Chris, mach du hier weiter!“

Ella folgte ihm nach draußen, wo sie wie befreit Atem schöpfte. „Kannst du etwas tun?“

„Zumindest werde ich nach dem Grund fragen“ Alphons putzte sich die Hände an einem Tuch ab, das er aus seiner Hosentasche zog.

„Gudrun hat keinen Arbeiter mehr, könnte Pierre nicht einfach zu ihr wechseln?“

Alphons schüttelte den Kopf, steckte das Tuch ein und ging mit schnellen Schritten los. „Ich fürchte, da werden wir auf Granit beißen. Eingedenk Johanns Warnung, dass sie im Konzentrationslager landet, wenn ihr der nächste Gefangene davonläuft und er ihre Kinder persönlich ins Erziehungsheim bringt.“

„Damit hat er ihr gedroht?“ Ella kam kaum hinter Alphons her, ohne ins Laufen zu verfallen.

„Unter vier Augen. Hinterher ist sie weinend zu mir gekommen.“

„Kannst du ihn vielleicht aufnehmen?“ War das zu viel verlangt? Bange sah sie ihn an, während sie die Straße überquerten.

„Das hängt von der Ursache ab“, antwortete er. „Lass mich überlegen. Das Einzige, was ich in jedem Fall für euren Franzosen tun kann, ist, dass ich den armen Kerl persönlich zum Lager zurückbringe.“

Vor der Haustür senkte Ella die Stimme. „Meinst du, Johann wird einwilligen?“

Alphons antwortete ihr ebenso leise: „Das lass meine Sorge sein.“

***

Ella klopfte an die Stubentür. Auf das ‚Komm herein‘ ihres Vaters reagierte sie prompt. Sie ließ Alphons ein, obwohl Matthias sicher nicht ihn erwartete.

„Wieso tauchst du plötzlich hier auf?“ Gestapo-Johann runzelte die Stirn. Das überraschende Erscheinen des Wingerter Ortsvorstands in der Stube passte ihm eindeutig nicht. Er nahm Ella ins Visier, die noch draußen stand. „Hast du ihn alarmiert?“

„Lass sie aus dem Spiel. Ich wäre sowieso rübergekommen, weil ich ein Bündel anonymer Anzeigen für dich habe. Die wollte ich dir geben, bevor ich zu meinem Termin nach Trier aufbreche. Dann muss ich den Packen nicht in die Christophstraße schleppen. Du kannst gleich mitkommen und sie an dich nehmen.“

„Setz dich, Alphons“ Ihr Vater klopfte auf den freien Platz auf der Bank – er saß gegenüber von Johann.

Ella blieb im Türrahmen stehen. Alphons ließ sich nieder und ging von der Verteidigung direkt zum Angriff über. „Im Übrigen: Warum hast du mir nicht gesagt, dass es Probleme wegen der Gefangenen gibt? Was ist das für eine Art, mich zu übergehen und direkt zu den Gronaus zu rennen? Ich bin für Wingert zuständig, wie dir hinreichend bekannt sein dürfte.“

„Und du kennst die Vorschriften nicht?“ Johann wedelte mit einem Heft. „Kriegsgefangenenwesen. Arbeitseinsatz der Kriegsgefangenen, Unterbringung derselben. Seite 10: *Die Korporalschaften dürfen nicht über 25 Mann bei drei Wachmännern sein.*"

„Wir haben vier Wachleute."

„Von denen einer seinen Dienst in nächster Zeit nicht versehen kann."

„Hat Dörte geplaudert?", fragte Alphons.

Johann ging nicht darauf ein. „Der Mann hat einen gebrochenen Arm. Er wird für vier bis sechs Wochen ausfallen."

„Ja und?"

„Du hast 26 Kriegsgefangene vor Ort und nur drei Wachmänner. Daraus folgt: Einer der beiden Franzosen, die beim Gronau untergebracht sind, muss gehen."

„Wenn ich einen Ersatzmann beantrage, ist das Verhältnis wieder ausgeglichen."

„So schnell kriegst du den nicht zugewiesen, Alphons." Johann verzog seinen Mund zu einem Lächeln. „Und Vorschrift ist Vorschrift. Immerhin bin ich so nett gewesen, Matthias die Wahl zu überlassen, welchen er behalten will."

Ella hätte schreien mögen: Ein Kriegsgefangener mehr, einer weniger, wen kümmerte es? Keinen, bis auf diesen elenden Johann, der auf eine Gelegenheit wie diese nur gelauert hatte.

„Wenn das so ist, werde ich den überzähligen Kriegsgefangenen selbst im Lager auf dem Petrisberg abliefern", erklärte Alphons. „Immerhin bin ich in Wingert der Verantwortliche, ergo zuständig."

Johann lachte verächtlich. „Du bist kein Wachmann oder Polizist."

„Ich war schon Obergefreiter, als du noch in die Windeln gemacht hast. Ich besitze eine Waffe und kann damit umgehen. Ich werde den Gefangenen wohlbehalten einem der Verantwortlichen übergeben, zumal ich heute Vormittag ohnehin nach Trier fahre."

„Weshalb?" Johanns Augen wurden schmal.

„Die Ferber-Schwestern werden den Laden aufgeben und haben mich gebeten, ihre Nachfolgerin vom Bahnhof in Trier abzuholen. Ist Dörte das etwa nicht zu Ohren gekommen?"

Johann presste seine Lippen so fest zusammen, dass sie wie Striche aussahen. „Meine Mutter haben sie offensichtlich auch nicht in ihre Pläne eingeweiht."

„Die Entscheidung war eine Weile in der Schwebe und ist dann sehr plötzlich gefallen. Die betreffende junge Frau ist im Dorf übrigens bestens bekannt. Du dürftest mit ihr die Schulbank gedrückt haben. Sie ist eine Kornbach-Tochter."

„Redest du von der Kathie?"

„Verheiratete Harrer", warf Matthias ein, der dem Gespräch der beiden bisher schweigend gelauscht hatte.

Was für eine unerwartete Entwicklung! Verblüfft hatte Ella den Schlagabtausch verfolgt. Im zarten Alter von zwölf war die Halbwaise von Dörte zu irgendwelchen Verwandten nach Koblenz oder sonst wohin geschickt worden. Gnadenlos aus dem Haus geekelt, wie Traudl jedes Mal anmerkte, wenn von dieser Kornbach-Tochter die Rede war. Darum ließ sie sich – genau wie ihr älterer Bruder, der unter dem Namen Paul Freitag als Sänger Karriere gemacht hatte, kaum je in Wingert blicken. Jetzt kehrte die ‚verlorene' Tochter also zurück und Fritz Kornbach würde ihr bestimmt kein Kalb schlachten, schon allein wegen der Abgaben, die er dann leisten musste. Vor allem aber, um seine Dörte nicht zu vergrätzen.

Alphons räusperte sich. „Ihr Mann ist während des Frankreichfeldzugs gefallen. Mit zwei Kindern und einer kleinen Rente steht sie allein da und ist froh, im Dorf Arbeit und eine billige Unterkunft zu finden. Noch keine dreißig und schon Witwe. Das nenne ich ein bitteres Schicksal."

„Ich will keine Klagen hören! Ihr Mann ist für das deutsche Vaterland gestorben. Das wird sie ja wohl zu würdigen wissen."

Typisch Johann, mitleidlos wie immer. Ella hätte den Mistkerl zum Mond schießen können. Oder besser noch: Mitten hinein in die Schlacht um England.

„Ella, geh, hol Herrn Dupré her!"

„Ja, Papa." Sie erfüllte den Auftrag mit einem dicken Klumpen im Magen. „Pierre, du sollst zu Vater kommen."

Er verzog keine Miene, als sie im Stall auftauchte. „Isch bin bereit."

Jacques' Augen hingegen funkelten vor unterdrücktem Zorn. Seine Wangenmuskeln traten deutlich hervor. Hoffentlich beging er in seiner Wut keine Dummheiten. Seine Mundwinkel wiesen verächtlich nach unten, als er sie ansah. *Dieser Idiot!* Wieso merkte der Schwachkopf nicht, dass sie Hilfe geholt hatte? Egal, sie konnte ihn eh nicht ausstehen. Sollte er doch von ihr denken, was er wollte.

„Du musst zurück ins Lager, Pierre. Eine gute Nachricht habe ich aber. Alphons fährt dich. Das ist Glück im Unglück, nicht wahr?"

„Warum soll er überhaupt weg?“, fragte Martin.

„Weil Johann ein Kotzbrocken ist, der das Recht auf seiner Seite hat und Papa eins auswischen will.“ Sie stampfte mit ihrem Fuß auf. „Und wir können nichts dagegen tun. Gar nichts!“

Wortlos stellte Pierre die Heugabel beiseite. Er umarmte Jacques und klopfte ihm auf die Schulter. „Au revoir, mon ami.“

Martin und Henri standen daneben und starrten auf den Boden, als ob sie Löcher hineinbrennen wollten. Nachdem die beiden Männer sich voneinander gelöst hatten, streckten die Jungs Pierre ihre Hände hin, die er mit seinen ergriff, schüttelte und drückte. „Adieu, ihr zwei. Hoffen wir, dass der Krieg bald vorbei ist.“

Beim Hinausgehen spürte Ella Jacques’ zornigen Blick in ihrem Rücken. Anscheinend begriff er nicht, dass sie selbst traurig darüber war, dass sein Freund ins Lager zurückmusste. In der Scheune kämpfte sie mit den Tränen. Sie biss die Zähne zusammen. Trotzdem wurden ihre Augen feucht und Pierres ‚Nicht weinen, Petite‘ riss alle Dämme ein. *Kleines* – so redete er sonst nur von seiner Tochter, die er wahrscheinlich nie wiedersehen würde.

„Alles Gute, bleib gesund!“ *Und am Leben*, dachte sie. Schniefend öffnete sie die Tür zur Küche. Hineingehen und von Johann auf ihr verweintes Gesicht angesprochen werden, wollte sie nicht. „Papa, Pierre ist da!“

Es war Magdalena, die den Franzosen in Empfang nahm. „Danke, sag den anderen Bescheid und geht voraus aufs Feld.“

„Worum ist es eigentlich bei der anonymen Anzeige gegangen, die Johann erwähnt hat?", fragte sie ihre Mutter.

„Angeblich habe ich Mitte August einen korrekten Führergruß unterlassen. Da der benannte Zeuge, Doktor Bender, sich des Vorfalls nicht erinnert, ist es bei einer Verwarnung geblieben."

„Dörte?", flüsterte Ella.

„Wer sonst", antwortete ihre Mutter ebenso leise. Laut sagte sie: „Es wird Zeit, Pierre."

„Wenn der Krieg vorbei ist, kommt mich alle besuchen." Seine Stimme schwankte. „Jacques hat meine Adresse. Alles Gute für euch und für dich, ma petite! Adieu."

Ella sah den beiden nach. Das hatte er doch nur gesagt, um sie zu trösten. Er mit seinen angegriffenen Lungen würde ein Leben im Strafgefangenenlager bestimmt nicht lange überstehen. So viel wusste jeder im Haus.

***

Die Wut über ihre Machtlosigkeit ließ Ella am Kartoffelacker aus, auf dem heute alle Mitglieder des Gronau Haushalts arbeiteten. Sogar Gustav packte mit an. Zornig hackte sie auf den Boden ein, bis ihr die Arme wehtaten und der Schweiß in ihren Augen brannte. Gemeinsam mit Fanny klaubte sie anschließend Kartoffeln in einen Korb.

„Mein Kreuz!" Die junge Magd richtete sich auf und rieb mit beiden Händen über ihren unteren Rücken.

„Schau einmal, Ella, da kommt jemand. Ich glaube, es ist Alphons. Und er strahlt geradezu."

Die kleine Gestalt kam rasch näher, winkte und lachte fröhlich. *Wie konnte er nur?* Ella fasste es nicht.

„Gute Neuigkeiten!", rief er laut, statt ihre Gruppe mit einem Hitlergruß zu bedenken.

„Was denn für welche?" Im Nu lehnte Ella ihre Hacke gegen den Korb und rannte ihm entgegen. „Sag schon, bitte!"

„Gleich, du neugierige Hummel. Wir warten, bis die anderen da sind."

Ella winkte sie herbei. „Beeilt euch!"

Bald schon waren sie von allen umringt.

„Sie schicken Pierre zurück nach Frankreich!", verkündete Alphons mit einem breiten Lächeln. „Und? Was sagt ihr jetzt?"

„Das sind wunderbare Nachrichten!" Magdalena griff seine Hände und drückte sie.

„Wie kommt das denn?", fragte Ella.

„Sie verfrachten nicht nur ihn, sondern einen ganzen Schwung ‚unnützer Kranker' dorthin, da sie uns Deutschen zu viel Kosten verursachen. Mehr weiß ich auch nicht. Aber ich habe mit eigenen Augen gesehen, dass der Arzt Pierres Namen auf die Liste gesetzt hat, nachdem er ihm die Lungen abgehört und den Befund seines Leiwener Kollegen durchgelesen hatte."

„Und das ist wirklich wahr?", hakte Ella nach. „Er wird entlassen?"

„Und ob", antwortete Alphons.

Jacques lachte wie von einem Albdruck befreit auf. Diese Grübchen in seinen Wangen. Ellas Blick tauchte in seinen und ihr kam es vor, als ob sie diesen Mann noch nie gesehen hätte. Ein warmes Gefühl stieg in ihrem Bauch auf, das ihr die Hitze in die Wangen trieb. Schnell sah sie zu Boden. Was war los mit ihr?

„Unglaublich, das grenzt an ein Wunder!" Matthias klopfte seinem Freund auf die Schulter. „Danke, dass du uns Bescheid gesagt hast, Alphons."

„Gerne doch. Die junge Frau Harrer und ihre Kinder habe ich übrigens wohlbehalten bei den Ferber-Schwestern abgeliefert. Zu einer Visite bei ihrem Vater drängt es sie nicht sonderlich, aber sie will keinen Streit. Mal sehen, ob es dabei bleibt."

Ella kramte in ihrem Gedächtnis, hatte aber kein Bild von Kathie vor Augen. „Wie sieht sie denn aus?"

„Als Kind war sie dunkelhaarig, hübsch, mit großen braunen Augen, lebhaft und eigensinnig", antwortete Magdalena.

„Die Beschreibung trifft es recht gut", bestätigte Alphons. „Sie ist eine ansehnliche Person."

Auweia! Wenn es Johann in diese Richtung zog, kam Dörte mit dem Schreiben anonymer Anzeigen gegen ihre Stieftochter bestimmt nicht mehr hinterher.

„Bei euch will sie demnächst einmal vorbeischauen. Wir sehen uns!"

Die Arbeit ging Ella nach dieser Unterredung viel leichter von der Hand. Eine Zeit lang vermied sie es, zu Jacques hinüberzugucken. Als es irgendwann doch passierte, zog er Gott sei Dank wieder das abweisende Gesicht, das sie kannte. Das klärte die Sache: Sie mochte ihn nicht! Punktum – und das würde so bleiben! Seltsam nur, dass sie so oft an ihn denken musste und ihr Herz dabei ein paar Takte schneller schlug.

Abschied

1. Oktober 1940

Die Zeit verflog unerbittlich. Die Weinernte war wegen der unbeständigen Witterung bereits vorüber, die Trauben gekeltert und das Hahnenfest wie im letzten Jahr ausgefallen. Ihre Erntehelfer dienten als Soldaten an der Front. Statt einen mit Krepppapierstreifen geschmückten Weinstock, Fackeln, Liedern, gutem Essen und noch besserer Laune hatte es tagsüber ein paar belegte Brote und den Gratisblick auf die Mosel im Tal und das Laub der Weinberge der Trittenheimer Seite gegeben. Die Herbstfarben in Gelb, Gold und Rot waren schön anzusehen, aber in ein paar Wochen würden Weinstöcke und Bäume kahl dastehen und nicht nur die Blätter, auch Tante Lydia und Traudl waren fort. Die beiden reisten heute ab, um ihr neues Leben zu beginnen.

„Warum könnt ihr denn nicht noch bis zum Erntedankfest am Sonntag bleiben?" Seit Hitler das Sagen hatte, wurde es überall im Reich am ersten Sonntag im Oktober gefeiert.

„Weil du in dem Fall sagen würdest, dass es bis zum Martinstag und somit dem Geburtstag deines Bruders nicht mehr lange dauert."

„Was ja auch stimmt!" Ella hätte die beiden am liebsten an ihren Stühlen festgeklebt.

„Ach, Ella, es gäbe immer einen Termin, der unseren Aufbruch verhindert. Weihnachten, Silvester, Ostern ... Irgendwann muss der Schnitt gesetzt werden – und das ist nun einmal heute.“

Die ganze Familie war mit nach Trier gekommen und Ella hatte sich fest vorgenommen, nicht loszuheulen. Sie kämpfte gegen ihre Verzweiflung an und schaffte es, Haltung zu bewahren. Allerdings nur, bis die Dampflokomotive zischend einfuhr.

Der Kloß im Magen stieg bis zur Kehle hinauf und drängte ihr Tränen in die Augen. Sie quollen über wie bei einem Dammbruch.

„Es ist nur der dumme Rauch.“ Ella schluchzte auf.

„Ach, Kindchen!“ Tante Lydia nahm sie in die Arme und reichte ihr ein Taschentuch. „Es ist kein Abschied für immer.“

„Nun wein doch nit, sonst heul ich auch.“ Traudl wischte sich über ihre Wangen. „Komm uns besuchen, wenn im Winter weniger Arbeit auf dem Hof und der Krieg gewonnen is. Nit dat dir unterwegs zu uns wat passiert, weil die Engländer Bomben schmeißen. Lydia, sag auch wat.“

„Allzu lange wird es ohnehin nicht mehr dauern, bis die kapitulieren. Dann werden wir zu dritt Ausflüge nach München und Regensburg unternehmen, versprochen.“

Ella nickte, drückte ihre Tante stürmisch und schloss Traudl in die Umarmung mit ein. „Meldet euch ... wenn ihr ... gut angekommen seid. Schreibt ganz oft.“

„Das werden wir“, versprach Lydia. „Und jetzt lass uns los und gib uns die Chance, Abschied von den anderen zu nehmen.“

„Passt gut auf euch auf!" Ella ließ die Arme sinken und trat zurück, während der Rest der Familie an ihr vorbeidrängelte.

„Einsteigen, bitte!" Auf einmal musste es schnell gehen. Die beiden suchten sich ein Abteil und lehnten aus dem offenen Fenster. Ein schriller Pfiff, die Eisenbahn fuhr an.

„Wir sehen uns wieder." Die weißen Tücher, die sie zückten, flatterten im Wind.

Ella winkte wie verrückt zurück, bis nichts mehr von dem Zug zu sehen war. Erst dann schnäuzte sie sich. Ihre Eltern waren bereits zum Wagen vorausgegangen.

„Meine kleine Schwester trompetet lauter als ein Elefant!" Martin hatte wieder einmal nichts Besseres zu tun, als sie zu ärgern.

„Du bist verdammt gemein! Trotzdem bin ich froh, dass du da bist"

„Nur noch gut ein Jahr …", antwortete er ungewohnt ernst und so leise, dass sie langsam neben ihm hergehen musste, um ihn zu verstehen. „… und ich sitz in einem Zug und rücke zur Grundausbildung in die Kaserne ein. Und danach …"

„Musst du mich daran erinnern? Ich will diesen Krieg nicht!"

„Denkst du, mir gefällt die Aussicht? Jetzt haben die Italiener in Afrika noch eine Front eröffnet, als ob unsere zwei nicht reichen."

„Müssen unsere Soldaten in Polen und Frankreich überhaupt noch kämpfen? Wir haben doch gesiegt."

„Wenn ich mir anhöre, was Henri über die Zustände dort erzählt. Also was ihm sein Vater unter dem Siegel der Verschwiegenheit anvertraut hat."

Letzte Woche war Herr Horten bei ihnen hereingeschneit, um seine Kinder zu besuchen und den versprochenen Sack mit Lagerkartoffeln abzuholen. Dazu hatten sie ihm Kohlköpfe und Speck eingepackt.

„In der Familie stehen fünf Brüder gleichzeitig an den Waffen. Warum sollten die lügen? Die mussten im Osten teilweise Leute zusammentreiben. Polen und Juden. Die wurden dann weggekarrt. In einen Wald bei Piasnitz. Nicht nur ein paar Menschen, sondern Tausende über Monate hinweg." Martin hielt einen Moment inne. „Angeblich sind die alle erschossen worden. Da hätten ... aber nur ein paar Freiwillige mitgemacht."

„Tausende? Stimmt das wirklich?" Ella schlug die Hände vor den Mund.

„Zwei von Henris Brüdern schwören es."

„Das ist furchtbar. Wer tut denn so etwas? Und warum?"

„Ich weiß es doch auch nicht. Vielleicht wegen Hitlers Plänen? Mehr Raum für die Deutschen? Einer von Henris Brüdern hat dann noch etwas Entsetzliches erzählt. Auf ihrem Vormarsch im letzten Herbst hätte es Schüsse aus dem Hinterhalt gegeben und kurz darauf seien die Leichen von zwei massakrierten Kameraden gefunden worden, entsetzlich zugerichtet. Daraufhin hätte ihr Leutnant Rache geschworen und ihnen befohlen, den nächstbesten Hof in Schutt und Asche zu legen. Ella, die haben den angesteckt und die Waffen draufgehalten. In dem Haus sind über zehn Menschen bei lebendigem Leibe verbrannt, Alte, Frauen und Kinder. Die Schreie seien furchtbar gewesen."

Leo, nein, Luzie hatte eine ähnliche Geschichte berichtet. Wenn das alles stimmte! Das war Mord.

„Ich könnte das nicht", murmelte Martin.

Ella legte ihren Arm um ihn und wusste nicht, was sie sagen sollte, um ihn zu trösten. Sie steckte nicht in seinen Schuhen, sie brauchte nicht zu kämpfen und irgendwelchen Leutnants zu gehorchen.

„Hinterher wär's vertuscht worden. Außerdem hätte es keinen geschert – nach dem deutschen Sieg."

„Wieso trödelt ihr so?", rief ihr Vater ihnen zu und sie beschleunigten ihre Schritte.

Auf der Heimfahrt schwiegen sie. Wie eigenartig: Im letzten Herbst waren Ella die Auswirkungen des Krieges deutlich greifbarer und beängstigender vorgekommen. Als das 6. Pionier-Bataillon im Oktober '39 den Bau von Behelfsbrücken über die Mosel probte, hatte sie oben vom Weinberg aus zugeschaut. Sie hatte an ihren Vater gedacht, der auf dem Vormarsch der deutschen Truppen womöglich eine solche Brücke überqueren musste oder schlimmer noch, schon mit starren Augen tot in einem Fluss im fernen Polen lag. *Eine schreckliche Zeit!* Und die Vorstellung, dass diese Ungewissheit, Angst und Sorge in ein paar Monaten wegen ihres Bruders von Neuem beginnen würde, schnürte ihr die Kehle zu. Vor allem, weil er gar nicht töten wollte. Mit welchem Recht durften andere ihn dazu zwingen?

Die Hakenkreuzfahne

5. Oktober 1940

Ella vermisste Tante Lydia und Traudl schmerzhaft, obwohl die beiden unmittelbar nach ihrer Ankunft im Bayernland einen Brief an die Familie abgeschickt hatten, in dem sie betonten, wie gut es ihnen ging. Lediglich drei Tage hatte das Schreiben auf dem Postweg gebraucht. Eine Zeit, die im Krieg beinahe an ein Wunder grenzte. Magdalena las der Familie den Brief in der Küche vor, damit alle mithören konnten. Sogar Jacques, der nach getaner Arbeit und dem Abendessen eigentlich sofort wieder in die Gefangenenunterkunft zurückmusste, verharrte auf seinem Platz und lächelte dann und wann – ulkigerweise an den richtigen Stellen.

… Kallmünz solltet ihr sehen, die schroffen Felsen und hoch oben die malerische Burgruine. Unser Häuschen liegt, wie ich euch erzählt hatte, recht nah an der Kirche und etwas erhöht am Hang, sodass kaum Gefahr besteht, dass die Flüsse Naab und Vils bei Überschwemmungen zu Besuch kommen. Solange keine Steinbrocken aus den Steilhängen auf unser Dach herabregnen, um mit uns am Kaffeetisch zu sitzen, soll es Traudl und mir recht sein. Inzwischen haben wir ein Mädchen ein-

gestellt, das Haus mit ihrer Hilfe von Staub und Spinnweben befreit, uns gemütlich eingerichtet und sind sogar schon zur Burgruine emporgestiegen. Herrlich, sage ich euch. Ihr seid alle miteinander herzlich eingeladen ...

„Ihnen scheint es dort sehr zu gefallen", schloss Magdalena.

„Was genau? Überschwemmungen und Steinschlag?"

„Ella!", mahnte die Mutter, während über Jacques' Gesicht ein Grinsen huschte.

„Der Käs is gegessen!", bemerkte Ida lapidar. „Dat Leben geht weiter. Gönn ihnen, dat sie glücklich sind. Morgen feiern wir Erntedank, dat is doch wat zum Freuen."

Vor dem Krieg hatten die Nazis das Fest zu pompösen Veranstaltungen in der Nähe von Hameln umfunktioniert, um die Reichsbauernschaft zu ehren. Im Rundfunk berichteten sie damals lang und breit über die Feierlichkeiten. Millionen waren dorthin gepilgert, bis die Kapazitäten der Reichsbahn von Hitler anderweitig genutzt wurden – nämlich um das Sudetenland zu besetzen und wie Österreich heim ins Reich zu führen. Im kleinen Rahmen spielte das Erntedankfest im Jahresprogramm der Nazis nach wie vor eine wichtige Rolle. Hier in Wingert planten Pimpfe und Hitlerjugend einen Umzug mit Fahnenträgern und Trommlern zu Ehren des Führers, den sie noch einstudieren wollten, obwohl es um die Jahreszeit früh dunkel wurde.

„Nimmst du nicht an den Proben teil?" Ella wunderte sich, weil ihr Bruder, keine Anstalten machte, seine Uniform anzuziehen.

„Ich habe solches Halsweh. Trotz der rohen Zwiebel, die Ida mir aufgezwungen hat. Iss mal so ein Ding wie einen Apfel."

Ella schnupperte. „Ach, darum riechst du so appetitlich."

„Frieder hat auch gemault. Ich habe einen stark geröteten Rachenring und geschwollene Mandeln. Kein Scharlach, nur irgendein grippaler Infekt. Er bringt später ein Attest von Dr. Bender vorbei, das mich entschuldigt."

„Hoffentlich hält der Herr Famulant Wort!"

„Ach komm, so schlimm ist Frieder gar nicht. Ich will nur eins, mich ins Bett legen."

Martin sah wirklich bleich aus.

„Hoffentlich geht es dir bald besser. Morgen macht Ida uns nämlich Apfelpfannkuchen zum Nachtisch."

„Meinen Anteil kannst du mit Henri teilen. Mir tut jeder Schluck weh."

„Dir wird sie bestimmt eine Haferschleimsuppe kochen."

„Mir egal, ich will nur schlafen. Hast du bitte ein Auge auf Großvater? Der sitzt friedlich am Tisch in der Stube und mischt Karten. Das sollte kein Problem sein, zumal auch Ida und Fanny unten sind."

„Na klar, deinen Wachdienst übernehme ich." Heute lieferte Magdalena Jacques bei den Wachen ab. Gemeinsam mit Berta wollte sie anschließend zur Kirche, die einen Festtagsschmuck brauchte.

„Danke!" Martin schlappte in den Anbau davon und Ella setzte sich zu Gustav in die Stube. Sie schaltete Wohnzimmerlicht und Stehlampe ein und nutzte die Zeit, um an ihrer Aussteuerwäsche zu arbeiten. Bisher hatte es erst einen Fliegeralarm und noch keine Notwendigkeit zur Verdunklung gegeben. Doch Schutzboxen für die Tiere und einen Verbandskasten hatte ihr Vater selbstverständlich angeschafft, bevor Johann ihm eine Strafe aufbrummen konnte. Sie stickte am E ihrer Initialen für einen Kopfkissenbezug. Eine elende Fleißarbeit, die weiß Gott nicht zu ihren Lieblingsbeschäftigungen zählte.

„Ein König!" Ihr Großvater zeigte ihr die Karte.

Sie sah von ihrem Nadelwerk auf. „Genau!"

Gustav steckte sie in den Stapel zurück und hob die nächste ab. „Schau mal."

„Das ist die Piksieben."

Nebenan in der Küche verarbeiteten Ida und Fanny einen Teil der Apfelernte, schnitten faule Stellen, Würmer und deren Hinterlassenschaften aus und füllten einen großen Topf mit den klein geschnippelten Schnitzen, um Mus daraus zu fabrizieren.

„Großpapa, möchtest du auch etwas trinken?"

„Gerne."

„Ich hole uns etwas." Sie hatte auf einmal Lust auf Apfelsaft. Gustav bevorzugte Viez, die Variante für Erwachsene, die ein bisschen Alkohol enthielt. „Bleib du hier in der Stube, ja?"

Er nickte, sie huschte in die Küche, stibitzte einen Apfelschnitz aus der Siebschüssel und verspeiste ihn genüsslich. Zum Glück hatte sie einen süßen erwischt. „Ihr wart ja fleißig."

„Wenn du mehr willst, schneid dir selbst wat", murrte Ida. „In der Schüssel steh'n die schöneren."

Ella schenkte Wasser in Gläser und wählte zwei rotwangige Äpfel aus, die keine Wurmlöcher aufwiesen und sog den Duft ein, den sie verbreiteten. „Die reifen riechen so gut."

Den Apfel für Gustav schälte und achtelte sie. Die Stücke richtete sie auf einem kleinen Teller an. In ihren biss sie ohne Federlesens hinein.

Ida wies auf die Zeitung. „Dieser neue Film, Jud Süß, mit dem Ferdinand Marian und dem Werner Krauss in den Hauptrollen, der muss ziemlich gut gespielt sein. Wir könnten gemeinsam hingehen."

„Nein!" Fanny hob die Hände, als ob sie Unheil von sich abwenden wollte. „Ich halte mich nicht gerne unter vielen Menschen auf und was Frau Kornbach letzthin über den Inhalt erzählt hat, widert mich entsetzlich an."

Dörte hatte Karten für die erste Vorführung des Films in Trier ergattert. Sie ließ sich grundsätzlich keinen der Propagandastreifen entgehen, die mit dem Prädikat ‚Besonders wertvoll' ausgezeichnet worden waren. Die Abendvorstellung, die sie besucht hatte, war im Nu ausverkauft gewesen. Am nächsten Morgen im Laden der Ferber-Schwestern geiferte sie lauthals über eine Szene, in der ein Jude einem deutschen Mädchen Gewalt antat. *Ein Jude!* Ob ein solches Vergehen in Dörtes Augen nur halb so schwer wog, wenn ein Volksgenosse daran beteiligt war? Fanny musste eine solche Einstellung wie Hohn vorkommen. Die Nazis schürten mit ihrer billigen Masche, lediglich den Judenhass der Zuschauer. Ella griff nach der Zeitung. Die Lobeshymnen im heutigen Kulturteil sprachen Bände.

Werner Krauss spielt seine Rollen, fünf Juden, brillant wie immer: Abstoßend und widerwärtig, gierig und devot, zugleich fordernd und katzbuckelnd. Ferdinand Marian steht ihm mit seiner Darbietung einer dieser Kreaturen in nichts nach. Die beiden streichen mit ihrer schauspielerischen Genialität aufs Eindrucksvollste das hündische Wesen dieser minderwertigen Rasse heraus. Eine Glanzleistung, die einen jeden in den Bann zieht.

„Fanny hat recht. Der Film ist Schund, Ida! Die Schwiegereltern meines Onkels, die du selbst kennengelernt hast, waren Juden und wunderbare, herzliche Menschen. Genau wie ihr Sohn Joseph, Tante Esther und meine Cousine. Dieses Machwerk verunglimpft Leute wie sie mit voller Absicht!“

„Dat weiß ich doch – und sag dat bloß nit so laut! Wenn die Kornbach dat hören würd. Vielleicht schau’n wir uns lieber wat Lustiges an.“ Ida zerteilte einen Apfel und entfernte das Kerngehäuse mit einer Geschwindigkeit, die Ella wohl niemals erreichen würde. „Ich dacht ja nur, wenn bald alle im Dorf davon reden, wär’s gut, genau zu wissen, worum’s da geht. Gibst du mir bitte die Zeitung zurück, Ella.“

„Hier hast du sie, und ich gehe besser wieder hinüber.“ Sie stellte Gläser und Imbiss auf ein Tablett und stob davon.

„Großpapa, schau einmal hier.“ Ella öffnete die Tür und brach ab. Der Stuhl, auf dem Gustav gesessen hatte, war leer. Ihr Herz hämmerte in der Brust. Wieso hatte sie ihn nicht gehört? „Großpapa?“

„Is wat?“, rief Ida aus der Küche.

„Großpapa ist nicht da. Er muss sich rausgeschlichen haben und durch die Haustür entwischt sein." Sie stellte ihre Last auf dem Tisch ab.

„Reg dich nit auf, bestimmt is er nur auf dem Lokus."

„Ich gehe nachschauen." Ella hastete durch den Flur und hatte schon die Klinke hinuntergedrückt, als Fanny zu ihr stieß.

„Weit kann er in der kurzen Zeit nicht gekommen sein. Wenn er nicht auf dem Häuschen ist, gib Bescheid, dann helfen wir bei der Suche."

„Das mach ich, danke." Es dämmerte. Das Licht einer Straßenlaterne fiel in den Hof, zusätzlich zu dem aus dem Küchenfenster. Die Proben für das Erntedankfest hatten begonnen. Die Jungs der Hitlerjugend trommelten, als ob ihr Leben davon abhinge. Ihr Ratatata machte Ella noch nervöser. Von Gustav war nichts zu sehen. Sie rannte zum Abort, hämmerte gegen das Holz des Zugangs und wartete einen Moment – nichts! Sie riss die Tür auf; im Häuschen war niemand.

„Und?", rief Fanny.

„Er ist weggelaufen!"

„Ich komme raus. Ida, beeil dich."

Ella wartete nicht auf die beiden. Sie rannte vor auf die Straße. *Gott sei Dank!* Ihr Großvater stand dort, er versperrte jedoch den Burschen der Hitlerjugend den Weg. Die Trommler ließen ihre Schlägel ruhen. Einer der Jungs trat vor. Wenn sie nicht irrte, Konrad Kornbach, der noch bis vor drei Jahren klobige Metallschienen und orthopädische Schuhe tragen musste, weil er an den Folgen einer Kinderlähmung litt. Die Zeiten, in denen ihn die anderen Hinkebein genannt, seinen Gang nachgeäfft oder ihn zu Boden geschubst hatten, gehörten der Vergangenheit an. Martins und ihren Schutz brauchte er nicht mehr. Seit Konrad die Stützen losgeworden war, ließ er sie beide links liegen, um seine neuen besten Freunde nicht zu vergrätzen – die Kerle, die ihn noch bis vor Kurzem gehänselt hatten. Für seine zwölf Jahre war er groß, ungefähr auf Augenhöhe mit ihrem Großvater, vor dem er sich mit in die Hüften gestemmten Fäusten aufbaute.

Ausgerechnet Konrad, dem Gustav früher oft genug Bonbons oder einen Groschen zugesteckt hatte. Der genau wusste, wie es um Ellas Großvater stand.

„Heil Hitler!" Konrad ließ seinen Arm vorschnellen.

Auf ihren Großvater musste dieser ‚Gruß‘ wie ein Angriff wirken. „Aus dem Weg! Sie stören unsere Probe."

Kein Wunder, dass Gustav aufgebracht reagierte.

„Hast du denn überhaupt keinen Respekt vor dem Alter, du Flegel. Wenn deine Eltern dir beizeiten ordentlich den Hintern versohlt und Manieren beigebracht hätten, wüsstest du, was sich gehört."

„Großpapa! Reg dich nicht auf." Ella hatte die beiden beinahe erreicht, aber Gustav redete sich immer mehr in Rage und beachtete sie nicht.

„Was nimmst du dir gegenüber einem Erwachsenen heraus, Bursche? Schert euch allesamt nach Hause, wo ihr hingehört, statt anständige Leute auf der Straße zu belästigen."

„Führ dich nicht so auf, Kornbach", rief Christoph aus einer der hinteren Reihen. „Wir gehen einfach um ihn herum."

„Nix da! Von dem senilen, alten Knacker lass ich mir unsere Probe nicht versauen."

„Schäm dich meinen Großvater so zu nennen." Ella hätte Konrad am liebsten angebrüllt, hielt sich aber im Zaum. „Du weißt, dass er krank ist."

„Muss ich darum Mitleid mit ihm haben?"

„Großpapa, bitte, komm mit nach Hause." Sie legte ihre Hand auf seinen Arm. Er streifte sie sofort ab.

Ida schüttelte warnend den Kopf. Ella nickte ihr und Fanny zu. Sie würde sich hüten, ihn zu provozieren.

„Eine Frechheit ist das!" Gustav reckte das Kinn. „Zu meiner Zeit hätten mir meine Eltern den Hosenboden stramm gezogen, wenn ich so rotzfrech aufgetreten wäre!"

„Kaisers Zeiten sind lange vorbei. Heutzutage weht ein anderer Wind. Wir folgen unserem Führer und einer wie Sie hat uns gar nix zu befehlen." Konrad grinste, hob sein Hakenkreuzfähnchen und wedelte direkt vor Gustavs Nase damit herum.

Musste dieser Kerl ihren Großvater mit diesem Ding derart provozieren? Ella platzte der Kragen. „Spinnst du? Hör sofort auf damit!"

Mit einer blitzschnellen Bewegung riss Gustav dem Buben das Fähnchen aus der Hand. An beiden Enden umfasste er den dünnen Stiel. „Ha, damit hast du nicht gerechnet, was? Dir unverschämtem Wicht werde ich Mores lehren!"

„Geben Sie mir sofort meine Fahne zurück!"

„Nein! Großpapa, tu das nicht!"

Ein Knacken, Holz splitterte.

Bevor sie reagieren konnte, warf Gustav das kaputte Teil in eine der Jauchepfützen beim Misthaufen. „Da gehört das Ding hin! Mit der Fahne wedelst du nicht mehr vor meinem Gesicht herum."

Ein entsetztes Aufstöhnen ging durch die Gruppe.

„Sie sind ... irre! Vollkommen irre!" Konrad machte einen Schritt vor.

„Großpapa, was hast du getan?" Ella packte ihn am Arm.

„Ich?" Gustav begriff nicht.

„Du lieber Himmel, Herr Gronau!", ächzte Ida.

Fanny stand neben ihr und brachte keinen Ton heraus.

Gustav strahlte. „Ha, dem unverschämten Kerl hab ich's heimgezahlt!"

Ella sah die Buben an. „Ihr wisst alle, dass er krank ist. Jeder von euch!"

Keiner reagierte. Auch Christoph vermied ihren Blick.

„Was hast du denn, Ella-Kindchen? Warum weinst du?", fragte Gustav.

Sie schluchzte auf. „Das hättest du nicht tun dürfen, Großpapa."

„Wieso denn nicht? Auf einen groben Klotz gehört nun mal ein grober Keil."

„Er hat es nicht so gemeint, Konrad."

„Blödsinn!"

„Bitte, Großpapa, sag, dass es dir leidtut!"

„Von Judenfreunden nehme ich eh keine Entschuldigung an."

Seine Kameraden umzingelten sie.

„Das hier werdet ihr uns büßen. Wir rufen den Johann Lauterer an. Der weiß, was mit verbrecherischen Elementen wie dem da zu tun ist. Mitkommen!" Konrad packte Gustav so fest am Arm, dass er laut aufstöhnte.

„Lass mich los! Loslassen, du frecher Bengel!"

„Sei nicht so grob zu meinem Großvater."

„Der kann froh sein, dass ich ihm keine reinhaue“, brüllte Konrad.

Ein paar Leute guckten aus den Fenstern.

Martin kam hustend die Straße hinunter und fragte mit krächzender Stimme: „Was ist denn passiert? Ich habe Lärm gehört.“

Konrad schnaubte. „Wenn du dich nicht gedrückt hättest, wüsstest du's.“

„Ich bin entschuldigt. Ich hab Halsweh und Fieber.“

„Aha.“ Konrad baute sich breitbeinig vor ihrem Bruder auf. „Dein Großvater hat meine Fahne zerbrochen und in die Jauche geworfen. Das ist passiert. Der geht mit uns in die *Blaue Forelle*. Dort bleibt er in Gewahrsam, bis der Johann ihn übernimmt.“

„Stimmt das, Ella?“

Sie schluchzte auf. „Es ist … meine Schuld. Ich habe nur … ganz kurz nicht aufgepasst.“

„Fanny und Ida, ihr wartet zu Hause und gebt Vater Bescheid.“ Martins trockene Lippen waren aufgeplatzt, eine Stelle blutete. Er wischte mit dem Handrücken darüber. „Ella, hol sofort die Mutter! Und du, lässt gefälligst meinen Großvater los. Ich bringe ihn selbst zur *Blauen Forelle*.“

„Wie kommst du auf die Idee, dass ich das dulde?“

„Stell dich nicht so an, Kornbach!“ Christoph sprang Martin bei. „Früher warst du gerne bei den Judenfreunden zu Gast. Oder hast du das vergessen?“

***

Außer Atem riss Ella das Kirchenportal auf. „Mama! Großpapa …“

Magdalena ließ die Sonnenblumen fallen, die sie in der Hand hielt, und war im Nu bei ihr. „Was ist denn?"

„Großpapa hat ..." Mit abgehackten Worten erklärte Ella ihr das Entsetzliche.

„Lenchen, du musst jetzt sofort handeln. Schnell, geht!" Die Schwester des Pfarrers hielt ihnen die Tür auf. „Ich mache das hier allein fertig und gebe meinem Bruder Bescheid, sobald er nach Hause kommt. Vielleicht kann er vermitteln?"

„Dat die den Gustav anständig behandeln, dafür sorg ich höchstpersönlich." Berta verließ mit ihnen die Kirche. „Ausgerechnet der Konrad musste es sein. Der is noch nit lang dabei und besonders stramm. Die anderen Buben haben den zu oft wegen seiner Beinschienen gehänselt; der will jetzt wat beweisen."

Und von dem leichten Humpeln ablenken, das zurückgeblieben war.

Zu dritt eilten sie durch die Nacht. Erst jetzt spürte Ella, wie frisch die Luft geworden ist war. „Was sollen wir denn tun, Mama? Muss Großpapa wirklich ins Gefängnis?"

„Ich hoffe inständig, dass wir das verhindern können. Am besten rufe ich Doktor Bender an. Der muss herkommen und bestätigen, dass Gustav nicht voll für seine Handlungen verantwortlich ist. Selbst wenn das heißt, dass er für eine Weile in eine Anstalt muss."

Ella lauschte dem Schnaufen Bertas, während sie Magdalenas entschlossene Züge musterte und sich unsagbar schuldig fühlte. Im Licht der Straßenlaternen schienen die dunklen Schatten der steilen Stirnfalten über der Nasenwurzel ihrer Mutter wie eingemeißelt. „Wenn Ärzte und Personal sehen, wie pflegeleicht er im

Umgang ist, können wir ihn bestimmt bald wieder zu uns nach Hause holen.“

„Dat mit dem Doktor is ne gute Idee. Die beste überhaupt, Lenchen.“ Berta klang deutlich gelassener als zuvor.

Hoffnung keimte in Ella auf. „Meinst du, das klappt, Mama?“

Magdalena griff nach ihrer Hand und drückte sie fest. „Ich bin zuversichtlich.“

„Wenn der Johann Zicken macht, werd ich ihm meine Meinung geigen“, verkündete Berta und Ella hätte weinen können vor Erleichterung.

***

Zu Ellas Überraschung erhob Johann keinerlei Einwände gegen Gustavs Unterbringung in einer Heilanstalt, nachdem Doktor Bender ihn über die Diagnose seines Patienten informiert hatte. „Wenn euch diese Lösung lieber ist, von mir aus. Ich bin doch kein Unmensch.“

Der Arzt war samt Frieder binnen einer halben Stunde nach dem Telefonat mit ihrer Mutter zeitgleich mit dem Gestapo-Mann und einem Polizeiauto in der *Blauen Forelle* eingetroffen und stellte einen Überweisungsschein für die Kollegen in der Klinik mit der Diagnose aus. Er reichte ihn Johann, der eine Zigarette rauchte und die Augenbrauen hochzog. „Unheilbar? Herr Doktor, um den Rest kümmere ich mich, Heil Hitler.“

Der Arzt hob die Hand zum Gruß. „Dann empfehle ich mich.“

Friedlich saß Gustav zwischen Magdalena und Martin an einem der Tische und ließ sich den Schoppen munden, den Berta im spendiert hatte.

„Kommt der Alte nicht ins Gefängnis?" Konrad war von seinen Freunden aus der Hitlerjugend umringt. Die Typen hingen bewundernd an seinen Lippen. Wofür hielten sie ihn? Den Helden des Tages?

„Nein, der wird eingewiesen. Das war's, ihr könnt abziehen!"

Johanns süffisantes Grinsen jagte Ella einen Schauder über den Rücken; das bleischwere Gewicht, das ihren Magen in Richtung Knie zog, kehrte mit Macht zurück. Mit diesem Resultat stimmte etwas ganz und gar nicht. Sie wusste nur nicht, wo der Haken war – und das machte es noch schlimmer als ohnehin. Ella hielt am Fenster nach ihrem Vater Ausschau. Konrad und seine Kameraden dachten gar nicht daran, Gustavs Abtransport zu verpassen. Sie fasste nicht, wie fanatisch er geworden war. Dass ihr kranker Großvater immer wieder ausbüxte, um seine verstorbene Frau zu suchen, interessierte diesen Burschen einen feuchten Kehricht. Dabei hatte die Familie Kornbach selbst einen Verlust erlitten. Ob Konrad überhaupt je an seinen toten Bruder dachte? Von einem Tag auf den anderen seine Gliedmaßen nicht mehr bewegen, nicht mehr selbst atmen zu können, stellte Ella sich grauenhaft vor. Konrad war der eisernen Lunge nach ein paar Tagen entronnen, aber der arme Kurt? Sieben Jahre lang gelähmt in einer Art Sarg zu liegen? Nicht einmal eine Fliege von der Nase vertreiben zu können? Stundenlang auf die immer gleiche Zimmerdecke zu starren? Ella schüttelte es. Kurz nach dem erfolgreichen Frankreichfeldzug hatten die Kornbachs die Nachricht erhalten, dass Kurt ein paar Tage vor seinem zehnten Geburtstag von seinem Leiden erlöst worden sei. Weil ein durch von Bazillen übertragbarer Infekt Schuld an seinem Tod trug, musste sein Leichnam im Interesse der Volksgesundheit auf Anordnung der Behörden von der Klinik aus eingeäschert werden. Darum konnten seine Eltern nur eine Urne begraben. Der Einzige, dem während der Beerdigung Tränen in den Augen gestanden hatte, war sein Vater gewesen. Im Gegensatz zu Dörte, die den jämmerlichen Anblick ihres Kindes nicht ertrug, hatte er seinen Sohn regelmäßig im Pflegeheim besucht. Ella erinnerte sich noch genau an die Worte, die er zu ihren Eltern gesagt hatte, als sie ihm ihr Beileid ausdrückten. ‚So unverständlich es für euch klingen mag, so miserabel wie anderen ein Leben wie Kurts vorkommt: Er wollte nicht sterben. Er hat sich gewehrt bis zuletzt. Mein armer, lieber, tapferer Junge. Er hat den Kampf verloren.‘ Wieso musste Ella ausgerechnet jetzt an diese Szene denken? Hier ging es um ihren Großvater, nicht um Kurt oder Konrad, der ‚Wann passiert denn endlich was?‘ plärrte.

„Immer mit der Ruhe. Ich hatte mich zwar drauf gefreut, dem Matthias die kleine Überraschung persönlich zu präsentieren, aber ewig kann ich auf das Erscheinen dieses Herrn nicht warten. Eine Mütze voll Schlaf bräuchte ich." Johann gähnte, streckte seine Glieder und winkte die Polizisten herbei, die abwartend bei der Eingangstür standen. „Ab in die Irrenanstalt mit dem da. Gustav Gronau ist gemeingefährlich

und wird nach Paragraf 42 Strafgesetzbuch untergebracht. Hier sind die Papiere, der Arzt hat die Einwei-
sung befürwortet, ich hab sie abgesegnet und der Richter wird's auch tun. Das tun sie immer."

„Mitkommen!" Die zwei Polizisten zerrten Gustav von
seinem Stuhl und packten ihn an beiden Armen, um
ihm Handschellen anzulegen.

„Lasst mich! Weg da! Lenchen, hilf mir." Panisch trat
er um sich, wedelte mit den Armen und ruckte vor und
zurück. Er schaffte es nicht, sich aus dem Griff der
Männer zu winden.

„Nicht so grob!", krächzte Martin. Seine Augen glänzten fiebrig. „Er begreift doch überhaupt nicht, was ihr
von ihm wollt. Wehr dich nicht, Großvater, sonst tun
die dir weh."

Die Handschellen klickten.

„Hab keine Angst ..." Ellas Stimme versagte.

„Schämt euch, einen alten Mann derart derb anzu-
packen!" Berta baute sich vor ihrem Sohn auf. „Johann!"

Er zuckte mit den Schultern. Ein Stein hätte mehr
Herz gezeigt als dieser Kerl. Er griff in seine Jackentasche, zog ein Döschen heraus und kippte ein paar Pillen
auf seine Handfläche. Ungerührt warf er sie in den
Mund.

„Aufhören! Lenchen!", schrie Gustav. „Hilf mir! Hilfe!"

Konrad lachte laut. „Das geschieht ihm recht!"

„Wird's bald!" Die Polizisten zerrten Gustav auf den
Hof.

„Nicht! Hilfe, nein!", brüllte er.

Alphons und seine Frau kamen aus ihrem Haus gelaufen, ebenso Leute aus dem Dorf, die Gustav von Kin-

desbeinen an kannten. Im Nu stand eine Menschentraube um den Wagen herum; einige der Älteren schüttelten den Kopf.

„Habt ihr denn gar kein Mitgefühl?" Ida zwängte sich zu ihnen durch. „Der alte Herr hat sein Lebtag hart gearbeitet. Und dat er krank is, kümmert euch nit?"

Henri, der Martin stützte, nickte heftig.

„Bitte, geben Sie mir nur einen Moment. Dann hole ich die Beruhigungstropfen meines Schwiegervaters."

„Mama, ich weiß, wo sie stehen", rief Ella. „Bleib du bei Großvater."

„Wir haben nicht ewig Zeit", knurrte ein älterer Polizist, ein untersetzter Mann mit Hitlerbärtchen und kurz geschorenen Haaren. Sein Tonfall war schroff, aber er war nicht ganz so verroht wie die anderen. „Lauf los, Mädchen, beeil dich."

„Macht Platz!" Matthias drängte sich durch die Zuschauergruppe.

„Vater!" Ella schöpfte Hoffnung.

„Gott sei Dank, dass du da bist." Ihre Mutter stellte sich neben ihn.

Doch es war nicht mehr so wie früher, als allein seine Anwesenheit alles wieder gutmachte. Er wechselte ein paar Worte mit Magdalena, fragte den Polizisten ‚Darf ich?', trat näher und nahm Gustavs Gesicht in seine Hände. „Vater? Was ist passiert?"

„Ich ... Ich will doch nur zu ... meiner Lotte."

„Dann steig ins Auto. Diese Männer ... bringen dich zu Mutter."

„Wirklich? Zu Lotte?" Ein seliges Lächeln glitt über Gustavs Züge, der bereitwillig im Fond Platz nahm. „Aber die Fesseln? Tun weh ..."

„Die werden sie dir gleich abnehmen." Matthias' Lächeln glich einer Grimasse.

„Willst du nicht mit zu ihr?", fragte Gustav.

„Heute muss ich noch die Tiere versorgen. Ich komme morgen nach."

„Zu mir ... und Lieselotte."

„Sicher doch. Zu Mutter und dir. Zu euch beiden."

Gustav lächelte sogar noch, als Matthias zurücktrat und die Polizisten die Wagentür ins Schloss warfen. Erst dann ging ihrem Großvater auf, dass etwas nicht stimmte. Sein verzweifelter Aufschrei ‚Ich will nicht, lasst mich raus!', verfolgte Ella, obwohl sie ihre Finger in die Ohren steckte und seine Schreie verstummten, weil sie Gustav knebelten. Die sahen in ihm einen Kriminellen, weil er eine Fahne zerbrochen und in den Dreck geworfen hatte. In Tränen aufgelöst rannte Ella nach Hause. *Ich will raus! Lasst mich raus!* Sie konnte nicht aufhören, zu weinen.

Mitleid

6. Oktober 1940

Gestern Abend wäre Jacques am liebsten hinaus zu ‚seiner' Familie gerannt, um herauszufinden, was genau vorgefallen war. Die Wachmänner hatten den Namen ‚Gronau' erwähnt. Sie hatten sich über den Alten lustig gemacht, der ins Irrenhaus wanderte, weil er ein Hakenkreuzfähnchen in die Gosse geworfen hatte. Wie war es dazu gekommen? Jacques fand keine Ruhe. Vorerst würde er nichts weiter in Erfahrung bringen. Nur eins stand fest: Gustav tat ihm leid. Unruhig wie ein Tiger hinter den Gitterstäben seines Käfigs lief er auf und ab und dachte unwillkürlich an Ella und ihr fröhliches Lachen, das ihr beim Abtransport ihres Großvaters bestimmt vergangen war. Ihre grünen Augen hatten sich in sein Herz gebrannt, dabei sah sie geflissentlich über ihn hinweg. Nur dieses eine Mal, damals bei der Nachricht von Pierres Freilassung, als ihm bewusst geworden war, dass er längst nicht mehr die Feindin in ihr sah, hatte sie seinen Blick erwidert. Ihre Augen waren weit geworden. Warum? Vor Überraschung? Oder weil sie fühlte, was er fühlte? Nein! Das durfte er nicht einmal denken. Wenn er nur gewusst hätte, wie es ihr ging. Wenn er sie sehen könnte … Aber das würde er nicht.

„Du machst mich nervös", schnauzte einer der Wachmänner. „Hör auf, im Zimmer rumzurennen. Sonst kannst du deine überschüssige Energie demnächst in einem Konzentrationslager austoben. Und die Herrschaften, die dich zu gut füttern, werden dir dort Gesellschaft leisten."

Jacques legte sich auf seine Pritsche, verschränkte die Arme im Nacken und starrte reglos an die Decke. Wenn er nicht wie sein Kamerad tot im Dreck enden wollte, musste er gehorchen. Und er wollte überleben, damit er eines Tages in seiner Heimat über die Güte und Mitmenschlichkeit reden konnte, die er bei den Gronaus erfahren hatte. Deutsche, die ihn an ihrem Tisch mitessen ließen und selbst unter den Nazis zu leiden hatten.

***

Wie gerädert wachte Ella auf und schlurfte zum Waschtisch. Ihr Spiegelbild warf ein verweintes Gesicht mit verquollenen Lidern wider. *Lasst mich los!* Als sie an ihren Großvater dachte, flossen die Tränen und die Sicht auf ihre Züge verschwamm. Ella wollte sich ohnehin nicht mehr sehen. Sie konnte sich nicht verzeihen, dass sie in der Küche getrödelt hatte. Sie tauchte ihre Hände in die Waschschüssel und kippte sich kaltes Wasser ins Gesicht. Wie sie den Vormittag überstand, wusste Ella nicht. Weder Pfarrer Grimms Predigt noch der für das Erntedankfest geschmückte Altar hinterließen einen bleibenden Eindruck bei ihr. Bei Tisch herrschte eine gedrückte Stimmung. Das

Fleisch der alten Legehenne, der Ida den Garaus gemacht hatte, schmeckte zäh; Ella, die keinen Appetit hatte, stocherte lustlos in ihrer Portion.

Schließlich legte ihr Vater Messer und Gabel beiseite. „Ich gehe zu Berta hinüber, um mit der Anstalt zu telefonieren und mich nach den Besuchszeiten zu erkundigen. Vielleicht erwische ich sogar jemanden, der mir Auskunft darüber gibt, was die Visite ergeben hat."

Eigentlich musste Ella mit den anderen vom Bund Deutscher Mädchen beim Festumzug am Nachmittag mitmarschieren. Sie beschloss, die Feier zu schwänzen. Ihre Mutter hatte frische Pfefferminze aus dem Garten geholt und Tee gekocht. Ella deckte Tassen in der Stube, wartete auf die Rückkehr ihres Vaters und trommelte mit den Fingern auf die Tischplatte. Hoffentlich ging es Gustav gut. Sie hatten ihn nach Trier in die psychiatrische Abteilung des Barmherzigen Brüder Krankenhauses verfrachtet. Immer wieder sah sie zu dem leeren Platz ihres Großvaters hinüber und von dort zur Stubentür. Wann kehrte Matthias wieder? Wieso dauerte das Telefonat so lange? Endlich hörte sie Schritte. Sie schob den Stuhl mit einem Ruck zurück und sprang auf. Im Nu stürmte sie zur Tür und riss sie auf. „Und?"

„Matthias seufzte und setzte sich an seinen Platz. „Gut, dass ich angerufen habe. Sie haben Gustav verlegt."

„Warum?", fragte Ella.

„Sie brauchen die Betten anscheinend für Soldaten."

„Und wo haben sie Großpapa hingebracht?"

„Nach Bedburg-Hau", antwortete er.

„Wo liegt denn das?" Magdalena schenkte Matthias einen Tee ein.

„Es gehört zum Gau Düsseldorf. Ich solle ein paar Tage abwarten, bevor ich mich mit den Ärzten dort in Verbindung setze. Das Personal hätte durch die zahlreichen Krankentransporte sehr viel zu tun."

Ella setzte ihre Tasse ab. „Also kannst du ihn heute nicht besuchen?"

„Nein, wie soll das gehen?"

„Du könntest Onkel Alphons bitten, dich zu chauffieren."

„Nach Düsseldorf?" Matthias stützte seine Ellenbogen auf den Tisch und fuhr mit beiden Händen durch seine Haare. Mit gesenktem Kopf blieb er eine Weile sitzen. Schließlich sah er wieder auf. „Wie stellst du dir das vor? Benzin ist rationiert und er muss ein Fahrtenbuch führen, wenn er mehr als hundert Liter Sprit verbraucht. Wie soll er diesen Abstecher begründen? Wir warten ein paar Tage ab, dann telefoniere ich mit seinem behandelnden Arzt."

„Und wenn wir den Zug nehmen?"

„Ella, mach es mir nicht noch schwerer! Denkst du, mir fällt es leicht, bitten und betteln zu müssen, dass ich Auskunft darüber erhalte, was mit Vater passiert?"

„Es tut mir leid, Papa."

„Gesetzlich sind sie nicht einmal verpflichtet, mich über Verlegungen zu informieren. Ich bin vollkommen machtlos! Ich darf nicht an seine Situation denken. Für ihn muss es eine Tortur sein. Herausgerissen aus seinem Zuhause, die Trennung von uns, ohne dass er begreift, warum." Matthias warf den Kopf in den Nacken, starrte an die Decke und seufzte. „Ich verspreche dir, dass wir ihn gemeinsam abholen, sobald er entlassen wird. Egal, wie lange die Fahrt dauert. Einverstanden?"

Das war immerhin ein kleiner Trost. „Vielleicht können sie Großpapa in die Anstalt nach Merzig verlegen? Dort könnten wir ihn viel besser besuchen und später auch abholen. Pfarrer Grimm als sein Seelsorger könnte sein Pfarrschäfchen mit jedem Recht besuchen und wen schert es, wenn er uns mitnimmt?"

„Das ist eine ganz wunderbare Idee, Ella!", sagte Magdalena.

Matthias nickte. „Falls sie dort nicht auch Patienten verlegen, um ein Lazarett einzurichten."

„Aber Frankreich ist besiegt! Bestimmt haben sie wieder Platz für Großpapa."

Auch das Gesicht ihres Vaters hellte sich ein wenig auf. „Ich werde seinen Arzt darauf ansprechen."

***

Am darauffolgenden Mittwoch telefonierte Matthias mit der Heil- und Pflegeanstalt Bedburg-Hau. Mit Gustav sprechen konnte er nicht und von einem Besuch wurde ihm dringend abgeraten, da in der Einrichtung Seuchengefahr herrschte. Auch bei den darauffolgenden wöchentlichen Telefonaten erhielt er ähnlich lautende Auskünfte: Seinem Vater ginge es so weit recht gut. Der Patient würde viel schlafen, habe derzeit erhöhte Temperatur, sei ansonsten aber guter Dinge. Zu sprechen war Gustav nie, eine Entlassung nicht vorgesehen und ein persönliches Erscheinen sei wegen des nach wie vor bestehenden erhöhten Ansteckungsrisikos nicht ratsam. Unter den Neuzugängen gäbe es leider auch Tuberkulosekranke.

Ella hatte Matthias' Zusammenfassung seines heutigen Telefonats beim Mittagessen schweigend gelauscht.

Warum hatte sie an dem Tag nicht aufgepasst? Ella hastete unter einem Vorwand hinaus. Sie hörte leise Schritte und wischte Schnodder und Tränen mit dem Handrücken weg, ehe sie sich umdrehte. Jacques zog ein Taschentuch aus seiner Hosentasche, nahm ihre Hand und drückte es hinein.

Sie faltete es auseinander und schnäuzte sich. „Ich mache mir Sorgen um Großpapa. Hoffentlich behandeln die Pfleger Gustav in Bedburg-Hau gut. Danke dafür."

„De rien." Er lächelte.

Sie steckte das Tuch ein. „Ich verstehe kein Französisch!"

„Gern ge...macht", antwortete er.

„Ist das die Bedeutung?" Die Unterhaltung mit ihm lenkte sie von ihrem Kummer ab, auch wenn sie oft stockte.

Er nickte.

„Wir sagen ‚gern geschehen'. Ich werde dir dein Taschentuch gewaschen zurückgeben. Wieso bist du überhaupt hier? Was hat Mutter uns aufgetragen?"

Er marschierte los und griff die Leiter. „Les poires, die Bir...nen."

„Stimmt, die sind reif." Ella holte Körbe aus einem Eck in der Scheune und folgte ihm hinaus in den Garten.

***

Der Martinstag kam und sie feierten den Geburts-
und gleichzeitig Namenstag ihres Bruders – wie immer
seit Beginn des Krieges im kleinen Kreis. Ella hatte ihm
einen Pullover gestrickt und auf eine Kino- und Bahn-
karte von Leiwen nach Trier und zurück für ihn ge-
spart. Der Gedanke, dass es nur noch ein Jahr dauerte,
bis er seinen Einrückungsbescheid erhielt, bedrückte
sie alle - zusätzlich zu Gustavs Abwesenheit. Frieden?
War nicht in Sicht. Bisher liefen sämtliche Angriffe gegen England ins Leere und der seit Monaten prophe-
zeite Sieg gegen den Feind stand immer noch aus, trotz
der nächtlichen Fliegerattacken samt Bombenabwürfe
auf London und die Küste Englands.

Heute blieb der Krieg allerdings Nebensache auf der
Titelseite der Zeitung. Abgesehen von einem kleinen
Artikel, der das bestehende Bündnis mit Russland
lobte, das einen Zweifrontenkrieg verhindert und Englands Pläne durchkreuzt hatte. Die Schlagzeile blieb einem anderen bedrückenden Ereignis vorbehalten.

*Zehnstöckiges Hochhaus bei Erdbeben in Bukarest ein-
gestürzt*
*Das Erdbeben der Stärke 9, das gestern Früh um 3:39
Uhr einsetzte, dauerte drei Minuten. Erdstöße von ungeheurer Gewalt erschütterten die Stadt. Zahllose Gebäude im Zentrum, darunter ein zehnstöckiges Hochhaus, das ein Kino beherbergte, begruben Menschen
unter sich. Züge entgleisten, ein Eisenbahntunnel
musste wegen Rissen gesperrt werden. Der Telefonver-
kehr mit dem Ausland war über Stunden gestört.*

Wie durch ein Wunder blieben Mitglieder der Hitlerjugend und des deutschen Militärs unverletzt. Sie leisten Hilfe vor Ort. Folgen und Zahl der Opfer sind bisher nicht absehbar. Ein Korrespondent spricht von mehreren hundert Toten. Aus den eingestürzten Gebäuden dringen nach wie vor verzweifelte Schreie und Klopfzeichen. Deutsche und rumänische Pioniere arbeiten fieberhaft an der Rettung Verschütteter. Noch besteht Hoffnung, Überlebende zu bergen.

„Wie furchtbar." Sei es durch Krieg oder Naturkatastrophen: Überall und zu allen Zeiten nur Leid. Ella musste an Carl Kornbach denken, der in ihre Mutter verliebt gewesen war und Magdalena ihren ersten Kuss, nein, den zweiten aufgedrückt hatte. Der arme Kerl war auch verschüttet worden. Wegen der entsetzlichen Grabenkämpfe im letzten großen Krieg hatte er seinen Verstand verloren und die brutalen Therapien hatten ihm mehr geschadet als genutzt. Seit über zwanzig Jahren lebte er in der Nervenheilanstalt Merzig und half dort im Anstaltsgarten aus, sofern er einen guten Tag hatte. Matthias sah gelegentlich bei ihm vorbei. Falls die Ärzte in Bedburg-Hau Gustav nach Merzig verlegten, konnte ihr Vater die Besuche leicht miteinander verbinden. Dann müsste Gustav Weihnachten auch nicht allein verbringen. Vielleicht durften sie alle ihren Großvater an einem der Feiertage ausnahmsweise gemeinsam besuchen?

Ein einfühlsamer Brief

19. November 1940

Fünf Wochen vor Weihnachten erhielten ihre Eltern ein amtlich aussehendes Schreiben. Absender war die Landes-Pflegeanstalt Grafeneck bei Münsingen. Wo das wohl wieder lag? Ella hatte keine Ahnung. Später würde sie auf jeden Fall den Atlas holen und den Ort suchen. Matthias öffnete den Brief gleich in der Küche, wo sie zu Abend gegessen hatten. Obwohl sie Töpfe und Pfannen restlos geleert hatten, duftete es noch nach dem Essen, Zwiebelsoße mit knusprig gebratenen Bauchspeckwürfeln und Kartoffelbrei.

Ella, die das Besteck einsammelte, konnte ihre Ungeduld kaum zügeln. „Was schreiben sie denn? Verlegen sie Großpapa nach Merzig?"

Fanny räumte die Teller ab, die beim Aufeinanderstellen klapperten. Ida stand am Spülstein und schrubbte einen der Eisentiegel sauber.

„Lass mir wenigstens eine Chance, den Brief zu lesen." Matthias lächelte flüchtig, zog das Blatt aus dem Umschlag und entfaltete es. Sein Blick flog über die Zeilen. Er wurde totenblass. Wortlos hielt er Magdalena das Schreiben hin. Dabei fielen zwei kleinere Beilagen heraus und flatterten zu Boden; die Schriftseite nach unten. Ella bückte sich, hob sie auf und drehte die Papiere um.

Grafeneck, den 11. Oktober 1940 ----------------------------- Nr. 5/87

Der Landwirt Gustav Gronau--

------------katholisch----------------------------, wohnhaft in: Grafeneck
ist am: 10. Oktober 1940------------um: ---13 --- Uhr ------30 ---Minuten
in   der   Wohnung
____ verstorben
Der Verstorbene war geboren am: 04.05.1860 ---------------
----
in: Wingert--

Standesamt:-----------------------------------Nr.:--------------------
----
Vater:

____
____
Mutter:

____
______
War   nicht   verheiratet

____
Eingetragen auf ---mündliche--- schriftliche --- Anzeige des Leiters der----
Landes-Pflegeanstalt Grafeneck

Gesehen, genehmigt und unterschrieben
Der Standesbeamte in Vertretung

*Todesursache: Herzschlag---
--------------*

Was für ein seltsamer Name für einen Standesbeamten, schoss es Ella durch den Kopf, bevor sie begriff.

Todesursache? Sie schüttelte den Kopf. Was da stand, durfte nicht stimmen. „Tot? Wie kann das sein? Doktor Bender hat gesagt, dass mit Großpapas Herz alles in Ordnung ist."

Magdalena streckte Ella die Hand hin, half ihr auf und zog sie in eine Umarmung. Auch Matthias schloss sie mit ein. „Gustav war nicht mehr der Jüngste. Es hätte jederzeit auch hier geschehen können. Dass du deinen Vater verloren hast, tut mir unendlich leid, mein Liebster."

Ella fühlte sich elend und verlassen. Das alles war ihre Schuld! Statt wie als Kind Trost in den Armen der Mutter zu suchen, trat sie einen Schritt zurück. „Aber dort war er allein, Mama! Und er hatte bestimmt furchtbare Angst."

„Ella, mach dir keine Vorwürfe. Sein Tod kam sanft. So steht es im Brief. Sanft und gnädig. Im Schlaf und ohne Kampf. Lies ihn selbst."

Magdalena angelte nach dem Schreiben, das sie auf den Tisch gelegt hatte, und reichte es Ella.

Ida bekreuzigte sich. „Mein Beileid zum Heimgang Ihres Herrn Vaters, gnädiger Herr, gnädige Frau. Ich wollt, dat hätt nit sein müssen. Nit dort, wo er keinen gekannt hat. Der Allmächtige sei seiner Seele gnädig."

Fanny hielt die Hände gefaltet. „Zu mir war der alte Herr immer sehr freundlich. Wenn Sie erlauben, werde ich mich zurückziehen und einen Rosenkranz für Ihren Herrn Vater beten."

„Tu das bitte, ich danke dir", antwortete Matthias.

„Warte, dem schließ ich mich an." Ida folgte ihr.

Martin wischte sich über die Wangen, Henri legte eine Hand auf die Schulter seines Freundes. Ihre Eltern standen beieinander. Ella fühlte sich auf einmal unsagbar allein und verloren. Sie ließ ihren Kopf und die Hand mit dem Brief hängen. Im Stehen wollte sie ihn nicht lesen. Sollte sie in die Stube hinüber, wo sie ungestört weinen konnte? Sie sah zur Küchenbank, wo Jacques saß. Ihre Blicke begegneten einander und wie an Schnüren gezogen, setzte sie einen Fuß vor den anderen. Er rückte wortlos zur Seite, fasste nach ihrer Linken und drückte sie.

„Dein Großpapa hätte nicht gewollt, dass du weinst." Er zog ein Taschentuch aus seiner Hosentasche und wischte behutsam ihre Tränen fort. „Er liebte dein Lachen."

Ihr Kinn klappte herunter. Er sprach Deutsch - vollkommen ohne Akzent?! Am liebsten hätte sie ihn gepackt und geschüttelt. Wie kam er dazu, ihr und ihrer Familie so etwas Wichtiges zu verheimlichen? Ella klappte ihren Mund wieder zu und presste die Lippen aufeinander. Sie wollte ihn so viel fragen und ihm so viel sagen. Doch sie schwieg, um die anderen nicht aufmerksam zu machen. Schließlich schniefte sie und entfaltete den Brief. Das Schreiben hielt sie so, dass Jacques mitlesen konnte, falls er wollte. Er nickte.

Sehr geehrter Herr Gronau!
Die Verlegung Ihres Vaters in unsere Einrichtung erfolgte aufgrund der derzeit herrschenden militärischen Lage.
Während des ersten Tages seines Aufenthaltes in unserer Einrichtung war er unruhig, was sich nach einer gewissen Eingewöhnungszeit gelegt hat. Wie für ihn üblich begab er sich mittags zu Ruhe. Als ein Pfleger ihn zwei Stunden später wecken wollte, musste er feststellen, dass Ihr Vater im Schlaf verstorben war. Der umgehend alarmierte Stationsarzt konnte nur noch den Tod durch einen Herzschlag bestätigen.
In Anbetracht der unheilbaren Krankheit Ihres Vaters, die unaufhaltsam fortgeschritten wäre, müssen Sie es als eine Gnade ansehen, dass er ohne Kampf im Schlaf sanft heimgegangen ist.
Leider mussten wir seinen Leichnam aufgrund einer Anordnung der Gesundheitspolizei zur Verhütung übertragbarer Krankheiten sofort einäschern. Daher erübrigte es sich, eine Zustimmung von Ihrer Seite einzuholen.
Wir senden die Urne des Entschlafenen auf den von Ihnen ausgewählten Friedhof, sofern Sie uns einen Beleg über den Erwerb oder den Nachweis einer bereits bestehenden Grabstätte senden. Die Kosten für die Überführung übernimmt die Staatskasse. Falls wir binnen zwei Wochen diesbezüglich keine Nachricht von Ihnen erhalten, werden wir die Urne anderweitig kostenfrei bestatten lassen.
Die Kleider ihres Vaters haben während der aus obig genannten Gründen unumgänglich notwendigen Desinfektion stark gelitten und ihren Wert verloren. Falls

*Sie innerhalb von vierzehn Tagen keinen Einspruch er-
heben, überlassen wir sie dem Lumpensammler. Der
Erlös geht an das Winterhilfswerk. Die Wertgegen-
stände aus dem Besitz Ihres Vaters, eine Taschenuhr
und einen Ehering senden wir Ihnen zu, sobald uns der
Nachweis des Erbscheins vorliegt.
Zwei Sterbeurkunden zur Vorlage bei Behörden liegen
bei.
Heil Hitler
Dr. Ott*

„Er hat nicht gelitten", murmelte Jacques.

„Woher wollen die das wissen? Sie schreiben selbst,
dass keiner dabei war." Ella knetete ihre Hände. „Wieso
verrätst du mir dein größtes Geheimnis ausgerechnet
jetzt?"

„Parce que ..."

„Rede Deutsch!"

„Weil ich dir und euch allen vertraue. Ich werde es
auch deinen Eltern sagen ... also offenbaren. Inzwischen habe ich begriffen, dass ihr keine Nazis seid. Ich
weiß, dass ihr mich nicht an Johann verraten werdet."

Sie kniff ihre Augen zusammen. „Bist du ein Spion?"

„Sicher nicht. Aber dieser sale boche ... Johann würde
mich dafür halten."

„Sal bosch bedeutet dreckiges Schwein, nicht wahr?"

„Non, nein, mehr etwas wie ... sturer Holzkopf."

„Hohlkopf passt besser zu Johann." Ella hätte sich
gerne an Jacques' Schulter gelehnt. Ein vollkommen
unmöglicher Gedanke.

„Ich werde deinem Vater mein Beileid sagen. Ich
meine, ausdrücken." Er erhob sich.

Sie blieb sitzen und starrte auf den Brief, dessen Zeilen vor ihren Augen verschwammen. Der Platz ihres Großvaters würde für immer leer bleiben und zu Weihnachten würde er besonders fehlen. Aber vielleicht konnte er vom Himmel aus gemeinsam mit seiner Liselotte über sie wachen?

Graue Busse

28. November 1940

Matthias saß in der Stube und riss den Umschlag des Beileidsbriefs auf, den Lydia und Traudl aus dem fernen Bayern geschickt hatten. Er fischte das Schreiben heraus, entfaltete es und legte es auf den Tisch. Seine Hände zitterten. In ihm gärte eine ungeheure Wut über seine eigene Machtlosigkeit angesichts der Umstände, die zum Tod seines Vaters geführt hatten. Wenn er an Gustavs Festnahme dachte, seinen letzten Blick ... Mit feucht schimmernden Augen las er Lydias Zeilen.

Ihr Lieben!
Was für eine schreckliche Kunde! Gustav war eine Seele von Mensch, großzügig, liebevoll und mitfühlend. Er hat Traudl und mir über viele Jahre eine Heimat in seinem Haus geboten, daran muss ich denken, während ich diese Zeilen schreibe. Einen Vater wie ihn zu verlieren, muss Dich ungeheuer schmerzen, Matthias. Ich weiß, wie nahe ihr Euch standet.
Obwohl Traudl und ich gerne zu der Trauerfeier angereist wären, haben wir uns schweren Herzens dagegen entschieden. Allein von Kallmünz nach Regensburg wären wir Stunden unterwegs. Die Züge sind mit Soldaten besetzt, heillos überfüllt und die Fahrpläne Makulatur. Sobald der Krieg siegreich beendet ist und im

Frühjahr alles seinen geordneten Gang geht, werden Traudl und ich Euch einen Besuch abstatten, um gemeinsam mit Euch das Grab meines lieben Vetters zu besuchen.
Dass wir Euch unser Beileid nicht persönlich ausdrücken können, bedauern wir beide zutiefst. Trost finde ich in dem Gedanken, dass Gustav nun wieder mit seiner geliebten Lieselotte vereint ist. Und ich hoffe, dass dieser Gedanke auch Dich Frieden finden lässt.
Dir und Deiner Familie unser tiefempfundenes Beileid zu Eurem Verlust.
Lydia und Traudl

„Matthias!" Magdalena trat ins Zimmer. Sie war von Kopf bis Fuß schwarz gekleidet. „Kommst du? Wir müssen los; die Trauerfeier beginnt gleich. Die anderen warten."

„Ich vermisse Vater. Wann immer ich mit meinen Problemen zu ihm gekommen bin, hat er sich Zeit für mich genommen. Gegen den heftigen Widerstand meiner Mutter hat er dafür gesorgt, dass ich nach Trier aufs Gymnasium gehen durfte. Auch wenn das Leben letztlich andere Pläne hatte und ich das Studium abbrechen musste, auf ihn konnte ich mich verlassen." Seine Stimme brach.

„Liebster!" Magdalena kam näher heran und strich ihm über das Haar.

Er fing ihre Hand ein und drückte sie gegen seine Wange. „Jetzt bin ich bereit."

Sie ging voraus und er folgte ihr mit schweren Schritten.

Zu der Trauerfeier erschienen an die dreißig Leute, mehr, als Ella nach der Szene mit Gustavs Verhaftung erwartet hatte. Sie wertete es als stummen Protest der älteren Generation gegen Johann. Die Trauergäste, die zum Leichenschmaus blieben, hatten sich zwischen Wohnzimmer und Stube aufgeteilt. Die Ferber-Schwestern fühlten sich in der Küche bei Ida und Fanny am wohlsten. Kathies Kinder saßen auf der Bank; ihre Mutter war nach nebenan gegangen. Eingeschüchtert schmiegten sie sich an ein junges Mädchen, das als Haushaltshilfe bei ihnen arbeitete. Es sah nicht sehr viel älter aus, als die Kinder, die es betreute, und machte kaum den Mund auf.

Ida hatte es sich nicht nehmen lassen, für den heutigen Tag eine Linsensuppe zu kochen, die sie nur aufzuwärmen brauchte. ‚Dat is die Leibspeise vom gnädigen Herrn gewesen und gut durchgezogen schmeckt die eh am besten.‘ Trotz des traurigen Anlasses griffen die Gäste beherzt zu. Sie plauderten miteinander, manche lachten sogar – genau, wie Gustav es gewollt hätte. Nach dem Essen brühte Ida Zichorienkaffee auf. Er schmeckte ekelhaft bitter, aber darüber klagte niemand. Sie reichten üppig mit Äpfeln belegten Hefekuchen dazu. Vom Königskuchen, den Luzie mitgebracht hatte, kosteten Ella und ihre Freundin jeweils ein kleines Stück.

„Den haben wir mit Rübenzuckersirup gebacken. Schließlich wollten wir die gesamte Zuckerration für den restlichen Monat nicht an einem Tag verbrauchen.

Hoffentlich schlägt der strengere Geschmack nicht zu sehr durch", sagte Luzie.

„Gar nicht! Großpapa hätte bestimmt ein zweites oder drittes Stück von seinem Lieblingskuchen gewollt." Ella brach ab, weil ihr die Kehle beim Gedanken an ihn eng wurde.

„Er mochte die Rumrosinen im Teig so gerne." Luzie seufzte. „In diesem sind leider nicht allzu viele drin."

Wegen der Beerdigung hatte sie ihren Urlaub vorgezogen. Ihre Anwesenheit, ihr Mitgefühl und die Gespräche mit ihr bedeuteten einen kleinen Lichtblick für Ella.

„Und? Hast du schon einem Arzt den Kopf verdreht?" Sie nutzten jede ruhige Minute für eine Unterhaltung.

„Von denen kriegst du als Küchenhilfe keinen zu Gesicht, es sei denn, du arbeitest bei der Essensausgabe in der Kantine. Die Pflegerinnen sind auch ein eigenes Völkchen. Es gibt schon sehr nette darunter, aber sie haben fast nie Zeit für ein Schwätzchen."

Die Ferber-Schwestern erhoben sich.

„Sind deine Eltern nebenan in der Stube, Ella?", fragte die Älteste der drei.

„Zuletzt habe ich sie im Wohnzimmer gesehen. Wollt ihr etwa schon gehen?"

„Es wird Zeit für uns." Die Jüngste kratzte während des Sprechens unablässig über ihre Handgelenke und Arme.

Auffallend matt und müde wirkte sie auf Ella.

„Kommt bitte bald wieder."

„Wir brechen ebenfalls auf." Kathies Magd scheuchte die Kinder ihrer Dienstherrin, die sie in Obhut hatte, mit einem Fingerzeig von der Bank. „Nun macht Knicks und Diener und bedankt euch artig."

Der siebenjährige Junge gehorchte; seine vierjährige Schwester baute sich direkt vor Ella auf und zupfte an ihrem Ärmel. „Kriegen wir Kuchen mit?"

„Hella!", mahnte die Magd ihre Schutzbefohlene. „Wie heißt es?"

„Danke schön!"

„Nein, das andere Wort. Du sollst ‚bitte' sagen, wenn du etwas möchtest! Außerdem darfst du nicht betteln."

„Bitte, danke!", piepste das kleine Mädchen und knickste.

„Wenn du mir versprichst, mit deinem Bruder zu teilen, packe ich dir ein, was wir noch haben." Ella überreichte den Geschwistern die kärglichen Kuchenreste und sah dem Grüppchen mit einem Schmunzeln nach.

„Was für ein niedliches Kind", sagte Fanny.

„Der Junge ist auch ein liebes Kerlchen", entgegnete Ida.

„Marie sieht sehr gebrechlich aus", stellte Luzie fest.

„Das ist mir auch aufgefallen." Soweit Ella wusste, hatte Doktor Bender vor einiger Zeit ein Nierenleiden bei der jüngsten Ferber-Schwester diagnostiziert, das unaufhaltsam voranschritt und für das es keine Heilung gab. „Hast du dich eigentlich schon entschieden? Willst du Krankenschwester werden?"

„Ehrlich gesagt, weiß ich es immer noch nicht. Zum Glück habe ich noch Zeit, mir das Für und Wider reiflich zu überlegen."

***

Die meisten Trauergäste hatten sich inzwischen verabschiedet. Neben Magdalena gehörten Pfarrer Grimm, seine Schwester Alma, der alte Herr Kornbach, seine Tochter Kathie, Tante Berta und Luzie zu dem Kreis, der gegen Abend in der Stube beisammen saß. Matthias und Martin hatten sich vom Tisch erhoben; sie versorgten gemeinsam mit Henri das Vieh.

„Die Ortschaft Grafeneck lag viel zu weit ab für uns", sagte Magdalena gerade.

„Von Köln ist es auch nicht der nächste Weg", erwiderte Kathie. „Eine Schwester meines Mannes ist im August dort verstorben. An sich war die Käthe gesund, ihr fehlte körperlich rein gar nichts - und trotzdem ist sie keine 22 Jahre alt geworden. Meine Schwiegereltern und wir alle konnten die Nachricht kaum fassen."

„O nein, was war denn passiert?", fragte Magdalena.

„Als kleines Kind ist das Käthchen ihrer Großmutter vom Wickeltisch gefallen. Davon hat sie leider einen Schaden zurückbehalten. Mit dem Lernen ging es nicht so schnell und sie hat auch unter epileptischen Krämpfen gelitten. Weil sie doch öfter einmal bei ihren Eltern zu Besuch war, haben die Ärzte sie einer Sterilisation unterzogen. Den Eingriff hat sie gut überstanden. Ein Erbleiden wurde zuvor ausgeschlossen, sonst hätten sie meinen Mann und seine Geschwister womöglich auch unfruchtbar gemacht." Kathie starrte aus dem Fenster.

Ella folgte ihrem Blick. Inzwischen war es stockdunkel draußen.

„Von Käthe haben wir auch nur eine Urne begraben. Damals herrschte in der Einrichtung Seuchengefahr und sie hat sich dort mit Tuberkulose angesteckt. Ihre verlief galoppierend. Aber in dem Begleitbrief stand, dass sie dennoch einen leichten Tod hatte und ohne schweren Kampf gestorben ist. Das war uns ein Trost."

„Schreiben die eigentlich allen Familien dasselbe?", entfuhr es Ella. „Also die Ärzte von dieser Klinik?"

Ihr vorlautes Mundwerk! Sämtliche Blicke waren mit einem Schlag auf sie gerichtet. Eine Hitzewelle überflutete sie. Doch abgehen würde sie von ihrer Aussage nicht.

Magdalena hatte nach dem Medaillon mit dem kleinen Opal gefasst, das sie nur trug, wenn Besuch kam. „Es hat sicher nichts zu bedeuten. Aber du hast recht, Ella! Eine sehr ähnliche Formulierung haben sie in dem Brief verwendet, den wir erhalten haben."

„Diese Briefe ..." Herr Kornbach räusperte sich. „... finde ich tatsächlich seltsam. Bei Kurt kam das Schreiben aus Pirna-Sonnenstein. Sie hatten ihn aufgrund der militärischen Lage dorthin verlegt und es hieß, ich sollte angesichts seines Leidens ... dankbar sein."

Kathie beugte sich vor. „Genauso stand es bei der Schwester meines Mannes geschrieben."

„Und bei meinem Schwiegervater." Ihre Mutter sprang auf. „Einen Moment, ich hole den Brief aus dem Schrank."

Sie reichte das Blatt zuerst Herrn Kornbach, der das Schreiben studierte, um es schließlich mit zitternden Händen seiner Tochter zu überlassen.

„Es ist die gleiche Unterschrift und der gleiche Arzt wie bei uns. Kein Wunder, dass die Briefe einander ähneln", stellte Kathie fest.

„Eigenartig ist es trotzdem", entgegnete Herr Kornbach.

„Wieso?" Seine Tochter runzelte die Stirn. „Die Ärzte haben vermutlich ihre Richtlinien zum Verfassen dieser Art Briefe."

Luzie hob wie in der Schule die Hand. „Darf ich etwas sagen?"

„Du?" Berta hob die Brauen.

„Ja, ich, Mutter. Wie ihr alle wisst, leiste ich meinen Arbeitsdienst in Koblenz ab."

„Im Marienhof, weil dat ein katholisches Haus mit einer Schwesternschule is. Wat hat der Johann dagegen gestänkert. Der wollt lieber, dat unsere Luzie an einem staatlichen Haus lernt. Davon halt ich nix. Die Nonnen sehn et gern, wenn die Mädchen dat Hauswirtschaftsjahr bei ihnen machen. ‚Auf die Art könnten sie die Bewerberinnen viel besser einschätzen'. Die Luzie hat da nix zu befürchten. Die is fleißig und anstellig."

„Mutter! Hier geht es nicht um mich! Manchmal, wenn sie in der Wäscherei knapp an Personal sind, muss ich dort aushelfen – Lauge zum Einweichen kochen, Wäsche schleudern, aufhängen, Bettlaken mit Wasser besprengen und durch die Mangel drehen. Während der Arbeit tratschen die Frauen ganz gerne und einmal hat eine zu einer anderen gesagt, wie komisch dat wär, dat nur die Krankenhauskleidung zurückkäm."

Ella hing gebannt an Luzies Lippen.

„Aber nie eins von den armen kleinen Würmern, die von den Herrn Doktoren nach Andernach geschickt würden. Dat tät doch zum Himmel stinken. Und die andere hat geantwortet, dass sie wüsste, dat rote Busse scharenweise heulende Kinder aus Andernach abholen täten. Inzwischen wären die grau überspritzt und nit nur der Lack! Auch die Fenster seien aus Milchglas oder mit Farbe bepinselt, damit keiner wüsste, wer drinnen sitzt. Und wie gruselig dat sein müsst, in so einem Bus mitzufahren. Wer da drinsäße, könnte doch nit mal rausgucken."

Eine Gänsehaut lief über Ellas Arme und kribbelte hoch bis zum Nacken. Ihre Haare sträubten sich.

„Wie entsetzlich." Magdalenas Hand ging schon wieder zu ihrem Anhänger. Vielleicht merkte sie selbst es gar nicht, aber Ella fiel es auf. Wenn das Schmuckstück aufgeklappt war, zeigte die eine Seite ein winziges Bild von Magdalenas Elternhaus und auf der anderen steckte eins ihrer Lieben unter dem Birnenbaum. „Wenn ich mir vorstelle, dass Gustav in einem dieser Busse mitfahren musste."

„Ich hab später eine nette Krankenschwester gefragt, die von Andernach fortgegangen ist. Die hat gesagt, dass es stimmt, dass da furchtbare Dinge vor sich gingen und nicht nur Kinder aus anderen Heil- und Pflegeanstalten abgeholt würden. Sie ist sonst eine ganz Lustige und immer zu Späßen aufgelegt." Luzie lächelte, dachte vielleicht an eine komische Szene oder einen humorvollen Spruch. „Aber als es um die Zustände in Andernach ging, ist sie sehr ernst geworden. So kannte ich sie bis dahin gar nicht. Es würde stimmen: Die Kinder kämen nie wieder aus Grafeneck zurück! Keiner, der dort hingebracht würde. Sie hätte schlimme, ganz furchtbare Dinge gehört und gesehen. Mehr wollte sie nicht sagen. Und ich sollte ja keinen danach fragen. Das wäre eine streng geheime Aktion." Luzie griff nach einem der Wasserkrüge, die auf dem Tisch standen und ließ Wasser in ihr Glas gluckern.

„Was redest du da für einen Unfug!", fuhr Berta ihre Tochter an. „Uns mit solchen Schauergeschichten zu erschrecken."

Luzie nahm einen großen Schluck. „Ich glaube meiner Freundin. Außerdem habe ich selbst einen dieser Busse gesehen. Sie sind unheimlich!"

„Trotzdem sollst du dir nit so ein dummes Zeug aufschwatzen lassen!"

„Genau aus dem Grund rede ich mit dir nicht über solche Dinge. Du glaubst mir ja doch nicht!" Luzie presste die Lippen aufeinander.

„Wat fällt dir ein, deiner Mutter gegenüber einen solchen Ton anzuschlagen?"

Pfarrer Grimm legte seine Hand auf ihren Arm und einen warmen, verständnisvollen Ton in seine Worte. „Frau Lauterer! Darf ich etwas dazu sagen?"

Berta nickte.

„Letzthin kamen mein Leiwener Amtskollege und ich wegen der wachsenden Zahl an Urnenbestattungen miteinander ins Gespräch. In seiner Pfarrei gibt es zwei Familien, die einen Toten in ähnlich gelagerten Fällen zu beklagen haben. Getroffen hat es einen Mann, der wegen einer Schüttellähmung seinen Beruf als Glaser aufgeben musste, darüber in Trübsinn verfallen ist und zu seinem eigenen Schutz in die Klinik eingeliefert wurde, sowie einen kleinen Bub, bei dem eine Gehirnhautentzündung bleibende Schäden hinterlassen hat. Seine Eltern wollten ihn nicht weggeben. Der Amtsarzt, der für die Schuleingangsuntersuchung zuständig war, beharrte eisern darauf, den Jungen einem Fachmann vorzustellen. Er hat ihn nach Andernach zur Begutachtung geschickt. Zwei Monate später ist das Kind nach

Pirna-Sonnenstein verlegt worden, wo es nach einem halbjährigen Aufenthalt an einem durchbrochenen Blinddarm gestorben sein soll. Nur dass der betreffende Bub keinen Wurmfortsatz mehr hatte. Der war ihm ein Jahr zuvor herausoperiert worden."

Ellas Mund fühlte sich auf einmal entsetzlich trocken an. „Wenn nicht daran, woran ist der kleine Junge denn dann gestorben, Onkel Julius?"

„Das lässt sich nicht feststellen. Seine Leiche wurde eingeäschert. Ich will nicht vorschnell urteilen oder über mögliche Ursachen spekulieren ..." Er hielt kurz inne. „Fehler sind menschlich, Ella, insbesondere, wenn aufgrund zahlreicher Patientenverlegungen viel zu tun ist. Wie auch immer. Ich für meinen Teil bin hellhörig geworden. Darum habe ich beschlossen, Licht in das Dunkel zu bringen. Ich werde mich bei anderen Pfarreien umhören."

„Ich danke dir dafür", antwortete Magdalena ihm.

Wie erschlagen hockte Ella da. Noch mehr solcher Fälle? Vermutete Pfarrer Grimm, dass sie die Todesangaben in diesen Einrichtungen fälschten? Unwertes Leben? Wenn sie daran dachte, wie Dörte über ihren gelähmten Sohn geredet hatte. Konnte es sein, dass die dort bei manchen Leuten nachhalfen?

„Eine geheime Aktion?", flüsterte sie. „Aber Luzie!"

„Ella, ich schwöre dir, das hat sie wortwörtlich gesagt."

Herr Kornbach sah aus, als ob er einen Schnaps vertragen konnte: Bleich wie ein Leichentuch.

Ein klärendes Gespräch

Es nieselte, als Fritz Kornbach in Begleitung seiner Tochter das Haus der Gronaus verließ. Ob sie gemerkt hatte, dass er nicht ohne sie aufbrechen würde? Er schlug den Mantelkragen hoch und zog den Schal enger, trotzdem kroch ihm die nasse Kälte in die Glieder. „Was für ein Hundewetter."

„Stimmt, und wo wir gerade beim Thema sind: Möchtest du dich etwa über den eisigen Gegenwind unterhalten, der mir aus einer gewissen Ecke entgegenschlägt?" Luzies Augen blitzten im Schein einer Straßenlaterne auf.

„Unter anderem." Er spannte den Regenschirm auf und bot seiner Tochter den Arm. Sie hakte sich ein und hasteten los. „In Gedanken habe ich dieses Gespräch schon sehr oft geführt. In deiner Gegenwart fällt es mir leider sehr viel schwerer, die richtigen Worte zu finden."

„Wenn du nicht reden willst, lass es. Wir haben jahrelang geschwiegen, wir können gerne dabei bleiben." Kathie beschleunigte ihren Schritt, aber er ließ sich nicht abschütteln.

„Es geht um Carl."

„Na, dann ..."

„Nein, so meine ich das nicht. Es geht zwar auch um ihn, aber nicht ... Also ..." Er hatte es vollkommen falsch angefangen.

„Was ist mit Carl?“

Trotz ihrer Abwehrhaltung machte sie es ihm mit ihrer Frage leichter, als er es verdient hatte. Wie immer, wenn er sie ansah, musste er an ihre Mutter denken. Gut, dass sie mehr von Edelgard geerbt hatte als von ihm. „Einer der Pfleger in Merzig erwähnte letzten Sommer, dass die Ärzte in jeder Abteilung Erfassungsbögen ausfüllen müssten. Darin sollten sie angeben, wie es um die Heilungsaussichten der Patienten stünde und wie lange die Betreffenden bereits in der Klinik weilten. Die Aktion hätte mit geplanten Verlegungen wegen des Krieges zu tun. Sie bräuchten die Betten für Soldaten. Viele mussten ein paar Wochen später fort. Carl und einige anderen durften bleiben. Gestern rief mich dieser Pfleger auf einmal an und teilte mir mit, dass sie deinen Bruder recht kurzfristig verlegen müssten. Der Transport sei für Anfang Januar geplant. Ob ich den Carl vielleicht mit nach Hause nehmen wollte. Im Laufe der Jahre sei er ihm ans Herz gewachsen, darum sollte ich es mir bitte überlegen. Dem Carl ginge es doch nicht so schlecht und er könnte durchaus mithelfen. Auch seine Anfälle kämen deutlich seltener vor. Wir könnten es wenigstens einmal versuchen. Er wäre halt ein bisschen blöde geworden, nach dem Herzstillstand und seinen Kopfverletzungen. Aber ein braver, lieber Kerl. Dörte hat strikt abgelehnt.“

„Diese Frau!“, murmelte Kathie bitter.

„Was mir einfiele, ein solches Ansinnen an sie zu stellen. Ob ich die Familie zum Gespött der Leute im Dorf machen wollte und Konrad das Leben ruinieren. Wir müssten froh sein, dass eine überflüssige Ballastexistenz wie Kurt das Zeitliche gesegnet hätte ...“

Kathie unterbrach ihn. „Das hat sie gesagt? Der Kleine hat mir immer leidgetan und ich weiß nicht, wenn er mein Kind wäre … Vielleicht, nein, ganz sicher hätte ich ein solches Leben für ihn entsetzlich gefunden. Oder auch das von Carl. Ich mag es mir nicht vorstellen.“

„Über ihn hat Dörte noch mehr gegeifert als über Kurt, dass er die deutsche Volksgemeinschaft Unsummen kosten würde, und es am besten wäre, wenn er endlich abträte.“

„Hat sie überhaupt kein Mitleid? Ich hasse dieses Weib!“

Fritz ballte seine Hände in den Manteltaschen zu Fäusten; die Nähte der Einfassung spannten. Ihm war es gleich, ob sie rissen.

„Dass sie deine älteren Kinder zum Teufel wünscht, kann ich irgendwo nachvollziehen. Im Gegensatz zu Horst und Rudolf haben wir unsere Mutter bewusster erlebt und wollten Dörte nicht an ihrer Stelle sehen. Aber ihr eigenes Kind? Ihres und deins.“

Unwillkürlich schüttelte er den Kopf.

Sie stutzte. „Vater?“

„Nach dem Tod deiner Mutter, war ich einsam und verzweifelt. Du hast deinen Mann verloren, vielleicht kannst du es nachvollziehen?“

Sie schwieg.

„Ich habe mich schuldig gefühlt, weil mir damals die Pferde durchgegangen waren und der Schlitten mit deiner Mutter umgekippt ist. Ständig habe ich mich gefragt, ob Edelgard noch leben könnte, wenn ich sie sofort ins Krankenhaus gebracht hätte. Ich wusste nicht mehr ein noch aus und Horst und Rudolf waren noch so jung. Meine Schwester lag mir damit in den Ohren, dass ich wieder heiraten sollte. Sie hätte keine Lust, auf dem Dorf zu versauern und eure Ersatzmutter zu spielen, darum hat sie Dörte eingeladen." Fritz betrachtete die Linde am Dorfplatz, die bereits vor Wochen alle Blätter abgeworfen hatte. Eine Straßenlaterne leuchtete ihre kahlen Äste an. Regentropfen platschten zu Boden und prallten gegen den aufgespannten Schirm. Nur noch ein paar Meter trennten sie vom Dorfladen, dem Haus, das die Ferber-Schwestern seiner Tochter gegen einen geringen Mietzins überlassen hatten. „Und ich war … wie berauscht von diesem reizenden Geschöpf, das mir schmeichelte und liebevoll mit meinen Jüngsten umging. Ihr wart unverschämt zu ihr."

„Also hast du sie in Schutz genommen." Luzie gab ein Schnauben von sich. „Ich war damals unheimlich wütend auf dich!"

„Auf eure Proteste habe ich nichts gegeben. Ich dachte, sie wäre ein Edelstein wie deine Mutter - und gab ihr nach der Hochzeit in viel zu vielen Dingen nach. Weil ich mir eine lange Zeit nicht eingestehen wollte, was für ein verblendeter Narr ich gewesen war. Kathie, ich schäme mich in Grund und Boden besonders vor Paul und dir. Ich dachte, ich müsste versuchen, das Beste aus dieser Ehe zu machen."

Vor dem Laden hielten sie an. Kathie zog ihren Schlüssel aus der Tasche, steckte ihn ins Schloss und drehte ihn um. Bevor sie die Tür öffnete, stellte sie sich auf ihre Zehenspitzen, streckte die Hand aus und erstickte das Bimmeln der Glocke. „Komm rein! Wir gehen ins Büro, oben stören wir die Kinder."

In einer Sturmlampe flackerte eine kleine Flamme. Vermutlich hatte die Magd sie entzündet. Kathie drehte sie etwas auf und Fritz folgte ihr durch den halbdunklen Laden. Statt Zucker standen Eimer mit Rübensaft in den Regalen, Kurzwaren, Wäscheknöpfe, Stopfgarne und Gummilitzen. Früher hatte es um diese Jahreszeit nach aromatisch gerösteten Kaffeebohnen geduftet, nach Pfeffer, getrockneten Nelken und Zimt, Orangen und Zitronen und parfümierten Seifen. Heute roch es nach Schmierseife und Malz. Verstohlen schaute er zur Tür, die zum Treppenhaus führte. Im oberen Stockwerk gab es ein kleines Wohnzimmer, eine Küche und im Dachgiebel die Kammern, in denen seit ein paar Wochen seine Enkel schliefen.

Im Büro der Ferber-Schwestern hatte sich auf den ersten Blick nichts geändert. Kathie stellte die Sturmlampe auf den Sekretär, an dem sie ihre Buchführung erledigte. Die Schreibmaschine, in die Papierbögen mit Blaupause dazwischen eingespannt waren, stand auf einem ehemaligen Nähtisch, die Ordner fein säuberlich aneinander gereiht in einem Regal.

„Leg ab." Seine Tochter schlüpfte ebenfalls aus ihrem Mantel. Er stellte den Schirm in einen Messingständer, während Kathie, die feuchten Kleidungsstücke an zwei Haken in der Nähe des kleinen Eisenofens aufhängte. Der Geruch von feuchter Wolle erfüllte den Raum. Er mochte den Duft nach Schaf. Wortlos wies Kathie auf den Stuhl, der für Besucher gedacht war, nahm selbst auf ihrem Platz.

„Ich habe mit dieser überstürzten Ehe falsch gemacht, was ich falsch machen konnte! Dir sind sicher Gerüchte über eine Affäre zwischen Johann Lauterer und Dörte zugetragen worden."

„Keine Sorge, ich gebe nichts darauf."

„Kathie, sie sind wahr." Die schäbigen Einzelheiten des Gesprächs zwischen seiner Frau und Antonia, das er ein Jahr nach ihrer Hochzeit zufällig belauscht hatte, würde er ihr in dieser Generalbeichte trotzdem vorenthalten. Dörte hatte sich bei ihrer Busenfreundin lang und breit über ihren Ekel vor den ehelichen Pflichten ausgelassen. Aus ihrem Abscheu vor seinem Altmännerhintern in der Hose, seinem dürren Hals und seinem schlaffen Kinn keinen Hehl gemacht und begeistert von Johann und seiner drahtigen Figur geschwärmt. Seither rührte Fritz seine Ehefrau nicht mehr an.

„Soll das heißen, du duldest ihre Affäre?"

Was sollte er antworten? Dass er resigniert hatte? „Kurt ist ... war nicht mein Sohn. Konrad ist es vielleicht auch nicht."

Mit weit aufgerissenen Augen starrte seine Tochter ihn an. „Woher ..."

„... ich das bei Kurt so genau weiß? Wegen seiner Blutgruppe. Ich habe Null und er AB – das passt nicht zusammen. Wenn er A hätte, oder B, aber AB, das kann nicht sein. Ich ... liebe, liebte dieses Kind dennoch von Anfang an. Aber für Dörte habe ich seit seinem Tod nur noch Verachtung übrig."

„Weshalb wirfst du dieses unmögliche Weibsbild nicht hochkant aus dem Haus?"

„,Was Gott zusammengefügt hat, darf der Mensch nicht scheiden'" Er räusperte sich. „Sie ist das Kreuz, das ich mir in meiner Torheit und meinem Hochmut selbst aufgeladen habe."

Kathie sprang auf und rüttelte ihn an den Schultern. „Von Scheidung habe ich nicht geredet! Diese Ehe war ein Fehler, aber nirgendwo steht geschrieben, dass du ewig dafür büßen musst. Trenn dich von dieser Frau - zu deinem eigenen Schutz! Was, wenn Dörte auf die Idee kommt, dich zu denunzieren und du im Gefängnis oder einem Lager endest? Es soll schon vorgekommen sein, dass Frauen ihre unliebsamen Ehemänner auf die Art losgeworden sind."

„Wenn Johann gewollt hätte, wäre ich längst interniert. Ich vermute daher, dass er nicht im Traum daran denkt, ein untreues Weibsbild zur Ehefrau zu nehmen. Er wird Dörte irgendwie klargemacht haben, dass ihr derzeitiges Arrangement auch für sie von Vorteil ist. Sonst würde ich in einem Zuchthaus verrotten. Bitte, setz dich wieder."

Sie folgte seinem Wunsch.

Er rückte den Stuhl näher heran und griff nach ihrer Hand. Ihre Finger waren kalt, obwohl der schmale Eisenofen im Zimmer Wärme abstrahlte. „Ich habe trotzdem an eine Trennung gedacht und nach reiflicher Überlegung wegen Konrad darauf verzichtet."

„Wieso? Der ist doch keinen Deut besser als Johann!"

„Kathie, der Junge ist zwölf! Gerade einmal fünf Jahre älter als dein Sohn. Ist dein kleiner Frank stolz darauf, ein Pimpf zu sein?"

„Sicher, aber ..." Sie entzog ihm ihre Finger und legte ihre Hände in den Schoß.

„So fängt es an. Mit diesen Gefühlen werden sie groß. Für Konrad zählen seine Kameraden, das hohle Geschwätz Johanns und die einprägsamen Phrasen der Nazis mehr als sein eigener Vater. Trotzdem kann ich ihn nicht einfach aufgeben. Selbst nach dem, was er

Gustav angetan hat. Es mag in deinen Ohren naiv klingen, aber ich habe noch Hoffnung für ihn. Darum halte ich die Füße still. Illusionen darüber, wie Konrad zu Carl stehen wird, mache ich mir keine. Den setzt er ganz oben auf seine Abschussliste. Zumal Dörte ihn in seiner Haltung bestärkt." Er machte eine kurze Pause. „Und da wären wir wieder beim eigentlichen Thema angekommen: Kathie, könntest du Carl vielleicht aufnehmen?"

„Hier? Bei mir?" Sie kreuzte ihre Hände. „Wie stellst du dir das vor? Dass die Kinder mit mir ein Bett teilen?"

„Es wäre nur für eine kleine Weile, bis ich eine bessere Bleibe für ihn gefunden habe."

„Wie kommst du darauf, dass andere ihn nehmen, wenn du ihn selbst nicht willst."

Was sollte er antworten? Sie hatte ja recht.

„Hast du die Gronaus gefragt?"

„Das wäre unpassend. Carl und Magdalena waren vor dem letzten Krieg so gut wie verlobt. Er hatte ihren Vater und uns bereits wegen der Ehe um Erlaubnis gebeten."

Sie runzelte die Stirn. „An wen könnten wir uns sonst wenden? Die Nazis im Dorf fallen flach. Johanns Verwandte und somit Berta ebenso und die Ferber-Schwestern haben andere Sorgen."

„Ich werde mit den Grimms reden", murmelte er. „Vielleicht kennen sie jemanden?"

„Aber die Zeit drängt. Nicht, dass wir noch so einen Brief kriegen. Ich habe mich entschieden." Kathie nickte ihm zu. „Ich werde Carl aufnehmen. Hast du die Nummer des Pflegers? Ich möchte vorher mit ihm telefonieren."

„Ich weiß, dass es viel verlangt ist, zumal du schon auf die Stütze deines Mannes verzichten musst."

Ihre Augen glänzten feucht. „Ich vermisse ihn unendlich."

„Und ich war nicht für dich da, als du ihn verloren hast. Es tut mir leid." Er zog seine Tochter in eine tröstende Umarmung. „In Zukunft werde ich dich unterstützen, wo ich kann. Mit Carl machen wir es wie mit den Franzosen: In der Frühe hole ich ihn ab und abends bringe ich ihn zurück."

„Meinst du, dass Dörte das mitmacht? Ich kann es mir nicht vorstellen! Wie auch immer", antwortete sie schließlich. „Carl wird seine zahmen Vögel vermissen, wenn er herkommt. Sobald ich an ihn denke, sehe ich ihn vor mir, wie er dasteht, mit den Körnern in der Hand."

„Carl wird uns an seiner Seite haben, wir sind seine Familie." Er ließ die Hände sinken und musterte ihr Gesicht. „Du erinnerst mich in allem so sehr an deine Mutter."

„Mama!" In den oberen Zimmern weinte ein Kind.

„Ich komme gleich zu dir, Hella."

„Dann störe ich euch nicht länger. Gute Nacht, Kathie. Hab tausend Dank."

Seine Tochter lächelte ihm zu, öffnete die Tür und passte auf, dass die Glocke nicht bimmelte. Ein Schwall kalte Luft traf ihn wie ein Schlag.

„Komm morgen Vormittag vorbei, bring die Telefonnummer des Pflegers und Zeit für deine Enkel mit. Schlaf gut, Vater."

Schneeflocken wirbelten ihm entgegen und die weiße Schicht, auf die er trat, knirschte leise, als er seine Stapfen darauf hinterließ.

***

Mit völlig anderen Gefühlen als am vorherigen Abend betrat Fritz Kornbach am nächsten Morgen den Dorfladen. Neuer Schwung erfüllte ihn, Kraft und Zuversicht.

„Schön, dass du da bist." Kathie empfing ihn mit einer Umarmung. „Die Nacht konnte ich kaum schlafen, so aufgeregt war ich. Den Kindern können wir die Neuigkeit gemeinsam erzählen. Sie werden dich mit Fragen zu ihrem Onkel bombardieren."

„Die ich gerne beantworte. Darf ich?" Er hob den Hörer aus der Gabel, drehte die Wählscheibe und lauschte der Stimme des Fräuleins vom Amt, dem er die Nummer nannte.

Der Anschluss stammte noch aus der Zeit, als Friederike Mamadou hier ihre Änderungsschneiderei betrieben hatte. Was hatte Dörte gegen die Ärmste und ihr Kind gewütet, nur weil der Junge dunkelhäutig war. Aus allen Wolken war sie gefallen, dass Magdalenas Bruder Heiner ausgerechnet diese Person zu seiner zweiten Frau gemacht hatte. Die Weiterleitung des Anrufs funktionierte reibungslos. Fritz wechselte ein paar nette Worte mit dem Pförtner, der ihn von seinen Besuchen kannte und dafür sorgte, dass er den gewünschten Gesprächspartner an den Apparat bekam.

„Herr Kornbach, der Carl ist bereits gestern nach Weilmünster verlegt worden."

250

„Was sagen Sie?“

„Glauben Sie mir, das kam auch für mich überraschend. Es tut mir leid. Soll ich Ihnen die Telefonnummer geben? Haben Sie Papier und Stift zur Hand?“

Fritz notierte die Nummer, legte auf und ließ sich über die Telefonvermittlung mit der Landesheilanstalt Weilmünster verbinden.

„Guten Tag, es geht um meinen Sohn, Carl Kornbach … Hallo! Hallo?!“

„Vater?“ Kathie legte ihm eine Hand auf die Schulter.

„Ich probiere es noch einmal.“

„Leider ist die Leitung überlastet. Einen Moment Geduld bitte“, erklärte das nächste Fräulein vom Amt freundlich.

Endlich erwischte er jemanden.

„Fritz Kornbach hier. Es geht um meinen Sohn Carl. Er ist gestern in Ihre Einrichtung verlegt worden.“ Es klackte. „Hallo? Hören Sie mich noch?“

Die Leitung war tot.

„Was ist denn?“, fragte Kathie.

„Entweder hat der Mann aufgelegt oder die Verbindung ist schon wieder abgerissen!“ Er startete den nächsten Versuch. „Wir wurden gerade unterbrochen … Kornbach hier … Genau richtig, ein Neuzugang. Ach so? Aha … Dann danke für die Auskunft.“

„Hast du etwas in Erfahrung gebracht?“

„Ärzte und Pfleger wären wegen der vielen Neuzugänge überlastet; ich solle in zwei Wochen noch einmal anrufen.“ Fritz erkannte seine brüchige Stimme selbst kaum wieder. Eine ungute Vorahnung ließ ihn nicht aus ihren Klauen. Seine Kehle wurde immer enger. Er schluckte leer, schluckte noch einmal und schnappte nach Luft.

„Was? Du hast gar nichts erfahren? Also, das ist ein starkes Stück! Es muss doch möglich sein, jemanden zu erreichen, der uns sagen kann, wie es Carl geht. Wir geben ihnen allerhöchstens eine Woche, mehr auf keinen Fall. Himmel noch mal!" Kathie knüllte ein Papier zusammen, das auf dem Tisch lag. „Entschuldige, mich regt diese Situation auf. Sag ehrlich, möchtest du jetzt überhaupt zu den Kindern hoch?"

„Sie werden mich auf andere Gedanken bringen. Ich bin froh, dass die Kleinen und du hierher zurückgekehrt seid."

„Dann gebe ich den beiden Bescheid." Sie öffnete die Tür zum Treppenhaus. „Hella, Frank euer Großvater ist hier. Ihr dürft ihn ein bisschen herumführen und ihm eure Spielsachen zeigen."

„Das mache ich!", rief Frank aus dem oberen Stockwerk.

„Opa!", jubelte Hella. „Komm zu uns nach oben!"

Das Fest der Liebe

24. Dezember 1940

Gegen zwanzig Uhr klopfte jemand an der Haustür. Wer störte denn um diese Zeit? An so einem Tag? Schreckte Dörte nicht einmal an Heiligabend vor Kontrollbesuchen zurück? Zuzutrauen war es ihr. Die brachte es fertig, marschierte schnurstracks zum Radio, schaltete das Gerät ein und überprüfte, welcher Sender voreingestellt war.

„Martin, was machst du denn da?", fragte Ella.

Ihr Bruder stand im Wohnzimmer und drehte am Lautstärkeregler des Apparats. „Na, rate mal!"

Gleich darauf ertönte im Zimmer ‚Heimat deine Sterne'. Martin zwinkerte ihr zu. Gut, dass er daran gedacht hatte. Gleich ging die Sendung über den Äther, die kein anständiger Deutscher verpassen durfte.

„Antonia und Alphons wie nett." Matthias, der nachguckte, wer sie überfiel, sprach die Namen laut und deutlich aus.

Während er die Gäste in den festlich geschmückten Raum geleitete, holte Magdalena zwei zusätzliche Weingläser herbei.

„Deutsche Weihnacht 1940 - 90 Millionen feiern gemeinsam - 40 Mikrofone verbinden Front und Heimat", verkündete der Radiosprecher mit einer Stimme, die sich vor Begeisterung geradezu überschlug.

„Ihr hört die Weihnachtsringsendung? Stören wir?“

„Aber nein.“ Ihre Mutter konnte den beiden schließlich schlecht die Wahrheit sagen: Eigentlich hatten sie vorgehabt, um zwanzig Uhr oben unter dem Dach mit dem alten Radio ihrer Eltern die BBC-Nachrichten zu hören. Dann hätte es statt Musik drei kurze tiefe Schläge gegeben und ‚Hier ist der Britische Rundfunk‘ geheißen. Inzwischen teilte der Moderator der Ringsendung den Zuhörern stolz mit, aus welchen Ländern und Städten die Sendung nach Deutschland übertragen wurde. Ihr Vater drehte ihm und seiner Aufzählung den Saft ab.

„Wir dachten, wir bringen euch unsere Geschenke dieses Jahr selbst statt durch eine Magd. Ein Päckchen Bohnenkaffee, feine Seife mit Rosenduft, Weihnachtsplätzchen, eine Kostprobe meines Stollens und eine Tafel Schokolade für dich, Ella.“

„Danke, wie lieb von euch. Die teile ich mit Ida und Fanny.“

„Und mir und Henri!“, warf Martin ein.

Ein mit vergoldeten Walnüssen, roten Glaskugeln, Strohsternen und Kerzen geschmückter Christbaum stand im nur an hohen Feiertagen benutzten Wohnzimmer. Immer wenn Ella ihn ansah, musste sie an Lydia und Traudl denken und wie traurig es war, dass sie nicht wusste, wie der Weihnachtsbaum der beiden aussah. Im letzten Jahr hatten sie noch alle gemeinsam gefeiert. Zusammen mit Großvater Gustav waren sie zur Christmette gegangen, hatten einander ihre Geschenke überreicht, Lieder gesungen und gemütlich beieinandergesessen. Sie fehlten. Weihnachtsstimmung wollte bei Ella nicht aufkommen, obwohl Magdalena und sie die Krippenfiguren und den dazugehörigen Stall aufgebaut und den Weihnachtsbaum liebevoll geschmückt hatten. Gedankenverloren knabberte Ella an einer Zimtwaffel und sog den himmlischen Duft ein. Nach Traudls Rezept hatte sie mit Ida den zähen Teig angerührt und erstaunt festgestellt, wie viel Kraft es erforderte, die gefüllten Waffeleisen an den langen Stielen zusammenzudrücken. Leider hatte Ella ihre Portion ein wenig zu lange in der Glut des Ofens gelassen. Darum hatten sie das zu dunkel geratene Backwerk auf der Stelle verputzen dürfen.

„Endlich jemand, der sieht, dass mein Bart wächst." Martin bedankte sich bei Onkel und Tante, schraubte den Verschluss einer kleinen Flasche ab und schnupperte.

Ella stieg der harzige Duft von Kiefern und Heu in sie Nase. „Das riecht aber gut! Ist das Rasierwasser?"

„Du hast es erfasst." Er setzte den Deckel wieder auf und verschloss die Flasche.

Seinen Flaum hatte ihr Bruder bisher genau einmal rasiert und ihnen hinterher sein zerschrammtes Gesicht präsentiert. Ella schmunzelte und wandte sich ihren Verwandten zu. Ursprünglich hatte sie Antonia wegen ihrer hochnäsigen Art nicht sonderlich gemocht. Doch ihre Tante schaute in letzter Zeit viel häufiger bei ihnen vorbei als früher und Ella hatte ihre Meinung über sie inzwischen geändert. Antonia redete mit Ida und Fanny von gleich zu gleich, da gab es kein oben und unten oder pikiertes Naserümpfen. Den beiden hatte ihre Tante ein Stück Rosenseife mitgebracht.

„Ich habe leider nichts Besonderes für euch", sagte Ella. „Nur ein paar Plätzchen."

„Was heißt hier ‚nur‘?", entgegnete Alphons. „Mädchen, Lass dich einmal anschauen. Du wirst immer hübscher, findest du nicht auch, Antonia?"

„Und ob! Dörte hat das mir gegenüber sogar schon mehrfach erwähnt"

„Was, wirklich?", rief Ella.

Antonia schlug ihre Beine übereinander. „Sie hat jedes Mädchen, das ihr Konkurrenz machen könnte, auf dem Radar. Wundert euch also nicht, wenn sie demnächst häufiger in eigener Mission auftaucht, um auf dem Heuboden oder sonst wo ‚nach dem Rechten‘ zu sehen."

Ella warf ihren Eltern einen kurzen Seitenblick zu. War das gerade eine Warnung gewesen, dass Dörte wieder einmal bei ihnen herumschnüffeln wollte? Dann hieß es, aufpassen.

Antonia wechselte das Thema. „Schön habt ihr euren Christbaum geschmückt."

„Nehmt bitte Platz." Matthias wies auf das Sofa. „Was darf ich euch anbieten?"

„Wie wäre es mit Glühwein?", antwortete Alphons.

Während die anderen miteinander plauderten und Martin begehrlich ihre Schokolade fixierte, dachte Ella über Dörte nach, die vielleicht oder auch nicht eifersüchtig auf sie war. Ausgerechnet wegen eines Brechmittels wie Johann? Was war mit dieser Frau nicht in Ordnung?

***

Dörte Kornbach hatte sich sorgsam für die Christmette zurechtgemacht. In der Woche vor Weihnachten war sie extra nach Trier gefahren, wo sie ihre Haare färben und die Augenbrauen zu einem modisch dünnen Strich zupfen ließ, den sie mit einem dunklen Stift nachfuhr. Ihren Mund betonte sie mit Lippenstift und die Wimpern mit Tusche. Ein neues, blaues Seidenkleid und elegante Stiefeletten unterstrichen die Vorzüge ihrer weiblichen Figur. Echte Männer wollten schließlich etwas in den Händen halten und keine dürren Hungerhaken liebkosen. Dass sie ihre dauergewellten Locken mit einem Hut bedecken musste, fand sie schade. Immerhin hatte der Friseurbesuch ein Heidengeld gekostet. Doch das Ergebnis lohnte: Ihr neues Blond sah Klassen besser aus als Antonias Naturfarbe. In der Kirche zog Dörte mit ihrem Pelzmantel, den sie Dank der Enteignung des Judenpacks spottbillig ergattert hatte, viele neidische Blicke auf sich. Sie genoss das Aufsehen, das sie erregte und öffnete die oberen Verschlüsse ihres Nerzes, damit jeder einen Blick auf ihr schimmerndes Kleid und die Perlenkette werfen konnte, die sie trug. Ebenfalls ein Beutestück wie auch die Brillantringe an ihren Fingern. Neben Antonia nahm sie Platz und machte sich so breit, dass ihr neues Mädchen, Fine, sich nicht neben sie in die Bank zwängen konnte. Insgeheim verfluchte Dörte ihren Mann, der ihr dieses blutjunge Ding vor die Nase gesetzt hatte. Ohne vorher zu fragen! Ratlos blieb die dumme Gans neben der Bank stehen, bis Ella ankam. Gemeinsam schritten die beiden durch den Mittelgang. Direkt vor Johann wackelten sie schamlos mit ihren Hüften. Kein Wunder, dass er den Blick nicht von ihnen abwandte. Und Fine, dieses kokette kleine Luder, sah über ihre Schulter, um herauszufinden, wer ihr folgte. Johanns Blick flammte auf, als er die Mädchen musterte. Eine blond, die andere rotbraun. Und sie? Wieso hielt er nicht nach ihr Ausschau? Eine grenzenlose Wut auf diese kleinen Flittchen stieg in ihr hoch. Was fiel diesen jungen Gören ein, Johann zu verführen? Am liebsten wäre sie den beiden an die Gurgel gegangen oder hätte ihnen die Augen ausgekratzt. Sie krallte ihre Fingernägel in ein spitzenumhäkeltes Taschentuch. Bildeten sich diese Miststücke ein, dass sie Johanns Aufmerksamkeit fesseln konnten, weil sie zwanzig oder gar fünfundzwanzig Jahre jünger waren als Dörte? Wenn einen von denen es wagte, auch nur einen unziemlichen Blick in seine Richtung zu werfen, würden sie es ihr büßen! Fine würde sie loswerden, koste es, was es wolle. Ein weiteres lästiges Problem würde sich - laut Johann - demnächst ohne Dörtes Zutun lösen: Unnütze Esser und Volksschädlinge wie Carl Kornbach brauchten sie weder in Wingert noch sonst wo in Deutschland.

***

Fritz Kornbach war am Verzweifeln: In Weilmünster wusste eine Hand nicht, was die andere tat. Von den Stationen wurde er an die Verwaltung weitergereicht und im Zweifel riss die Verbindung ab. Am 8. Januar erhielt er die Auskunft, dass Carl bereits nach Hadamar verlegt worden war. Einen Nachmittag verbrachte Fritz damit, das genaue Verlegungsdatum zu erfragen. Doch auch das half ihm nicht weiter. Der Versuch, in Hadamar einen Zuständigen zu erreichen, schlug mehrfach fehl. Allerdings versprach ihm eine der

Schwestern, sich um die Angelegenheit zu kümmern und ihn in den nächsten Tagen zu kontaktieren.

Eine Woche übten Kathie und er sich in Geduld, bis ein Brief ihnen die traurige Gewissheit gab. Carl war tot. An einer Lungenentzündung verstorben und angesichts seiner unheilbaren Krankheit sollten sie es als eine Gnade betrachten, dass er von seinem Leiden erlöst worden war.

Kathies Kinder spielten friedlich in einem Eck, während Fritz ihrer Mutter den Brief reichte.

„Nimm ihn zu Pfarrer Grimm mit, wenn du wegen der Trauerfeier mit ihm sprichst", bat sie ihn beinahe tonlos.

„Das werde ich. Kathie, ich habe schon wieder versagt." Er stockte.

„Es ist nicht deine Schuld, Vater!"

„Doch! Und das wissen wir beide."

Ellas Kladde

30. April 1941

Seit dem ersten Januar führte Ella eine Art Kriegstagebuch. Inzwischen war es Ende April und sie bedauerte, dass sie nicht schon zu Kriegsbeginn mit den Einträgen begonnen hatte. Denn die Erinnerungen an die Angst um ihren Vater und die Siege in Polen und Frankreich verblassten schneller, als sie gedacht hatte. Allerdings fanden lediglich die Schlagzeilen Eingang in ihr Buch, die von dem seit dem letzten Sommer üblichen ‚Wir-siegen-in-England' abwichen. Dass Hitler nicht nur einen Bombenkrieg gegen England führte, sondern auch einen Handelskrieg, beunruhigte Ella. Manchmal redeten sie am Tisch über Politik, auch wenn das in Gegenwart eines Kriegsgefangenen streng verboten war. Und sie erinnerte sich noch ganz genau, wie Jacques' Augen aufgeleuchtet hatten, als Ende Januar vom England-Hilfeabkommen Amerikas die Rede gewesen war. ‚Wenn die USA in den Krieg eintreten, ist der Krieg für euch verloren', hatte er ihr damals nach dem Frühstück leise ins Ohr geflüstert und die Erinnerung an seinen warmen Atem auf ihrem Hals jagte ihr einen wohligen Schauer über den Rücken. Dass London inzwischen zu einer Ruinenstadt verkommen war, glaubte er. Dass die Stadt nie wieder aufgebaut werden konnte, hielt er für Unfug. Dass die Menschen dort seit Wochen ohne

Kohle auskommen und in U-Bahn-Tunneln nächtigen mussten, daran zweifelte Jacques so wenig wie sie. Friede war nach bald zwei Jahren Krieg immer weiter in die Ferne gerückt. Aus dem selbstsicheren ‚Italien-wird-in-Afrika-siegen‘ Mussolinis, war in der deutschen Presse längst ein beschwörendes ‚Italien-muss-in-Afrika-siegen‘ geworden. Die Engländer scherten die Willenserklärung des Duces nicht. Statt wie geprügelte Hunde den Schwanz einzuziehen, bissen sie zurück. Also eilte Hitler seinem Verbündeten zu Hilfe und hatte in Afrika eine weitere deutsche Front eröffnet - neben denen in Jugoslawien und Griechenland. Seither jagte eine Siegesmeldung die nächste und die Nazis im Dorf trumpften auf. Die Engländer gaben angesichts der deutschen Erfolge trotzdem nicht klein bei, was die Zeitungen mit Artikeln wie ‚Verzweifelter Hilferuf Englands an Amerika‘ und ähnlichem kommentierten. Auffällig fand Ella, dass inzwischen nicht mehr nur Englands unvermeidliche Niederlage regelmäßig auf den Titelseiten erwähnt wurde, auch die Vereinigten Staaten von Amerika bekamen immer öfter ihr Fett weg, seit ihr ‚Englandhilfe-Gesetz‘ es ihnen erlaubte, Kriegsmaterial kostenlos an Deutschlands Gegner zu verleihen. Einmal hatten die Zeitungen auch von Unruhen in Kanada berichtet und Ella war elend vor Angst um ihre Lieben geworden. Bis sie gelesen hatte, dass die blutigen Proteste im französischen Teil ausgebrochen waren – in Quebec. Wohl weil die Kanadier in diesem Landesteil nicht übermäßig vom Drang beseelt waren, dem Mutterland militärisch beizustehen. Zum Glück lebte Onkel Heiner mit seiner Familie in Vancouver, tausende Kilometer von dem Unruheherd entfernt. Ella gähnte. Wenn, dann musste sie ihren Eintrag jetzt machen. Später war sie zu müde, da wollte sie nach einem langen Tag auf dem Kartoffelacker und einem zusätzlichen Abstecher in den Weinberg nur noch eins: Ins Bett wanken. Sie ging zum Küchenbuffet, sperrte den Unterschrank auf und holte ihre Kladde heraus. Mitsamt der Zeitung verzog sie sich hinten ins Eck an den kleinen Tisch, den ihr Vater für Jacques gezimmert hatte. Zwischen ihrem Essmöbel und seinem gab es einen kleinen Spalt. Den Vorschriften, nicht am gleichen Tisch wie die Gefangenen zu essen, taten sie somit genüge. Hastig schrieb Ella ‚Theben ist besetzt und die Thermophylen-Stellung gefallen‘ in ihre Kladde. Sie hatte kaum einen Punkt hinter den Eintrag gesetzt, als Fanny mit den Tellern fürs Abendessen kam.

„Einen Moment.“ Ella steckte den Stift ein. Das Heft klappte sie zu und legte es auf die Bank. Vor dem Essen würde sie es schnell wegräumen, jetzt war Helfen angesagt. Sie sprang auf und streckte die Hände aus. „Soll ich das Tellerausteilen übernehmen oder lieber das Besteck holen?“

****

Jacques und Henri waren noch am Essen, als jemand an der Haustür klopfte. Der ungebetene Gast ließ sich selbst ein.

„Heil Hitler!“, schrillte es aus dem Flur.

Ella zuckte zusammen. Die Stimme kannte sie.

„Was führt dich zu uns, Dörte?“ Magdalena erhob sich und empfing ihre Besucherin, die mit schnellen Schritten in die Küche stürmte.

Ella und alle anderen blieben sitzen.

„Ich mache einen Rundgang." Dörte rümpfte die Nase. „Ihr esst immer noch mit eurem Gefangenen in einem Raum?"

„Dadurch habe ich ihn jederzeit im Blick", antwortete Matthias. „Bei meinem Ruf als Judenfreund kann ich es mir nicht leisten, dass er flieht und womöglich der unschöne Verdacht auftaucht, dass wir ihm geholfen haben."

„Wie in Wingert über euch geredet wird, habt ihr euch selbst zuzuschreiben. Nun gut, ich dulde es." Dörte spazierte zum Küchenbuffet und spähte in das offene Fach, in dem ein Kochbuch und Briefe standen. Sie holte die Umschläge heraus, drehte sie auf die Rückseite und studierte die Absender. „Vorerst. Sind die alle von Lydia?"

Magdalena legte ihre Schürze ab und hängte sie an einen Haken. „Traudl und ihr geht es gut."

„Ich darf doch." Dörte holte einen Briefbogen aus dem Umschlag, entfaltete ihn und überflog, was Lydia geschrieben hatte.

„Ein Dank für eure Ostergrüße. Ich würde ihr auch schreiben. Doch als Frau des Dorfwarts habe ich viel zu viele Pflichten." Dörte legte den Brief und die Umschläge auf die Anrichte, trat an den Tisch. Sie spähte in die Schüsseln und von dort zu Jacques' Teller. „Ist das etwa ein Stück Butter, was er da hat?"

„Dat is Quark", rief Ida.

„Ich sehe mir den Teller trotzdem genauer an!"

Auf einmal durchzuckte es Ella siedend heiß. *Die Kladde!* Sie hatte das Heft liegen lassen, statt es in den Schrank zu räumen. Ihr Blick ging nach hinten ins Eck, wo sie ihre Eintragungen gemacht hatte. Wenn Dörte die Kladde dort entdeckte, würde sie Zeter und Mordio schreien und Johann alarmieren. Der würde die Informationen über Frontverläufe und Kämpfe, die in ihrem Heft standen, als Verrat militärischer Geheimnisse an den Feind werten. Ellas Herz hämmerte wild in ihrer Brust. Ihre Nachlässigkeit konnte sie alle in Teufels Küche bringen. Jacques hielt den Blick stur auf seinen Teller gerichtet und zerschnitt eine Kartoffel. Ein Stück spießte er mit der Gabel auf, tauchte es in den Quark und führte es in aller Seelenruhe zum Mund.

Dörte blieb bei Jacques stehen, beugte sich ein Stück vor und ließ ihren Blick schweifen. Auf einmal wirbelte sie herum. Ella stieß einen Schrei aus und schlug ihre Hände vor den Mund.

„Habt ihr von unseren Erfolgen in Griechenland gehört? Gleich kommen Nachrichten. Ich schalte den Radioapparat ein." Ohne um Erlaubnis zu bitten, eilte Dörte in die Stube hinüber. Ihre Eltern folgten ihr in den Raum, in dem das Gerät stand. Unterdessen tippte Fanny Ella unter dem Tisch an und reichte ihr die Kladde.

„Danke", wisperte sie und versteckte das Büchlein unter ihrem Kleid.

Jacques zwinkerte ihr zu und setzte ein Lächeln auf, das Ella unwillkürlich erwiderte. Prompt rief sie sich zur Ordnung und senkte den Kopf. Daran, dass Dörte einen Kriegsgefangenen durch das Aufdrehen des Lautstärkereglers unerlaubt mit kostbaren Informationen versorgte, dachte sie offenbar nicht. Konzentriert horchte Ella in der Küche auf den Radiosprecher mit seiner schnarrenden Stimme, die sie von der Betonung und der Wortmelodie her fatal an Hitlers Sprechweise erinnerte.

„Das Oberkommando der Wehrmacht gibt bekannt: Die von deutschen und italienischen Truppen eingeschlossene Epirus- und Mazedonienarmee hat die Waffen bedingungslos niedergelegt. An der Küste Englands haben Tiefflieger ein Schiff mit 3000 Registerbruttotonnen versenkt und ein zweites Schiff durch Bombenabwürfe schwer beschädigt. Der Hafen von Plymouth wurde erneut schwer bombardiert."

Jemand schaltete den Ton ab und Dörte verkündete überlaut und deutlich. „Wir siegen auf ganzer Linie! Nicht nur in Frankreich!"

Mit Ellas Eltern kehrte sie in die Küche zurück.

„Dürfen wir dir etwas zu trinken anbieten?" Matthias deutete auf einen der freien Stühle. „Wasser, Viez?"

„Nein, danke. Ich muss weiter. Ich wollte einfach nur ... meine Freude mit euch teilen."

Und überprüfen, ob sie einen Feindsender eingestellt hatten, ergänzte Ella in Gedanken. Darauf, dass sie für das Abhören der BBC-Auslandsnachrichten den alten Radioapparat von Großvater Gustav auf dem Speicher nutzten, kam Dörte zum Glück nicht.

Die Wette

13. Mai 1941

„Ich könnte Hilfe gebrauchen. Jacques, kommst du rüber, sobald Henri und du im Stall fertig seid?“, rief Ella aus dem Kabuff in der Scheune, in dem der Ofen für das Schweinefutter untergebracht war. Den riesigen Kessel – er reichte ihr beinah bis zur Hüfte und sie konnte ihn selbst mit beiden Armen nicht umfassen – allein mit Rübenschnitzen und Kartoffelschalen zu füllen, bereitete ihr weiß Gott kein Vergnügen. Zu zweit machte die Sache viel mehr Spaß.

„Warum fragst du ihn?“, maulte Henri, der zur Tür hineinlugte.

„Weil du lernen sollst, den Traktor zu fahren, hat Vater gesagt. Aber bitte, wie du willst.“

„Ich hab nur Spaß gemacht.“ Er flitzte Richtung Scheune davon und Ella lauschte den Schritten, die sich aus dem Stall näherten. Es war Jacques; sie brauchte gar nicht aufzuschauen. Sie wandte trotzdem den Kopf. „Hast du ein Geschenk für Papa besorgt, wie ich es dir gesagt habe?“

„Naturellement, ma petite.“

‚Meine Kleine‘ klang auf Französisch wie eine Liebkosung.

„Ich habe drei Zigarettenpäckchen gegen ein Buch von einem der Wärter eingetauscht. ‚Die Heiden von

Kummerow.' Der Autor heißt Ehm Welk. Es geht um einen Lausbuben und seine Kameraden und ihre Streiche. Kennst du es?"

„Leider nicht. Ich schenke Papa auch einen Roman. ‚Der Gasmann' von Heinrich Spoerl ist gerade erst erschienen. Ein Mann erhält im Zug unversehens zehntausend Mark und es kommt zu jeder Menge lustiger Verwicklungen. Ich habe schon reingelesen, aber ganz vorsichtig, um keinen Knick in den Buchrücken zu machen."

„Hoffen wir, dass beide Geschenke deinem Vater gefallen. Wie alt wird er denn?"

„Er ist dieses Jahr sechsundvierzig geworden. Morgen feiern wir seinen Namenstag."

„Pardon?" Jacques zog die Brauen hoch. „Kannst du mir diese Sitte erklären? Ich kenne sie nicht."

„Es ist ein katholischer Brauch. Hier in der Gegend werden Kinder entweder nach ihren Paten benannt, so war es bei Papa, oder nach dem Heiligen, der am Tag ihrer Geburt im Kalender stand."

„Und wie war es bei dir?"

„Hiltrud, der Name meiner Tagesheiligen, hat Mutter nicht gefallen. Darum heiße ich nach meiner Urgroßmutter Eleonore."

„Eine gute Wahl."

„Wirklich? Ich finde den Namen altbacken." Sie verdrehte die Augen.

„Mais je préfère Ella à tout le reste."

„Was heißt das?"

Er grinste verschmitzt. „Ich habe gesagt, dass ich Ella allem anderen vorziehe."

Wollte er damit andeuten, dass sie ihm wichtig war? Sie musterte ihn fragend, leider erläuterte er seine Bemerkung nicht. Mit einer geschmeidigen Bewegung griff er nach einem der schweren Eimer und hob ihn mit Leichtigkeit hoch. Während er Rübenschnitze in den Topf kippte, sprengten seine Oberarmmuskeln fast die Nähte des Hemds; ein Wunder, dass sie hielten.

„Was den Namenstag angeht. Meine Großmutter pflegte früher zu sagen: Einen Geburtstag hat jedes Tier, nur wir Menschen feiern das Sakrament der Taufe und erhalten einen Namen.“

„Das finde ich interessant. Bei euch liegen einige Dinge anders als bei uns in Frankreich, wo Kirche und Staat seit Napoleons Zeiten streng getrennt sind. Bei euch ist das nicht der Fall, n'est-ce pas?“

Der französische Ausdruck bedeutete ‚Nicht wahr?‘ – so viel hatte Ella inzwischen begriffen. „Hitler wird unsere Kirchen bestimmt nicht mehr lange gewähren lassen.“

„Bien sûr, sicherlich. Aber noch zahlt ihr Kirchensteuern, wir in Frankreich tun es nicht.“

„Wovon leben denn französische Priester?“

„Sie lernen einen Beruf und arbeiten wie jedermann“, antwortete Jacques. „Von dem, was ihnen ihre Schäfchen geben, oder wie heißt das Wort ... spenden, kommen die wenigsten über die Runden.“

„Ich glaube, da erginge es den Grimms keinen Deut besser.“

„Oh, là, là - und das aus deinem Mund?“

Sie lachte. „Ich bin gut gelaunt und freue mich auf morgen, darum bin ich ein bisschen albern. Außerdem bin ich mir bei dir sicher, dass du mich nicht an andere verrätst. Ach, das wird herrlich werden, wenn wir die Möbel im Wohnzimmer zusammenschieben, Schallplatten auflegen und tanzen! Zur Feier des Tages machen wir früher mit der Arbeit Schluss. Ist das nicht wunderbar?"

***

Gleich in den ersten Tagen seiner Ankunft hatte Ellas Vater Jacques erlaubt, seine Habseligkeiten in die unterste Schublade einer alten Kommode unterzubringen, die in einer Nische an der Wand zum Kabuff stand. Kernseife und eine Waschschüssel stellte ihre Mutter dem Franzosen ebenfalls zur Verfügung. Im Winter war es dort warm. Statt nach Stallmief roch es nach gekochten Rüben und er war vor neugierigen Blicken geschützt, wenn jemand durch die Scheune ins Haus marschierte. Ella war es seither verboten, zu seinen Waschzeiten den Durchgang zum Stall zu benutzen.

„Mir ist aufgefallen, dass Jacques' Hosen und Hemdsärmel zu kurz geworden sind." Magdalena, die auf der Küchenbank saß, hielt eine Kaffeetasse in Händen und nahm einen Schluck. „Manchmal muss ich mich daran erinnern, dass er erst zwanzig ist und noch im Wachstum begriffen. Er kommt mir reifer vor."

Er war fünf Jahre älter als Ella und sie hatte nicht glauben wollen, dass Alphons ihren Kriegsgefangenen in seinen Listen als Student führte. Bis Matthias ihr erklärt hatte, dass Franzosen das Abitur bereits im Alter von siebzehn oder achtzehn ablegten.

269

„Ich habe ihm gestern Abend eine Hose und zwei Hemden deines Vaters rausgesucht. Die sollten passen."

„Wie lieb von dir, Mama."

„Er muss sich bei der Arbeit ordentlich bewegen können, sonst ist keinem von uns gedient." Magdalenas Blick blieb bei einem Stoffbündel auf der Bank hängen. „Ich werde alt! Ich habe vergessen, ihm die Sachen mitzugeben."

„Erstens, stimmt das nicht: Du siehst aus wie das blühende Leben. Und zweitens ist das im Nu erledigt!" Ella grabschte die Kleidungsstücke.

„Platz auf keinen Fall zu ihm hinein!", mahnte ihre Mutter sie nicht ganz so eindringlich, wie Tante Lydia es getan hätte. „Mach dich bemerkbar und warte ab, bis er zum Vorschein kommt."

„Zu Befehl." Ella durchquerte die Scheune, in der es nach Heu duftete, und blieb vor dem Durchgang zum Stall stehen. Ihr Herz klopfte, aber nur, weil sie so schnell gerannt war - und nicht etwa wegen Jacques, der vielleicht mit bloßem Oberkörper vor der Waschschüssel stand. Ihr Kopf musste puterrot geworden sein, so heiß wie ihre Wangen sich anfühlten. So wollte sie nicht vor Jacques treten.

„Hast du eigentlich eine Freundin in Frankreich?", hörte sie Henri fragen.

„Quoi?"

Bei Jacques' ‚Was?' musste Ella grinsen, obwohl seine Antwort auf die Frage sie brennend interessierte. Sie reckte den Kopf vor, um ihn besser zu verstehen.

„Na, du weißt schon. Ich mein ein Mädchen! Schau hier, die Kurven." Vermutlich zeichnete Henri mit seinen Händen üppige Formen in die Luft.

„Eine Frau? Non!", wehrte Jacques zu ihrer Erleichterung und sehr energisch ab. „Non, pas du tout."

„Keine, wirklich nicht?", rief Henri. „Aber Ella gefällt dir?"

„Quoi? Ella?"

„Du verstehst nicht? Soll ich dir ein Geheimnis verraten? Ich hab sie schon mal geküsst. Kein Schmatzer, sondern so richtig, mit Zunge."

„Du unverschämter Lügner!" Ella stürmte vor.

Jacques packte Henri am Hemd. „Nicht einmal in deinen Träumen würde sie dich küssen!"

„Stimmt! Ich hab's erfunden." Henri brach in lautes Gelächter aus.

„Dis donc! Sag gefälligst, was daran lustig ist?"

„Es ging um eine Wette ..."

Jacques ließ seine Arme sinken.

Henri hüpfte einen Schritt zurück. „... zwischen Martin und mir. Er wollte mir nicht glauben, dass ich keine zehn Minuten brauche, um herauszufinden, ob du Deutsch verstehst. Ich hab's in weniger als einer geschafft."

„Woher wusstest du es?", fragte Jacques.

„Ich hab Augen im Kopf. Du siehst nicht aus, als ob du nix von unseren Gesprächen mitkriegst. Übrigens haben Fanny und Ida auch mitgemacht. Dass es mir gelingt, die verschlossene Auster in der vorgegebenen Zeit zu knacken, hat keiner von denen erwartet."

Ella zog einen Flunsch. „Und mich habt ihr nicht eingeweiht?"

„Wir hatten den Verdacht, dass er dir sein Geheimnis vielleicht verraten hat, und ich wollte nichts riskieren. Du bist doch fair? Und gibst es vor den anderen zu, oder?"

Jacques nickte. „Wie hoch war denn der Wett... äh ..."

„... -einsatz", ergänzte Henri. „Fünf Mark von jedem. Nicht schlecht, was?"

Demnach war Ella in Zukunft nicht mehr die Einzige, die Jacques' Geheimnis teilte. Ihre Kehle brannte, weil ihr aufging, dass ihre besondere Verbindung zu ihm mit einem Schlag gekappt worden war. Sie hatte etwas Kostbares verloren, das allein ihnen beiden gehört hatte. Sie senkte den Kopf und streckte die Hände mit dem Kleiderbündel aus. „Hier, bitte. Mutter hat mir ein paar Sachen für dich gegeben."

„Wie nett von ihr." Jacques räumte Hemden und Hose auf die Kommode. „Ich probiere sie gleich an."

„Ihr habt mich unterbrochen." Wieder einmal mischte Henri sich ein. „Ich wollte noch etwas sagen: Wir halten dicht, jeder einzelne von uns. Aber eins garantiere ich dir: Wenn du Ella in Schwierigkeiten bringst ..."

„Du ungehobelter Klotz!" Was fiel Henri ein, vor Jacques solch ein Thema anzusprechen?

„Sie ist die Schwester meines besten Freundes. Ich will nicht, dass ihr irgendetwas passiert."

„Henri, was soll das? Ich stehe vor dir und hasse es wie die Pest, wenn einer über meinen Kopf hinweg über mich spricht und so tut, als ob ich nichts zu melden hätte." Ellas Wangen glühten. „Ich finde, ich bin alt genug, selbst über mich zu entscheiden. Was ich tue oder nicht, ist meine Sache, nicht deine."

„Ich hab's nicht bös gemeint." Henri grinste schief. „Ich weiß halt, wie Jungs denken und was sie woll'n."

„Ah, non, nein! Ich bin nicht so. Sieh mich an, ma petite." Jacques fasste nach ihren Händen. „Ich werde dir niemals absichtlich wehtun! Jamais de ma vie! Nie im Leben, das schwöre ich, keinem von euch!"

„Ihr könnt von Glück sagen, dat ich nit die Dörte bin!" Zu ihrer aller Verblüffung riss Ida, die einen Korb voller Eier am Arm hängen hatte, die Hintertür zur Scheune auf. „Wusst ich's doch, dat du uns die ganze Zeit veräppelt hast, Schakkes!"

Frühlingsgefühle

14. Mai 1941

Im Wohnzimmer war alles vorbereitet. Den Tisch hatte Ella mit Ida in die Stube geschleppt, ebenso die Stühle. Auf dem Sofa würden müde Tänzer genügend Platz finden. Der kleine Beistelltisch, der neben Gustavs Ohrensessel stand, spielte Bäumchen wechsle dich und wanderte ins Wohnzimmer, wo er als Ablage für Weingläser diente. Schade nur, dass Großpapa Gustav nicht an der kleinen Feier teilhaben konnte. An guten Tagen hatte er mitgesungen und im Rhythmus geklatscht. Auch Tante Lydia und Traudl fehlten ihr. Ella drängte die aufkeimende Melancholie zurück und ging hinüber in die Küche. Beim Anblick der Blumenkränze, die ihre Mutter und Fanny aus Efeu, Gänseblümchen, Kamille und Löwenzahn gebunden hatten, kehrte ihre gute Laune zurück. „Sind die schön geworden! Wie fein die Kamille duftet. Welchen habt ihr für mich gedacht?" Ella durfte einen der Kränze auswählen. Die Entscheidung fiel ihr nicht leicht. Sie probierte beide und behielt den auf, der besser passte.

„Ich brauche keine Millionen", sang sie aus voller Kehle, fasste Fanny an den Händen und wirbelte mit ihr im Kreis herum. „Mir fehlt kein Pfennig zum Glück, ich brauche weiter nichts als nur Musik, Musik, Musik."

Ida stand an der Spüle und klatschte Beifall. „Du trägst dat Lied genauso gut vor wie die Marika Röck."

„Danke!" Auf einmal wusste Ella, dass Jacques' im Türrahmen stand und sie beobachtete. Sie ließ ihre Arme sinken, blieb stehen und wandte den Kopf nach ihm um.

„Ich muss mich setzen." Fanny hielt schnurstracks auf die Bank zu. „Mir ist schwindelig."

Auch Ella kam sich wie beschwipst vor, weil die Küche sich weiterdrehte, aber nur bis sie in Jacques' Augen einen Anker fand. Ihre Blicke tauchten ineinander. Sein Lächeln raubte ihr den Atem. Dabei war es doch nur er, ihr französischer Kriegsgefangener, den sie tagtäglich sah - und kein Unbekannter. Sie musterte ihn von oben bis unten. Gut sah er aus, nicht mehr wie ein Pennäler, der aus seinen Sachen herausgewachsen war, sondern wie ein Mann. Sie räusperte sich. „Hast du etwas mit deinen Haaren gemacht?"

Er trug sie zurückgekämmt und sie sahen noch ein bisschen feucht aus.

„Ida hat sie mir geschnitten."

Seine Antwort versetzte ihr einen kleinen Stich. War sie etwa … eifersüchtig? Auf die Ältere und Erfahrenere? Ida sah gut aus, daran bestand kein Zweifel. Prüfend suchte Ella in Jacques' Gesicht nach Anzeichen, die auf eine engere Beziehung mit Ida schließen ließen. Da gab es nichts. Vollkommen offen sah er sie an. „Gefällt dir der neue Schnitt nicht?"

„Oh, doch! Er steht dir."

„Ella hat dich gelobt, Ida."

„Dat freut mich! Ich hab's gern gemacht."

Ella drehte sich vor ihm im Kreis. Sie, nur sie sollte er im Auge haben. „Und was sagst du zu meiner Frisur?"

„Der Anblick ist wunderschön."

Meinte er nur den Blumenkranz? Sie senkte die Lider und lugte zu ihm hin. Ob er mit ihr tanzen wollte? Wo steckte ihr Vater eigentlich? Ohne ihn konnten sie schlecht beginnen. Sie ging ins Wohnzimmer, da saß er und blätterte in einem der Bücher, die er geschenkt bekommen hatte.

„Papa, darf ich die Musik aussuchen?", fragte sie

„Du ungeduldige Hummel." Matthias warf einen Blick auf die Standuhr, deren Pendel unablässig hin und her schwangen, und legte den Roman beiseite. „Du hast recht: So früh ist es nicht mehr und ich verlasse mich voll und ganz auf den hervorragenden Geschmack meiner Tochter. Der Tanz beginnt, kommt alle her."

Das Grammophon hatte ihr Vater vor dem Krieg mit einem elektrisch angetriebenen Tonarm aus einem Musikalienladen versehen, sodass das lästige Kurbeln zwischendurch entfiel. Ella öffnete den Schrank mit den Schallplatten und suchte die Tanzmusik heraus. Aufnahmen von Will Gahlé, Hans Georg Schütz ... „Spiel das hier zuerst!" Sie wählte Rudi Schurickes, ‚Abends in der kleinen Bar, spielt die Margarit und bei ihr vergisst man schnell, wie die Zeit vergeht.' In einer Bar war Ella noch nie gewesen, eigentlich nirgendwo bisher. Abgesehen von zwei, drei Ausflügen nach Trier kannte sie nichts von der Welt. Da war selbst ein Marsch zur Poststelle in Leiwen oder Besuche bei Kathie und im Pfarrhaus bei den Grimms etwas Besonderes – und natürlich das Fest heute. Während ihr Vater

Magdalena zum Tanz führte und Martin seinen Diener vor Fanny machte, kam Jacques auf Ella zu, verbeugte sich und sagte die Worte, auf die sie den ganzen Tag gewartet hatte: „Darf ich bitten?"

„Hoffentlich trete ich dir nicht auf die Füße."

„Falls ich überhaupt etwas davon bemerken sollte, freue ich mich darüber. Dann bin ich mir wenigstens sicher, dass meine reizende kleine Blumenfee mir nicht davonflattert."

Ella spürte seine Hand überdeutlich im Rücken.

„Ma chérie, du siehst wunderhübsch aus." Er zog sie so dicht an sich heran, bis ihre Körper sich berührten. Sie spürte seine Wärme und senkte den Blick.

„Danke für das Kompliment!"

„Ich sag, wie es ist. La vérité, die Wahrheit." Jacques neigte sich zu ihr herunter. „Ich bin glücklich, dass ich mit dir tanzen darf. Ich wollte ..."

„Was?"

Sein Atem streifte ihren Hals. Ihre Haut kribbelte. Ein wohliger Schauer überlief sie. Seine Lippen berührten beinahe ihr Ohr. Sie geriet aus dem Takt, aber er führte sie mit einer derartigen Sicherheit, dass es außer ihnen beiden vermutlich keiner bemerkte.

„... dass wir uns unter anderen Umständen kennengelernt hätten", flüsterte er. „Parce que je veux danser avec toi jusqu'au matin."

„Was hast du gesagt?" Sie neigte ihren Kopf nach hinten. Sie wollte sein Gesicht sehen, wenn er antwortete.

„Dass ich am liebsten bis zum Morgen mit dir tanzen möchte."

„Und ich mit dir." Sie hätte ewig losgelöst von allem, beinahe wie auf Wolken mit Jacques dahingleiten wollen, aber Ida klatschte ihn ab. Danach bat er ihre Mutter auf die Tanzfläche. Der letzte Tanz, bevor er in die *Blaue Forelle* zurückmusste, war ein Wiener Walzer. Jacques steuerte auf sie zu, umfasste sie fest und drehte sich mit ihr im Kreis herum.

„Wie kommt es, dass du so gut tanzen kannst?"

„Grand-mère hat mich dazu gezwungen. Sie legt großen Wert auf Étiquette. Wie sagt man hier - Umgangsformen?"

„Dann hast du schon mit vielen Mädchen getanzt?"

Er lachte. „Mon dieu. Erinnere mich nicht daran. Mit vielen nachsichtigen alten Damen, Freundinnen meiner Großmutter. Von den jungen Mädchen hat mich keine ... ah, non, keines gereizt. Bis auf einmal eines mit grünen Augen vor mir aufgetaucht ist, dessen Locken in der Sonne golden geglänzt haben."

Ella fühlte sich vor Glück wie beschwipst, als sie sich selbst in seiner Beschreibung erkannte. Viel zu schnell ging der Tanz vorüber.

„Bis morgen Früh! Bonne nuit, mein – wie sagt ihr hier – kleiner Backfisch."

Woher kannte er dieses furchtbare Wort? Jacques neigte sich vor, hauchte ihr die Andeutung eines Kusses auf die Wange und ging mit schnellen Schritten davon. Sie berührte die Stelle mit ihren Fingerspitzen, sank auf das Sofa und beobachtete das Treiben auf der Tanzfläche. Da tummelten sich ihr Bruder und Fanny, Ida und Henri, der mit der Schrittfolge und seinen Füßen zu kämpfen hatte. Er stoppte abrupt. „Jacques, bist du irre? Warte gefälligst! Du kannst nicht allein rübergehen.“

Magdalena und Matthias, deren Blicke selbstvergessen ineinander tauchten, wurden durch den Aufschrei
wieder auf ihre Umgebung aufmerksam. Ihr Vater flüsterte ihrer Mutter etwas ins Ohr und sie kicherte wie
ein junges Mädchen. Die beiden waren seit über zwanzig Jahren verheiratet und trotzdem spürte Ella die
Liebe, die ihre Eltern miteinander verband. Ob sie eines
Tages vielleicht auch eine Tochter haben würde, die das
Gleiche von ihren Eltern dachte wie sie jetzt? Sie ließ
die Hand sinken und erhob sich langsam, als ob ein
Mühlstein um ihren Hals hinge. Die Märchenstunde
war vorüber. Eine Deutsche und ein Kriegsgefangener?
Vollkommen unmöglich und viel zu gefährlich. In der
Enge des Raumes hielt sie es nicht mehr aus. An der
Garderobe streifte sie eine Jacke über. Draußen schlug
ihr kühle Luft entgegen und sie stellte fest, dass sie,
ohne nachzudenken, die Straßenseite gewählt hatte,
statt hinters Haus in den Garten zu gehen. Sie sah zur
Blauen Forelle hinüber und überlegte, was Jacques gerade machte. Redete er mit einem Wärter? Oder lag er
auf seinem Strohsack und dachte an sie? Erste Sterne
blinkten am Abendhimmel. Im Hof gegenüber rauchte
ein Mann. Die Spitze seiner Zigarette glimmte rot auf,
wenn er daran zog. Einer der Gäste? Eine schmalere Gestalt trat aus dem Gasthaus, schloss zu dem Raucher
auf und die beiden überquerten gemeinsam die Straße.
Henri erkannte sie und der andere? Ella stutzte. „Leo?
Was für eine Überraschung! Wie kommt es, dass du in
Wingert bist?“

„Vielleicht, weil jemand Liebes für mich gebetet und ein Wunder gewirkt hat?"

„Wenn einer das könnte, sollte er lieber um Frieden bitten."

„Die Wahrheit ist simpel. Nach bald einem Jahr im Osten hat mein Leutnant mir angeboten, zwei Wochen Urlaub zu nehmen, und die Gelegenheit habe ich beim Schopf gepackt."

„Kommt ihr mit rein?", fragte Henri.

Ella schüttelte den Kopf. „Ich möchte noch ein bisschen draußen bleiben."

Leo blieb bei ihr stehen. „Darf ich dir Gesellschaft leisten?"

„Natürlich, gerne."

„Na dann." Henri verschwand im Haus.

Ella und Leo spazierten durch die Scheune und setzten sich nebeneinander auf die Holzbank im Gemüsegarten hinter dem Haus. Obwohl sie eine Strickjacke über ihr Kleid gezogen hatte, hängte Leo ihr seine Joppe über die Schultern. Er behauptete, dass er nach einem Winter in Polen andere Temperaturen gewohnt wäre. Einträchtig starrten sie in das zarte Violett der Abenddämmerung, das nach und nach verblasste und der Dunkelheit wich. Sie lauschten den leisen Stimmen, die aus dem Haus zu ihnen drangen, dem Rascheln der Blätter, dem Bellen eines Hundes. Manchmal riss die Wolkendecke auf und Mondlicht tauchte Sträucher und Pflanzen in ein fahles Licht.

„Der alte Birnbaum sieht heute Nacht aus, als ob jederzeit eine Fee aus seinem Geäst schlüpfen könnte, oder, was meinst du, Leo?"

„Wenn, dann ist es ein Kobold mit gelben Augen, der sich bei genauerer Betrachtung als eine eurer Katzen entpuppt. Darf ich?" Er griff in seine Jackentasche und holte Feuerzeug und Zigarettenpackung heraus.

„Seit wann rauchst du denn?"

„Keine Ahnung. Irgendwann hab ich's mir angewöhnt. Ich mach's aber nicht, wenn es dich stört." Er bugsierte die Zigarette zurück in die Schachtel, die er in seine Hosentasche steckte. „Mir gefällt, wie friedlich es hier ist."

„Habt ihr immer noch so viel mit Partisanen zu tun? Und der Sicherung der Grenze?"

„Mein Regiment ist derzeit in Jugoslawien stationiert. Und überall, wo wir hinkommen, folgen uns SS-Truppen nach, die mit allen Leuten kurzen Prozess machen ..." Leo sah sich zu allen Seiten hin um. „... die nicht zum deutschen Geist passen. Ansonsten brodelt unter uns Soldaten die Gerüchteküche."

Ella setzte sich auf. „Erzähl!"

„Während der Fahrt hierher bin ich einigen Kameraden begegnet, die von Truppenbewegungen an die russische Grenze gesprochen haben, die meist über Berlin laufen."

„Davon haben wir hier nichts mitbekommen."

„Wie auch. Ihr lebt abgeschieden wie in einem Seidenkokon. Merkt ihr überhaupt etwas vom Krieg?"

„Na hör mal! Einfach alles ist rationiert und feindliche Flugzeuge kreuzen auch auf. Ab und zu werfen sie Bomben. Zum Glück hat meines Wissens noch keine einen größeren Schaden angerichtet oder gar Todesopfer gefordert."

„Sei froh, dass du nicht in Hamburg oder Berlin lebst. Da sieht es anders aus.“

„Ist deine Einheit auch von den Verlegungen betroffen?“, fragte Ella.

„Wir bleiben angeblich zur Sicherung der eroberten Gebiete in Jugoslawien.“ Leo streckte seine Beine aus, lehnte sich zurück und sah zum Himmel. „Aber wer weiß?! Über die Frage nach dem Warum der Truppenbewegungen haben meine Kameraden im Zug eifrig spekuliert. Angeblich soll noch eine zweite Front gegen England im Nahen Osten aufgemacht werden. Die Russen hätten uns den Durchmarsch durch ihr Land gestattet.“

Ella dachte eine Weile nach, bevor sie antwortete. „Dann müssten die Engländer Truppen dort hinunterschicken. Das würde dem Afrikakorps zugutekommen. Allerdings müssten wir ebenfalls Soldaten dort stationieren.“

„Stimmt. Ein anderer Kamerad will gehört haben, dass Russland bereit wäre, die Ukraine für 99 Jahre an uns zu verpachten.“

Diese Erklärung fand Ella abwegig. „Warum sollte Stalin seine Kornkammer ohne Not an Hitler abtreten? Damit würde er sich in sein eigenes Fleisch schneiden.“

„Ganz genau, das war auch mein Gedanke. Bleibt die Theorie, dass der größte Führer aller Zeiten einen Krieg gegen die Russen plant.“

Sie dachte an Martin. „Das wäre ...“

„... mehr Lebensraum für uns Deutsche im Osten!“ Leo schnitt ihr das Wort ab und stupste sie mit dem Ellbogen an. „Genau das, was wir beide immer wollten. Eine

Hütte am Ural. Hörst du das auch? Da kraspeln Ratten im Gras herum.“

„Heil Hitler! Gut gesprochen, Leo.“

Ella zuckte zusammen, als sie Dörtes Stimme erkannte. Jetzt wusste sie, auf wen die Bemerkung gemünzt war.

„Mit diesen lästigen Biestern haben wir auch zu kämpfen. An die Giftköder gehen sie nicht mehr heran. Ihr feiert Matthias’ Namenstag?“

„Im engsten Familienkreis“, antwortete Ella.

„Und euer Gefangener?“

„Der ist drüben in der *Blauen Forelle*, wo er um diese Zeit sein soll.“

„Dann nutze ich die Gelegenheit, deinem Vater zu gratulieren und einen Blick auf das lustige Treiben zu werfen.“ Ihre Besucherin verzog den Mund zu einem Lächeln, das einem Zähnefletschen glich, hob ihre Rechte zum deutschen Gruß und rauschte in Richtung Scheune davon.

Kopfschüttelnd sah Ella ihr hinterher. „Was meinst du, sollen wir ihr nachgehen? Nicht dass sie im Haus herumschleicht, irgendwelche Schubladen aufreißt und heimlich darin wühlt.“

„Würde sie das wagen?“

„Mit Sicherheit!“ Ella sprang auf. „Bitte, Leo, komm mit rein. Vater wird sich freuen, dich zu sehen, und dir Löcher in den Bauch fragen, wie es an der Front wirklich zugeht.“

„Sobald ein gewisser jemand das Fest verlassen hat, stehe ich ihm gerne zur Verfügung. Eine Frage, eure neue Magd ...“

„Fanny? Gefällt sie dir? Wann hast du sie gesehen?“

„Bei Kathie im Laden.“

„Und du hast dich gleich nach ihr erkundigt?“

Er zuckte mit den Achseln. „Meinst du, sie würde mir einen Korb geben, wenn ich sie nett um einen Tanz bitte?“

„Ich weiß es nicht. Sie ist sehr zurückhaltend.“

„Was für aufmunternde Worte. Ich werde mein Glück trotzdem versuchen.“

„Kommt Luzie am Muttertag zu Besuch?“

Leo runzelte die Stirn. „Wann genau ist der?“

„Am dritten Sonntag im Mai. Vor Hitler war es mal der zweite.“

„Das wäre dieser. Gut, dass du’s erwähnt hast. Ich werde Mutter eine Kleinigkeit besorgen.“

„Heil Hitler.“ Dörte kam ihnen in der Scheune entgegen und hob die Rechte. Sie taten es ihr nach und grüßten zurück.

„Die wären wir los“, murmelte Leo, nachdem sie sich vergewissert hatten, dass der ungebetene Gast über den Hof in Richtung *Blaue Forelle* davongestöckelt war. „Luzie muss übrigens arbeiten. Stattdessen beehrt Johann uns mit seiner Anwesenheit.“

„Du Armer! Dann genieß die Zeit bei uns umso mehr. Diese Feier lassen wir uns nicht von ihm verderben.“

Der Kartoffelsack

17. Mai 1941

Seit Wochen hatte Ella vor dem Zubettgehen ein paar Minuten abgeknapst und an einer Latzschürze für Magdalena gearbeitet, die sie mit Kirschen bestickt und mit Rüschen versehen hatte. Den letzten Faden für ihr Muttertagsgeschenk hatte sie gestern vernäht. Während die anderen in der Küche werkelten, nutzte Ella die Gelegenheit, um sich ihrer vernachlässigten Kladde zu widmen. Bevor sie zum Stift griff, rieb sie über ihren Nacken und die Oberarme. Sie hatten den Boden zwischen den Rebstöcken aufgelockert und wie früher, als es noch keine Düngemittel gab, Mist eingearbeitet – und jetzt tat ihr alles weh. Einträge machte sie seit dem unerfreulichen Zwischenfall im April nur noch in der Stube und die anderen nebenan schienen sie nicht zu vermissen, sonst hätten sie gerufen. Was die Schlagzeilen anging, gab es keine herausragenden Neuigkeiten.

Endkampf gegen England! Nach dem Angriff auf Hamburg kam es zu heftigen Vergeltungsschlägen gegen London.

Ella dachte nicht daran, ihre kostbare Tinte für diese Meldung zu verschwenden. Auch die Marine hatte einmal mehr einen ihrer außerordentlichen Erfolge aufzuweisen und über 300.000 Bruttoregistertonnen versenkt. So weit, so gut für die Deutschen. Allerdings lamentierte das Reichsarbeitsministerium in einem der Artikel, dass seit Kriegsbeginn nicht genug Frauen ihren Weg in die Arbeitswelt gefunden hatten, was dem Umstand zu verdanken sei, dass Soldatenfamilien bestens versorgt würden. Ein paar zusätzliche Helferinnen? Dagegen hatte Ella nichts einzuwenden und sie zitierte einen Teil des Textes in ihrem Heft:

„Für den Endkampf gegen England müssen sämtliche Kräfte mobilisiert, sowie die Wirtschaft und insbesondere die Erträge der Landwirtschaft optimiert werden. Darum ist eine Steigerung des Frauenanteils in diesen Bereichen unerlässlich.“

In Klammern und aus einer albernen Laune heraus setzte sie ‚(Mehr Frauen in die Wirtschaft. P.S. Nicht ins Gasthaus! Ab zum Schaffen.)‘ hinzu. In dem Artikel hieß es, dass es an Männern nicht fehle. Im Gegenteil, ihr Anteil wäre wegen ausländischer Arbeiter sogar größer geworden. Vermutlich rechneten sie Kriegsgefangene mit ein, die sich ‚freiwillig‘ in Rüstungsfabriken, großen und kleineren Betrieben und Firmen abrackerten.

Letztlich zählte auch Jacques zu diesen Ausländern, die für Deutschland arbeiteten. Viel zu oft verdrängte sie, dass er nicht aus freien Stücken in Wingert lebte, sondern nur deswegen ins Dorf gekommen war, um dem Strafgefangenenlager auf dem Petrisberg zu entgehen. Wie konnte sie etwas derart Wichtiges aus den

Augen verlieren, nur weil er sie manchmal anlächelte und gelegentlich diesen Blick aufsetzte, der ihr durch und durch ging. Sie dachte an den Tanzabend, an seinen Griff, seinen Atem an ihrem Hals, seine Lippen an ihrem Ohr. Und wenn Friede herrschte? Was, wenn der Endkampf gegen England erfolgreich geschlagen war? Hieß es dann, Abschied von ihm nehmen? Würde er zurückkehren nach Frankreich und nie wieder an sie denken? Sie hätte weinen können.

„Aprilwetter zum Muttertag. Vorhin hat die Sonne geschienen und jetzt regnet es Bindfäden." Ella hakte sich bei Magdalena unter, die ihren Schirm aufspannte, und sie gesellten sich mit Fanny zu den Ferber-Schwestern.

„Stellt euch vor, Ella hat mich heute mit einem Geschenk überrascht", berichtete ihre Mutter nach der Begrüßung. „Eine wunderbar bestickte Schürze."

„Und kein Gedicht dazu?", fragte Marie, die jüngste der drei alten Damen, die einander mit ihren molligen Gestalten, den runden Gesichtern und den geringelten, weißen Locken frappierend ähnelten.

„Wir kannten den Feiertag früher nicht, aber Friedrich von Logaus Zeilen über die Mutterliebe, weiß ich noch auswendig", erklärte Linda, die älteste der drei. „Der Herr Lehrer hat es uns aus dem Buch ‚Sinngedichte' an die Tafel geschrieben. Das muss um 1870 gewesen sein:

Die Mutter trägt im Leibe
das Kind dreiviertel Jahr.
Die Mutter trägt auf Armen
das Kind, weil's schwach noch war.
Die Mutter trägt im Herzen

die Kinder immerdar.“

„Ist es gestorben, weil sie es nicht mehr umarmen kann? Und ihre anderen auch?“, fragte Ella. „Das wäre zu traurig.

„Und kam und kommt noch oft genug vor. Unseren Eltern sind sechs Kinder gestorben. Vier an der Diphtherie, eines hat nur zwei Wochen gelebt und meinen jüngsten Bruder haben sie im Alter von drei Jahren beerdigt:

Wer nie sein Brot mit Tränen aß,
wer nie die kummervollen Nächte,
auf seinem Bette weinend saß,
der kennt euch nicht,
ihr himmlischen Mächte.

„Das ist von Goethe und passt wie kein zweites.“
Magdalena nickte. „Das stimmt, Trudchen.“
Pfarrer Grimm angetan in Regenmantel und Hut trat samt der beiden Messdiener aus der Nebentür der Kirche. Die Buben rannten an ihnen vorbei geradewegs weiter die Straße hinunter, während der Pfarrer zielstrebig auf ihre Gruppe zusteuerte und Magdalena ansprach: „Darf ich einen Moment stören?“ Die Schirme verhakten sich, weil jeder ein Stück zur Seite rückte, um ihm Platz zu machen. „Ist Matthias noch in der Nähe?“

„Er ist mit Alphons vorausgegangen.“ Ihre Mutter wies Richtung Dorflinde. „Kann ich ihm etwas von dir ausrichten, Julius?“

„Ostern ist vorbei und ich wollte mich verabschieden. Ich nehme ein paar Tage Urlaub. Alma und ich werden verreisen. Eure Einladung haben wir nicht vergessen. Wir werden euch anschließend besuchen und von der Reise berichten.“

Ella begriff sofort, worauf er hinauswollte. Der Pfarrer hatte bisher ausweichend auf die Fragen ihrer Eltern reagiert, ob er bereits zu einem Ergebnis gekommen war, was die seltsamen Vorgänge in den Heil- und Pflegeanstalten anging. Vermutlich war er auf Ungereimtheiten gestoßen und forschte intensiver nach.

„Danke, Julius“, antwortete ihre Mutter.

„Sehr gerne.“ Er verneigte sich.

Magdalena lächelte. „Eine erholsame Zeit wünsche ich euch.“

„Wir reisen erst Morgen ab. Heute kutschiert Alma mich nach Trier. Ein Freund aus meinen Studientagen hat uns zum Essen eingeladen.“ Julius machte eine kleine Verbeugung. „Einen schönen Sonntag wünsche ich Ihnen, meine Damen.“

Seine Schwester setzte das Auto aus der Garage und der langen schmalen Einfahrt zurück und hielt vor dem Pfarrhaus. Julius stieg ein. Die Geschwister winkten und fuhren davon. Da bei dem garstigen Wetter keinem der Sinn nach einer ausgedehnten Plauderei stand, machte ihr Grüppchen sich ebenfalls auf den Heimweg. Ella und Magdalena umrundeten eine Pfütze, die tief genug aussah, ihre feinen Sonntagsschuhe darin zu ersäufen. Beim Dorfladen machten sie Halt.

Kathie und ihr Anhang wollten sich gerade verabschieden, als schräg gegenüber die Haustür der Kornbachs aufgerissen wurde. Polizisten in Uniform erschienen im Flur und machten Dörte Kornbach Platz, die ihre Magd auf die Straße zerrte. Fines Augen waren verweint und verquollen. Ihre Haare sahen aus, als ob ein kleines Kind sie mit einer stumpfen Schere abgeschnitten hätte. In wirren, ungleichmäßig langen Strähnen standen sie von ihrem Kopf ab. Das Mädchen steckte in einem Kartoffelsack aus Jute, in den Löcher für die Arme und den Kopf geschnitten waren. Das musste furchtbar kratzen. Trotz des Regens und des kühlen Wetters trug sie weder Mantel noch Jacke oder Strümpfe. Ihre bloßen Füße steckten in Holzpantinen.

„Was ist da los, Mama?".

Magdalena antwortete nicht.

„Wir lieben uns!", schluchzte Fine. „Bitte. Bitte, tut François nichts. Wir haben nichts Schlimmes getan! Wir lieben uns doch nur."

„Du Hure!" Dörte holte aus und schlug dem weinenden Mädchen mit voller Wucht ins Gesicht. Es klatschte laut - wie ein Peitschenhieb. „Ich habe dich in flagranti mit einem Franzosen erwischt und du Flittchen heißt deine Schandtaten auch noch gut? Du hast dich mit dem Feind verbrüdert. Das ist ein Verbrechen!"

Fines Lippe war aufgeplatzt. Blut rann aus der Wunde, aber sie konnte es wegen der Handschellen nicht abwischen.

„Jeder hier im Dorf soll sehen, was für ein verdorbenes Miststück du bist! Von einem Franzosen geschwängert“, zischte Dörte. „Treibt sie die Hauptstraße hoch bis zur *Blauen Forelle.*“

„Los, mach schon, setzt dich in Bewegung!“ Der Polizist schubste Fine und das Mädchen stolperte ein paar Schritte vor.

„Halt! Wartet! Ich hole noch etwas.“ Dörte hob die Hand und rannte zurück ins Haus. Sie kehrte mit einem Pappschild zurück, auf dem in großen Lettern ‚Ich bin eine Franzosen-Hure und habe Deutschland verraten‘ geschrieben stand. „Jetzt kann es losgehen!“

Die Buchstaben auf dem Schild waren akkurat und gleichmäßig mit wasserfestem Blaustift geschrieben. Demnach hatte Dörte die Aktion im Vorfeld mit Johann abgesprochen und auf die Zeit nach dem Sonntagsgottesdienst verlegt, um möglichst großes Aufsehen zu erregen.

Wie entsetzlich! Ella starrte dem Trupp nach. Ihre Knie zitterten. Nach einer Schrecksekunde packte sie ihre Mutter am Arm. „Ist sie wirklich schwanger?“

Es war Kathie, die antwortete: „Ich denke schon, vielleicht im fünften Monat.“

„Und was passiert mit ihr?“, wollte Ella wissen.

Magdalena senkte den Kopf. „Ihren Geliebten werden sie vermutlich ins Konzentrationslager schicken und Fine vor Gericht stellen und aburteilen.“

„Du meinst, sie muss ins Gefängnis, weil sie einen Franzosen liebt?“ Wieso dachte Ella ausgerechnet jetzt an Jacques, an sein lächelndes Gesicht? Es wurde ausgelöscht durch das Bild Fines und ihrer blutenden

Lippe. Aus den klatschnassen Haarsträhnen, die inzwischen dicht an ihrem Kopf anlagen, und dem Kartoffelsack tropfte Wasser. „Und das Kind?“

„Falls sie es dort nicht verliert, werden sie es ihr wegnehmen und in ein Heim stecken“, antwortete Kathie.

Ihr Sohn deutete auf Fine. „Das Kleid von der Frau ist hässlich!“

Menschen wie Dörte sind es, schoss es Ella durch den Kopf. Dank der Kirchgänger bildete sich bereits eine kleine Menschentraube.

Der Junge zupfte seine Mutter am Ärmel. „Was ist denn mit ihr? Hat sie was Böses gemacht?“

„Schau nicht hin, wir gehen nach Hause.“ Kathie hob ihre Tochter auf den Arm und hastete mit ihren Kindern Richtung Laden.

„Mama, ich kann das nicht mitansehen.“ Ella knöpfte ihre warme Jacke auf. Dörte mochte das Gesetz auf ihrer Seite haben, trotzdem, wie konnte sie als Frau und Mutter derart grausam sein?

„Ella, nein!“ Magdalena schüttelte den Kopf. „Wenn dann …“

„Ihr beide tut gar nichts!“ Marie Ferber hielt sie zurück. „Ich bin alt und krank. Wenn die mich ins Zuchthaus stecken, ist’s kein Schaden. Sterben werd ich so oder so bald.“

„Marie?“ Ihre Schwestern ächzten hörbar.

„Es ist, wie’s ist. Macht Platz!“ Marie drängte durch die Reihe der Schaulustigen, zog ihren Mantel aus und hängte ihn Fine um die Schultern. „So, und jetzt könnt ihr mich verhaften!“

Die Polizisten schoben sie unwirsch zur Seite, rissen den Mantel herunter und warfen ihn in eine der Pfützen. Ihre Gefangene musste weitergehen. Marie hob das nasse Kleidungsstück auf, von dem eine schmutzige Brühe auf den Boden tropfte.

„Tante Marie, wir tauschen!" Entschlossen schlängelte Ella sich zu ihr durch. „Ich trage deinen Mantel und du kriegst dafür meinen."

„Deinen Mantel behalt selbst an, Kindchen. Aber wenn du mir meinen abnimmst, dafür wär ich dir dankbar." Sobald sie ihre Last los war, formte Marie einen Trichter aus ihren Händen und hielt ihn vor den Mund. „Wir geben deinen Eltern Bescheid, Fine. Sei tapfer, halte durch! Du bist nicht allein!"

Der Trupp passierte die Dorflinde, die endlich wieder ein Blätterkleid trug. Zartes, junges Grün. Für einen Moment wandte Fine den Kopf. Dankbarkeit glomm in ihren Augen auf und womöglichein Funke Hoffnung.

„Pff!" Marie schnaubte. „Auch wenn ich es vielleicht nicht mehr erlebe. Irgendwann kriegt die Dörte ihr Fett weg!"

Ella sah hinter dem Mädchen im Kartoffelsack her. Sie konnte nach Hause gehen und im Warmen einen Tee trinken, während Fine … Mit einer Hand wischte sie über ihre Augen, die brannten.

Was für ein furchtbarer Tag. Am liebsten hätte sie ihn aus ihrem Leben gestrichen.

***

Nach diesem Trauerspiel redete Jacques nur mehr das Nötigste mit den Frauen im Haus und Ella war ihm dankbar dafür. Obwohl seine Zurückhaltung sie bedrückte, konnte sie seine Gründe nachvollziehen. Er wollte sie schützen: Einer seiner Kameraden war festgenommen und abgeführt worden. Keiner wusste, wie es dem Franzosen ging oder ob er überhaupt noch lebte. Ebenso wenig war im Dorf bekannt geworden, wie es um Fine stand. Dörte hatte ganze Arbeit geleistet.

Traurige Gewissheit?

12. Juni 1941

Heute sollte das Gespräch über das stattfinden, was Pfarrer Grimm und Alma über die Briefe herausgefunden hatten. Ella hatte Gläser für sechs gedeckt und zwei Wasserkrüge auf den Tisch neben die Weinflaschen gestellt, die ihr Vater aus dem Keller geholt hatte. Und jetzt wollten die Gäste Martin und sie aus der Stube verbannen? Das kam nicht infrage!

„Ich bin kein kleines Kind mehr, Onkel Julius. Ich werde fünfzehn!"

„Und ich muss im Dezember einrücken und zu den Soldaten!", sagte Martin. „Da werde ich ja wohl Manns genug sein, mir anzuhören, was Sache ist."

Gut so! Ihr Bruder dachte auch nicht daran, klein beizugeben.

„Ich bin nicht naiv!" Ella verschränkte die Arme über ihrer Brust. „Ich weiß, dass Nazis alle wegsperren, die ihnen nicht passen. Der Kriegsgefangene letzten August, den hat Johann kaltblütig erschießen lassen. Viel schlimmer kann das, was in den Irrenanstalten passiert, auch nicht sein!"

„Oh doch, Ella, es ist schlimmer, als du es dir vorstellen kannst und es muss aufhören!" Pfarrer Grimm trommelte mit den Fingern auf den Tisch in der Stube, an dem sie saßen – die Grimms und Ellas Familie. „Die

Seelen dieser armen Menschen schließe ich in jedes meiner täglichen Gebete mit ein. Ich hoffe nicht, dass es deinen Großvater auch getroffen hat."

„Was?", fragte Ella, weil er verstummte.

„Er meint die Art, wie sie in diesen Anstalten mit Patienten umgehen", antwortete Alma schließlich.

„Wir haben Hinweise darauf gefunden, dass sie dort Patienten ... ums Leben bringen", sagte Julius.

„Soll das heißen, sie haben den Tod meines Vaters absichtlich herbeigeführt?" Matthias' Stimme klang fremd.

„Das kann nicht wahr sein", flüsterte Magdalena.

„Die haben Großpapa Gustav ermordet?", ächzte ihr Bruder, der direkt neben ihr saß.

„Und ich bin schuld!" Ella zitterte wie Espenlaub.

„Red keinen Unsinn!" Martin wurde laut. „Du hast nichts damit zu tun! Gar nichts!"

„Ella, hör mir bitte zu." Ihr Vater schlug einen liebevollen Ton an. Sein Verständnis machte ihre Schuld nur noch unerträglicher. „Du bist nicht dafür verantwortlich, dass sie deinen Großvater verhaftet haben!"

„Doch! Ich hätte besser auf ihn achtgeben müssen." Der Gedanke fraß sich wie Säure in ihre Eingeweide. Tränen bahnten sich ihren Weg. Sie schluchzte auf. „Es tut mir leid! Furchtbar leid."

„Ella, Liebes!" Ihre Mutter beugte sich über den Tisch und griff nach ihrer Hand. „Du warst einen Moment unachtsam. Was danach passiert ist, hast nicht du zu verantworten, sondern die Nazis mit ihrer abscheulichen Weltanschauung."

„Es wäre meine Aufgabe gewesen, mich um Vater zu kümmern und ihn zu schützen. Wenn einer versagt hat, war ich es, nicht du!", sagte Matthias.

„Papa, du hättest ihm nicht helfen können?" Ella schniefte.

„Deine Familie und du, ihr habt jedes Recht, traurig zu sein. Verzweiflung, Kummer und Schmerz gehören genauso zum Leben wie Liebe, Freude und Glück. Dein Großvater hat bei dem Gedanken an den Tod in seinem Glauben und der Hoffnung Trost gefunden, an die Seite seiner geliebten Frau zurückzukehren." Julius sah in die Runde. „Wollen wir vor unserem Gespräch eine Minute der Stille einlegen, in der wir der beiden gedenken und für sie beten?"

***

Matthias half die kurze Zeit der Besinnung und er brachte es fertig, einen der wesentlichen Punkte ruhig anzusprechen: „Julius, bist du dir sicher, über das, was du gesagt hast? Absicht, also Morde?"

„Meine Schwester und ich waren persönlich in Grafeneck. Wir sind mit dem Zug hingefahren und haben einer munteren Unterhaltung im Nachbarabteil gelauscht."

„Wir saßen still im Schatten", sagte Alma.

„Und das Gespräch verstummte schlagartig, als der Blick auf das Schloss frei wurde, das die Einrichtung beherbergt. Ein Reisender fragte, ob den anderen auch aufgefallen wäre, dass der beißende Geruch aus den Verbrennungsöfen seit einigen Wochen nicht mehr in der Luft hinge. Ob dort wohl keiner mehr durch den

Schornstein gejagt würde. Wir sind aus unserem Abteil getreten und haben das Überraschungsmoment genutzt."

„Auf unsere Nachfragen reagierten sie verschlossen. Was genau in der Anstalt abgelaufen sei, wüssten sie nicht. Den Gerüchten nach zu schließen, hätten sie in den Öfen Leichen verbrannt."

„O Gott!" Seine Tochter schlug die Hände vor den Mund und Matthias fragte sich einmal mehr, wie oft der Allmächtige noch wegschauen wollte, wenn schreiendes Unrecht geschah. Zu glauben und auf Gerechtigkeit nach dem Tod zu hoffen, fiel ihm schwer. Obwohl er zugeben musste, dass seine Gebete und die Rituale der Kirche ihm Halt gaben. Dennoch ließ sich das Elend, das er als Soldat gesehen hatte, nicht ausradieren. Abertausende waren im letzten großen Krieg sinnlos in den Gräben Frankreichs verreckt und wofür? Dass ein Hitler die Macht ergreifen konnte? Er knirschte mit den Zähnen.

„Wir waren … entsetzt. M… mir fehlten die Worte, während bei ihnen der Damm gebrochen war."

Alma beugte sich vor. „Irgendwie bestünde wohl ein Zusammenhang mit den grauen Bussen, die derzeit durchs Land führen."

„Da ich bei unserer Vorstellung erwähnt hatte, dass ich Priester bin, kritzelte einer der Männer uns die Adresse einer Verwandten auf einen Zettel. Sie arbeitet in Hadamar als Krankenschwester. Wir sollten uns an sie wenden – das haben wir getan! Ich mache es kurz: In diesen Anstalten töten Ärzte eigenhändig Menschen." Julius lockerte den Kragen seines Hemdes. „Ärzte, die einen Eid geschworen haben, ihren Patienten nicht zu schaden!"

„Wir waren wie vor den Kopf geschlagen", sagte Alma leise. „Fassungslos. Schockiert."

„Als Priester und Mensch wollte ich es nicht glauben."

„War mein Vater unter den Opfern?" Matthias' Faust krachte donnernd auf den Tisch. „Haben die meinen Vater auf dem Gewissen?"

Julius senkte den Kopf. „Das kann ich nicht mit Gewissheit sagen."

„Aber auch nicht ausschließen. Hast du Namen? Ich … Ich bring die Kerle …" Er war nahe dran aufzuspringen, um seinen Worten Taten folgen zu lassen.

Martin reckte seine Fäuste. „Und ich bin dabei!"

„Matthias, bitte!" Magdalena legte den Arm um seine Schultern.

„Rache ist nicht der richtige Weg", mahnte Julius.

„Papa, nein! Du und Martin, ihr würdet verhaftet und wer weiß, was sie danach mit euch anstellen."

Bereits bei den ersten Worten ihrer Tochter ließ Magdalena den Arm sinken. Seine Frau kannte ihn besser als er sich selbst. Ellas besorgter Tonfall brachte ihn zur Besinnung und seine Wut ebbte ein Stück weit ab. „Du als Priester kannst vielleicht vergeben und vergessen. Ich nicht. Was tut die Kirche? Was tust du? Hast du dem Bischof Bornewasser diese Verbrechen gemeldet? Was sagt er dazu?" Dieses Mal schlug er mit der flachen Hand auf das blanke Holz.

„Ich schreibe am Bericht für seine Exzellenz und bin dabei, eine Liste mit Trostbriefen aus meiner und den Nachbarpfarreien anzulegen. Es sind viele. Zu viele!"

„Die Aussage der Krankenschwester werde ich dem Schreiben beilegen. Das ist unser Weg des Handelns. Und ich bin nicht der einzige Gemeindepriester, der etwas unternimmt. Mehr als genug von uns sind bereits im Konzentrationslager oder werden von Gestapo-Leuten schikaniert. Für die Bischöfe steht die Aufrechterhaltung der Seelsorge an erster Stelle, darum gehen sie Kompromisse ein."

„Bei einem wie Hitler?" Matthias fasste die Kurzsichtigkeit der Kirchenoberen nicht. „Die sind verrückt!"

Ella nickte so heftig, dass ihre Locken vor und zurückflogen.

Selbst Alma stimmte ihm zu. „Du hast recht, jeder Versuch mit den Nazis in irgendeine Form von Verhandlungen zu treten, ist vollkommen sinnlos! Für die mit ihrer Weltanschauung sind gläubige Christen ein gefährlicher Fremdkörper, den sie ausmerzen werden, sobald Friede herrscht. Das ist meine Meinung."

„Die ich im Übrigen teile." Julius legte seine Hände auf die Brust. „Erinnert ihr euch: Zu Kriegsbeginn hieß es, sie brauchen dies oder jenes Gebäude aus kriegswichtigen Belangen. Inzwischen beschlagnahmen sie Klöster und Kirchenbesitz ohne irgendeinen Vorwand. Am 9. Mai haben sie die Benediktinerbrüder aus der Abtei Sankt Matthias in Trier vertrieben. Die Mönche mussten von einem Tag auf den anderen nach Maria Laach ausweichen."

Alma griff nach ihrem leeren Glas und drehte es hin und her, statt Wasser hineinzufüllen. „In einem Satz zusammengefasst. Wenn die Nazis den Krieg gewinnen, werden sie mit den Kirchen kurzen Prozess machen."

„Wenn …“ Matthias brach ab und setzte neu an. „Diese Briefe und eine Zeugenaussage? Hat das vor dem Bischof Bestand? Was habt ihr sonst noch herausgefunden?“

„Wir wissen, wie sie es tun. Es ist … unvorstellbar! Grauenhaft! Die Lehren der Kirche beinhalten Barmherzigkeit und Verzeihen, aber dort möchte ich dazwischenschlagen wie Jesus im Tempel. Zum Töten nutzen sie spezielle Räume, die als Duschen getarnt und luftdicht abgeschlossen sind. Die Ärzte drehen den Gashahn eigenhändig auf und leiten so lange Kohlenmonoxid in die Räume, bis keiner mehr ‚zappelt‘, wie es diese Krankenschwester ausgedrückt hat.“

Matthias biss die Zähne aufeinander. Wie durch einen Nebel gedämpft drang Julius’ Stimme zu ihm durch.

„Danach drehen sie den Gashahn zu und warten, bis sich das Gift verzogen hat, anschließend holen sie die Leichen heraus. In Hadamar finden Massenmorde statt.“

Stille. Sein Freund schwieg, während Erinnerungen in Matthias hochschossen – das Donnern der Kanonen, das Zischen der Schrapnelle, die Schreie und das Stöhnen seiner Kameraden. Gasmasken und Leichenberge. Verrenkte Glieder, zerfetzte Leiber und brennende Häuser und Dörfer … Brandgeruch stieg in seine Nase. Er hielt sich die Ohren zu, um die Schreie in seinem Kopf nicht zu hören, bis Magdalena sein Handgelenk umfasste, seinen Arm wegzog und ihre Stimme ihn in die Gegenwart zurückholte.

„Matthias? Liebster, ich bin bei dir.“ Sie wusste, wie es um ihn stand. Sie kannte seine Albträume, die sich in letzter Zeit wieder häuften. Vielleicht aus Angst um seinen Ältesten, der im Dezember einrücken musste? Und ihm selbst blieb nichts anderes übrig, als hilflos danebenzustehen. Wie gefasst Ella und Martin dasaßen. Die beiden imponierten ihm. Stumm lauschten sie dem Gespräch, das ihm als gestandenem Mann zusetzte. „Rede weiter, Julius."

„Es trifft nicht nur ein oder zwei Kranke; sie töten zwanzig, dreißig Leute zugleich und das zwei-, dreimal am Tag!"

„Ungefähr tausend Menschen bringen sie dort in einem Monat um!" Alma schüttelte immer wieder den Kopf, als ob sie das, was sie sagte, ungeschehen machen wollte.

„So viele ..." Ella stockte. „Dann hätten sie Leiwen und unser Dorf in fünf Wochen ausgerottet. Jeden einzelnen von uns. Jeden Einzelnen!"

„Entschuldigt, ich hatte nicht vor, euch mit diesen entsetzlichen Einzelheiten zu belasten. Als Gnadentod bezeichnen sie dieses erbarmungslose Morden." Julius' Augen glänzten feucht. „Die Leichen schaffen sie in Krematorien, die ebenfalls auf dem Gelände stehen. Aber da sei die Kapazität begrenzt, darum könnten sie – laut dieser Krankenschwester - nicht so effektiv arbeiten wie geplant."

„Was ist das für ein Mensch, der so etwas Grausames sagt?", brach es aus Magdalena.

„Kein Monster und auch keine Bestie. Im Gegenteil, ich fand diese Frau durchaus sympathisch." Alma legte ihre Hände auf den Tisch. Sie trug keinerlei Ringe und an Schmuck nur ein schlichtes goldenes Kreuz, das an einer schmalen Kette hing. „Sie hält das Konzept der

Euthanasie von Lebensunwerten für richtig und gut. Sie ist zu hundert Prozent von dem Nazi-Gedankengut überzeugt."

„Vollkommen verblendet", warf Julius ein.

„Wenn ich daran denke, dass schon die Jüngsten diese Lehren quasi mit der Muttermilch aufsaugen, wird mir angst und bange." Magdalena faltete die Hände vor der Brust, als ob sie das Entsetzliche dadurch von sich abhalten konnte. Mit ihrem blassen Gesicht und den bläulich schimmernden Adern an den Schläfen sah sie so zerbrechlich aus, dass Matthias sie am liebsten in den Arm genommen hätte.

„Darum brauchen wir den Glauben an Gott", sagte Julius. „Den müssen wir weitertragen an unsere Kinder. Damit sie das Rüstzeug haben, den Irrlehren der Nazis zu widerstehen. Denn das Entsetzliche, das Unfassbare ist wahr. Diese Krematorien existieren. Das können Alma und ich bezeugen. Wir haben sie gesehen."

„Und einen Schuppen, in dem sie Kleidung und Schuhe der Toten sammeln. Wenn ich daran denke, dass die dem Winterhilfswerk gespendet werden, überfällt mich das Grauen." Alma schüttelte sich. „Es ist ekelhaft!"

„Was können wir tun, um die Menschen wachzurütteln?", fragte Magdalena.

„Es muss doch irgendetwas geben, um diesen Verbrechern Einhalt zu gebieten!" *Warum konnte er nichts tun?* Matthias ballte die Faust.

„Habt noch ein wenig Geduld, bis ich meine Eingabe beim Bischof gemacht und eine Antwort erhalten habe. Glaubt mir, ich werde nicht schweigen."

„Und wenn du im Zuchthaus landest?"

„Sorg dich nicht, Matthias." Julius fasste in seine Jackentasche und legte ein schlichtes braunes Buch, in das mit Golddruck ,Neues Testament und Psalmen' geprägt war, mitten auf den Tisch. „In dem Fall nehme ich den Kelch an."

„Steck es wieder ein." Matthias schob es zu ihm zurück. „Und leg es ja nicht auf eine Märtyrerkrone an. Wir brauchen dich hier in Wingert! Du kannst auf uns zählen. Also geh keine Risiken ein."

„Es gibt noch etwas, das ich euch sagen muss." Alma senkte ihre Stimme zu einem Wispern. Genau wie die anderen am Tisch streckte Matthias seinen Kopf weiter vor, um sie besser zu verstehen. „Eisenbahnerkollegen ihres Mannes, die weit herumkommen, haben Kathie berichtet, dass die Nazis in Polen ein riesiges Konzentrationslager gebaut haben, in das sie Tausende von Menschen verschleppen. Sie haben auch von Verbrechen geredet, die dort an Zivilisten begangen werden. Wenn die dort mit ihren Gefangenen genauso umgehen wie mit unseren Kranken hier, läuft es mir kalt den Rücken hinunter."

„Das klingt danach, als ob ihre Bekannten nicht mit dem Vorgehen einverstanden sind", sagte Matthias.

Magdalena warf ihm einen besorgten Blick zu. „Vielleicht eine Widerstandsgruppe? Nicht auszudenken, wenn einer von ihnen oder Kathie ins Visier der Gestapo gerieten und verhaftet würden. Ihre Kinder sind noch so klein."

Matthias schenkte den Erwachsenen Wein ein und hob sein Glas. „Hoffen wir auf bessere Zeiten!"

Gestapo-Visite

29. Juni 1941

Ella rannte über eine feuchte Wiese. Sie hatte viel zu viele Birnen gegessen und Bauchgrimmen. Darum schimpfte Dörte, deren Gestalt kleiner und kleiner wurde, bis sie aussah wie ein Löwenzahnsamen. Ein Windstoß wirbelte ihn durch die Luft. Er war mit bloßem Auge kaum sichtbar, trotzdem brüllte Dörte mit unverminderter Lautstärke: „Ella!", bis das winzige Ding wie eine Seifenblase mit einem kleinen Plopp zerplatzte und verschwand. Ella schlug ihre Augen auf. Schade, dann war das nur ein Traum gewesen. Aber das Ziehen im Unterleib fühlte sich sehr wirklich an und die Stimme ihrer Mutter, die nach ihr rief, auch.

Ella warf einen Blick auf den Wecker. Fünfundzwanzig vor zehn? Mit einem Schlag war sie hellwach. Sie schwang ihre Beine aus dem Bett. Ihr Nachthemd wies rote Flecken auf, das Laken hatte ebenfalls etwas abgekriegt und die Unterhose sowieso. Seufzend zerrte sie das Tuch von der Matratze. Sie knöpfte ihr Nachthemd auf, schob es über die Schultern und ließ es auf das Laken fallen. Anschließend fischte sie ihren Bindengürtel aus der Kommode. Magdalena klopfte an die Tür. „Wo bleibst du denn?"

„Einen Moment, Mama!"

„Fühlst du dich nicht wohl?" Ihre Mutter steckte den Kopf ins Zimmer, sah zu dem Bündel und wusste Bescheid.

„Die Sachen weiche ich gleich in kaltem Wasser ein."

„Gut, wir anderen gehen zur Kirche vor."

Ella beeilte sich mit der Morgentoilette. Sie streifte den Gürtel über, legte die Stoffeinlage ein und rückte die Unterwäsche zurecht. Hastig schlüpfte sie in Rock und Pullover. Fertig. In Rekordzeit. Sie griff die Schmutzwäsche, erledigte das Nötige und verließ das Haus. Die Glocken läuteten seit Viertel vor zehn. Ella blieben noch fünf Minuten, wenn sie rechtzeitig in der Kirche sein wollte. Auf dem Hof der *Blauen Forelle* knallten Autotüren. Sie hörte Stimmen und wurde unwillkürlich langsamer. Johann und seine Männer – mal wieder.

„Heute ist der Grimm dran!"

Einen Moment blieb Ella wie in Schockstarre stehen, bevor sie hinter der Grundstücksmauer Deckung suchte. Der Trupp hatte sie zum Glück nicht bemerkt.

„Wir gehen nach Plan vor: Ich betrete leise und unauffällig die Kirche und ihr …"

Julius wollte diesen Sonntag seine Predigt über die Morde in den Heilanstalten halten. Egal, wie, sie musste ihn warnen. Die Straße entlangzulaufen, schied aus. Blieb der Weg durch die Gärten. Ella schlich zur Scheune, ängstlich darauf bedacht, nicht von den Gestapo-Leuten entdeckt zu werden. Erst nachdem sie hineingeschlüpft war, rannte sie los, zur Hintertür hinaus, den Trampelpfad entlang. Die Häuser versperrten ihr den Blick auf den Kirchturm. *Schneller*, war das

Einzige, das sie denken konnte. Sie musste bei der Kirche ankommen, bevor der Gottesdienst begann! Ihre Lungen brannten, in den Seiten stach es. Endlich erreichte sie den Stichweg, der zur Straße führte. Von Johann und seinen Männern war nichts zu sehen. *Schnell jetzt!* Sie preschte weiter den Gang zwischen Pfarrhaus und Kirche vor und erreichte ihr Ziel. Mit bebenden Händen drückte sie die Klinke hinunter. Die Tür war abgesperrt!

„Aufmachen!" Mit ihren Fäusten trommelte sie gegen das Holz, hielt inne und lauschte. Gott sei Dank, sie hörte Schritte und das Klacken eines Schlosses, in dem ein Schlüssel umgedreht wurde. Sie riss die Tür auf, statt abzuwarten, bis der andere ihr öffnete. Ella stürmte in einen engen, dunklen Flur vor, dabei drängte sie einen Jungen im Messdienergewand zurück. Das Gesicht kam ihr bekannt vor. Walter Diez? Was machte der hier? Der war doch ein Mitglied der Hitlerjugend. Spionierte er für die Nazis den Pfarrer aus?

„Sag mal, spinnst du? Einfach hier reinzuplatzen." Er stutzte. „Was ist denn so dringend?"

Konnte sie ihm trauen? War er bei der Verhaftung ihres Großvaters dabei gewesen? Sie wusste es nicht.

„Sagst du's jetzt oder nicht? Ich hab keine Zeit."

„Jo…hann … kommt …" Ella schöpfte Atem. „… mit seinen Männern … her."

„Walter, wo bleibst du", rief eine helle Kinderstimme aus dem Nebenraum. „Wir fangen an."

„Ich muss los." Er drückte die Tür nach draußen ins Schloss, wirbelte herum und ließ sie stehen. „Folg mir ja nicht in die Sakristei. Da drin hast du nix verloren."

„Alles klar."

Er zog die Tür zu. Offensichtlich ging er doch lieber auf Nummer sicher – ein leises Schaben sprach dafür, dass er auf seiner Seite einen Riegel vorschob. Sollte er, wenn er wollte. Ella war es gleich. Sie ging in die Knie und stützte ihre Hände auf die Oberschenkel. Irgendwann richtete sie sich auf und lehnte ihren Rücken gegen die Wand. Hatte sie das Richtige getan? Oder alles nur noch schlimmer gemacht? Onkel Julius mit seinen Predigten, in denen er die Gleichheit aller Menschen vor Gott betonte und damit Hitlers Politik einer Herrenrasse kritisierte, war Johann schon lange ein Dorn im Auge. Seit Februar durfte ihr Dorfpriester keinen Religionsunterricht mehr halten und von seinen Oberen war ihm zu seiner eigenen Sicherheit eine Versetzung angekündigt worden, falls er weiterhin Nazis verärgerte – allen voran Dörte, die ihn regelmäßig denunziert. Für eine Verhaftung hatten ihre Anschuldigungen bisher nicht gereicht. Wahrscheinlich, weil Alphons intervenierte und die Wingerter ihren Pfarrer in Schutz nahmen.

Ob es zu spät war, hinauszugehen? Durfte sie den Flur verlassen, ohne abzusperren? Ella spähte aus der Tür. Im Kirchhof standen Johanns Männer. Ihr blieb nichts anderes übrig, als auszuharren. Ihre Mutter war bestimmt schon sehr besorgt. Ob Johann Ellas Fehlen in der Kirchenbank bemerkte? Wenn er sich auf die Predigt konzentrierte, vielleicht nicht. Sie lauschte auf die Lieder und die Stimme des Pfarrers, ohne viel von seinen Worten zu verstehen. Irgendwann zog der Duft von Weihrauch vom Kircheninneren bis zu ihr. Der Gottesdienst endete wie gewohnt mit Orgelmusik.

Alma spielte das Instrument, seit der Organist als Soldat an der Front diente. Vorsichtig lugte Ella aus der Tür. Johanns Männer waren fort. Hatte er seinen Untergebenen das verabredete Zeichen gegeben? Sie horchte auf die Geräusche im Innern der Kirche. Die Musik brach nicht ab, keine erregten Stimmen. Die Glocken läuteten. Schritte in gemessenem Tempo, die lauter hallten. *Gott sei Dank, keine Verhaftung!* Die Tür zur Sakristei flog auf. Im Messornat steuerte Julius auf sie zu. Die beiden Ministranten folgten ihm.

„Danke, Ella, dich hat der Himmel geschickt." Er griff nach ihren Händen und drückte sie fest. Danach wandte er sich an Walter, dem er auf die Schulter klopfte. „Das gilt auch für dich. Dass ich junge Menschen wie euch mit Mut und Zivilcourage heranwachsen sehe, gibt mir Hoffnung für die Zukunft."

„Und was ist mit mir?" Der Jüngste im Bunde hatte sein weißes Obergewand bereits über den Kopf gezogen und stand nun im grünen Unterkleid da.

Julius wuschelte ihm durch die Haare. „Du bist sowieso der Allerbeste."

Ella sah zur Tür. „Ich geh dann mal, meine Eltern warten."

„Wenn du den Weg durch die Sakristei nimmst, kannst du dich unauffällig unter die letzten Kirchgänger mischen."

Walter riss die Augen auf. „Darf sie das wirklich?"

„Mit meiner Erlaubnis." Julius trat beiseite und gab den Weg frei.

Der Raum wirkte anders als Ella ihn sich vorgestellt hatte, gar nicht so besonders. Die Einrichtung bestand aus einem Bücherpult, einem Stuhl, einem Tisch und einem sehr großen mit Schnitzereien versehenen Schrank, der von einer Wand zur anderen ging. Wozu um alles in der Welt brauchte ein Priester so viel Stauraum?

„Dort werden Messgewänder, Kelche und Monstranz aufbewahrt", beantwortete Julius ihre unausgesprochene Frage.

Ella ging weiter. Am liebsten wäre sie durch die Kirche gerannt, beherrschte sich aber. „Mama?"

Ihre Mutter stand beim Kirchenportal und ließ ihren Blick über die Gottesdienstbesucher schweifen. „Um Gottes willen, Kind, wo warst du? Heute war die Gestapo da. Im Schatten der Empore ist mir ein Mann mit tief ins Gesicht gezogenem Hut aufgefallen, den er die ganze Zeit nicht abgenommen hat. Erkennen konnte ich es nicht, aber seine gedrungene Gestalt ..."

„Das war Johann!"

„Das hatte ich befürchtet und du warst wie vom Erdboden verschluckt. Ich hatte solche Angst um dich!" Magdalena zog sie in ihre Arme und hielt sie fest umschlungen.

Sondermeldung

22. Juni 1941

Zehn Tage nach der bedrückenden Unterhaltung über die Zustände in den Heil- und Pflegeanstalten hörte Matthias beim Einschalten des Radioapparats zum ersten Mal die Töne einer neuen Fanfare, denen er alarmiert lauschte. *Eine Sondermeldung?* Wieso hatte die ‚Wacht am Rhein' für den Westfeldzug ausgedient? Seine Nackenhaare stellten sich auf.

„Lasst alles stehen und liegen", brüllte er. „Kommt schnell und hört euch das an!"

Schritte polterten. Im Nu waren seine Familie und das Personal versammelt.

„Was ist denn los?", fragte Ella.

Matthias legte seinen Zeigefinger an die Lippen. Mit wachsendem Entsetzten verfolgten sie Hitlers ‚Proklamation an das deutsche Volk', die der Propagandaminister Joseph Goebbels verlas. Demnach hatte Russland von Anfang an Pläne geschmiedet, das Friedensabkommen mit Deutschland zu brechen, um sich insgeheim mit England zu verbünden.

... Der Sieg der Achsenmächte auf dem Balkan allein hat zunächst den Plan vereitelt, Deutschland in diesem Sommer in monatelange Kämpfe im Südosten zu ver-

stricken und unterdes den Aufmarsch der sowjetrussischen Armeen immer mehr zu vollenden, ihre Kriegsbereitschaft zu verstärken, um dann gemeinsam mit England und unterstützt durch die erhofften amerikanischen Lieferungen das Deutsche Reich und Italien ersticken und erdrücken zu können.

„Achsenmächte?", flüsterte Fanny.
„Italien, Japan und Deutschland", antwortete Ella ebenso leise.

Damit hat Moskau die Abmachungen unseres Freundschaftspaktes nicht nur gebrochen, sondern in erbärmlicher Weise verraten. Und dies alles, während die Machthaber des Kremls bis zur letzten Minute nach außen hin genau wie im Falle von Finnland oder Rumänien Frieden und Freundschaft heuchelten und scheinbar harmlose Dementis verfassten ...
Damit aber ist nunmehr die Stunde gekommen, in der es notwendig wird, diesem Komplott der jüdisch-angelsächsischen Kriegsanstifter und der ebenso jüdischen Machthaber der bolschewistischen Moskauer Zentrale entgegenzutreten. Die Aufgabe dieser Front ist daher nicht mehr der Schutz einzelner Länder, sondern die Sicherung Europas und damit die Rettung aller. Ich habe mich deshalb heute entschlossen, das Schicksal und die Zukunft des Deutschen Reiches und unseres Volkes wieder in die Hand unserer Soldaten zu legen.

Die Ansprache endete mit einem: ‚Möge uns der Herrgott gerade in diesem Kampfe helfen! Berlin, 22. Juni 1941, Adolf Hitler.'

„Bei der Datumswahl war euer Führer nicht gut bera-
ten." Jacques, der an der Wand neben dem Vertiko
lehnte, verzog die Mundwinkel zu einem spöttischen
Grinsen. „Napoleon Bonaparte hat seinen zweiten pol-
nischen Krieg 1812 an einem 22. Juni begonnen und
jämmerlich gegen Russland verloren."

Martin holte tief Luft und stieß sie hörbar aus. „Habt
ihr mal einen Blick auf die Landkarte geworfen? Das
Land ist riesengroß! Wie sollen wir das erobern? Die
werden ohne Ende Soldaten in den Kampf schicken
und der Krieg ewig weitergehen. Vielleicht sollte ich
mich freiwillig melden."

„Hast du den Verstand verloren?" Matthias durchfuh-
ren Martins Worte wie ein Blitz, der seine Eingeweide
verschmorte. Er wollte seinen Sohn nicht auf einem
Schlachtfeld sehen. Verdrängte Bilder rollten wie ein
Film vor seinen Augen ab und machten ihn stumm –
die Schreie eines Kameraden, den eine Maschinenpis-
tolensalve zerfetzt hatte, aufgequollene Leiber, toten-
starre Augen, der widerwärtige Gestank nach Leichen
und Blut.

„Bist du komplett verrückt geworden?" Ein Aufschrei
Ellas sorgte dafür, dass die quälende Bilderflut abriss.

„Is er nich!" Henri schniefte.

Martin sah blass, aber gefasst aus. „Ich habe meine
Gründe. Onkel Heiner hat sich freiwillig gemeldet und
den Krieg überlebt, während Frieders Vater gefallen
ist."

„Seit wann bist du abergläubisch?" Ella lief im Zimmer auf und ab. „Du ... Du regst mich auf!"

„Martin, was soll der Unsinn?", ächzte Magdalena.

„Ich muss so oder so hin! Ob jetzt oder in einem halben Jahr, wo ist der Unterschied? Tag für Tag wache ich auf und denke an meinen Geburtstag. Der Nebelmonat. Der elfte November. Ich hab eine Scheißangst davor, einzurücken, und will's einfach nur hinter mich bringen.“

Magdalena fixierte ihren Sohn, keinen Moment ließ sie ihn aus den Augen. Ihre angespannte Haltung verriet Matthias, dass sie wütend und gleichzeitig bis ins Mark erschüttert war. Er trat zu ihr, um sie tröstend in den Arm zu nehmen. Sie wich ihm aus, packte stattdessen Martin an den Schultern. „Vielleicht ist der Krieg bis im Dezember längst entschieden.“

„Machst du Witze?“ Martin streifte ihre Hände ab.

„Selbst wenn nicht: Jeder einzelne Tag, den du hier und nicht an der Front verbringst, ist kostbar. Matthias, sag du auch etwas!“

„Denkst du, ich hatte keine Angst? Ich leide jetzt noch unter Albträumen. Frag deine Mutter, wie oft ich nachts schweißgebadet aufwache.“

Martins Kopf ruckte hoch.

„Und dann überleg dir, ob du einen Tag früher als nötig für Hitler und seine Kriegsziele kämpfen willst.“

„Nein! Auf keinen Fall!“

„Da hast du die Antwort.“ Magdalena griff nach Martins Händen.

Matthias' Blick streifte Jacques. „Hitler setzt auf Blitzkriege. Das war seine Taktik in Polen und beim Westfeldzug. Von seiner bewährten Methode wird er nicht abgehen. Mag sein, dass unsere Truppen Moskau erreichen. Möglicherweise stecken die Russen es lieber wieder in Brand wie 1812, als Napoleon dort einmarschiert ist. Die Schlacht um Moskau hat der französische Kaiser gewonnen. Den Krieg hat er trotzdem verloren – gegen den russischen Winter. Hitlers Pläne sehen sicher vor, dass unsere Truppen Moskau bis September oder Oktober eingenommen und Stalins Truppen kapituliert haben oder vor der Auflösung stehen. Wenn es unseren Soldaten nicht gelingen sollte, die Stadt einzunehmen, wird der Krieg deutlich länger dauern. Stalin wird jede Chance nutzen, Material und Rekruten aus dem Hinterland herbeizuschaffen, genau wie du sagst. Also hoffen wir das Beste.“

„Auf einen deutschen Sieg?“ Martin runzelte die Stirn. „Dann kommt Hitler mit seinen Plänen durch.“

Krieg mit Russland! Noch eine Front! Noch ein Gegner? Mit Luzie, die in Wingert zu Besuch war, konnte Ella bei einem Spaziergang offen darüber reden. Ihre Freundin hatte sich bei ihr eingehakt. Sie waren am Ufer der Mosel entlang gebummelt, hatten jede Menge Neuigkeiten ausgetauscht und plauderten auf dem Heimweg munter weiter.

„Bis zu Martins Geburtstag sind es nur noch fünfeinhalb Monate. 142 Tage, wenn du es genau wissen willst. Meine Mutter führt Buch und ich mag gar nicht daran denken, wie es wird, wenn er weg ist.“

„Ich kann dich gut verstehen. Die Angst um Leo und meinen Ulrich begleitet mich in jeder wachen Minute.“ Luzie drehte an ihrem Ehering, der sich vermutlich noch ungewohnt anfühlte. Im Park ihres Krankenhauses hatte sie Anfang Mai einen jungen Gefreiten kennengelernt, der sie vor seiner Entlassung um ihre Hand gebeten hatte. Liebe auf den ersten Blick? Ob die wirklich existierte? Sein Antrag war auf offene Ohren gestoßen und ihre Freundin hieß nun nicht mehr Fräulein Lauterer, sondern Frau Schäfer. Im Zivilleben war Luzies Ehemann ein Fleischergeselle, der in der Metzgerei seiner Eltern arbeitete. Nach dem Krieg wollte er auf die Meisterschule gehen, auf dieses Ziel hin sparte er seinen Sold.

Luzie plante, die Winterschule in Morbach zu besuchen, um dort Hauswirtschaft zu lernen. Die Ausbildung genoss einen ausgezeichneten Ruf, die Plätze waren begehrt und die Absolventinnen anerkannt. Mit diesem Abschluss würde sie bei ihren Schwiegereltern bestimmt einen guten Eindruck hinterlassen. Ihre Freundin hatte die beiden älteren Herrschaften noch nicht getroffen; das Kennenlernen sollte beim nächsten Heimatbesuch ihres Mannes stattfinden. Mit knapp siebzehn Hals über Kopf einen quasi Fremden zu heiraten, um ein Leben lang an ihn gebunden zu sein? Luzies Mann Ulrich war volljährig. Er brauchte bei seinem spontanen Entschluss niemanden, um Erlaubnis zu fragen. Die Lauterers hatten sie ihrer unmündigen Tochter erteilt. Also hoffte Ella das Beste für das frisch gebackene Ehepaar. Das Schild der *Blauen Forelle* kam in Sicht. „Kommst du noch ein bisschen mit zu mir rein, Luzie?"

„Nur zu gerne."

Ellas Blick streifte Luzies schlichten, goldenen Reif. „Ich gönne deinem Mann und dir wirklich alles Glück der Welt, trotzdem, wenn ich daran denke, kann ich es immer noch nicht fassen. Ich dachte, du schwärmst für Martin."

Luzie lachte. „Das ist lange her und außerdem: Aus der ersten Liebe wird nie etwas."

Die lapidare Feststellung ihrer Freundin fuhr Ella wie ein Stich ins Herz. Um zu vermeiden, dass Luzie bei ihr Richtung Liebesangelegenheiten nachbohrte, wechselte sie das Thema. „Was machst du eigentlich bis zum Winter?"

„Ich werde morgen nach Koblenz zurückkehren, eimerweise Kartoffeln schälen, Teller sauber machen, Essensreste in Eimer kippen und mein Pflichtjahr ordnungsgemäß beenden. Und danach? Meine Mutter kommt gut ohne mich klar. Sie würde sicherlich etwas finden, um mich zu beschäftigen. Aber meine Hilfe hat sie nicht nötig. Ihr hingegen könntet eine zusätzliche Arbeitskraft gut gebrauchen – und ich möchte gerne ein bisschen Geld für das Internat beiseitelegen. Meinst du, deine Eltern würden mir Lohn zahlen, wenn ich mich bei euch als Magd verdinge? Hast du eigentlich gewusst, dass du als Ehefrau die Erlaubnis deines Mannes brauchst, wenn du arbeiten gehen möchtest? So was Albernes. Zum Glück sieht Ulrich das nicht so eng. Er ist einverstanden."

„Luzie, du bei uns? Das wäre wunderbar. Fanny, Ida, du und ich – wir wären wie ein vierblättriges Kleeblatt!"

„Was höre ich da?" Ihr Vater kam aus dem Stall.

„Luzie will als Magd bei uns anfangen. Darf sie?"

„Wir nehmen dich mit Kusshand." Matthias streckte seine Hand aus. „Schlag ein, dann ist das abgemacht. Über die Einzelheiten redet drinnen mit Magdalena."

Klare Worte

8. August 1941

Der Donnerstag war einer der heißesten Tage des bisherigen Sommers, trotzdem trug Onkel Julius einen dunklen Anzug, als er ihnen spätabends einen Besuch abstattete. Sein Nasenrücken war von der Sonne gerötet, die Haut fing schon an sich zu schälen. Schweißperlen standen auf seiner Stirn, die er mit einem Tuch abtupfte. „Störe ich?"

„Nicht im Mindesten. Komm herein!", forderte ihr Vater ihn auf.

„Nur zu gerne. Darf ich um ein Glas Wasser bitten, wenn es nicht zu viele Umstände macht? Da ich meine Gedanken sortieren wollte, bin ich am Nachmittag marschiert und marschiert und jetzt bringt der Durst mich beinahe um. Ich hatte ohnehin vor, euch heute zu besuchen, also dachte ich mir, ich kehre besser gleich bei euch ein, bevor ihr zu Bett geht."

Ella füllte einen Krug und folgte ihren Eltern in die Stube. In einem Zug trank Julius das Wasser aus, das sie vor ihn hinstellte. Sie schenkte ihm nach. Dieses Glas leerte er bedächtiger.

„Das tut gut, danke!"

Als aufmerksame Gastgeberin fragte Magdalena: „Können wir dir sonst etwas anbieten?"

„Wie nett, aber nein. So, jetzt kann ich reden. Mit unserem Anliegen bezüglich der Heilanstalten ist mir jemand zuvorgekommen, dessen Worte weit größeres Gewicht haben als die meinigen: Es ist der Bischof von Münster, Graf von Galen. Hier! Ich halte die Niederschrift der Predigt in den Händen, die er letzten Sonntag gehalten hat." Julius griff in die Brusttasche seines Jacketts. „Ich bin unendlich dankbar und überwältigt. Seine klaren Worte zu den Krankenmorden sorgen im ganzen Land für Aufruhr. In Deutschland brodelt es!"

Magdalena hatte die Gläser gefüllt und neben Matthias Platz genommen. „Sonntag war der 3. August? Und du hast jetzt schon eine Kopie erhalten?"

„Ein Studienfreund hat sie mir zugeschickt. Die Predigt zieht gewaltige Kreise. Er schreibt, dass es selbst die Nazis derzeit nicht wagen würden, Clemens August Graf von Galen mundtot zu machen." Julius faltete das Blatt auseinander, überflog es und schüttelte den Kopf. „Das gibt es doch nicht, ich habe den falschen Zettel gegriffen. Wie ärgerlich. Das ist das Anschreiben meines Freundes, nicht die Kopie der Predigt. Entweder gehe ich rasch nach Hause und hole sie oder ich gebe euch den Inhalt mit meinen eigenen Worten wider."

Ihre Eltern tauschten einen kurzen Blick miteinander.

„Bitte, fang an", sagte ihr Vater.

Ella beugte sich vor. Sie wollte kein Wort von dem verpassen, was Julius sagte.

Der faltete das Blatt zusammen, steckte es weg und klopfte sich gegen die Stirn. „Auch wenn es wegen meines Versehens nicht so aussieht. Ich habe alles hier drin gespeichert. Der Aufbau der Predigt hat mich tief beeindruckt. Der Bischof bezog sich zu Anfang auf das fünfte Gebot. ‚Du sollst nicht töten‘. Ausnahmen seien Krieg und Notwehr, sofern diese gerechtfertigt ist.

„Den letzten Punkt kann ich nachvollziehen." Ella wiegte den Kopf hin und her. „Aber ist das Töten im Krieg wirklich erlaubt?"

Julius ließ sich mit seiner Antwort Zeit. „Du reißt ein heikles Thema an. Denn darüber herrschen in Kirchenkreisen unterschiedliche Auffassungen. Wobei sich das fünfte Gebot ursprünglich darauf bezieht, ob die Tötung mit Absicht geschah. Kurzum, ob ein im Voraus geplanter, bewusst ausgeführter verbrecherischer Akt vorlag. Es ging also um Mord: Die Sünde Kains, Adams und Evas Sohn, der seinen Bruder Abel nicht im Affekt erschlagen hat. Das ist der eine Aspekt. Auf der anderen Seite sind wir dazu verpflichtet, die Rechte Armer, Verfolgter oder Schwacher zu verteidigen, unter diesen Umständen ist ein Kampf mit der Waffe erlaubt."

Ella fand Julius' Antwort nicht sehr befriedigend. „Und wir sind die Armen und Schwachen, weil unsere Rasse Lebensraum im Osten braucht? Deswegen soll Martin in Russland kämpfen?"

„Wenn dein Bruder den Wehrdienst verweigern würde, käme er ins Konzentrationslager wie die Zeugen Jehovas. Das ist die bittere Realität. Auch dass Proteste ausgeblieben sind, als Bücher verbrannt, Kommunisten und Juden nicht nur malträtiert, sondern auch vertrieben wurden, ist eine Tatsache." Matthias seufzte. „Da ging es um Verfemte und nach dem Motto: ‚Besser die als wir‘. Die Krankenmorde sind da von einem ganz anderen Kaliber. Die können ausnahmslos jeden treffen, egal, wie weit der Arierpass zurückreicht. Der Willkür sind keine Grenzen gesetzt. Soldaten, Zivilisten, Nazis … Wir alle werden ungeachtet unserer Überzeugungen irgendwann einmal alt, krank und zur Last für die Volksgemeinschaft. Darum die Betroffenheit.“

Ella war klar, was ihr Vater damit außerdem sagen wollte: Juden und alle, die bei den Deutschen als Untermenschen galten, Russen etwa, waren von der Empörungswelle ausgenommen. Sie fixierte Julius. „Wie kam der Bischof überhaupt auf das Thema?“

„Ähnlich wie wir hier. Ihm sind Berichte von den Zwangsverlegungen unheilbar Kranker aus Heil- und Pflegeanstalten zu Ohren gekommen. Er hat auch die Familienangehörigen erwähnt, die wenig später Schreiben erhielten, dass der Kranke verstorben sei und ebenso die Sache mit den Urnen angesprochen.“

Ihr Vater konnte sich eine spitze Bemerkung nicht verkneifen. „Wenigstens gibt es einen, der auf diese ungeheuerlichen Vorgänge reagiert.“

„Unser Trierer Bischof Bornewasser ist in dieser Sache auch nicht untätig, das versichere ich dir. Zurück zu Graf von Galens Predigt: Er ist noch einen Schritt weitergegangen und hat buchstäblich den Verdacht erwähnt, der wegen der Heilanstalten allgemein umgeht. Nämlich, dass die hohe Zahl an angeblich ‚unerwarteten‘ Todesfälle keine natürlichen Ursachen habe. Offenbar wären einige Menschen der Meinung, dass lebensunwertes, dass unschuldiges Leben vernichtet werden dürfe, wenn es für Volk und Staat wertlos sei. Auch die raffinierte Vorgehensweise der Beteiligten hat er angeprangert und darauf hingewiesen, dass die

Einäscherung der Leichen polizeiliche Ermittlungen verhindern würden. Die tatsächliche Todesursache sei nicht zu ermitteln."

„Na klar, das stimmt!" Ella biss sich auf die Unterlippe. „Aber warum hat er das extra erwähnt?"

„Weil er Anzeige wegen Mordes erstattet und Einspruch gegen den Abtransport der Kranken erhoben hat."

„Er ist ein mutiger Mann!" Ihr Vater sprach aus, was Ella dachte.

„Polizei und Staatsanwaltschaft haben auf die Anzeige des Bischofs nicht reagiert. Matthias, genau wie du es vorhin deiner Tochter gegenüber erwähnt hast, zielt er in der Predigt darauf ab, dass diese Maßnahmen jeden Menschen treffen können. Er hat es in etwa so formuliert. Wenn der Grundsatz gelte, dass unproduktive Menschen getötet werden dürften, dann wehe uns allen. Jeder von uns werde einmal krank oder alt und damit ‚unproduktiv‘. Also wehe all den Arbeitern, die sich abgerackert hatten und invalide geworden seien, wehe unseren Soldaten, wenn sie als Versehrte in die Heimat zurückkehrten.

„Er hat recht. Nicht nur Alter und Krankheit, ein Unfall reicht aus." Magdalena ächzte, als ob die Last ihrer Gedanken zu schwer wog. „Wenn dieses Gebaren erst einmal einreißt, wo soll das enden? Wer legt fest, wo die Grenze ist?"

„Auf dieses Problem hebt der Bischof im Weiteren ab. Mehr noch, er führt seine Zuhörer zielgerichtet darauf hin. Wenn gelte, dass Menschen das Recht hätten, unproduktive Menschen zu töten, sagt er, dann sei grundsätzlich der Mord an allen unproduktiven Menschen gestattet. An unheilbar Kranken, an Invaliden und Krüppeln, an jedem, der nicht mehr arbeiten könne. Dann wäre der Mord an uns allen gestattet. Dann sei keiner mehr seines Lebens sicher. Keine Polizei könne denjenigen schützen, der auf der Liste der ‚Unwerten' stünde und kein Gericht seine Mörder verurteilen."

Matthias hob die Brauen. „Der Bischof begibt sich auf sehr dünnes Eis, wenn er Bemerkungen wie diese fallen lässt. Ich frage mich, ob er tatsächlich noch auf freiem Fuß ist, wie dein Freund schreibt, oder ob die Gestapo ihn nicht längst weggesperrt hat."

„Ich weiß es nicht. Zumal er von selbstgemachten Götzen geredet hat, die angebetet würden. Natur, Staat, Volk und Rasse hat er aufgezählt, also alles, was den Nazis lieb und teuer ist. Meine Predigt ist harmlos im Vergleich zu dieser." Julius legte seine Hände übereinander. „Ich hoffe und bete, dass der Mut dieses Mannes nicht bestraft wird und dass das Morden Unschuldiger endet."

„Das wünsche ich mir auch, Onkel Julius, und dass bald Friede herrscht. Ich möchte wissen, wie es Onkel Heiner und seiner Familie geht!" Seit zwei Jahren sehnte Ella sich danach, von ihnen zu hören. „Vielleicht können sie uns besuchen, sobald der Krieg beendet ist? Oder wir machen einen Abstecher zu ihnen?"

„Mich wirst du nicht dazu bringen, den Hof für Wochen und Monate zu verlassen. Was den Rest deiner Wünsche anbelangt, heißt es abwarten und Tee trinken."

„Papa, ich meine es ernst!" Ella wollte endlich etwas von der Welt sehen. Bis über Trier war sie noch nicht hinausgekommen, während Jacques halb Europa bereist hatte, Paris, Madrid und Rom kannte. Sogar Berlin hatte er in Friedenszeiten erkundet – während für sie bereits ein Besuch im Pfarrhaus oder bei Luzie eine Abwechslung in ihrem Alltagseinerlei bedeuteten. Manchmal kam sie sich wie eine Maus vor, die eine Ewigkeit in ihrem Versteck ausharren musste, weil draußen eine gigantische Katze lauerte. „Und ich will älter sein, erwachsen."

„Den Grund kann ich mir denken", antwortete Magdalena. „Nur Geduld, du wirst schon noch den Richtigen finden."

„In unserem Dorf gibt es sowieso keinen!" Bis auf Jacques, dessen Bild prompt vor Ellas innerem Auge auftauchte.

„Und du brauchst es damit nicht zu überstürzen, jung wie du bist!" Magdalena strich ihr eine Haarsträhne aus dem Gesicht und lächelte.

Teil 2

Wendepunkte 1942-1944

Ein approbierter Arzt

26. Juli 1942

Antonia streifte im Schlafzimmer eine ärmellose weiße Bluse über, die sie mit einem ausgestellten Faltenrock kombinierte. Er betonte ihre schmale Taille und bot trotzdem genügend Beinfreiheit. Sie sank auf den Hocker des Schminktischs. Männer hatten mitunter seltsame Vorstellungen von den Wünschen einer Frau. Anfangs hatte sie das Möbel weder gebraucht noch gewollt, obwohl das honigfarbene Wurzelholz recht hübsch aussah und zum Rest der Einrichtung passte. Inzwischen erkannte sie ihm einen gewissen Nutzen zu. Gleich drei Spiegel warfen ihr Bild zurück. Mit zusammengekniffenen Augen musterte sie ihr Gesicht, Hals und Dekolleté und entdeckte zu ihrem Verdruss ein festeres Härchen am Kinn. Die Ferber-Schwestern mit ihren achtzig Jahren konnten samt Damenbart durch die Gegend laufen und Knaben mit dem ersten Flaum neidisch machen. Für Antonia kam das nicht infrage. Sie griff zur Pinzette und rupfte es heraus. In der Hinsicht war sie eitel, auch wenn sie im Gegensatz zu Dörte nicht versuchte, in Aussehen und Attitüde mit jungen Mädchen zu konkurrieren.

„Herrin, Sie haben Besuch: Frau Kornbach ist da.“

„Danke, führ sie in die Stube und sag ihr, dass es noch ein paar Minuten dauert.“

Auf der Treppe vermied Antonia die Stufen, die knarrten. Dörtes schmutzige Spielchen beherrschte sie mindestens so gut wie ihr Gast. Die Überraschung gelang ihr perfekt. *Erwischt!* Ihre neugierige Besucherin ruckelte an der mittleren Schranktür, hinter der Antonia einen Teil ihrer Korrespondenz verwahrte. Tja, die war versperrt und die Schlüssel lagen wohlgeborgen im Schmuckkästchen, das oben auf dem Schminktisch stand.

„Ich habe nur …", murmelte Dörte.

Antonia verkniff sich ein Grinsen.

„… Fingerabdrücke abwischen wollen; die stören mein Schönheitsempfinden."

Das wohl kaum über das einer Amöbe herausreichte. Ihr ehemaliger Schützling versuchte ebenso verzweifelt wie vergebens mit abrasierten und in einem dramatischen Bogen aufgemalten Augenbrauen sowie einem tiefen Griff in die Schminkkiste den Schmelz der Jugend wiederzubeleben. Ein zum Scheitern verurteiltes Unterfangen. Amüsant zu beobachten und ein Grund mehr für Antonia, es bei Lippenstift zu belassen. „Dann danke ich dir für deine Mühe." Dass Johann seinem übereifrigen Liebchen nicht steckte, dass eine Aufmachung, die nicht einmal jungen Filmstars schmeichelte, an Dörte verboten aussah. Nun ja, sofern es Antonia nicht tangierte, konnte jeder tun und lassen, was er wollte. Bis auf eines, in Alphons oder ihren Privatangelegenheiten herumzuschnüffeln.

„Früher hat die Tür nicht geklemmt."

„Gut zu wissen …" *… dass diese Frau ihr nachspionierte,* ergänzte Antonia in Gedanken. Dem Frieden und Dörtes Freundschaftsbeteuerungen hatte sie nie so recht getraut und Alphons beizeiten geraten, sein Arbeitszimmer abzuschließen. „Dem Hinweis werde ich nachgehen. Hast du noch etwas anderes auf dem Herzen, als hinter meinem Mädchen her zu putzen?"

„Ich wollte dich fragen, wie du meine neue Haarfarbe findest." Dörte drehte ihren Kopf hin und her und schob hinten im Nacken die dauergewellten Haare zurecht.

„Die ist einmalig." Was sogar der Wahrheit entsprach, obwohl Grünblond nicht jedermanns Sache war.

„Danke schön", tönte Dörte affektiert. „Ich werde in der *Blauen Forelle* erwartet. Darum muss ich jetzt gehen. Johann klagt übrigens immer häufiger darüber, dass dein Mann Beschwerden nicht ernst genug nimmt. Alphons möchte sie in Zukunft sofort an Berta weiterreichen, dass die Gestapo sie umgehend bearbeiten kann. Heil Hitler."

„Ich werde es ihm ausrichten", antwortete Antonia ihr knapp.

„Willst du vielleicht mit hinüberkommen?"

„Danke, nein, ich habe bereits eine Verabredung."

Bei schönem Wetter sollte der Kaffeeklatsch im Garten der Gronaus im Schatten des Birnbaums stattfinden. Als kleine Aufmerksamkeit hatte Antonia Haferkekse gebacken, die gut zum Verschicken an Soldaten taugten. Sie lagen in mit Schleifen verzierten Papiertüten bereit. Eine Portion hatte sie für Magdalena gedacht, die anderen wollte sie Fanny für ihre Brüder überreichen. Sie stellte die Keksdose kurz ab und schlüpfte an der Haustür in ihre hochhackigen Sandalen. Ein Vorkriegsmodell aus dem Jahr 1939. Sie hätte damals gescheiter sein und die Berichte über die Pläne

Adolfs ernster nehmen sollen. Leder war sofort nach Kriegsbeginn rationiert worden und mit jedem Jahr wurde es schwieriger, gescheites Schuhwerk zu bekommen. Da nutzten Bezugsscheine rein gar nichts.

Antonia verließ ihr Haus, überquerte die Straße und ging durch die Scheune der Gronaus direkt hinter das Haus. Fanny verteilte Schalen mit Himbeeren, ein paar späten Erdbeeren und roten sowie schwarzen Johannisbeeren auf der weißen Tischdecke.

Ella rückte lächelnd einen Stuhl für sie zurecht. „Bitte, nimm Platz, Tante Antonia. Statt Kuchen, frisch gepflückt. Mutter kommt gleich mit dem Kaffee. Ich gehe und hole uns Milch und Quark dazu."

Fanny zeigte ein seltenes Lächeln. „Guten Tag, Frau Berthold."

Antonia setzte sich in den Schatten und stellte die Keksdose auf den Tisch. „Setz dich zu mir, Kind. Hast du neue Nachrichten von deinen Brüdern erhalten?"

„Nicht von allen, die im Feld stehen. Aber den beiden jüngeren geht es gut."

Antonia hielt ihr die Kekse entgegen. „Hier, das große Säckchen ist für dich."

Fanny zögerte, bevor sie die Gabe schließlich doch annahm und neben ihrem Teller abstellte. „Wie lieb von Ihnen, herzlichen Dank, Frau Scholtes. Sie sind sehr gütig."

„Für fünf junge, hungrige Soldaten ist es nicht viel." Antonia konnte Fannys Zurückhaltung verstehen. Früher hatte sie ebenfalls bei jeder freundlichen Geste die Absichten des Gegenübers hinterfragt. Selbstlose Menschen gab es in dem Universum ihrer Kindheit nicht – und keinen gütigen Gott. Bei der Erinnerung an ihren

Onkel, den Bruder ihrer Mutter, der sie als siebenjährige Waise großzügig in seine Familie aufgenommen und von ihr umgehend den Lohn dafür eingefordert hatte, wurde sie unwillkürlich steif. Selbst nach über vierzig Jahren hatte ihr Körper Schmerz und Ekel nicht vergessen.

„Ist Ihnen nicht gut? Sie sind blass geworden."

Einer zart empfindenden Seele wie Fanny entging offenbar auch Antonias Leid nicht. Sie rang sich ein Lächeln ab. „Nicht nur Bäume werfen Schatten, manchmal ist es eine Erinnerung."

„Allerdings." Fanny starrte auf einen Punkt in der Ferne.

Was sie anbetraf, hatte Antonia ihre Schlüsse längst gezogen: Das instinktive Zurückschrecken, wenn das Mädchen Männerstimmen hörte und die Angst in den Augen der Jüngeren sprachen für sich. Dass Magdalena und Ella das junge Geschöpf mit seiner verletzten Seele unter ihre Fittiche nahmen, rechnete Antonia ihnen hoch an. Was es bedeutete, jemanden zu haben, der einen schützte, hatte sie selbst erst durch Alphons erfahren. Sie begrüßte Magdalena, die mit der Kanne ankam, hielt ihr die Tasse zum Einschenken hin.

Nachdem alle versorgt waren, nahmen die Gronau-Frauen gegenüber Platz und Antonia reichte Magdalena ihr Mitbringsel: „Gibt es Neuigkeiten von Martin?"

„In Russland hat die große Sommeroffensive begonnen", antwortete ihre Schwägerin. „Seine Truppe soll Moskau erobern."

„Meine Brüder sind mit ihren jeweiligen Einheiten zum Don unterwegs", warf Fanny ein. „Ihre Aufgabe ist es, die kläglichen Reste der Roten Armee zu zerschlagen und die Ölfelder im Kaukasus einzunehmen.“

Ella verdrehte die Augen. „Also ich fände es ja gescheiter, eins nach dem andern zu erledigen, anstatt zwei Angriffe gleichzeitig durchzuführen. Der Vergleich hinkt vielleicht, aber wenn ich Großwaschtag habe, fange ich nicht auch noch mit dem Frühjahrsputz, Möbelrücken und Teppichklopfen an.“

Antonia lachte auf. „Kein Wunder, dass Alphons so große Stücke auf dich hält. Du bist blitzgescheit. Für unsere Truppen und eure Lieben hoffe ich jedoch, dass die Rechnung des besten Feldherrn aller Zeiten aufgeht.“

„Wie geht es deinem Sohn, Antonia?“, fragte Magdalena.

„Er hat inzwischen seine Approbationsurkunde erhalten und darf offiziell als Arzt arbeiten.“

Ella wählte eine Rispe mit Schwarzen Johannisbeeren und verspeiste eine. „Hm, lecker. Das sind die letzten für dieses Jahr. Weiß er schon, ob er an die West- oder Ostfront geschickt wird?“

„Er hat unverschämtes Glück und eine auf ein Jahr befristete Assistentenstelle am Institut für Physiologie von Professor Holzlöhner erhalten. Er arbeitet zwar für ein Taschengeld, vorerst muss er aber nicht an die Front und kann die Zeit nutzen, um zu promovieren.“

„Die Kommilitonen, die einrücken müssen, werden ihn gehörig beneiden.“ Ella ließ die nächste Frucht in ihren Mund wandern und verzog ihr Gesicht. „Puh, die war sauer.“

Magdalena vertrieb eine Stubenfliege vom Rand ihrer Tasse. „Was für wunderbare Nachrichten, Antonia! Du musst stolz auf deinen Sohn sein."

„Das bin ich, obwohl ich nicht zu der Sorte Mütter gehöre, die sich im Glanz ihrer Kinder sonnt."

„Wann kommt mein Neffe endlich einmal selbst vorbei, damit wir ihm persönlich zu seinem bestandenen Examen und seiner Anstellung gratulieren können?"

„In nächster Zeit leider gar nicht. Wir haben gestern telefoniert und er hat mir erzählt, dass er im Rahmen seiner Anstellung zum 1. August im Konzentrationslager Dachau anfängt, wo er einen erfahreneren Kollegen, einen gewissen Sigmund Rascher, bei kriegswichtigen Experimenten unterstützen wird."

„Moment mal, Tante Antonia. Warum gehen die dafür in ein Konzentrationslager?"

„Hitler hat Tierversuche offenbar verboten. Darum müssen sich Forscher anderweitig behelfen."

„Was?" Ella stützte ihre Hände auf den Tisch und schnellte vor. „Nehmen die Menschen als Versuchskaninchen?"

„Setz dich wieder. Frieder hat mir versichert, dass kein Freiwilliger dabei zu Schaden kommt."

Ella ließ sich auf ihren Stuhl zurückplumpsen. „Haben die Gefangenen denn eine Wahl?"

„Ich schätze nein." Antonia wollte dieses Thema nicht vertiefen, zumal sie selbst erhebliche Zweifel an dieser Art von Experimenten hegte. „Die Erdbeeren sehen köstlich aus. Ich bin so frei und bediene mich."

Sie stutzte und sah in den blauen Himmel. Auch die anderen hoben den Kopf. Dieses Brummen ... Freund oder Feind? „Zu dumm, dass wir keine Warnsirene im Ort haben.“

Ella verfolgte die Bahn der Flieger. „Die entfernen sich zum Glück.“

In letzter Zeit flogen immer häufiger feindliche Maschinen über Wingert hinweg, die allerdings andere Ziele ins Visier nahmen als ein winziges Moseldorf. Die warfen ihre Bomben lieber auf wichtige Städte wie Köln ab, das Ende Mai einem ‚britischen Terroranschlag‘ zum Opfer gefallen und laut Zeitungsbericht mit einem ‚Bombenhagel sondergleichen‘ überzogen worden war. Da die deutschen Truppen zeitgleich die Schlacht um Charkow gewonnen hatten, bejubelte die Presse lieber diesen Sieg und den erfolgreichen Gegenschlag auf Canterbury. Und Antonia saß hier, spürte die Sonne auf ihrem Gesicht und schmeckte die Süße der reifen Erdbeeren.

Geburtstagsgruß

27. September 1942

Ella holte früh am Morgen die Schachtel mit Martins Feldpostbriefen aus dem Schrank in der Stube und ließ ihre Fingerkuppen über die gefalteten Briefbögen gleiten. Seit ihr Bruder nach der Musterung im Dezember Anfang März 1941 eingerückt war, hatte er ihnen über siebzig Briefe geschickt. Sie lauschte dem leisen Geräusch, das die Blätter bei ihrer Berührung erzeugten. Manche waren gewellt, einige Seiten sonderten einen muffigen Geruch ab. In welchem Schmodder die wohl gelegen hatten? Martin schrieb ihnen regelmäßig. Mal waren die Briefe an sie, mal an ihre Eltern adressiert. Manchmal bestand der Inhalt nur aus kurzen Notizen auf irgendeinem Schmierzettel. Wenn Martin nach seinen Wachdiensten frei hatte, verfasste er in der Regel längere Schreiben. Den Brief, den sie suchte, hatte er vor elf Wochen in Sewastopol abgeschickt und vorsichtshalber gleich seine Geburtstagsgrüße an sie als Postskript angehängt. Darum wollte sie ihn lesen. Vor vier Wochen war er mit einem ganzen Schwung von Schreiben angekommen. Martin dürfte inzwischen längst anderswo auf der Krim unterwegs sein. Hoffentlich ging es ihm gut. Die Angst um ihn, die im Hintergrund beständig an ihr nagte, tauchte unnachgiebig an die Oberfläche. Und ihr blieb nichts anderes übrig, als die Ungewissheit auszuhalten. Seufzend entfaltete sie den Briefbogen, schickte ihm in Gedanken eine Umarmung in die Ferne und las seine Zeilen.

Liebe Ella! Brief Nr. 73, Sewastopol, den 12. Juli 1942
Geht es Euch allen gut? Deinem Brief habe ich entnommen, dass Kathie im Dorfladen mit Färbemitteln ihr bestes Geschäft macht. Ich dachte erst, dass alle Frauen auf einmal blonde Haare wollten. Aber nein, es ist schwarz für Trauerkleidung, weil entsprechender Stoff längst nicht mehr zu kriegen ist. Dass die Verluste im Osten leider deutlich höher sind als an der Westfront und während des Frankreichfeldzugs, ist also auch in Wingert spürbar – fast jede Familie hat einen nahen oder entfernteren Verwandten zu beklagen, schreibst Du. Ich kann hier auch ein Lied davon singen: Die Russen sind unser schwierigster und härtester Gegner bisher! Sie sind zäher als erwartet und kämpfen heldenhaft. Diese Erkenntnis ist nicht allein auf meinem Mist gewachsen. Das gestehen ihnen sogar die alten Hasen zu, die in Polen und in Frankreich mit dabei waren. Wir haben bei Sewastopol die halbe Insel mit unseren Stukas bombardiert, (Sturzkampfflugzeug, falls Dir entfallen sein sollte, was die Abkürzung bedeutet) die Festung in Flammen gesetzt und in Trümmern gelegt. Die Russen wollten nicht weichen! Jeden Meter mussten wir uns mühsam erkämpfen. Und egal, wo wir hinkommen, es geht immer so weiter. (Während ich diese Zeilen zu Papier bringe, höre ich Artilleriefeuer. Es ist weit weg, also sorg Dich nicht.) Ella, Du machst Dir keine Vorstellung von den Entfernungen, die wir zurücklegen müssen, von der Weite dieses Landes. Viel

unbebaute Natur, Wälder, Felder, Wiesen, Flüsse, Seen und Sümpfe. Gerade piesackt mich ein verdammter Floh. An Schlaf ist nicht zu denken, aber den werde ich noch kriegen. Die Sommer hier sind heiß. Dazu Horden an Mücken, manchmal solche Schwärme, dass Du denkst, Du erstickst, weil sie Dir in Mund und Nase krabbeln. Widerlich, sage ich Dir. Beinahe freue ich mich auf den (Spät)Herbst, wenn nur der Winter nicht käme. Das wird mein erster in Russland. (Ich lobe mir Jugoslawien). Von meinen Kameraden durfte ich mir viele Schauergeschichten über die sibirische Kälte anhören. (Sie behaupten, dass sie wahr sind.) Ich kann Dir gar nicht sagen, wie mir vor der Aussicht auf - 35 Grad oder - 40 Grad graut. (Hier auf der Krim gibt es allerdings auch Landstriche mit mildem Klima, wo Wein angebaut wird – und Mücken gedeihen –, aber uns zieht es in unwirtlichere Gefilde). Falls ich nächstes Frühjahr noch sämtliche Zehen und Finger haben sollte und Augenlider (einigen sollen sie abgefroren sein, kannst Du Dir das vorstellen? Grauenhaft, nicht wahr!) und die Ohren noch dran sind, kann ich von Glück sagen (oder ich habe einen Unterstand gefunden). Anfangs hatte ich ja noch gedacht, dass es leicht sein müsste, in Russland an Pelze zu kommen, aber das ist nicht der Fall. Bauern tragen sommers wie winters ihre Jacken aus Lammfell. Grobe, verdreckte Dinger, die würdest Du allenfalls mit der Beißzange anfassen. Die meisten haben kaum mehr Besitz. Viele hausen in erbärmlichen, heruntergekommenen Hütten und die ganze Familie schläft neben oder auf dem großen gemauerten Ofen. In der ersten Zeit haben sie ihr Vieh

noch gerne mit uns geteilt, hat mir ein Kamerad erzählt, den ich Dir bei Gelegenheit einmal vorstellen werde. Sogar Hühner oder Schweine hätten sie geschlachtet. Seit wir jedoch nach der Devise vorgehen: Wenn ein deutscher Soldat essen will, bittet er nicht, fürchten sie um das bisschen, das sie haben. Wir holen uns buchstäblich alles von diesen Leuten, was wir brauchen. Schließlich müssen wir kampftauglich bleiben und den Krieg gewinnen. Ich hoffe nur, dass ich demnächst einmal Urlaub kriege, damit ich Dir das Leben hier in Russland in allen Farben schildern kann. Immerhin bin ich ein Jahr dabei. Den nächsten Brief schick nach Rschew. Die neue Adresse lege ich dem nächsten Brief an die Eltern bei.
Gehab Dich wohl
Dein Bruder Martin
P.S. Meine herzlichsten Geburtstagsgrüße und -wünsche, kleine Schwester. Ich schreibe sie zur Vorsicht hier mit hinein. Bis Ende September ist es zwar noch eine Weile hin, aber wer weiß, wie lange die Post unterwegs ist. Du kannst ja mal im Atlas nachschauen. Bis zu Euch dürften das gut und gerne zweitausend Kilometer sein. Bleib gesund und stell Wingert nicht auf den Kopf.

Sein Bericht über die Kämpfe von Sewastopol deckte sich absolut nicht mit den Einträgen in ihrer Kladde. In deutschen Zeitungsartikeln hatten sie hinterhältige Brandanschläge von russischer Seite auf die eigenen Leute angeprangert, in denen von verkohlten Leichen verletzter russischer Soldaten, Frauen und Kinder in den Kellergewölben eines Hospitals die Rede gewesen war. Sogar Bilder der Opfer hatten sie gezeigt, die Ella zutiefst getroffen hatten. Laut der deutschen Presse hatte der Erfolg von Sewastopol den deutschen Truppen und damit sicher auch Martin, der vor Ort gewesen war, Auftrieb gegeben. In Ella weckte er die Hoffnung auf ein schnelles Ende des Krieges. Seit dieser Brief eingetroffen war, wusste sie, dass sie rein gar nichts mehr glauben durfte. Laut Martin waren die russischen Soldaten alles andere als feige. Ihr Vater hatte es zu Beginn des Ostfeldzuges leider richtig vorausgesehen, Hitlers Blitzkrieg-Taktik war nach fulminanten Anfangserfolgen in der Ukraine gescheitert. Moskau einzunehmen, war den Truppen nicht gelungen.

Im Herbst 1941 setzte der Regen frühzeitiger ein als erwartet und verwandelte die ungeteerten russischen Straßen in eine Matschhölle. Lastwagen mit Nachschub blieben stecken, selbst die Panzer kamen nicht mehr voran. Die Soldaten versanken knietief im Morast und die russische Hauptstadt, die zum Greifen nah war, blieb in Stalins Hand. Er war nicht geflohen. Obwohl die Zeitungen im November und selbst noch im Dezember den unmittelbar bevorstehenden Fall Moskaus und den Sieg über Russland bejubelten, blieb beides aus. Sobald der Winter einbrach, fehlte den deutschen Soldaten nicht nur die Kraft für weitere Gewaltmärsche, sondern schlicht und einfach die Winterausrüstung. Die Russen kannten ihr Land, waren entsprechend ausstaffiert und gegenüber den deutschen Soldaten darum klar im Vorteil.

Mehr als einmal hatte Luzie ihr berichtet, dass Leos Einheit im Oktober und November bei Temperaturen von – 20 Grad nach wie vor auf warme Mäntel und Stiefel wartete. Berta setzte daraufhin Himmel und Hölle in Bewegung, dem armen Kerl Wintersachen zukommen zu lassen. Bei einem Maximalgewicht von zwei Kilogramm pro Paket war das leichter gesagt als getan. Aber Dank Johann hatte sie es geschafft.

Zu der Zeit diente Martin mit seiner Einheit noch in Rumänien, wo Partisanen den siegreichen Deutschen das Leben schwer machten. Heftige Vergeltungsmaßnahmen – für jeden toten Soldaten mussten zehn Zivilisten sterben – schürten den Hass und bewirkten das Gegenteil von dem, was erreicht werden sollte. Den Freiheitskämpfern ging der Nachwuchs nicht aus und die Truppen, die in Griechenland und Rumänien für Ordnung sorgen mussten, fehlten in Russland. Wenigstens in Afrika vermeldete der für die Eroberung Tobruks zum Generalfeldmarschall ernannte Rommel noch Erfolge. Wenn es ihm gelänge, den Suezkanal zu erobern, konnte er den Engländern einen empfindlichen Schlag versetzen. Wenn …

„Ella! Wo bleibst du denn?“ Luzies Stimme und ein lautes Klopfen rissen sie aus ihren Gedanken.

Sie sprang auf und öffnete die Tür.

Luzie fiel ihr um den Hals. „Zuallererst einmal herzlichen Glückwunsch zum Geburtstag. Und wie fühlst du dich mit sechzehn?“

„Keinen Deut anders als gestern und Wichtelmänner, die mir fortan die Arbeit abnehmen, sind auch nicht aufgetaucht.“

„Dafür hast du seit August mich, also jammere nicht herum. Hier habe ich eine Kleinigkeit für dich. Selbstgemachte Karamellen und eine Tafel Schokolade.“

„Du bist ein solcher Schatz! Hast du etwa deine Zuckerration für mich geopfert?“

Luzie nickte. „Und ich würde nicht ‚Nein' sagen, wenn du mir etwas davon spendierst."

∗∗∗

Die Trauben brauchten noch ein paar Sonnenstunden, deshalb stand heute die Apfelernte auf dem Plan. Fanny und Luzie hatten die hohe Leiter aus dem Schuppen herbeigeschafft, Ida raffte Fallobst vom Boden auf. Von Würmern, Ohrenschlüpfern, sonstigem Viehvolk und faulen Stellen befreit würden sie es später zu Apfelmus einkochen. Ella griff nach einem Eimer und kletterte nach oben, wo bekanntlich die besten Exemplare hingen: rotbackig, süß und saftig. Sie pflückte einen, der ihr durch das Blattwerk förmlich entgegenlachte, rieb ihn an ihrem Pullover blank und biss hinein. Himmel, der schmeckte so gut, wie er duftete.

„Fanny, Luzie, wo bleibt die Plane?" Erst wenn die unter dem Baum lag, konnte Ella die Äste nach Herzenslust schütteln. Da sie die Äpfel nicht einlagern, sondern morgen zu Saft pressen wollten, machten frisch aufgeplatzte Stellen nichts.

Sie streckte ihre Hand nach dem nächsten aus. Dabei kam ihr ‚Aidas Erntelied' in den Sinn, ein Gedicht, das sie vor zwei Jahren im Schulunterricht auswendig lernen musste:

Knechte, seid nicht allzu eifrig,
Jedes Hälmlein heimzuholen:
Laßt der Flur die letzte Garbe
Für des alten Wodan Fohlen;

340

Die Verse entstammten dem Buch ‚Dreizehnlinden‘ eines gewissen Friedrich Wilhelm Webers. In der Zierausgabe von 1890 stand es im Bücherregal ihrer Mutter. Früher hatte Ellas Aufmerksamkeit eher dem prächtigen goldverzierten Einband gegolten als dem Inhalt des Werkes. Es war in Reimen geschrieben und interessierte sie darum nicht sonderlich. Ihre Mutter hatte den Band neulich in den Händen gehalten, als sie eine Lektüre suchte, und erwähnt, dass das Buch nicht etwa von rassischen Idealen, sondern von zwei Liebenden aus feindlichen Lagern handelte. Er, ein heidnischer Sachse, sie, eine fränkische Christin. Ellas Interesse war aufgeflammt. Vor Jahren hatte sie in dem Buch geblättert und nichts begriffen. Jetzt hingegen … Jacques und sie? Sofort rief sie sich zur Ordnung. Ein paar Tänze, auf die Wangen gehauchte Küsse und sehnsüchtige Blicke, mehr sollte und durfte es zwischen ihnen nicht geben! Doch sie mit ihrer blühenden Fantasie musste unbedingt diese Liebesgeschichte lesen. Ein Ast unter ihren Sohlen knackte. Mist, sie musste besser aufpassen.

„Steig nicht zu weit hinauf!", rief Fanny von unten.

„Du bist schon einmal vom Baum gefallen!" Luzie goss Öl ins Feuer.

Ida schleppte die Planen an. „Hach, dat war ne Aufregung an dem Tag!"

„Hat Onkel Heiner damals das Bild auf dem Gips eigentlich signiert?“

„Schluss damit, Luzie.“ Aus den Augenwinkeln gewahrte Ella eine Bewegung bei der Scheunentür. Da stand er, Jacques, und sah zu ihr hoch. Er sagte nichts, trotzdem drang sein besorgter Blick wie ein Pfeil in ihr Herz. Sie kletterte ein Stück weit hinunter. Er trat zu ihnen und legte seinen Kopf in den Nacken. „Soll ich dir helfen?“

Luzie zwinkerte ihr zu. „Wunderbar, dann gehen Fanny und ich zum nächsten Baum hinüber und nehmen die Leiter mit. Oder braucht ihr sie?“

„Nein.“ Jacques packte einen der dicken Äste, schwang sich hoch. Während Fanny und Luzie laut schnatterten und lachten, ließ er Ella nicht aus den Augen.“

„Ich möchte … den Eimer gerne vollmachen …“ Sie stockte unter seinem Blick. „… und danach … den Baum schütteln.“

Sie griffen gleichzeitig nach demselben Apfel. Ihre Finger berührten sich. Unwillkürlich zog Ella ihre zurück.

„Bon dieu. Guter Gott!“ Jacques machte endlich seinen Mund auf „Ich habe mich zu Tode erschrocken, als ich dich oben im Geäst gesehen habe.“

„Du übertreibst! Ich habe gut aufgepasst.“

Er streckte die Hand aus und strich ihr sanft über die Wangen. „Du bist viel zu waghalsig.“

„Ich?“ Sie schüttelte den Kopf. „Nenn mir ein Beispiel!“

„An dem Sonntag vor einem Jahr, als Johann und seine Männer euren Pfarrer verhaften wollten, habe ich Blut und Wasser geschwitzt."

„Du hast mich damals gesehen?"

Er errötete. „Ich spähe manchmal durch die Ritzen in den Brettern, mit denen das Fenster vernagelt ist, zu eurem Haus hinüber."

Ellas Herz pochte schneller.

„Ich kam mir ... Wie heißt es? Erbärmlich vor, armselig, weil ich nicht eingreifen konnte. Was, wenn diese Kerle dich entdeckt und verhaftet hätten? Ich wäre am liebsten zu ihnen hinausgestürmt und hätte mich ihnen in den Weg gestellt. Oder dich in meine Arme gerissen und dir gesagt, dass du den Irrsinn lassen sollst. Gleichzeitig wusste ich, dass du starrsinnig bist."

„Wie bitte?" Sie schnappte nach Luft.

„Stur?"

„Willst du mich ärgern?"

„Was ich meine, wie soll ich es sagen?" Er kratzte sich am Kopf. „Ich hätte dich nicht davon abbringen können, n'est-ce pas. Nicht wahr?", wiederholte er auf Deutsch. „Trotzdem habe ich deinen Mut bewundert."

Und das alles eröffnete er ihr in fünf Metern Höhe? Wer von ihnen war hier der Verrückte? „Ach tatsächlich? Du bewunderst mich angeblich und hast mir nicht einmal ordentlich zum Geburtstag gratuliert."

„Ich dachte, euch ist der Namenstag wichtig."

„Rede dich nicht heraus."

„Ich wollte und werde dir gratulieren, aber nicht hier oben, Ella. Halt still." Er streckte seine Hand aus und berührte ihr Haar.

„Was machst du da?"

Er zeigte ihr das kleine Blatt, das er entfernt hatte. „Wollen wir uns beeilen, ma petite fée des feuilles?"

Sie kniff ihre Augen zusammen. „Was heißt das?"

„Meine kleine Blätter-Fee. Ich habe ein Geschenk für dich."

***

Ella streckte ihre Arme in die Höhe und dehnte ihren Rücken. Bis zum Einbruch der Dunkelheit hatten sie Äpfel aufgelesen und die Ausbeute bütten- und körbeweise in die Scheune geschafft, in der es jetzt herrlich duftete. Die anderen waren bereits ins Haus gegangen und sie hatte keine große Lust, ihnen zu folgen. Wenigstens an ihrem Geburtstag wollte sie einen der raren Momente des Alleinseins mit Jacques möglichst lange ausdehnen. Die Sturmlampe, die an einem Haken am Balken hing, verbreitete nicht allzu viel Licht. Doch genügend, um die kleine Box zu erkennen, die er aus seiner Jackentasche zog. Sie war hell grundiert, mit winzigem Vergissmeinnicht und Marienkäfern verziert, und erinnerte in Form und Größe an eine Streichholzschachtel. „Ich habe auch noch Schokolade zum Naschen für dich, aber das hier wollte ich dir unter vier Augen geben."

„Wie schön! Hast du die Verzierung selbst gemalt?"

„Luzie hat mir Farben und Stifte gegeben. Regarde, schau mal." Er schob das Innere der Schachtel wie eine Schublade aus der äußeren Umhüllung.

„Vierblättrige Kleeblätter!" Mindestens sieben oder acht gepresste lagen darin, sorgsam auf Watte gebettet.

„Alles Glück der Welt wünsche ich dir, ma petite fée!"

Ella kicherte. „Alles wäre zu viel. Mir reicht eine Hälfte, die andere überlasse ich dir."

„Nur zusammen ergeben sie ein Ganzes." Sein Blick tauchte in ihren. Er schloss die Box, überreichte sie Ella und strich ihr eine Strähne aus dem Gesicht. „Wie weich dein Haar ist."

Seine Hände glitten über ihre Wangen, weiter bis zu ihrem Mund. Sanft zeichnete er mit den Fingerspitzen die Konturen ihrer Lippen nach. Er beugte sich vor. „Darf ich?"

Fragte er das im Ernst? Sie stellte sich auf die Zehenspitzen, schlang ihre Arme um seinen Hals und presste ihren Mund innig auf seinen. Ihr erster Kuss! Sie schloss die Augen, öffnete ihre Lippen. Seine Hände wanderten hinunter zu ihrem Rücken, strichen über ihre Taille. Seine Zunge tastete sich behutsam vor. Ella genoss die Berührung und tief in ihr regte sich eine Empfindung, die sie nicht kannte. Dieser Kuss sollte nicht enden. Immer dichter drängte sie sich an ihn, während sie leise stöhnte.

„Je t'aime", flüsterte er rau, als sie sich atemlos voneinander lösten.

„Und ich liebe dich!" Ella seufzte. „Wir müssen vorsichtig sein. Keiner darf etwas von dem hier mitkriegen."

Statt sie freizugeben, drückte er sie fester an sich.

„Oui, d'accord. Ich ... will dich nicht verlieren."

Er ließ die Arme sinken und sie traten aus dem Schatten.

„Hörst du das?"

Sie nickte. Schritte. Jemand öffnete die Tür. Ihre Mutter spähte in die Scheune. „Ella, Jacques? Wo bleibt ihr? Wir warten auf euch."

„Wir haben die Körbe mit den Äpfeln hereingetragen, Mama. Bei Dunkelheit geht das nicht so schnell."

„Das hättet ihr genauso gut morgen Früh erledigen können."

Ob ihre Mutter misstrauisch geworden war?

„Rein mit euch, ihr zwei."

„Wartet mal!" Ida schleppte einen großen Eimer Rübensaft aus Kathies Laden herbei. Sie setzte ihn ab. „Ihr werdet's nit glauben! Die Nazis hab'n die Kirchenglocke beschlagnahmt und lassen die abtransportieren."

Ella blieb kurz die Spucke weg. „Was sagst du?"

„Dat is ein Aufruhr. Dat halbe Dorf is auf den Beinen und die Linda hat dat vor allen entsprechend laut kommentiert. ‚Wenn die's nötig hätten und Kirchenglocken einschmelzen müssten, um Kanonen zu bau'n, könnten die Deutschen einpacken. Der Krieg wär verloren.' Recht hat sie. Ich hoff nur, dat Dörte sie nit denunziert."

Weihnachtspäckchen

16. November 1942

Draußen herrschte kühles, trübes Nebelwetter. Die Stallarbeit war erledigt und Jacques schichtete in der Scheune ungefähr zwanzig Päckchen auf den Handwagen, die zur Poststelle nach Leiwen sollten. Dass Weihnachten nahte, merkte er an der Zahl der Schachteln deutlich. Da Feldpost-Päckchen die Zwei-Kilo-Marke nicht sprengen durften, wurden vor den Feiertagen einfach mehr verschickt als sonst. Die dafür benötigten platzsparend zusammengefalteten Kartons samt den erforderlichen Aufdrucken gab es im Gronau-Haushalt en gros. Jacques zog ein Wachstuch über die Päckchen, damit die Pappe vor Feuchtigkeit geschützt war und Empfängername, Adresse und Feldpostnummer nicht schon auf dem Weg nach Leiwen durchweichten und im schlimmsten Fall unkenntlich wurden. Er hoffte von Herzen, dass alle Gaben wohlbehalten bei den Empfängern ankamen. Obwohl ihm der Gedanke, dass Ella Stunden ihrer Freizeit damit verbracht hatte, dem Nachbarssohn einen Pullover zu stricken, nicht behagte.

Rasch stapfte Jacques in die wohlig warme Küche zurück. Auf dem Tisch standen etliche Präsente für Martin bereit: darunter mehrere Marmeladengläser, eine kleine Flasche Birnenschnaps und Geräuchertes. Ella,

Fanny und Ida wickelten die zerbrechlichen Teile in warme Socken und Wäsche ein und reichten sie ihrer Herrin. Die schwereren Gegenstände verteilte Ellas Mutter auf drei verschiedene Schachteln. Wie am Fließband lief das. Früchtebrot und Plätzchen, Briefpapier samt Umschlägen, Seife und Zigaretten folgten. Ein von Ella gestrickter Pullover und wasserfeste Blau- und Bleistifte, sowie Kerzen und Zahnpasta wanderten ebenfalls in die Schachteln. Obenauf kamen Karten und Briefe.

Frau Gronau stellte einen Karton nach dem anderen auf die Küchenwaage und tauschte ein Marmeladenglas mit zwei Kerzen. „Jetzt passt das Gewicht, aber wohin mit dem Glas?"

„Soll ich noch einen Karton bringen?", fragte Ida. „Da könnten wir zusätzlich Butter reinpacken. Und Plätzchen. Dann hat der Martin ein bisschen mehr, um's mit seinen Kameraden zu tauschen."

„So machen wir's. Du kannst dich schon anziehen, Ella. Auf dem Rückweg vom Postamt bringst du bitte Reisig mit."

„Kann Jacques mitkommen, Mama?"

Was hatte er da gerade gehört? Er sah zu Ella hinüber. Ein Ausflug an ihrer Seite? *Jetzt bloß nicht lächeln!* Er durfte nicht zeigen, wie glücklich ihn der Vorschlag machte. Nicht, dass Frau Gronau Verdacht schöpfte und merkte, wie es um ihre Tochter und ihn stand.

Ellas Mutter runzelte die Stirn. „Warum er? Und nicht Fanny oder Ida?"

„Ach, Mama, seit Jacques bei uns ist, hat er Wingert nicht einmal verlassen. Außerdem könnte er dort gleich Paketmarken für Auslandspost besorgen."

Von Idas Seite, die das letzte Päckchen verschnürte, kam ebenfalls Beistand. „Nix für ungut, Herrin, wir wollten doch heut dat Spritzgebäck durch den Fleischwolf dreh'n. Da sin die Fanny und ich gut beschäftigt. Der Schakkes haut schon nicht ab. Lassen Sie ihn halt mitgehen. Dat wird doch so früh dunkel und zu zweit kriegen die den Karren im Nu mit Reisig voll."

Frau Gronau überprüfte die Feldpostnummern, die Ella eingetragen hatte. „Das ist ein Argument."

„Wie isses denn später mit Besen binden, Schakkes?" Ida zwinkerte ihm zu. „Hast du's schon mal gemacht?"

Jacques kratzte sich am Kinn. „Non, noch nie."

„Na, so wat, kehrt ihr in Frankreich eure Höfe nit?"

„Doch, natürlich."

„Dat is zwar ne Arbeit für's Mannsvolk, aber ich hab die trotzdem von meinem Großvater gelernt. Der sah dat nit so eng. Ich wird's dir beibringen."

Ellas Kopf ruckte hoch. „Ich möchte auch mitmachen, Ida."

Jacques schmunzelte. Der Einwurf passte zu der Tochter des Hauses. Außerdem würde es noch mehr Zeit mit seiner Liebsten bedeuten.

Ida zuckte mit den Achseln. „Wenn's die Herrin erlaubt."

„Mama, bitte!"

„Ich bin nicht taub!" Ihre Mutter klebte eine Postwertmarke auf die Schachtel. „Von mir aus darfst du es versuchen. So, fertig. Los mit euch."

„Darf Jacques mitgehen, Mama?"

Frau Gronau nickte.

Ein Ausflug mit Ella, wie wunderbar. In der Scheune holten sie ihre Wintermäntel von den Haken, die gleich neben der Tür zur Küche angebracht waren, und schlüpften in ihre Winterstiefel. Jacques schob die letzten Päckchen unter das schützende Wachstuch.

„Falls du fliehen möchtest, ich kann dich nicht aufhalten." Ella zog eine dunkelgrüne Bommelmütze über ihre Locken und wickelte einen passenden Schal um ihren Hals.

„Ah, non, ich fasse es nicht, wie kommst du auf diese Idee?"

„Wärst du an den Feiertagen nicht lieber bei deiner Familie? Du hast sie so lange nicht gesehen."

„Sag mal, dis donc ..." Jacques strich ihr eine Strähne aus der Stirn. „Denkst du wirklich, ich würde von dir wegwollen? Das ist nicht dein Ernst, n'est-ce pas? Nicht wahr?"

Ella legte den Kopf schief und sah ihn an. „Erzähl mir, wie ihr die Feiertage verbringt. Wie ist es bei dir zu Hause? Du weißt alles von mir und ich fast gar nichts von dir."

„Wie viel Zeit haben wir denn?" Er griff nach der Schiebestange und sie legte ihre Hand dicht neben seine.

„Für eine Strecke mit dem Handwagen? Ungefähr eine halbe Stunde, schätze ich."

„Très bien, sehr gut."

Seite an Seite stiefelten sie los.

„In der Champagne sind die Hügel langgestreckt und sanft geschwungen. Die Böden sind hell, weil aus Kreide. Eure hingegen sind dunkel, bei euch ist es Schiefer. Als Rebsorte baut ihr Riesling-Trauben an, wir Pinot noir, Pinot meunier und Chardonnay."

„Jacques Legrand!" Ella hob ihre Hand und streckte den Zeigefinger in die Höhe wie eine Lehrerin, die eine Verwarnung gegenüber einem ihrer Schüler aussprach. „Hör auf, mich zu veräppeln."

Er lachte. „Wir feiern ähnlich wie ihr. Grand-mère will Weihnachten ihre Familie um sich haben." Die Baronesse aus lothringischem Adel hatte eine stolze Mitgift in die Ehe gebracht und ihren Mann zu jeder Zeit spüren lassen, wer auf den Geldsäcken saß. Geschäftstüchtig war sie. Innerhalb weniger Jahre hatte sie das Weingut von 25 auf 60 Hektar vergrößert und wenn Madame Legrand ihre Verwandten rief, kamen sie. Ungefähr fünfzig Personen, die sich Hoffnung auf ein Erbe machten. „Sie lädt meine Onkel und Tanten, die Cousins und Cousinen ein. Abends essen wir ein Menü. Wir speisen stundenlang. Es gibt zehn Gänge."

„Was?" Ellas Augen wurden groß.

Jacques schmunzelte. Ihr Erstaunen fand er bezaubernd. Er liebte ihre Neugier und ihr freies, unbeschwertes Wesen. „Das ist nichts Besonderes bei uns in der Gegend und es sind keine Riesenportionen. Pas du tout. Ganz und gar nicht. Wer nicht am Hungertuch nagt, der feiert üppig und trinkt. Schon für die kleinen Kinder gibt es mit Wasser und Zucker gemischten Wein. Wir singen Lieder; früher hat sich meine Schwester ans Klavier gesetzt und gespielt. Außer ihr habe ich noch zwei Brüder. Ich bin der Jüngste ... im Bunde."

„Beherrschst du auch ein Instrument?", fragte Ella.

Jacques dachte an die zerbrechliche alte Dame, die sich damit abgemüht hatte, die Liebe zur Musik in ihm zu wecken. „Wir mussten alle Klavierunterricht nehmen. Aber ich habe schon lange keine Tasten mehr angerührt.“

Der Weg nach Leiwen führte bergab, die Straße herunter. Die Nebelschwaden im Tal lösten sich langsam auf und gaben den Blick auf die Weinberge und mitunter auch auf die Mosel frei.

„Weil der Krieg ausgebrochen ist?“

Er schüttelte den Kopf. „Meine Schwester Caroline besuchte das Konversatorium in Paris. Sie war sehr talentiert. Sowohl für Piano als auch für Gesang. Da hat mich mein Geklimper nur frustriert. Mon dieu, Caro hatte eine wundervolle Altstimme. Ihr Lehrer war voll des Lobes über ihr Timbre. Anfang Januar ’39 durfte sie als Solistin das ‚Pie Jesu‘ aus Gabriel Faurés Requiem singen. Damals habe ich für einen Moment gedacht, dass Gott tatsächlich existieren könnte. Sie hatte die Stimme eines Engels, klar und rein, haben Zuhörer aus dem Publikum gesagt.“ Er brach ab. Vor seinem inneren Auge entstand das Bild von Caroline in der Kirche. Ihre dunklen, glänzenden Augen, ihr Lächeln. „Zwei Wochen später ist sie an der Diphtherie jämmerlich erstickt. Ihr Tod hat Grand-père und meinen Eltern das Herz gebrochen. Ich vermisse Caro. Ähnlich seht ihr euch nicht, aber deine Art erinnert mich manchmal an sie. Sie wollte einfach alles – leben, lieben, lachen, tanzen … und lernen. Einen Besen zu binden sicher auch. Ihr hättet euch gemocht.“

„Dass sie tot ist, tut mir furchtbar leid. Ich hätte sie gerne kennengelernt.“ Ella rückte dichter an ihn heran und legte ihre Hand auf seine. „Ohne dich könnte ich den Wagen kaum halten, so schnell wie der hinunterrumpelt.“

Stumm gingen sie weiter. Ihm kam eine Szene mit seinen Brüdern in den Sinn. Die beiden hatten Caro wegen ihrer Haare ausgelacht, die sie damals zum ersten Mal à la garçonne kurz trug. Ein Lächeln huschte über Jacques’ Lippen. „Sie konnte schimpfen wie ein … Du weißt schon, dieser Vogel …“

„Rohrspatz?“

„Genau, den meine ich. Und sie war dickköpfig. Oh là là! Sie wollte nach Paris bei Gabriel Paulet am Conservatoire de Musik Gesangsunterricht nehmen. Meine Eltern waren dagegen. Et voilà, elle a réussie – und sie hat es durchgesetzt. Sie war tatsächlich ein bisschen wie du.“

„Du, soll das heißen, du unterstellst mir?“ Sie stemmte die Hände in die Hüften. „Ich schimpfe nie!“

Ella zog eine Schnute, die er ihr am liebsten weggeküsst hätte.

„Du bist frech, Jacques Legrand, hat dir das schon einmal jemand gesagt?“

„Und ob.“ Er lachte leise. „Mehr als einmal.“

„Schade, dass wir so selten ungestört miteinander reden können.“ Ella senkte den Kopf.

„Ist etwas? Bist du traurig?“

„Wir kennen uns fast zweieinhalb Jahre und ich weiß so vieles von dir nicht. Wann sind wir je ungestört? Ich möchte viel mehr Zeit mit dir verbringen, Jacques.“

„Ma petite fée adorable, meine entzückende kleine Fee! Vielleicht könnten wir uns im Anbau treffen? Dein Bruder ist fort und nur noch Henri dort. Was meinst du?“

„Daran hätte ich früher denken sollen!" Sie strahlte ihn an. „Er verrät uns bestimmt nicht."

„Jedenfalls nicht an Johann oder Dörte. Was deine Eltern angeht, bin ich mir nicht so sicher." Jacques hätte gerne den Arm um sie gelegt, stattdessen sagte er: „Die ersten Häuser kommen in Sicht. Besser du rückst ein Stück von mir ab, ma chérie."

Das Flugblatt

25. März 1943

Immer häufiger tauchten feindliche Flugzeuge am Himmel auf. In einem der Nachbardörfer hatte es bei einem Bombenabwurf erste Tote gegeben. Eine Warnsirene gab es in Wingert nicht, also mussten sie sich auf Augen und Ohren verlassen oder den Volksempfänger einschalten, die Fliegeralarme durchgaben. Da das Deutsche Volk ‚Ja' zu seinen Pflichten geschrien und sich am 18. Februar im Sportpalast bei Goebbels Rede von dem ‚totalen Krieg' begeistert die Seele aus dem Leib gebrüllt hatte, hielten ihre Eltern es für das Beste, mit eigenen Vorsichtsmaßnahmen für die Folgen dieses Irrsinns gewappnet zu sein. Ihr Vater hatte gemeinsam mit Henri und Jacques einen der Kellerräume durch Balken verstärkt und den kleinen gusseisernen Ofen aus dem Wohnzimmer ächzend hinuntergeschleppt. Ein Loch für das Ofenrohr führte durch eine der Kartoffelklappen nach außen. Momentan zimmerten sie einfache Bettgestelle und Magdalena nähte aus Leinentüchern Säcke, die als Matratzenersatz mit Stroh gefüllt werden sollten. Außerdem hatte ihr Vater entschieden, dass die Kühe künftig aus Sicherheitsgründen generell im Stall bleiben mussten. Natürlich siegten die Deutschen trotz der verheerenden Nachrichten aus Stalingrad immer noch. Dank der Sommeroffensive im letzten Jahr waren deutsche Truppen weit ins Landesinnere Russlands vorgestoßen. Und was hatte der Landgewinn gebracht? Die Rote Armee war vor dem Feind immer weiter in sein ureigenes Gebiet ‚geflohen‘ und im Gegensatz zu den Deutschen hatten sie keine Schwierigkeiten mit dem Nachschub. Pferde, die ihnen an Krankheiten eingingen, ersetzten sie durch neue und ihre Gefallenen stockten sie durch frische Soldaten auf. So viel zu den letzten russischen Reserven, die damals und nach wie vor zerschlagen werden sollten. Die deutschen Soldaten krochen am Zahnfleisch; die Russen schafften immer neuen Ersatz heran.

Eigentlich hatte Ella vorgehabt, am Tisch in ihrem Zimmer einen Brief an Martin zu schreiben. Denn die Sonntagnachmittage verbrachte Jacques wie gehabt bei seinen Kameraden. Sie drehte den Stift in ihren Fingern und starrte auf das leere Blatt. Aufmunternde Worte für ihren Bruder zu finden, fiel ihr immer schwerer angesichts dessen, was von der Front durchsickerte. Nach den katastrophalen Nachrichten aus dem Osten bangte sie umso mehr um ihren Bruder. Seine Einheit stand seit Monaten in der Gegend um Rschew, ungefähr zweihundertfünfzig Kilometer vor Moskau. An der furchtbaren Kesselschlacht von Stalingrad hatte Martin nicht teilgenommen. Luzies Mann war dem Desaster wegen einer Schussverletzung im Arm entgangen – wenigstens eine beruhigende Nachricht. Horst Kornbach war bereits Mitte Dezember am Don gefallen. Rudolf galt seit dem Einmarsch der Russen in Stalingrad und der Kapitulation der 6. Armee am

2. Februar als vermisst. Sein Vater hatte verzweifelt versucht, etwas über ihn in Erfahrung zu bringen. Die Auskunft eines Kameraden, den Herr Kornbach über die Feldpostnummer in einem Lazarett ausfindig gemacht hatte, brachte nichts Tröstliches zutage.

„Hier, das könnt ihr lesen." Mit dem Schreiben in der Hand war er gestern an ihrem Küchentisch in sich zusammengesunken, hatte den Brief auf den Tisch gelegt und geweint.

Sehr geehrter Herr Kornbach!
Ihr Sohn Rudolf weilte zu Beginn des Kampfs noch unter den Lebenden. Er stürmte voran. Mir hat eine Granate beide Unterschenkel weggerissen. Da ich aufgrund der Verletzung das Bewusstsein verloren habe und erst im Lazarett aufgewacht bin, kann ich Ihnen leider nicht weiterhelfen. Vielleicht ist Rudolf in russische Gefangenschaft geraten. Es besteht Aussicht, dass er lebt. Geben Sie die Hoffnung ebenso wenig auf wie ich angesichts meiner Lage.
Mit den besten Grüßen an Sie und Ihre Familie
Steffen Peters

Ella sah noch das Bild vor sich: Ihren Vater, der Fritz den Arm um die Schultern legte.

Das Schicksal von Fannys und Henris ältestem Bruder war ebenso ungeklärt. Auch er hatte im Kessel von Stalingrad gekämpft und seit Ende Januar war jede Nachricht von ihm ausgeblieben.

Jemand klopfte an die Tür.

„Ella, entschuldige die Störung." Es war Fanny. „Darf ich dir den Brief an meinen Bruder zeigen?"

„Natürlich, komm rein."

Ella legte ihren Stift beiseite und griff nach dem Blatt, das Fanny ihr hinhielt.

„Meinst du, ich kann das so schreiben?"

Lieber Ernst!
Ich hoffe, dass unsere Briefe und Mutters Päckchen (in-
zwischen sind es vier) Dich allesamt erreicht haben.
Bitte melde Dich, ob Du sie erhalten hast. Die Eltern
sind untröstlich, weil sie seit Wochen nichts von Dir ge-
hört haben und auch ich sorge mich. Ich weiß, dass Du
schwere Zeiten durchstehst, aber bitte, bitte gib uns ein
kurzes Lebenszeichen. Es muss nicht viel sein; ein Wort
an die Eltern genügt. Bitte, bitte, schreib ihnen.
Fanny

„Hoffentlich erhaltet ihr bald Antwort." Ella schluckte schwer gegen den Kloß in ihrem Hals an. Sie kannte Fannys ältesten Bruder nicht, trotzdem ging ihr das Schreiben nah und sie fühlte mit der Familie, die bereits drei Söhne verloren hatte – zwei in Russland und einen an der Westfront. Im Februar war Henri gemustert worden, bis er einrücken musste, vergingen vielleicht ein, zwei Monate – spätestens im Mai war er fort.

„Ich hab solche Angst, dass Ernst tot ist und wenn Henri wegmuss." Fanny brach in Tränen aus, griff den Brief und verließ das Zimmer.

Ella graute es davor, irgendwann vielleicht selbst einen ähnlichen, ebenso verzweifelten Brief schreiben zu müssen und tage-, wochen-, monatelang auf eine Antwort zu warten, die vielleicht nie kam. Wie furchtbar das alles war. Über hunderttausend Mann, die gesamte sechste Armee, hatten sie verloren. Nach heldenhaftem Kampf waren die Soldaten ‚der zahlenmäßigen Übermacht des Feindes und widrigen Umständen‘ erlegen. Die allermeisten tot, der Rest in russischer Gefangenschaft. Und wenn Ella Martins Andeutungen richtig verstanden hatte, ging es bei den Kämpfen um Rschew nicht weniger hart zur Sache als in Stalingrad. Seine Einheit war neu aufgestellt worden, er hatte eine andere Feldpostnummer erhalten und Ella konnte zwei und zwei zusammenzählen: Wenn dem so war, hatten die deutschen Truppen auch in seinem Frontabschnitt schwere Verluste erlitten. Und Ersatz für die Toten? Woher nehmen, wenn beinahe die kompletten Jahrgänge von 1910 bis 1925 bereits eingezogen worden waren?

Auch an der Heimatfront galten inzwischen strengere Regeln: Eine neue Verordnung besagte, dass alle Männer zwischen sechzehn und fünfundsechzig Jahren und Frauen zwischen siebzehn und fünfundvierzig dienstverpflichtet waren. Ob Ella ‚Ja‘ zu dem ‚totalen Krieg‘ sagte, hatte keiner gefragt. Wie lange sollte dieses Elend noch weitergehen? Wie viele Tote sollte es noch geben? Himmel, war sie froh, dass sie nicht um Jacques zu bangen brauchte, gestand sie sich ehrlich und gleichzeitig beschämt ein. Was machte es da schon, dass sie ihre Liebe geheim halten mussten. Sie warf einen Blick auf die Uhr. Mit dem Brief an Martin brauchte sie nicht mehr anzufangen. Es war Zeit für den Besuch bei Kathie, die sie für den Nachmittag eingeladen hatte, da Ella ihr des Öfteren Bücher aus Magdalenas Bibliothek vorbeibrachte. Sie griff nach dem Roman ‚Quo vadis' von Henryk Sienkiewicz, den sie selbst schon drei Mal gelesen hatte, und machte sich auf den Weg. Der Roman spielte zur Zeit Neros und der stolze Römer Vicinus und seine Liebe zu der schönen Christin Lygia hatten es ihr angetan. Kathie würde das Buch bestimmt auch gefallen.

***

„Ella, wie schön!" Ihre Gastgeberin begrüßte sie herzlich und nahm den Roman in Empfang. „Oh, das ist ja ein dicker Schmöker."

„Es sind über siebenhundert Seiten."

„Da kann ich eine Weile lesen." Kathie führte sie die Treppe hoch und servierte ihr in der Küche einen frischen Pfefferminztee, der ein köstliches Aroma verbreitete. Hier oben war Ella gerne. Abgesehen von der braunen Tischplatte und der geblümten Tapete dominierte Weiß den Raum. Stühle, Buffet und Herd waren in dieser Farbe gehalten. Dadurch wirkte die Küche trotz der niedrigen Decke hell und freundlich. Gehäkelte Gardinen, Töpfe mit Kräutern vor dem Fenster und bunte Kissen auf einer Sitzbank sorgten für Farbtupfer und strahlten Behaglichkeit aus. Ein Korb mit Bauklötzen und geschnitzten Tieren zeugte von der Existenz der Kinder, die heute mit ihrem Großvater unterwegs waren. Ella musterte die Fotos an der Wand. Ein Hochzeitsbild von Fritz Kornbach und seiner ersten Frau, ein weiteres mit Kathie und ihren Kindern, ein Porträt Carls. Weitere Familienbilder. Kathie und ihr Mann. Ellas Blick blieb an dem gerahmten Foto des

lachenden jungen Paars hängen, das vor einem Zug
stand.

„Das hat ein Freund von uns in Hamburg geknipst."

„Dein Mann hat als Eisenbahner gearbeitet, nicht
wahr?" Seit Ella mit Jacques zusammen war, ertappte
sie sich immer öfter dabei, dass sie diese Floskel am
Satzende benutzte. Er auf Französisch, sie auf Deutsch.

„Wir sind viel herumgekommen, solange wir noch
keine Kinder hatten."

„Wo habt ihr damals gelebt?"

„In Köln, zeitweise auch in Stuttgart. Ich habe ein Album. Möchtest du es sehen?" Kathie streckte ihre Hand
aus, um es aus dem Regal zu holen, dabei blieb ihr Ärmel an der Kante eines Buches hängen. Sie riss es herunter. Ein gefaltetes Papier flatterte heraus, Ella direkt
vor die Füße. Sie hob es auf. Ein auffällig von Buchstaben eingerahmtes ‚Der Nazi-Reichsmarschall' stach ihr
in die Augen. Der Rest war eng beschrieben. Sie überflog die nächsten Sätze und gab es Kathie zurück.

„Woher hast du dieses Flugblatt? Du solltest es verbrennen."

Kathie schüttelte den Kopf, legte das Papier an seinen
Platz zurück und stellte das Buch weg. „Meine Hilfe
kann kaum lesen, die musste die Schule früh abbrechen. Dörte lasse ich keinen Schritt in diese Wohnung
setzen. Insofern hielt ich das Versteck für sicher."

Ella brauchte für ihre Antwort nicht zu überlegen.
„Ich werde keinem Menschen ein Sterbenswort darüber verraten. Ich kann Geheimnisse bewahren."

„Mein Mann war Kommunist und in der Eisenbah-
nergewerkschaft aktiv. Der hat ganz andere Sachen ris-

kiert, als ein altes Flugblatt in einem Buch aufzubewahren. Nach dem Verbot ging es im Untergrund weiter. Gott, was habe ich seinen Mut bewundert. Bis die Gestapo ihn erschossen und den Großteil der Gruppe zerschlagen hat." Kathie stockte, seufzte und fuhr mit beiden Händen über die Augen.

„Das tut mir sehr leid für dich", murmelte Ella.

„Mit den beiden, die auf freiem Fuß sind, halte ich losen Kontakt. Im Dorf weiß nur eine Handvoll Leute über Holger Bescheid. Deine Eltern, die Grimms, mein Vater. Sonst soll's keiner erfahren."

Ella ging ein Licht auf. „Hast du das Flugblatt als eine Erinnerung an deinen Mann behalten?"

„Einer seiner Freunde, der noch nichts von der Verhaftung und Holgers Tod wusste, hat es aus Hamburg mitgebracht. Er hat mir erzählt, dass sie damals vorhatten, selbst welche zu verfassen. Mir kam dieses Flugblatt wie eine Botschaft vor, wie ein letztes Zeichen meines Mannes an mich. Als ob Holger wollte, dass ich sein Werk fortsetze. Es ist nicht nur eine Erinnerung, sondern auch eine Mahnung. In München gibt es eine größere Gruppe, die sich ‚Weiße Rose' nennt."

„Was für ein schöner Name."

„Ich denke, sie wollen Dornen im Fleisch der Nazis sein. Sie haben auf irgendeine Weise Zugang zu einer Druckerei. Hier fehlt es an allem, besonders an Papier. Und wenn ich es täte ... Es wäre Wahnsinn! Schon allein wegen der Kinder."

„Gerade für sie müssen wir etwas unternehmen und von jetzt an bist du nicht länger allein. Unser Text müsste kurz und knackig sein. Hier im Dorf sind viele nicht lange zur Schule gegangen. Ich würde vielleicht beginnen mit ‚Wir führen Krieg gegen …‘“

„… die halbe Welt“, ergänzte Kathie.

„Das ist gut. Russland, England, Amerika und deren Verbündete: Australien, Indien, Kanada.“

„Wie viele Länder sind es insgesamt?“, fragte Kathie. „Zwanzig?“

„Nein, dreißig.“

„So viele! Ich habe längst den Überblick verloren.“

„Da bist du sicher nicht die Einzige.“ Für die Kriegserklärungen hatte Ella eine Extra-Seite in ihrer allerersten Kladde angelegt. Bald reichte sie nicht mehr aus. „Mit uns sind elf Staaten verbündet. Die 6. Armee ist vernichtet … Das muss unbedingt mit rein.“

„Und dass es unmöglich ist, diesen Krieg zu gewinnen.“

„Enden könnte es mit dem Satz: Wie lange soll dieses sinnlose Töten noch dauern? Hast du einen Zettel und einen Stift?“

Kathie kramte in einer Schublade und Ella erhielt das Gewünschte.

„Einen Moment, ich schreibe es auf.“ Für ein paar Minuten herrschte Stille, nur das leichte Schaben des Stifts auf dem Papier war zu hören. „Fertig! Unser Text passt vielleicht viermal auf ein Blatt. Wenn du Blaupausen dazwischen spannst, haben wir im Nu zwölf handliche Zettel beieinander.“

„Dir ist klar, dass Johann jede Schreibmaschine im Ort konfiszieren wird, wenn er Wind von der Sache bekommt.“

„Wieso?“, fragte Ella.

„Weil jede Maschine – ungefähr wie ein Daumenabdruck - ihr eigenes Schriftbild besitzt.“

„Und was sollen wir jetzt tun?“ Sie reichte Kathie ihre Notiz, die sie in Druckbuchstaben verfasst hatte.

Wir führen Krieg gegen die halbe Welt. Länder wie Russland, England und Amerika und deren Verbündete: Unsere 6. Armee ist vernichtet und die anderen Truppen sind geschwächt. Wir können nicht gewinnen. Unsere Soldaten, eure Männer, Söhne und Brüder sterben in einem sinnlosen Gemetzel. Verweigert euch dem totalen Krieg und fordert Frieden.
Bitte nach dem Lesen weitergeben.

„Was hältst du von dem Entwurf?“
Kathie strich mit der Hand über das Papier. „Ich finde ihn gut.“
„Also, wenn die Schreibmaschine ausscheidet ...“ Ella überlegte fieberhaft. „Wie wäre es mit Zeitungen stattdessen? Ich könnte welche von zu Hause mitbringen und wir schneiden Worte oder Buchstaben aus.“
„Deine Eltern stünden sofort auf Johanns Liste, weil ihr zu den wenigen gehört, die eine abonniert haben. Ich könnte die Reiseschreibmaschine meines Mannes benutzen. Sie steht auf dem Dachboden und außer uns beiden weiß niemand, dass sie existiert.“
Ein ungeheurer Nervenkitzel gepaart mit Bauchgrimmen überfiel Ella. Sie hatte Angst vor der eigenen Courage bei dem Gedanken an die Konsequenzen. Im Grunde wusste sie selbst nicht genau, welches Motiv sie zum Handeln antrieb. War es der Widerwille gegen die Lügen der Nazis? Ihr Abscheu vor Leuten wie Dörte und

Johann? Die Sorge um ihren Bruder und all das Leid und den Kummer, den ihre Familie und Freunde erlitten?

„Ich finde den Entwurf wirklich gut." Kathie trommelte mit ihren Fingern auf die Tischplatte. „Trotzdem bin ich hin- und hergerissen. Was soll aus meinen Kindern werden, wenn mir etwas passiert? Auch du musst an deine Eltern denken."

Und an Jacques, ergänzte Ella unausgesprochen. Der ein Gefangener war, der sie nicht lieben durfte, den sie nicht lieben sollte. Der seine Familie nicht sehen konnte. Und was war mit all den anderen? Den Toten und den Lebenden? Die Nazis hatten ihren Großvater vergast. Ihr Onkel war mit seiner Familie nach Kanada ausgewandert, um seine Tochter, die zur Hälfte Jüdin war, und seinen dunkelhäutigen Adoptivsohn zu schützen. Die Eltern seiner ersten Frau, zwei Volljuden und damit in den Augen der Nazis automatisch Schmarotzer und Volksschädlinge, hatten aus Verzweiflung Selbstmord begangen. Ihrem Sohn Joseph war nur Dank Ellas Eltern die Flucht geglückt. Was war mit Fritz Kornbach und seinem Leid? Fanny und Henris Brüdern? Was war mit Fine und ihrem Liebsten, dem Franzosen, den Johann und seine Leute auf dem Gewissen hatten? Kathie öffnete die Ofenklappe und knüllte den Zettel mit Ellas Zeilen zusammen.

„Tu es nicht! Möchtest du, dass deine Kinder in dieser grauenhaft verdrehten Welt aufwachsen und wie Konrad werden, der alles glaubt, was Hitler sagt? Auch wenn wir vielleicht gar keinen oder nur ein, zwei Menschen aufrütteln, haben wir es wenigstens versucht. Ich will etwas tun und nicht nur zugucken!"

Kathie schloss die Ofenklappe und strich den Zettel wieder glatt. „Mir geht es genauso. Sollen wir wirklich?"

„Bei dem Flugblatt von vorhin stand oben am Rand 57/41. Wenn die erste Zahl für die laufende Nummer steht, meint die zweite das Jahr. Das bedeutet, dieser Mann hat schon eine Menge Flugblätter unter die Leute gebracht und ist nicht erwischt worden."

„Wir fangen am besten klein an. Zwölf Zettel sollten reichen."

„Kannst du alles bis nächsten Sonntag getippt haben?"

In Kathies Augen blitzte Kampfgeist. „Das ist kein Problem."

Abendspaziergang

26. März 1943

Ella beschloss, die günstige Gelegenheit zu nutzen: Ida
stand am Spülstein und kehrte Jacques und ihr den Rücken zu. Die anderen hantierten im Hof, Vater und
Henri waren mit dem Pferdewagen unterwegs. Für ein
paar Minuten konnten Jacques und sie sich davonsteh-
len. Das offene Treppenhaus, das in die Küche führte,
hatte für ein Liebespaar, das heimlich den Dachboden
aufsuchen wollte, leider gravierende Nachteile. Einmal
musste ihr Liebster eine halbe Ewigkeit warten, bevor
er hinunterschleichen konnte, weil Ida auf der Küchenbank saß und in aller Seelenruhe Kartoffeln schälte.
Der Wäscheboden, der für ihre Zwecke ideal gewesen
war, schied nach diesem Zwischenfall aus, ebenso die
Scheune mit ihrem Durchgangsverkehr. Wochen- und
monatelang war es darum bei flüchtigen Küssen in
dunklen Ecken geblieben, bis sich die Einquartierun-
gen häuften. Die Soldaten schliefen im Anbau, den
Henri, nachdem Martin eingerückt war, allein be-
wohnte. Unter den Kämpfern, die bis in die tiefe Nacht
hinein lärmten, kam er sich vermutlich wie ein Spatz
unter Krähen vor. Er hatte bei ihren Eltern angefragt,
ob er in Traudls Kammer umziehen durfte. Seither

standen die Zimmer im Nebengebäude mitunter tagelang leer. So wie heute - und sie nutzten jede Gelegenheit für ungestörte Zweisamkeit.

Ella fing Jacques' Blick ein und legte ihre Hand aufs
Herz, ihr geheimes Zeichen für ein Treffen. Sie wollte
ihn unbedingt sehen. Verraten, was Kathie und sie vorhatten, konnte sie ihm nicht. Er würde dagegenreden
und sie vielleicht nachgeben, also musste sie über die
Flugblattaktion schweigen. Er nickte ihr zu; demnach
hatte er begriffen.

Mit klopfendem Herzen ging Ella an Ida vorbei, die
nicht aufsah. *Geschafft!* Die erste Hürde hatte sie genommen. In der Scheune lauschte sie auf Schritte und
Stimmen vom Hof. Behutsam drückte sie die Klinke
zum Anbau hinunter, ließ die Tür einen Spalt offenste-
hen und huschte in den Gang. Vor Martins oder dem
Zimmer ihres Großvaters scheute sie instinktiv zurück,
obwohl dort bereits etliche Soldaten gehaust hatten.
Sie schlüpfte in Henris ehemalige Kammer und wartete. Leise Schritte kündigten ihren Liebsten an. Er trat
ein, schloss die Tür und sie schob nahezu lautlos den
gut geölten Riegel vor. Falls wider Erwarten doch jemand auftauchte, konnte Jacques zum Fenster hinaus-
steigen und sie behaupten, dass die Tür klemmte.

„Chérie!" Er umschloss sie fest mit seinen Armen und
drückte ihr einen Kuss auf. „Ich habe mich gestern
Abend unendlich nach dir gesehnt."

Sie fuhr ihm mit der Hand zärtlich durch die Haare.
„Und ich mich nach dir."

Er setzte sich auf das frisch bezogene Bett, zog sie auf
seine Knie und knabberte an ihrem Ohr. „Wie lief dein
Besuch bei Frau Harrer?"

„Es war sehr nett. Aber müssen wir jetzt wirklich über Kathie reden?" Ella drückte ihm einen innigen Kuss auf die Lippen, den er leidenschaftlich erwiderte. Sein heißes Sehnen weckte ihr Begehren. Sie wollte mehr, sie wollte ihn! Seine Hand glitt unter ihre Bluse. Wo seine Finger sie berührten, prickelte ihre Haut. Seine Lippen fuhren ihren Hals entlang, wanderten hinauf zu ihrem Mund, weiter zu ihrem Ohr.

„Mon Amour!"

„Ella, Jacques, wo steckt ihr?", rief Magdalena.

Seufzend schob sie seine Hand weg.

„Zut!" Er stieß einen kleinen Fluch aus, der auf Französisch sehr viel charmanter klang als ein deutsches ‚Mist'.

„Mir tut es auch leid, Liebster." Sie kam auf die Beine, strich ihren Rock glatt und drückte ihm ein Küsschen auf den Mund. „Wir müssen uns beeilen und in die Scheune hinüber. Nicht, dass Mutter misstrauisch wird."

***

Im Gemüsegarten hinter dem Haus arbeiteten Ella und die anderen Frauen Mist ein, damit sie in zwei, drei Wochen Runkelrübensamen aussäen konnten. Auch Jacques hatte beim Umgraben geächzt. Nun waren sie fertig. Er stand im Gegenlicht da, reckte und streckte sich und sah mit seiner drahtigen Figur einfach zu gut aus.

„Wenn dat kein Bild für die Götter is, weiß ich auch nit", merkte Ida an.

Luzie kicherte. „Warte ab, bis du meinen Mann siehst."

Ella löste den Blick von Jacques und blickte zur Straßenseite, wo sie eine Bewegung ausmachte. Eine kleine Gestalt, die rasch näherkam. Kathie stapfte auf Magdalena zu und redete auf sie ein.

„Ella, kommst du bitte einmal her." Ihre Mutter winkte sie herbei. „Kathie fragt, ob du sie nach dem Abendessen vielleicht eine halbe Stunde besuchen möchtest."

„Wir wollten gestern doch noch das Album ansehen und hatten keine Zeit mehr. Anschließend begleite ich dich natürlich nach Hause."

War Kathie etwa schon mit dem Tippen der Flugblätter fertig? Ella hoffte inständig, dass sie hingehen durfte. „Auf dem Weg zu ihr könnte ich Jacques nach drüben bringen."

„Dein Elan ist bewundernswert." Magdalena lächelte. „Nun gut, ich erlaube es."

***

Angespannt wie ein Flitzebogen begab Ella sich nach dem Abendessen mit Jacques im Schlepptau auf den Weg. Einen Abstecher in den Anbau wagte sie nicht zu machen, aber sie küsste ihren Liebsten in einer dunklen Ecke der Scheune.

„Was führst du im Schilde?"

„Ich? Gar nichts!", beteuerte sie.

Seine Lippen streiften ihr Ohr. „Heckst du vielleicht etwas mit Frau Harrer aus?"

„Wie kommst du denn darauf?" Ella drückte ihn weg. „Kathie ist sehr nett und wir verstehen uns."

„Das bezweifle ich nicht, ma chérie. Doch das ändert nichts an der Tatsache, dass eure Lebensumstände sehr verschieden sind. Sie ist mindestens Ende zwanzig und Mutter von zwei kleinen Kindern."

„Na und? Du denkst zu viel nach – und jetzt Schluss. Draußen auf dem Hof ist Deutsch tabu für dich." Sie eilte voraus.

„Mon dieu, Ella, du bist ein Teufelsbraten."

Sichtlich unwillig folgte er ihr und sie lieferte ihn ordnungsgemäß bei der diensthabenden Wache ab. Jacques' Plakette, die sie zusammen mit ihm in der *Blauen Forelle* abgeben musste, hielt sie in der Hand. Die Wächter hängten sie an eine Art Schlüsselbrett. So konnten sie auf einen Blick erkennen, wie viele Gefangene bereits anwesend waren. Ein seltsames Gefühl überkam sie, als Jacques in den Saal mit den Pritschen trat. Nicht nur, weil sie wegen der Flugblätter ein schlechtes Gewissen hatte, sondern auch, weil er nicht einfach gehen konnte, wohin er wollte. Sie wirbelte herum. Zu lange durfte sie nicht stehen bleiben, um ihm nachzusehen. Dass der Wärter aufmerksam wurde, hätte ihr gerade noch gefehlt.

Wenig später klopfte Ella an die Ladentür, damit sie Kathies Kinder, die um die Uhrzeit schlafen sollten, nicht durch das Schellen der Glocke aufschreckte.

„Komm herein." Kathie öffnete ihr und führte sie an den Regalen vorbei in ihr Arbeitszimmer. „Ich habe das Papier auf Postkartenformat geschnitten. Morgen Früh wird einer von Holgers Freunden aus Trier die Reiseschreibmaschine abholen. Ich habe kein gutes Gefühl, wenn sie hierbleibt."

Ella nickte. „Das verstehe ich."

„Ich kann sie jederzeit wiederkriegen, wenn ich sie brauchen sollte."

„Lass uns erst einmal diese Flugblätter verteilen."

„Das aus dem Buch habe ich gestern Abend verbrannt."

„Wieso denn?", fragte Ella.

„Weil ich keine Mahnung mehr brauche. Außerdem werde ich Johann nicht in die Hände spielen, falls es ihn überkommt und er die Wohnung durchsucht."

Ella nahm einen der Zettel in die Hand. „Der sieht perfekt aus und ist gut zu lesen. Du sagst, dass Johann nach dem Schriftbild der Schreibmaschine guckt. Was ist mit dem Papier? Unsere Fingerabdrücke sind darauf."

„Keiner aus Holgers Gruppe hatte Angst davor, Briefe oder Umschläge anzufassen. Vermutlich sind sie nicht nachweisbar."

„Puh, dann bin ich beruhigt."

Kathie nestelte an einem ihrer Blusenknöpfe. „Um ehrlich zu sein, ich bin furchtbar aufgeregt, nervös und angespannt."

„Und du lächelst?"

„Weil ich mich gleichzeitig stark fühle. Ich frage mich, ob mein Mann genauso empfunden hat, wenn er zu einer seiner Aktionen losgezogen ist? Fast schon euphorisch."

„Vielleicht! Ach, Kathie, mir geht es jedenfalls ähnlich wie dir. Dann werden wir es heute riskieren?"

„Ich bin allerdings nicht dafür, dass wir die Blätter in Briefkästen werfen und dabei Gefahr laufen, entdeckt zu werden.“

„Was schlägst du stattdessen vor?“

„Dass wir sie auslegen.“

„Vielleicht … in der Kirche?“, überlegte Ella laut.

„Lieber nicht, die Grimms stünden sofort unter Verdacht.“

„Wo dann?“

„Im Grunde bleibt nur die *Blaue Forelle*.“

„Dort stehen ständig Wächter herum. Denen würden wir Frauen sofort auffallen, besonders, wenn wir keinen Gefangenen dabeihätten. Wenn wir zum Hintereingang schleichen, bringen die es fertig und erschießen uns, weil sie uns für einen fliehenden Franzosen halten. Ich könnte allenfalls Luzie einweihen.“

„Auf keinen Fall! Eher noch lege ich die Zettel im Laden aus. Wenn einer sie einsteckt, ist es gut. Falls jemand Zeter und Mordio schreit, lasse ich mir die Ungeheuerlichkeit zeigen und falle vor Entsetzen von einer Ohnmacht in die andere.“

„Die Frage ist die, würdest du eine von Johanns Befragungen durchstehen?“

„Ich wollte, ich könnte es dir garantieren.“ Kathie drehte die beiden Eheringe, die sie an ihrer Rechten trug, die aller Welt zeigten, dass sie Witwe war. „Aber ich weiß es nicht.“

„Wie wäre es, wenn wir einen der Zettel an die Dorflinde heften und den Rest bei deinem Vater, sprich Dörte, in den Briefkastenschlitz werfen? Sie wird einen Heidenaufstand veranstalten und hinterher wird jeder in Wingert wissen, worum es geht.“

„Das ist keine schlechte Idee. Also gut, du stehst Schmiere. Ich ziehe meine dünnen Lederhandschuhe an.“

„Wieso das denn?“

„Auf anderen Gegenständen als Papier könnten sie Fingerabdrücke schon nachweisen. Ich hole Heftzwecken.“

„Wäre ein Nagel nicht besser? Dann halten sie den Verfasser eher für einen Mann.“

„Daran habe ich gar nicht gedacht. Die hätten auch den Vorteil, dass ich sie leichter abwischen kann.“

***

Draußen war es kälter, als Ella erwartet hatte und die Nacht sternenklar. Sie stopfte ihre Hände in die Jackentasche und lauschte in die Nacht, ihren Schritten und denen Kathies. Die alte Frau im Haus gegenüber klappte einen Fensterladen zu. Bei dem Geräusch fuhr Ella erschrocken zusammen. Ein Steinchen, das sie mit dem Schuh angestoßen hatte, kullerte in ihren Ohren überlaut die Straße hinunter. Sie hörte schnelle Schritte, packte Kathie am Arm und blieb stehen. Ein Mann mit tief ins Gesicht gezogenem Hut und hochgeschlagenem Kragenmantel hastete in Richtung Leiwen an ihnen vorbei. Langsam bummelten sie weiter. Das Klacken seiner genagelten Schuhsohlen wurde leiser. Ella wandte den Kopf und stellte fest, dass er außer Sichtweite war. Projekt ‚Linde‘ konnte starten. Das Licht einer Straßenlaterne erhellte den Stamm und die kahlen Äste des Baums.

„Sollen wir?“

Kathie nickte. Kurzentschlossen lehnte Ella ihren Rücken gegen die Rinde, hob den Fuß und tat so, als ob ihr ein Steinchen in den Schuh gerutscht wäre. Zur Straßenseite waren Kathies Hände durch dieses Manöver verdeckt. Ein leises Rascheln. Das musste das Papier sein. Kathie ächzte. Ella zählte lautlos bis sechzig.

„Beeil dich." Sie schwitzte Blut und Wasser. „Bist du fertig?

„Geschafft! Und jetzt die Zettel für Dörte. Vielleicht können wir auch in der Nähe der *Blauen Forelle* welche fallen lassen?"

„Klar, wenn gerade keiner kommt." Sie bummelten zum Haus von Kathies Vater; ein Fenster im oberen Stockwerk war erhellt.

„Der Briefkastenschlitz ist in die Tür eingelassen. Ich habe Handschuhe an. Ich hebe ihn vorsichtig hoch. Du wirfst zwei, drei Zettel ein."

Nach vollbrachter Tat bummelten sie weiter und hinterließen statt Brotkrumen wie bei Hänsel und Gretel eine Spur von Flugblättern. Bei der Straßengablung sahen sie zurück. Obwohl die Papiere nicht sehr groß waren, reichte die Beleuchtung aus: Dass da etwas lag und am Stamm der Linde etwas hing, konnten sie erkennen.

Die Versammlung

27. März 1943

Als Ella mit den unverheirateten Frauen des Gronau-Haushalts am nächsten Morgen zur Frühmesse aufbrach, hing der Zettel noch an der Linde. Um nicht aufzufallen, studierte sie ihn genauso interessiert wie die anderen.

„Recht hat der gute Mann." Vor ihnen scheute Ida sich nicht, ihre Meinung mit gedämpfter Stimme kundzutun. „Dat wird nix mehr mit dem Siegen. Bald vier Johr – der Krieg dauert viel zu lang."

„Das stimmt", antwortete Fanny ebenso leise.

Ella beließ es bei einem Wort. „Genau!"

„Wer dat wohl geschrieben hat?", fragte eine von Antonias Mägden. „Dem seinen Mumm bewunder ich."

Wie beabsichtigt gingen alle davon aus, dass ein Mann den Zettel geschrieben und angebracht hatte.

In der Kirche tuschelten die Leute und warfen einander bedeutsame Blicke zu.

„Vor meinem Haus hat auch so ein Zettel gelegen", flüsterte die Dorfschullehrerin ihrer Sitznachbarin zu.

„Hast du ihn dabei?"

„Ja."

„Kann ich ihn lesen? Ich würde ihn auch zu Alphons bringen."

„Wenn das so ist … Die Berta hat gesagt, dass einer ihrer Gäste zwei davon in der Nähe der *Blauen Forelle* gefunden hat.“

„Oha, das wird Johann nicht schmecken.“

Das Flugblatt sorgte für Furore, wie Ella feststellte – und nicht nur auf der Frauenseite. Auch die Männer steckten ihre Köpfe zusammen und redeten.

Die Unterhaltung beim Frühstück bestritten hauptsächlich Ida und Fanny, die aufgeregt von dem Flugblatt an der Linde berichteten. Nachdem die Mahlzeit beendet war, gab Jacques ihr das Zeichen, ihm zu folgen.

„Dieses Flugblatt, das waren Kathie und du, n'est-ce pas? Nicht wahr?“

Sie mied seinen Blick.

„Ha, ich habe es gewusst. Sieh mich an.“ Er hob ihr Kinn. „Eigentlich sollte ich dir böse sein. Aber ich bin viel zu froh, dass du … vor mehr stehst. S'il-te plait, je t'en pris! Bitte, ich bitte dich, tu so etwas nie wieder!“

„Ich habe es nicht mal zugegeben.“

„Mir egal! Schwöre es, Ella. Schwör, dass du so etwas nicht mehr machst. Bitte, mon amour. Ich liebe dich so sehr! Die Vorstellung, dich wegen eines Blatt Papiers zu verlieren …“

„Nicht wegen des Papiers, sondern wegen dem, was draufsteht“, verbesserte sie ihn, während ihr Herz bei seinem Geständnis jubelte. Von ihrer Seite aus, brauchte es keine weiteren Aktionen mehr zu geben. Kathie und sie hatten genug riskiert. Sie sah in seine braunen Augen, deren besorgter Ausdruck seinen Worten Nachdruck verlieh. „Bei meiner Liebe zu dir, ich verspreche es, Jacques.“

Er küsste sie innig, schob sie dann aber ein Stück von sich weg und musterte ihr Gesicht. „Was hast du dir dabei gedacht?“

„Unser Flugblatt ist Pipifax gegen das, was Kathie mir zu lesen gegeben hat“, rechtfertigte sie sich. „Kennst du Görings-Spruch: ‚Wenn Bomben der Royal Air Force auf Berlin fallen, will ich Meier heißen.‘“

„Non, hat er das tatsächlich gesagt?“

„Angeblich. Den Satz hat der Schreiber zitiert und darauf hingewiesen, dass Göring sein Wort nicht gehalten habe, schließlich wären inzwischen mehr als genug britische Bomben auf Berlin gefallen. Er hat ihn außerdem einen kleinen Schäker mit Kulleraugen genannt, der zwar einen großen Kopf hätte, aber nix darin.“

„Wolltet ihr diesem Mann nacheifern?“

„Wir haben es nicht einmal versucht. Ich bin nicht so mutig wie er.“

„Très bien. Sehr gut! Wenn ich mir vorstelle, was Johann oder seine Männer mit dir anstellen, sobald sie herausfinden, wer diese Zettel verfasst hat.“

„Das werden sie nicht. Diesen Schreiber haben sie auch nicht erwischt.“

„Als ob das ein Trost ist.“

Sie strich ihm über die Wangen und die Bartstoppeln, die er später abrasieren würde, und hätte am liebsten sein Hemd aufgeknöpft. Der Traktor rumpelte auf den Hof.

„Noch ein Kuss, ma brave, damit ich den Tag überstehe?“

„Brav? Ich? Nimm das zurück, dann kriegst du einen.“

„Qoui? Ich habe dich mutig genannt.“

„Oh, na dann." Sie spitzte ihre Lippen und drückte ihm einen Kuss auf den Mund.

***

Gegen Mittag hatte Dörte ihren Mann mit der Glocke des Dorfschulzen durch die Straßen, Weinberge, Äcker und Felder gejagt, um die Bewohner Wingerts zur außerordentlichen Bürgerversammlung einzuberufen, die am Abend um halb neun im Beisein Johann Lauterers in der *Blauen Forelle* stattfinden sollte.

Der Saal war gerammelt voll, als Ella und die anderen Mitglieder des Gronau-Haushalts eintraten. Die rauchgeschwängerte Luft stank verbraucht und nach viel zu vielen Menschen. Ella suchte Kathie im Gedränge und entdeckte ihre Mitstreiterin auf der anderen Seite des Saals. Sie drängelte sich zu ihr durch. Dörte und Johann standen hinter einem Rednerpult, das er vermutlich eigens für diesen Auftritt organisiert hatte. Sogar für ein Mikrofon hatte er gesorgt. Ob er plante, Joseph Goebbels, dem redegewandten Reichsminister für Propaganda, mit einem denkwürdigen Auftritt Konkurrenz zu machen?

Magdalena tuschelte mit Berta, die gequält lächelte. „Dat is wieder wat. Da stand doch nix Unrechtes auf dem Schrieb. Aber mit den beiden is nit zu reden. Ach Gott, ich halt lieber den Mund."

Johann klopfte gegen das Mikrofon. Alle Privatgespräche verstummten.

„Heil Hitler!" Er streckte die Rechte zum Gruß aus. „Volksgenossinnen und Volksgenossen, wir haben ein verräterisches Element in unserer Mitte. In der Nacht von gestern auf heute hat dieser Kriminelle unsere Dorflinde geschändet und sie mit seinen kruden Forderungen gespickt. Unsere Straßen wurden mit diesem Dreck besudelt. Frau Kornbach ..."

Dörte reckte ihr Kinn in die Höhe.

„... wurde ebenfalls Opfer seines hinterhältigen Anschlags. Ihr hat dieser Verbrecher einen ganzen Packen seiner verabscheuungswürdigen Pamphlete zukommen lassen. Sie war bis ins Mark getroffen und hat mich umgehend über den Vorfall informiert. Volksgenossinnen und Volksgenossen, während deutsche Soldaten an der russischen Front ihr Leben geben, um Deutschland und ganz Europa vor den Klauen der Bolschewiken zu retten, versucht ein niedrig gesinnter, feiger Hetzer in unserer Mitte Streit und Zwietracht zu säen. Er schmäht mit seinen defätistischen Formulierungen und den Zweifeln am Endsieg nicht nur das heroische Opfer der Soldaten der 6. Armee, die dem Ansturm der Feinde monatelang den entschlossensten Widerstand entgegengesetzt haben, sondern auch die Weitsicht unseres Führers. Farbe mag dieses erbärmliche Subjekt nicht bekennen, weil der elende Verbrecher weiß, dass ihm wegen Volksverhetzung die Todesstrafe droht. Wenn einer von euch auch nur die geringsten Beobachtungen gemacht hat, die Hinweise auf die Person des Täters geben, ist er verpflichtet, sich umgehend als Zeuge zu melden. Ansonsten macht er sich der Mittäterschaft schuldig. Ich verspreche euch, ich werde jedem noch so kleinen Hinweis nachgehen, um dieses unwürdige Element aus unserer Gemeinschaft zu entfernen und seiner gerechten Strafe zuzuführen. Sieg Heil!"

„Sieg Heil", schallte es zurück.

Puh, was für ein Auftritt wegen der paar Zeilen. Ella schielte zu Johann und Dörte hin. Ob jemand der Aufforderung nachkam? Der Mann mit dem Hut? Ihr war mulmig zumute, aber sie wagte es nicht, sich auf die Zehenspitzen zu stellen und nach ihm Ausschau zu halten. Alma Grimms Blick begegnete ihrem und sie nickten sich zu.

„Hat jemand Fragen oder etwas zu melden?" Johann sah in die Runde.

Willi Zänder hob die Hand. „Gestern, als ich von der *Blauen Forelle* nach Haus gegangen bin, ist eine fragwürdige Gestalt an mir vorbei. Mittelgroß, schlank, den Hut tief in die Stirn gezogen."

„Alt oder jung?"

„Dat konnt ich nit erkennen."

„Deine Beobachtung gebe ich an die Feldjäger weiter. Sie fahnden in der Gegend nach einem Fahnenflüchtigen. Ich denke allerdings nicht, dass ein Ortsfremder diesen Schrieb an unsere Linde geheftet hat. Schaut in die Gesichter eurer Nebenmänner? Wem traut ihr dieses Verbrechen zu? Beantwortet diese Frage in eurem tiefsten Innern und kommt mit eurem Verdacht zu mir. Der offizielle Teil ist hiermit beendet. Ich erwarte rege Beteiligung und stehe ab sofort zu eurer Verfügung."

Die ersten Zuhörer verließen den Saal, darunter auch ihre Eltern und die Grimms, die im Hof stehen blieben und miteinander redeten.

„Ella, ich muss dir etwas sagen." Kathie stupste sie an, sie liefen über die Straße und stiegen die Stufen zur Haustür hoch. Ella sah hinüber zur *Blauen Forelle*, bei dem Lärm, der aufgebrandet war, brauchten Jacques und seine Kameraden an Schlaf nicht zu denken.

„Wir reden drinnen." Ella geleitete ihre Freundin in die Küche. „Worum geht es denn?"

„Ich wollte dir sagen, dies ist die erste und letzte Aktion, an der ich beteiligt bin. Ich habe mit Holgers Hamburger Freund telefoniert. Weil ich den ganzen Tag unruhig und nervös war, konnte ich eine Aufmunterung gebrauchen. Wir kamen auch auf das Flugblatt zu sprechen, das er mitgebracht hatte. Er hat mir erzählt, dass der Junge, von dem sie stammen ..."

Ella hob die Hand. „Warte, was sagst du?"

„Es stimmt: Helmuth Hübener war sechzehn, als er seine ersten Handzettel ausgelegt hat. Sein Chef hat ihn verraten. Er ist letzten Oktober geköpft worden. Seine mitangeklagten Freunde sind nur deshalb mit langen Gefängnisstrafen davongekommen, weil er die Hauptschuld auf sich genommen hat. Ella, der Bub war siebzehn, als er unter die Guillotine musste! Dabei hätte der Richter ihn nicht wie einen Erwachsenen aburteilen müssen. Auch diese Münchner Gruppe um die ‚Weiße Rose' haben sie gefasst und teilweise hingerichtet. Wir sind zu naiv gewesen."

„Das ist mir bei Johanns Rede auch aufgegangen. Dass er wegen der paar Zeilen einen solchen Wirbel macht und gleich eine Versammlung einberuft, damit habe ich nicht gerechnet. Ich denke, wir haben erreicht, was wir wollten."

Kathie lächelte flüchtig. „Dörte sei Dank."

Interessante Entdeckung

18. Mai 1943

Der Wonnemonat hielt für Frieder Scholtes keine besonderen Vergnügungen bereit. Er lag in der Scheune seines Ziehvaters Alphons ausgestreckt im Heu, beobachtete durch eine Luke die Abenddämmerung und sog den Geruch der Halme ein. Diesen Duft liebte er seit seiner Kindheit und sein Medizinstudium hatte nichts daran geändert. Zwei, drei Meter entfernt raschelte etwas. Er stützte sich auf die Unterarme und richtete den Oberkörper auf. Eine Katze spitzte zwischen den Halmen hervor und gähnte.

„Na, du Störenfried." Er streckte seine Hand aus. Der Grautiger richtete seinen Schwanz kerzengerade auf, spazierte zu ihm und rieb den Kopf genüsslich an seinen Fingern.

„Hat dir noch keiner gesagt, dass du dich vor mir in Acht nehmen sollst?" Frieder lachte leise. „Dann stelle ich mich mal vor. Ich bin der, dem es Spaß macht, Katzen zu ertränken."

Vollkommen unbeeindruckt von seinen Worten rollte sich das Tier neben ihm zusammen. Er ließ seine Hand sinken. Frieder hatte es tatsächlich getan. Bilder stiegen wie Blasen im Sprudelwasser aus der Erinnerung in sein Bewusstsein hoch. Er, ein siebenjähriger Knirps, und Johann, ein stämmiger Kerl von elf Jahren, mit zwei Freunden, die Frieder allesamt riesengroß vorkamen. Sie schüchterten ihn ein, trotzdem wollte er lieber mit ihnen spielen als mit Hosenscheißern, die jünger waren als er. Johann hatte seinen Freunden und ihm damals genau in dieser Scheune die Kätzchen gezeigt, die mit geschlossenen Augen neben ihrer Mutter im Stroh maunzten und übereinander krabbelten.

Frieder war in die Hocke gegangen und hatte in seiner Naivität gefragt: „Sind die blind?"

„Quatsch! Bis die ihre Augen aufmachen, dauert's ein paar Tage." Johann verjagte die Mutter mit einem Tritt, packte ein Kätzchen nach dem anderen und warf sie in einen alten Kartoffelsack, den er mit einem Hanfseil verschnürte. „Was glotzt du so? Die müssen weg!"

„Wieso?"

„Bei uns laufen viel zu viele von den Mistviechern rum."

„Die Kleinen sind winzig; die fressen bestimmt nicht viel."

„Wenn ich sag, dat die wegmüssen, müssen die weg! Willst du mitkommen zum Tümpel."

Frieder nickte.

„Dann trag den Sack." Johann und seine Freunde liefen so schnell, dass Frieder kaum hinterherkam.

„Ich dachte schon, du kommst nie", höhnte Johann.

„Rein ins Wasser damit!" Die Kleinen miauten kläglich.

„Aber ..."

„Du Memme, dann mach ich's eben selbst!"

Frieder schloss die Augen und hörte das Platschen.

„Hier, fest draufhalten." Johann las einen langen Ast vom Boden auf und drückte ihn Frieder in die Hand.

„Nein!" Weil der Stock ihm zu entgleiten drohte, schloss Johann unnachgiebig die Finger darum. Minutenlang ließ er nicht los. Das Maunzen verstummte. Nein, das hatte Frieder nicht gewollt.

Hinterher hatte er heulend und mit bloßen Händen ein Loch gegraben, um die reglosen Tierchen zu begraben. Johann und seine Freunde ließen unterdessen alle Welt wissen, dass es Frieder Spaß machte, Katzen zu ertränken. Als seine Mutter ihn fragte, ob es stimmte, was der Lauterer-Bengel behauptete, hatte er genickt. Er war wirklich ein verfluchter Idiot gewesen. Sie hatte ihn mit einem Blick abgestraft, der ihm zu verstehen gab, dass er besser nie geboren worden wäre, und ihn auf sein Zimmer geschickt. Nicht einmal Alphons, der abends hochgekommen war, um sich behutsam nach den Geschehnissen zu erkundigen, erzählte Frieder die Wahrheit. Wozu auch? Wenn sogar seine Mutter ihn, den Katzenmörder, hasste. Vielleicht erschloss Alphons sich die Zusammenhänge? Gut möglich, dass er Johanns Version der Geschichte misstraute. Jedenfalls hatte er ihn in den Arm genommen und das Häufchen Elend getröstet, das Rotz und Wasser heulte. Dieser Mann war ihm ein echter Vater, einer, der ihn nie im Stich gelassen hatte. Auch dann nicht, als alle Welt sein Ziehkind mit scheelen Blicken bedachte. Die anderen Kinder mieden Frieder nach diesem Vorfall, auch sein Cousin und die Cousinen schlossen ihn von ihren Spielen aus. Und wenn irgendwo eine tote Katze gefunden oder ein Tier vermisst wurde, ging das Getuschel von Neuem los. ‚Er war's. Der Frieder.' Er hasste das Dorf, Menschen überhaupt und allen voran Johann Lauterer.

„Irgendwie sollte man meinen, dass es passt: Einer wie ich, der alles und jeden verachtet, als Arzt im Konzentrationslager, oder wie siehst du das?" Frieder setzte sich auf und betrachtete die Katze, die neben ihm schlummerte. Er hatte sich eingeschleimt, angebiedert, Kontakte und Bettgeschichten genutzt, um diese - im Übrigen erbärmlich bezahlte - Stelle zu ergattern, die ihm als Sprungbrett dienen sollte. „Dir ist das herzlich egal, stimmt's? Du musst keinem was beweisen. Aber für diese Art Forschungen bin selbst ich nicht zynisch genug. Menschen sind Monster – und das sage ich zu einer Katze. Wie ihr mit Mäusen umspringt und diese armen Viecher quält, weißt du besser als ich. Was wir unseresgleichen antun, ist unvergleichlich grausamer." Er wollte nicht an die Experimente denken, die gequälten Gestalten, die um ihren Tod bettelten. „Tja, ich war schon immer gut darin, beschissene Entscheidungen zu treffen. Ich hätte dem Sigismund Rascher nicht nach Auschwitz folgen sollen. Der Mann mit seinen verrückten Experimenten zur Unterkühlung und animalischer Wärme hat komplett den Verstand verloren. Halberfrorene sollen sich mit weiblichen Jammergestalten, die sich für besseres Essen freiwillig als Probandinnen melden, ins Leben zurückvögeln. Mein Chef ist komplett irre. Und ich muss zusehen, wie ich einigermaßen unbeschadet aus der Sache herauskomme. Ich kehre nicht dahin zurück. So wie der will ich nicht enden. Ich habe morgen einen Termin im Wehrmeldeamt in Trier; die sollen mich in ein Lazarett möglichst irgendwo im Hinterland schicken. Aber was mache ich heute? Mir ist langweilig."

Nur Alphons zuliebe verbrachte er den Urlaub vor seinem Dienstantritt in diesem entsetzlichen Kaff. Mit seiner Mutter, die seit Neuestem einen Narren an den Gronaus und einer der Mägde dort gefressen hatte, besuchte er mehrmals die Woche pflichtschuldig die Verwandten von gegenüber. Er achtete sorgsam darauf, die schlafende Katze beim Aufstehen nicht zu stören. Ihre Schwanzspitze ging hin und her – vielleicht jagte sie im Traum Mäuse. „Weißt du was? Ich lasse dich mit meinem Gequatsche zufrieden und überrasche stattdessen meine Cousine Ella mit einem Besuch. Um die Zeit dürfte sie im Anbau stecken. Meinst du, sie freut sich, mich zu sehen? Du schweigst, das nehme ich für ein Ja."

Stallarbeiten

Liebevolle Blicke, kurze Berührungen und verstohlene Küsse - Ella und Jacques nutzten jede Gelegenheit, in unbeobachteten Momenten, Zärtlichkeiten auszutauschen. Bisher hatten weder Ida, Fanny noch Luzie etwas bemerkt - oder zumindest nichts dazu gesagt. Henri war vor zwei Wochen eingerückt und Ellas Eltern vertrauten Jacques und ihr blind. Aus der Ecke kamen jedenfalls keine misstrauischen Blicke. Vielleicht weil Ella ihre anfängliche Abneigung gegen den hochnäsigen Franzosen deutlich gezeigt hatte? Die Angst vor Entdeckung ließ weiter nach, als sie merkte, dass Dörtes Eifer, aller Welt nachzuspionieren, abflaute. Die zweite Frau Kornbach hatte mehr als genug damit zu tun, die Stimmung unter den bei ihr einquartierten Soldaten auszukundschaften und ihre Erkenntnisse an Johann weiterzuleiten. In den letzten Tagen und Wochen war Ella ein wenig sorgloser geworden. Dass sie die Kühe nicht mehr von der Weide in den Stall schaffen musste, sparte zusätzlich Zeit ein, die sie sehr gut nutzen konnten, trotzdem taten Ella die Tiere leid.

„Na, Bessie, ist alles in Ordnung? Vermisst du Henri?"
Die Kuh richtete ihre Ohren auf.

„Er war immer nett zu dir. Jetzt ist er bei den Soldaten wie Martin. Und du? Tagaus, tagein angebunden im

Stall rumzustehen, ist für eine clevere Kuh wie dich bestimmt nervtötend, aber es herrscht nun mal Krieg - und er rückt näher."

Das war Ella noch nie so erschreckend klar geworden wie jetzt - in diesem Moment. Bessie sah sie mit ihren großen dunklen Augen geradezu melancholisch an, ließ ihre lange Zunge in eins ihrer Nasenlöcher wandern und vertrieb damit eine aufdringliche Fliege.

„Schau nicht so traurig. Sei froh, dass du hier und nicht in Russland lebst. Dort hätten sie dich längst geschlachtet."

„Ist das deine Art, das arme Tier zu trösten?" Jacques trat hinter sie, legte die Arme um ihre Taille und sein Kinn auf ihre Schulter.

„Bist du fertig?", fragte sie.

„Ja, Chérie, lass uns rübergehen."

Wenig später lagen Ella und ihr Liebster halb nackt im Bett. „Heute musst du aufpassen. Du darfst nicht in mir kommen."

„D'accord." Jacques schob seine Finger in ihren Büstenhalter und liebkoste ihre Brust. „Wir können uns anders behelfen."

„Nein", hauchte sie. „Wir machen es wie immer."

Alles in ihr sehnte sich danach, ihm nah zu sein und ihn zu empfangen.

„Comme tu veux. Wie du willst, aber wäre es nicht besser …"

„Ich vertraue dir …"

Mit seiner Rechten strich er über die Innenseite ihrer nackten Oberschenkel.

„… vollkommen."

Sie liebte seine leidenschaftlichen Berührungen. Seine Hände wanderten weiter und tasteten nach der empfindsamsten Stelle zwischen ihren Beinen. Er spürte es sicher selbst – sie war bereit für ihn.

***

Frieder spazierte in die Scheune der Gronaus, spähte in den Stall, in dem es nach Vieh, deren Ausscheidungen und Heu roch. Er mochte kein genialer Forscher mit blendenden Einfällen sein, besaß jedoch ein geschultes Auge, war ein aufmerksamer Zuhörer und ein exzellenter Beobachter. Die innigen Blicke, die Ella und ihr Franzose tauschten, hatten ihm verraten, wie es um die beiden stand. Ein Schwein grunzte und drei Kühe hoben den Kopf, um den Fremden zu beäugen. Von den Turteltäubchen, die er suchte, war im Stall nichts zu sehen. Wenn sie ihre Arbeit hier erledigt hatten, widmeten sie sich vermutlich in trauter Zweisamkeit anderen Dingen. Er schlenderte an Jacques' kleinem Revier vorbei. Anstelle der beiden hätte er sich in den Anbau verzogen, der momentan leer stand. Sollte er hineinsehen und ihnen einen Überraschungsbesuch abstatten, falls er sie dort vorfand? Immerhin lungerte Dörte draußen herum. Die gute Tat des Tages half vielleicht, die Erinnerung an die Schreie von Raschers Opfern aus seinen Ohren zu tilgen.

Frieder trat in den Anbau, horchte an den Türen und vernahm tatsächlich etwas. Mit der Materie hatte er genug eigene Erfahrung, um zu erkennen, was das leise rhythmische Quietschen und Stöhnen bedeuteten.

Sollte er Klopfen? Nein, er gönnte ihnen ihren Spaß. Lediglich ein bisschen wachrütteln wollte er sie. In Zukunft mussten die beiden vorsichtiger sein, sonst erwischte Dörte sie noch.

Er hustete laut und ging in festen Schritten aus dem Anbau. Kaum, dass er die Tür geschlossen hatte, hörte er das leise Klacken von Absätzen. Frieder fuhr herum. Dörte steuerte auf ihn zu und hob die Hand zum Gruß. Er unterdrückte den Impuls über die Schulter zu sehen, um sich zu vergewissern, dass Ella und ihr Franzose drinnen geblieben waren.

„Heil Hitler, Herr Doktor.“

Frieder hob die Rechte und erwiderte ihren Gruß ruhig, obwohl sein Puls in die Höhe geschossen war. „Streng genommen habe ich noch kein Anrecht auf diese Anrede, gnädige Frau. Das Rigorosum habe ich zwar bestanden. Aber die Urkunde lässt auf sich warten.“ Er setzte ein strahlendes Lächeln auf und wies auf die Tür, die ins Haus führte. „Sie möchten gewiss meine Tante besuchen?“

„Als ich kam, habe ich im Garten seltsame Geräusche vernommen, die mich hierher geleitet haben.“ Sie fasste an ihm vorbei nach der Klinke. „Und als Frau des Dorfwarts ist es meine Pflicht, mich zu vergewissern, dass ...“

„Ach, Sie meinen die rolligen Katzen? Die habe ich auch gehört und ich konnte nicht widerstehen. Ich gehe davon aus, dass Ihnen meine spezielle Vorliebe für diese Tiere bekannt ist?“

Die gute Dörte glotzte ihn an, als ob er Blaubart wäre, der ein blutiges Messer in Händen hielt. Sie wich ein Stück zurück.

„Was meinen Sie damit, Herr Doktor?"

Innerlich musste er grinsen. „Ich habe sie vertrieben, was denn sonst."

***

„Da ist … Da war jemand!" Instinktiv krallte Ella ihre Finger um Jacques' Hinterteil und hielt ihn fest. Er bäumte sich auf, als sein Samen sich in ihr ergoss. Mit einem Aufstöhnen sank er auf ihre Brust. Wie erstarrt blieben sie liegen, bis die Schritte verklungen waren.

„Je suis desolé", flüsterte Jacques, der von ihr hinunterrollte. „Es tut mir leid."

„Du kannst nichts dafür; es war meine Schuld."

„Was, wenn du schwanger wirst?" Er setzte sich auf und vergrub die Hände in seinen Haaren.

Sie war es vielleicht schon. Aufgepasst hatten sie immer. Aber vielleicht nicht genug? Konnte eine Frau schwanger werden, wenn der Mann sich nicht direkt in ihr ergoss? Ihre Periode war jedenfalls seit acht Tagen überfällig. Falls sie wirklich schwanger war, würde Jacques in Johanns Klauen enden. Und was das bedeutete … Ihr drohte ein kahl geschorener Kopf und ein Büßergang durchs Dorf, außerdem würden sie ihr das Kind im Gefängnis wegnehmen. Bloß nicht daran denken. Hastig schlüpfte sie in ihre Kleidung. „Hoffentlich ist es nicht Dörte."

„Und was, wenn doch?" Jacques knöpfte seine Hose zu.

„Das sehe ich dann. Du kletterst sofort aus dem Zimmer!" Sie drehte den Griff des Fensters um, öffnete die beiden Flügel und hielt nach dem Störer Ausschau. „Da ist niemand. Mach schon, schnell!"

Er schwang sich über das Sims und schlich davon. Ella schloss das Fenster hinter ihm. Ihre Finger schwitzten. Sie wischte sie an ihrer Hose ab und griff nach dem Eimer mit dem Putzwasser samt Wischmopp. Schließlich war sie im Anbau gewesen, um sauberzumachen. Und jetzt: auf in den Kampf.

Im Flur stand keiner. Sie lief weiter, drückte die Klinke hinunter und riss die Tür auf. Ihr Cousin Frieder schlenderte ihr durch die Scheune entgegen.

„Gerade im Moment habe ich Frau Kornbach auf den Hof hinauskomplimentiert. Für meinen Einsatz schuldest du mir was, mein liebreizendes Cousinchen. In Zukunft solltest du sehr viel netter zu mir sein."

„Was soll das heißen?" Sie setzte den Eimer so schwungvoll ab, dass Wasser überschwappte und lehnte den Mopp gegen die Wand.

„Das, was ich gesagt habe." Er lächelte breit und sein widerliches Grinsen hätte sie diesem ekelhaften Katzenmörder am liebsten aus dem Gesicht geschlagen.

Ella stampfte mit dem Fuß auf. „Weich mir nicht aus. Wie meinst du das?"

„Na wie wohl, wörtlich. Ihr könnt von Glück sagen, dass mein Auftauchen die gute Frau aus dem Konzept gebracht hat. Sie war drauf und dran in den Anbau zu stürmen, weil sie was gehört hatte. Also habe ich ihr lang und breit erklärt, warum das überflüssig ist. Tja, ich hab wohl eine überzeugende Leistung geboten."

„Danke, dass du sie aufgehalten hast."

Er spähte in den Flur. „Wo bleibt denn dein kleiner Franzose? Ist er noch im Zimmer? Oder hast du ihn etwa zum Fenster rausgescheucht? Das war keine gute Idee. Was, wenn die Kornbach noch draußen herumlungert und ihn erwischt? Ich habe mich mindestens fünf Minuten mit dieser Landplage abgegeben, um das zu verhindern."

Beinahe lautlos trat Jacques durch die Stalltür ein. „Danke, dass Sie uns geholfen haben, mein Herr."

„Wenigstens einer, der meinen Einsatz zu würdigen weiß." Ihr Cousin streckte dem Franzosen seine Rechte hin. „Du brauchst mir gegenüber nicht so förmlich zu sein. Vom Sehen kennen wir uns. Du kannst Frieder sagen, wenn wir unter uns sind."

„Mein Name ist Jacques. Sie, nein … du bist sehr nett."

Sie schüttelten einander die Hände und Ella kam es vor, als ob sie Weihnachtsmann und Osterhasen gleichzeitig begegnet wäre. *War das wirklich ihr Cousin Frieder?* Sie sollte froh sein über den Wandel. Doch die Angst in ihrem Magen wuchs zu einem Brocken an, den sie nicht herunterschlucken konnte. „Dörte rennt bestimmt zu Johann."

„Beruhige dich, ma chérie, sie kann uns nichts beweisen."

Ihr Cousin schob eine blonde Haarsträhne aus seiner Stirn. Die auffallende Haarfarbe hatte er von seiner Mutter geerbt. „Falls sie euch Probleme macht, steh ich euch bei."

An der Stelle musste Ella nachhaken. „Das würdest du tun?"

Frieder nickte.

„Gut, ihr beide, dann kommt mit. Wir gehen jetzt zu meinen Eltern. Ich will reinen Tisch machen."

„Es ist doch gut ausgegangen, mon amour."

„Heute vielleicht, aber was ist mit morgen? Ich ertrag die Heimlichkeiten nicht mehr. Ständig die Angst, dass wir entdeckt werden. Ich will mit meinen Eltern reden, bevor Dörte es tut.“

„D’accord, das verstehe ich. Aber warum soll dein Cousin uns begleiten?“

„Vater wird sehr enttäuscht sein, darum. Bitte, Frieder, sei so lieb und begleite uns, dann wird Papa bestimmt weniger schimpfen.“

Ihr Cousin lachte auf. „Es geht also doch!“

Ella begriff nicht, worauf er anspielte. „Was denn?“

„Netter sein. Also gut, ich begleite euch. Abmarsch, auf zu deinen Eltern.“

Familienszene

Ella und Jacques nahmen in der Stube auf den Stühlen Platz, ihre Eltern vis-à-vis auf der Bank mit dem Nussbaumumbau und dem eingebauten ovalen Spiegel. Als Kinder waren Ella und ihre Cousine Judith gelegentlich mit ihren wenig begeisterten Katzen im Arm auf die Sitzpolster geklettert, um den Tieren ihr Konterfei zu zeigen oder auch ihre eigenen Zahnlücken zu begutachten. Für Ella fühlte es sich an, als ob die unbeschwerten Zeiten von damals aus einem anderen Leben stammten. Unter den forschenden Blicken ihrer Eltern wünschte sie sich einen Augenblick lang dorthin zurück. Unwillkürlich schüttelte sie den Kopf. Ohne Jacques zu sein? Nein, das wollte sie nicht.

Matthias sah Frieder an, der am Kopfende Platz genommen hatte, und runzelte die Stirn. „Was gibt es? Warum wolltet ihr drei uns sprechen?"

Magdalena legte ihre Schürze ab, wie immer, wenn ein Besucher erschien. „Ist irgendetwas vorgefallen? Sag schon, Ella."

„Es hängt mit Dörte zusammen."

Ihr Vater hob die Brauen. „Was hat sie getan?"

Unter dem Tisch tastete Ella nach Jacques' Hand, die auf seinem Oberschenkel lag. Sie verschränkten ihre Finger miteinander, sie nickte ihm zu und ihr Liebster und sie legten ihre Hände auf das Holz. Tischdecken breiteten sie nur an Feiertagen darüber und dieser hier zählte weiß Gott nicht dazu. „Jacques und ich, wir lieben uns.“

„Was?“ Ihr Vater donnerte mit seiner Faust auf den Tisch. „Wie lange geht das schon?“

„Wir sind seit meinem sechzehnten Geburtstag ein Paar.“

Wobei sie erst seit März miteinander intim waren, was sie allerdings schlecht als Entschuldigung vorbringen konnte.

Ihre Mutter wurde blass. „Nie und nimmer. Das hätte ich bemerkt!“

„Es tut mir leid, dass wir Papa und dich hintergangen haben! Wir konnten euch nicht einweihen.“ Ein sanfter Druck von Jacques’ Hand gab Ella Kraft. „Ihr wäret gegen unsere Liebe gewesen.“

„Und was veranlasst dich zu glauben, dass es jetzt anders ist?“, fragte ihr Vater. „Was ist mit Dörte und wie kommt Frieder ins Spiel?“

Ella schoss das Blut heiß ins Gesicht. „Er hat uns in einer verfänglichen Situation erwischt.“

„Im Bett oder wie?“, zischte Matthias.

„Onkel, ich bitte dich. Ich habe sie im Anbau gehört, das ist alles.“

„Und wir sind ihm für sein Auftauchen sehr dankbar.“ Ella senkte den Kopf. „Dörte hat uns aufgelauert. Zum Glück konnte Frieder sie abwimmeln.“

„Je déteste cette femme. Ich verabscheue dieses Weib. Diese ekelhafte Kanaille!“

„Habt ihr den Verstand verloren?“ Matthias’ Hand schnellte vor. Er packte Jacques am Kragen. „Ich hab dir vertraut und du Dreckskerl verführst meine Tochter?

Wenn dieses Weibsstück euch bei Johann hinhängt! Ich könnte dich ...“

„Papa, bitte!“

„Du, sei ruhig! Zu dir komme ich gleich.“

„Matthias, sieh mich an.“ Magdalena umschloss seine Wangen mit ihren Händen und drehte seinen Kopf ein Stück in ihre Richtung. „Lass uns erst einmal die Fakten durchgehen. Frieder, du hast die beiden ertappt?“

„Nicht in flagranti.“

Ihre Mutter forschte weiter. „Was ist mit Dörte?“

„Sorg dich nicht, Tante, sie mag zwar ihre Schlüsse ziehen und Vermutungen und Spekulationen anstellen. Beweise sind das nicht. Ida oder Fanny könnten die Zimmer ebenfalls für ein Rendezvous nutzen. Letztlich steht sie mit leeren Händen da.“

„In dem Fall gibt es eine simple Lösung für euer Problem.“ Ihr Vater faltete die Hände über seiner Brust und lehnte seinen Rücken an die Nussbaumvertäfelung. „Jacques und du, ihr macht einen sauberen Schnitt. Ihr beendet eure Beziehung und haltet euch in Zukunft voneinander fern.“

„Papa!“ Ella umklammerte Jacques’ Hand fester.

„Verlangst du da nicht ein bisschen viel, Onkel Matthias?“

Magdalena hob die Hand. „Moment mal, gehen wir einen Schritt zurück. Warum genau wolltest du uns sprechen, Ella? Kann es sein, dass es für diese Aussprache einen gewichtigeren Grund gibt als deine Bedenken wegen Dörte?“

„Lenchen, worauf willst du hinaus?“, fragte Matthias.

Ella wagte nicht, ihre Mutter anzusehen.

„Wieso antwortest du nicht?" Magdalenas Stimme klang atemlos. „Erwartest du etwa ein Kind?"

„Unsere Tochter soll schwanger sein? Lenchen, nimm das zurück! Ella, sag etwas! Ella? Sag, dass das nicht sein kann!"

Sie sah auf, direkt in die Augen ihres Vaters. „Ich … Ich weiß es nicht. Ich bin es vielleicht."

„Ella?", ächzte er.

Sein Blick ging ihr durch Mark und Bein. „Es tut mir leid, Papa."

Ihre Mutter brachte keinen Ton heraus. Ella löste ihre Finger aus der Hand ihres Liebsten. Für ihn musste ihre Eröffnung ein noch viel größerer Schock sein. Anzusehen wagte sie ihn nicht.

„Ma Chérie, mon amour?" Jacques hob ihr Kinn und strich ihr sanft über die Wange. „Weshalb hast du mir nichts gesagt?"

War er ihr nicht böse? „Ich bin nur ein paar Tage zu spät dran und wollte dich nicht beunruhigen. Das muss gar nichts bedeuten."

Magdalena zitterte wie Espenlaub. „Jacques, du musst sofort weg, wenn dir dein Leben lieb ist!"

„Ich will mich nicht von ihm trennen, Mama!"

„Werd erwachsen!", fuhr ihr Vater sie an. „Oder willst du, dass Jacques das Schicksal seines Kameraden teilt? Bloß, dass Johanns Männer ihn nicht erschießen, sondern unter dem johlenden Beifall unserer Nazis am nächsten Baum aufknüpfen werden."

„Habt ihr nie an die Konsequenzen gedacht? Wie konntet ihr ein solches Risiko eingehen?" Ihre Mutter schniefte. „Wie siehst du das, Frieder?"

„Sie lieben sich. Da drängt eins zum anderen", antwortete er. „Außerdem ist es jetzt zu spät für Vorwürfe."

Ella tastete nach der Hand ihres Liebsten. Vielleicht renkte sich alles noch ein. Doch was, wenn sie in ein paar Monaten mit einem dicken Bauch herumlief? Ihr Magen krampfte sich zusammen. „Meine Eltern haben recht. Du bist hier nicht sicher."

„Als ob du es wärst!" Auf der Stirn ihres Vaters zeigten sich zwei steile Falten. „Herr Gott noch mal! Am liebsten möchte ich euch an den Haaren packen und eure Köpfe zusammenhauen, um euch Verstand einzubläuen. Wie konntet ihr nur?"

„Diese Misere tut mir furchtbar leid, Herr Gronau." Jacques schob den Stuhl zurück, sprang auf und verneigte sich vor ihrem Vater. „Ich liebe Ella aus tiefster Seele. Wenn die Umstände es erlauben würden, hätte ich Sie längst um die Hand Ihrer Tochter gebeten."

„Eine Verlobung?", murmelte Frieder. „In eurem Alter?"

Magdalenas forschender Blick streifte Ella.

Ihr Vater fixierte Jacques. „Du hast genau gewusst, dass du mit dieser Beziehung nicht nur dich in Gefahr bringst, sondern auch meine Tochter. Wenn du auch nur einen Funken Anstand im Leib gehabt hättest ..."

„Papa, bitte."

„Ich mache mir Sorgen! Um dich ..." Matthias wies mit dem Kinn auf Jacques. „... und sogar um ihn. Trotzdem bin ich wütend. Und dass ich aus meinem Herzen keine Mördergrube mache, musst du mir schon nachsehen."

„Oui, d'accord ... Ich werde mich fügen. Wenn Sie denken, dass es das Beste ist, gehe ich fort. Schimpfen Sie!

Halten Sie von mir, was Sie wollen: Ça m'est égal! Ganz egal! Ich kehre zurück, sobald es möglich ist und werbe um Ihre Tochter. Auch wenn ich nicht der Erbe des Weinguts bin, müssen Sie sich um unseren Lebensunterhalt nicht sorgen. Ich stamme aus einer sehr, sehr wohlhabenden Familie."

Ein flüchtiges Lächeln glitt über Matthias' Gesicht. „Bursche, denkst du, ich würde wollen, dass du Ella nach Frankreich verschleppst? Sieh zu, dass du heil zurück nach Hause kommst. Wenn der Krieg vorbei ist, sehen wir weiter."

„Très bien, alles klar, Herr Gronau."

„Können wir jetzt bitte klären, wie wir Jacques unbeschadet über die Grenze schaffen?", fragte Ella.

„Dabei kann ich helfen?", meinte Frieder. „Ich muss morgen nach Trier. Mein Vater leiht mir sein Auto. Insofern wäre die Gelegenheit günstig."

Das ging Ella viel zu schnell. Zweifel stoben in ihr hoch wie eine Stichflamme. Konnte sie ihm wirklich trauen? Er hatte Katzen gequält! *Und Jacques und sie vor Dörte bewahrt.*

Ihr Cousin sah in die Runde. „Haben Johanns Männer Suchhunde?"

Außerdem stellte er vernünftige Fragen.

Matthias nickte.

„Das macht es schwieriger." Frieder rieb sein Kinn. „Die Biester werden anschlagen, wenn sie am Auto herumschnüffeln und der Verdacht fällt sofort auf mich."

Ella betrachtete die Leimfalle, die Ida an der Deckenlampe angebracht hatte. Wenn die ersten Fliegen daran klebten, folgten immer mehr, weil sie dort etwas Gutes vermuteten. Eine glatte Täuschung, aber das ahnten sie nicht und genauso mussten sie vorgehen. „Wir werden sie täuschen und ihnen eine logische Erklärung präsentieren."

„Und die wäre?", fragte ihr Cousin.

Magdalena die am Kragen ihrer Bluse genestelt hatte, stellte ihre Ellenbogen auf den Tisch. „Jacques muss vorher mit dem Wagen in Berührung kommen. Wenn er das Auto heute Abend im Hof der Blauen Forelle vor Zeugen putzt, ist es ganz natürlich, dass die Hunde anschlagen."

Ella hätte sie für diesen Vorschlag umarmen können.

„Was soll der Unfug?" Ihr Vater wischte Magdalenas Idee mit einer Handbewegung vom Tisch. „Ich werde Jacques mit dem Pferdewagen wegbringen. Ich bin oft zum Arbeitsdienst unterwegs. Eine Fahrt mehr oder weniger fällt keinem auf."

„Du unterschätzt Johann, mein Lieber. Deine Aussage würde er sofort überprüfen."

„Deine Frau hat recht, Onkel Matthias. Du wärst der Erste, den er verhaftet. Wir machen es so: Morgen Früh schickt ihr Ida, Luzie und Fanny auf den Kartoffelacker. Sie brauchen nichts von unserem Plan zu wissen." Wie bei einer Theateraufführung verteilte Frieder die Rollen. „Ella, du und Magdalena begleitet Jacques zum Weinberg. Er muss durch den Wald hoch zur Straße laufen. Ich sammele ihn gegen halb zehn auf der Anhöhe ein. Die Hunde werden seine Spur bis dorthin verfolgen, das war's. Sie bricht ab und Johann wird toben. Heute werde ich euch außerdem Arbeit abnehmen und Jacques zur *Blauen Forelle* bringen."

***

Widerstrebend folgte Jacques Ellas Cousin zur gewohnten Zeit über die Straße. Nur zu gerne wäre er umgekehrt, hätte seine Liebste in die Arme gerissen und sie angefleht, ihn auf seiner Flucht zu begleiten. Ein irrsinniger Wunsch, den er für sich behalten musste.

„Wird's bald, schneller, Franzmann!" Auf dem Hof rempelte Frieder ihn unvermittelt an.

Damit hatte Jacques nicht gerechnet. Er stolperte vor und prallte gegen eins der Autos, das in der Scheune parkte.

„Was fällt dir ein, den Wagen meines Vaters mit deinen widerlichen Fingerabdrücken zu verschandeln!" Frieder packte ihn an den Schultern.

Vom Lärm alarmiert rannte einer der Wachmänner aus der *Blauen Forelle* heran. Er feixte beim Anblick eines blonden Ariers, der einen Franzosen niedermachte.

„Du putzt das Auto blitzblank sauber! Du arbeitest eh nichts bei den Judenfreunden da drüben." Frieders Ton schlug ansatzlos um, freundlich wandte er sich an den Wärter. „Wären Sie so nett, würden Sie bitte bei meiner Mutter klingeln. Sie soll die Magd mit einem Eimer Wasser, Seife und Schwamm oder Tuch schicken. Und ihr Lederpolitur mitgeben. Wenn der faule Hund einmal in seinem Leben was arbeiten muss, soll er's gescheit machen."

„Bin schon unterwegs!" Der Wachmann stiefelte los.

Moselblick

19. Mai 1943

Ella und Jacques standen oberhalb des Weinbergs ihrer Familie, verschnauften und blickten auf die Moselhänge. Die grünen Rebenreihen gingen weiter unten in Wiesen über. Im Tal glitzerte der Fluss, der ihnen eine seiner schönsten Schleifen präsentierte. Eidechsen sonnten sich auf den Bruchsteinplatten vor der Schiefergrube, deren Eingang ihr Vater wegen teilweise knietief gefluteter Gänge und Stollen vernagelt hatte. Ein warmer Wind strich wie eine Liebkosung um ihre Wangen, die Sonne strahlte. Insekten schwirrten herum, Grillen zirpten, die Flügel einer Libelle schillerten im Licht. Eine Kletterpartie mit Jacques, der ihr die Hand hinhielt, der Zweige hinunterdrückte, der sie auf ihre Mutter aufmerksam machte, die ein Stück weiter unten den Boden lockerte und Unkraut jätete. Es hätte so schön sein können.

Ella seufzte. „Weit ist es nicht mehr bis zur Straße."

Sie stiegen höher, kamen an Haselsträuchern vorbei und wichen wuchernden Brombeerhecken und Wildrosen aus. Bald schon erreichten sie den Wald mit seinen Buchen und Eichen. Der Duft von feuchter Erde erfüllte die Luft, irgendwo hämmerte ein Specht. Das nervtötende Brummen von Flugzeugen, ein leises Donnern – der Krieg ließ sich nicht einfach abschütteln.

Zärtlich fuhr Ella mit den Fingern durch Jacques' weiche, dunkle Haare. Sie stellte sich auf die Zehenspitzen, legte die Hände um seinen Nacken und schloss die Augen. Ein letztes Mal vor der Trennung sog sie seinen Duft ein. „Ich will nicht, dass du gehst. Ich liebe dich. Ich liebe dich so sehr."

Er presste sie an sich. „Und ich liebe dich zehnmal mehr."

Sie küssten sich. Ein Auto hupte.

„Ich muss los! Je t'aime, ma petite fée adorable, meine hinreißende kleine Fee. Warte auf mich, Liebste."

„Das werde ich", flüsterte sie und biss die Zähne zusammen, um nicht in Tränen auszubrechen.

„Ich komme wieder."

Frieder hatte den Wagen auf einem Feldweg geparkt. Er sah aus dem Autofenster und winkte. „Bitte einsteigen."

Hand in Hand gingen Jacques und sie auf das Auto zu.

„Danke, dass du Wort hältst!" Ella warf einen langen Blick in Jacques' Augen und löste ihre Finger aus seinen. Sie musste vernünftig sein.

„Nicht weinen, Ella."

Sie schniefte. „Tue ich gar nicht."

Jacques umschloss ihre Wangen mit seinen Händen, küsste sie auf den Mund und stieg ein. Er trug Hemd und Hose ihres Bruders und setzte eine Kappe ihres Vaters auf. Die Autotür fiel zu.

„Ella, geh bitte aus dem Weg."

„Kann Jacques dir vielleicht schreiben, dass er gut angekommen ist?"

„So gerne ich Postillon d'Amour spielen würde ...
Frankreich ist zwar geschlagen, aber nach wie vor unser Feind. Ich müsste den Briefwechsel genehmigen lassen. Das bedeutet, jedes Schreiben wird gelesen und
kontrolliert. Die Folgen kannst du dir denken. Tut mir
leid, Ella." Frieder startete den Motor und setzte zurück,
während Jacques das Fenster herunterkurbelte.

Er streckte seinen Kopf heraus. „Ich liebe dich! Je
t'aime. Warte auf mich. Ma petite fée."

„Die Kleider sind nur geliehen. Wehe du bringst sie
nicht zurück." Nicht einmal seinen letzten Blick konnte
sie richtig sehen, tränenblind wie sie war; doch sein ‚*Je
t'aime*'brannte sich in ihr Herz ein.

Schock

Johann hockte schlecht gelaunt in der *Blauen Forelle*. Er saß allein am Tisch. Seine Männer waren bereits nach Trier aufgebrochen und die Anwesenden kannten ihn gut genug, um ihn in Ruhe zu lassen. Sogar Dörte hatte sich verzogen. Er kippte Schnaps in seinen Apfelwein, holte das Röhrchen mit den Tabletten aus seinem Jackett und spülte ein paar mit dem Gesöff herunter. Die brauchte er, um klarer denken zu können! Süchtig war er deswegen noch lange nicht. Pervitin hatten sie inzwischen als rezeptpflichtig deklariert. Ihn kümmerte dieser Schwachsinn nicht; er hatte seine Quellen und zwei Röhrchen eingesteckt. Er zündete eine Zigarette an, inhalierte den Rauch und ließ die Vernehmungen Revue passieren.

Die beiden Mägde waren erstaunt gewesen, dass der Franzmann abgehauen war. Luzie hatte ihm geschworen, dass sie und die beiden nichts wussten. Sie sagte die Wahrheit – wenn seine Schwester log, fasste sie sich ständig an die Nase oder fingerte an ihrem Gesicht herum. Die Gronau-Weiber ließen sich durch Worte nicht einschüchtern und der Herr des Hauses präsentierte ihm zum krönenden Abschluss sofort einen Zeugen. Otto Marx, der bestätigte, dass Matthias gemeinsam mit ihm und zwei anderen zum Arbeitsdienst gefahren war. Die Spur der Suchhunde endete abrupt hinter dem Wald auf einer Straße. Ein Franzose, der kaum ein Wort Deutsch verstand, sollte per Anhalter unterwegs sein? Nie im Leben! Irgendetwas stimmte da nicht. Und die beiden Gronau-Weiber hatten sich eindeutig abgesprochen. Was die über den Tagesablauf erzählten, stimmte zu genau überein. Johann wurde das Gefühl nicht los, dass er irgendetwas übersehen hatte und je länger er darüber nachdachte, desto höher loderte die Wut in ihm. Diese verfluchten Judenfreunde hatten ihn schon einmal an der Nase herumgeführt und Heiners Schwager versteckt. Magdalenas Bruder war noch so ein rotes Tuch für ihn. Der degenerierte Landesverräter machte sich in Kanada einen Lenz, kroch irgendwelchen reichen Judensäcken in den Arsch und verdiente sich mit seiner Firma dumm und dusselig. Damals hatte die Bagage vermutlich einen oder mehrere Helfer gehabt, genauso wie heute. Was nutzten Vermutungen, er brauchte Beweise. Vielleicht redeten die vermaledeiten Gronaus gerade darüber, wie sie ihn drangekriegt hatten? Er drückte seine Zigarette aus.

***

Matthias entzündete die Sturmlampe in der Scheune, nahm sie vom Haken und regelte die Flamme auf ein Minimum hinunter. Eine Missachtung der Verdunklungspflicht sollte ihm Johann nicht nachsagen. Magdalena und Ella waren erschöpft ins Bett gegangen. Das Verhör hatte ihnen zugesetzt und ungute Erinnerungen an die Hausdurchsuchung geweckt, bei der Ella und ihr Bruder, damals noch Kinder, rücksichtslos aus dem Schlaf gerissen worden waren. Kopfschüttelnd stellte Matthias die Lampe auf die Kommode und betrachtete das Chaos, das Johann und seine Leute hinterlassen hatten. Die Schubladen mit Jacques' Habseligkeiten waren weit herausgerissen, der Inhalt lag achtlos auf den Boden gepfeffert – die Uniform, Gamaschen, Wäsche und ein paar Briefe sowie Bücher. Matthias kniete nieder und sammelte Socken und Kleidungsstücke ein. Vom Hof her hörte er leise Schritte. Er sprang auf, griff nach der Lampe und ging vor: „Wer da?"

„Ich bin es." *Johann!* Dieser elende Mistkäfer grinste breit. „Hast du dahinten Beweise vernichtet?"

Matthias hätte ihn zu gern am Hemdkragen gepackt und hinausbefördert. Stattdessen hängte er die Lampe an ihren Platz. „Was willst du hier?"

„Dörte hat mir vorhin etwas Interessantes verraten. Deine Tochter hurt angeblich mit eurem Franzosen herum. Ist er deshalb abgehauen?"

„Du widerliches Stück Dreck, lass Ella aus dem Spiel!"

„Oha, habe ich einen Nerv getroffen? Wenn sie in ein paar Monaten mit einem dicken Bauch rumläuft, wissen wir Bescheid."

„Ich brech dir sämtliche Knochen im Leib, wenn du mit diesen Lügen hausieren gehst. Raus hier! Bevor ich mich vergesse." Matthias schubste Johann in Richtung Ausgang.

„Ich bin eine Amtsperson. Du kannst mir nicht das Haus verbieten!" Johann nahm Anlauf und rempelte ihn mit voller Wucht an.

Matthias stolperte zurück, glitt aus und kippte hinüber. Er fiel. Seine Arme ruderten in der Luft. Halt fanden sie keinen. Ein gellender Schmerz explodierte

in seinem Nacken. Alles um ihn herum versank im
Dunkel, sein Atem stockte, sein Herz raste - in dem Moment wusste er alles: Dass er Magdalena heute Morgen
hätte sagen sollen, wie sehr er sie liebte. Dass er Ella
beim Abschied hätte klarmachen sollen, dass er Jacques und ihr längst verziehen hatte. In diesem einen
Moment wusste er alles – und dass es zu spät war.

***

„Soll das ein Scherz sein?" Johann stupste Matthias
mit seinem Fuß an. „Steh auf! Mach schon."
War der Kerl bewusstlos? Ein Zucken glitt durch den
Körper. Ansonsten blieb es still, zu still, totenstill. Na
dann, hatte er dem verfluchten Judenfreund tatsächlich hinübergeholfen? Johann nahm die Lampe vom
Haken. Wie dümmlich der Gronau ins Leere glotzte
und eingepisst hatte der sich auch. Johann hob
Matthias' Nacken an, der auf die Wagendeichsel geprallt war. Tja, der hatte sich das Genick gebrochen. Ein
paar Nägel lagen auf dem Boden verstreut. Ihm war auf
den Weg zu den Verhören eine Schachtel aus der Hand
gefallen, in die er hineingesehen hatte, um sie mit dem
Nagel vom Flugblatt an der Linde zu vergleichen. Die
waren zu groß gewesen und die meisten hatte er wieder eingesammelt, aber der Rest am Boden hatte seinen
Zweck erfüllt. Es gab doch so etwas wie ausgleichende
Gerechtigkeit. Wenn der Gronau dem Juden und diesem Franzmann geholfen hatte, verdiente er die Todesstrafe. Nur schade, dass er erst am Abend verunglückt
war, sonst hätte Johann dem Flüchtigen einen Mord
angehängt. Französisches Dreckspack wie der machte

sich am besten, wenn es vom Galgen baumelte. Der Tag endete trotzdem besser, als er angefangen hatte. Ein Judenfreund weniger! Weil der Gronau ausgerechnet auf den Nägeln ausgerutscht war, die Johann nicht aufgelesen hatte. Das musste gefeiert werden!

Ein tragischer Unfall

Ella lag aufgewühlt und ruhelos im Bett. Jacques war erst seit ein paar Stunden fort und sie vermisste ihn unendlich. Sie sehnte sich nach ihm, nach seiner zärtlichen Stimme, seinem Duft und seinen Umarmungen. Sie war hellwach, also konnte sie genauso gut gleich in Jacques' Reich gehen und seine Sachen aufräumen.

„Matthias!"

Sie schlüpfte in Hose und Bluse, als gellende Schreie ihrer Mutter sie alarmierten.

„Matthias!"

„Mama?" Ella rannte die Treppe hinunter und von der Küche durch die offene Tür weiter in die Scheune. Sie gewahrte die reglose Gestalt ihres Vaters am Boden und ihre Mutter, die sich über ihn beugte. „Was ist denn mit Papa?"

„Er ist nicht ins Bett gekommen. Da habe ich nachgeschaut, wo er bleibt. Matthias, komm zu dir!" Magdalena klopfte ihm auf die Wangen. „Er ist so kalt. Ella, schnell, bring Decken. Matthias, Liebster, sieh mich an, mach deine Augen auf. Bitte, bitte."

„Papa?" Ella kauerte sich neben ihm und tastete im Kieferwinkel nach seinem Puls. Da war nichts. Sie hielt ihm ihr Ohr dicht an den Mund. Nichts, gar nichts. „Mama, ich habe Angst."

Die beiden Mägde rannten herbei.

„Wat war dat für ein Schrei? Wat is denn los?“ Ida
hielt die Hände vor den Mund. „O mein Gott!“

„Ich hol den Arzt.“ Fanny spurtete los.

***

Ella dankte Frieder, der ihrer Mutter und ihr sein auf-
richtiges Beileid aussprach, für seine Bereitschaft, die
Leichenschau durchzuführen.

Johann, der ihn begleitete, stank nach Alkohol – offensichtlich hatte er gebechert. Die Mühe, sein Haar zu
kämmen oder sein Hemd zu richten, hatte er sich nicht
gemacht. Er warf einen flüchtigen Blick auf ihren Vater. „Als Todesursache trägst du ‚geklärt‘ und ‚Genick-
bruch nach Unfall‘ ein, Scholtes. Ich geh rüber und
schreib den Bericht.“

Die Nachricht von dem Unglück verbreitete sich in
Windeseile. Trotz der späten Stunde erschienen etliche
Nachbarn. Sie halfen Ida, das Wohnzimmer fürs Auf-
bahren herzurichten. Ella sah sie umherlaufen und war
unfähig, auch nur einen klaren Gedanken zu fassen.
Die beiden Grimms kamen. Alma zog ihre Mutter tröstend in den Arm. Julius sprach ein Gebet.

Alphons verständigte den Zimmermann, der am folgenden Morgen kommen würde, um die Maße für den
Sarg zu nehmen. Vorrätig hatte er keine. Die waren
Mangelware geworden. Fritz Kornbach, Alphons und
der alte Johann, der Wirt der *Blauen Forelle*, übernah-
men die Totenwäsche. Seine Frau Berta musste vorerst
in der Gastwirtschaft bleiben. Sie würde ihnen später
Beistand leisten. Schließlich brachten die Männer
Matthias’ Leiche ins Haus. Ella konnte nicht hinsehen,

413

wollte es immer noch nicht glauben. Ida gab Fanny und Luzie die Anweisung, die Stühle aus der Stube ins Wohnzimmer zu bringen. Bald würde die Totenwache beginnen. Ella setzte sich neben ihre Mutter auf einen der Stühle. Da lag ihr Vater, friedlich und still, reglos und kalt. Sie saß da und weinte, sobald sie seine seelenlose Hülle ansah.

***

Matthias' Trauerfeier ähnelte der von Gustav. Mit dem Unterschied, dass Tante Lydia und Traudl die Strapaze auf sich genommen hatten, aus dem fernen Bayern anzureisen. Für die einfache Fahrt brauchten sie wegen kriegsbedingter Unterbrechungen zwei Tage. Zu Ellas Erleichterung hatten sie ihr Haus in der Obhut ihres Mädchens gelassen. Sie planten, so lange zu bleiben wie nötig und ihnen über die erste schwere Zeit zu helfen. Außerdem fehlten die Ferber-Schwestern. Die beiden älteren waren ihrer jüngsten Schwester schnell hintereinander in den Tod gefolgt, beinahe wie getroffene Kegel, die der Reihe nach umfielen. Und noch eins war anders: Bei Matthias' Leichenschmaus wurde kaum gelacht. Die Stimmung war und blieb niedergedrückt. Martin hatte telegrafiert: Sein Sonderurlaub war leider nicht genehmigt worden. Vielleicht folgte ein Brief? Hauptsache, er kam nicht auch noch zu Schaden. Ella hätte gerne gewusst, was ihr Bruder davon hielt, dass sie beide einen männlichen Vormund bekommen sollten. Normalerweise fiel diese Verpflichtung dem Paten, also einem der Brüder von Vater oder

Mutter zu. Da in ihrem Fall geeignete Verwandte fehlten oder - wie Onkel Heiner - nicht greifbar waren, hatte ihre Mutter Alphons gebeten, das Amt zu übernehmen. Von Martin wanderten Ellas Gedanken unweigerlich zurück zu Matthias und von ihm zu Jacques, der nichts von dem ahnte, was vorgefallen war. Ob er inzwischen seine Verwandten erreicht hatte und in Sicherheit war? Ellas Magen rebellierte die Tage immer wieder, weil die Sorgen um Jacques an ihr nagten wie Gift. Und Nachricht von Martin oder Henri kam auch keine.

***

In den folgenden Tagen und Wochen blieb Ella wenig Zeit zu trauern. Mit Ida zusammen färbte sie ihre und die Kleidung ihrer Mutter schwarz. Kathie hatte ihr die Tüte mit der Wäschefarbe der Firma Heitmann in die Hand gedrückt und sich vehement geweigert, Geld dafür anzunehmen. Da nun sämtliche Männer fehlten, mussten die Frauen alle Arbeiten erledigen, die anfielen – und Magdalena war nur noch ein Schatten ihrer selbst. Ihre Mutter aß kaum, redete fast nichts und wenn klagte sie darüber, dass sie trotz ihrer bleiernen Müdigkeit schlecht schlief. Abends holte Ella sich manchmal ein Hemd aus ihrem Schrank, das Jacques' gehörte. Sein Duft hing noch daran und wenn sie die Augen schloss, konnte sie sich einbilden, dass er ihr nahe war und ‚ma petite fée, je t'aime' sagte. Oft weinte sie sich in den Schlaf und wenn sie aufwachte, war sie immer noch allein und elend vor Sehnsucht nach seiner Stimme, nach seinen Küssen, nach seinen Umarmungen.

„Jacques, Liebster, wo bist du?"

Wenn sie nur gewusst hätte, wie es ihm ging. Ihr Wecker klingelte. Obwohl sie wach lag, zuckte sie bei den schrillen Tönen zusammen. Sie stellte den Alarm ab. Der neue Tag brach an. Sie musste aufstehen ...

Fannys Frage

13. Juli 1943

Heute Morgen hatte der Geruch des Zichorienkaffees ausgereicht, um einen Brechreiz bei Ella auszulösen. Sie war eilig aufs Häuschen gerannt und folgte den anderen, die im Hof auf sie warteten. Sie mussten dringend die Erde im Weinberg auflockern, später dann ging es zum Gerstenfeld und am Abend in den Gemüsegarten.

„Du warst draußen, als sie in den Nachrichten den Wehrmachtsbericht durchgegeben haben, Ella. Die Angriffe auf Sizilien hätten sich zu einer Schlacht ausgeweitet. Meinst du, die Amerikaner werden die Insel erobern?" Fanny und sie fielen hinter die anderen zurück.

In der frischen Luft ging es Ella besser als beim Frühstück in der Küche mit ihren Gerüchen. Es blieb beim sauren Geschmack, ihr Magen beruhigte sich. „Das werden sie. Nachdem der Afrikafeldzug verloren ist, haben die Alliierten im Mittelmeer freie Hand."

„Denkst du, das bedeutet, dass der Krieg bald endet?"
„Ich hoffe es."

„Du vermisst Jacques sicher sehr. Wenn endlich Frieden herrscht, kann er nach Wingert zurückkommen und ihr könnt heiraten." Fanny schielte auf Ellas Bauch. „Das wäre das Beste für euer Kind."

Sie verhielt ihren Schritt und wusste im ersten Moment selbst nicht, warum die Bemerkung sie derart überraschte. „Ist es so offensichtlich, dass ich schwanger bin?"

Weiter ging es an den Obstbaumwiesen vorbei hügelaufwärts.

„Na ja, für Außenstehende sicher nicht. Aber die morgendliche Übelkeit und … Idas und meine Binden hängen noch da, aber deine … Na gut, ich habe auch darauf geachtet. In welchem Monat bist du?"

„Ich kann es dir nicht genau sagen. Rock- und Hosenbund kann ich noch problemlos schließen. Vielleicht Ende des vierten?"

„Mich wundert nur, dass deine Mutter nicht merkt, wie es um dich steht."

„Ich habe ihr selbst Entwarnung gegeben. Also ist es meine Schuld."

Mitten auf dem Weg blieb Fanny stehen. „Wie bitte?"

„Ich hatte Ende Mai noch einmal eine Blutung, allerdings eine sehr schwache. Die Nacht habe ich durchgeweint. Ich wollte so gerne etwas Bleibendes von Jacques. Ich weiß doch nicht einmal, ob er am Leben ist."

Fanny griff nach ihrer Hand und sie setzten sich wieder in Bewegung. „Zieh nicht so ein trauriges Gesicht!"

„Am nächsten Morgen bin ich sofort zu meiner Mutter gelaufen und habe ihr erzählt, dass sie sich keine Sorgen mehr machen muss. Die Übelkeit habe ich auf eine Magenverstimmung und meine Trauer um Papa geschoben und eine ganze Weile selbst daran geglaubt. Dass ich mich geirrt hatte, ist mir ein paar Wochen später klar geworden. Ich wollte direkt mit Mama darüber reden, aber … ich habe es nicht über mich gebracht, sie in ihrem Kummer zu stören. Schau sie dir an, ihre blasse Haut, die dunklen Schatten unter den Augen. Sie weint sich jede Nacht in den Schlaf. In meinem Zimmer war sie seit Wochen nicht. Wie hätte sie meinen Zustand bemerken sollen? Sie denkt doch, dass bei mir alles in Ordnung ist."

„Ach, herrje, Ella. Dass du sie schonen willst, kann ich verstehen. Es ist nur so, dir läuft die Zeit davon."

„Ich weiß." Noch drei, vier Wochen bis sie die Kläräpfel ernten konnten. Anfangen Strampler zu stricken, sollte sie auch, sobald sie ihre Mutter eingeweiht hatte.

„Wie fühlst du dich denn?"

Ella beobachtete zwei Kohlweißlinge, die einander am blauen Himmel umflatterten. „Glücklich, weil ich durch das kleine Wesen, das in mir wächst, ein Stück mit Jacques verbunden bin. Für dich ist das wahrscheinlich schwer zu verstehen."

„Das stimmt – ich wollte das Kind nicht. Ich bin mir nicht sicher, ob ich je vergessen hätte, wie es entstanden ist. Zum Glück haben meine Eltern zu mir gehalten. Sonst weiß ich nicht, was ich in meiner Verzweiflung getan hätte."

Sie stiegen die steile Treppe zum Weinberg hoch. Eidechsen, die sich auf den Stufen sonnten, huschten davon und verschwanden zwischen Steinen und in Ritzen.

Ella blieb stehen. „Wenn ich an die Zukunft denke, habe ich oft Angst."

„Dann rede mit deiner Mutter und kläre sie über den Irrtum auf."

„Das habe ich doch vor."

„Schieb es nicht zu lange auf, Ella."

„Gib mir ein paar Tage. Ich habe Angst, dass Mama vollends zusammenbricht, wenn ich ihr sage, was Sache ist."

„Deine Mutter wird Himmel und Hölle in Bewegung setzen, um dich zu schützen. Genau wie meine. Die hat es mir direkt ins Gesicht gesagt, als ich im dritten Monat war, und mich getröstet. Ein Abbruch war nie Thema – wir sind schließlich katholisch."

„Nazis kennen da keine Hemmungen. Wenn sie ein Leben als unwert erachten, wird es beendet."

„Ich habe damals nur geweint. Tagelang geweint. Mutter hat gesagt, dass sie es nehmen würde und dass keiner wissen müsste, dass es meines ist. Ich war froh drum. Ein uneheliches Kind haben und von aller Welt als Schlampe angesehen zu werden, das wollte ich nie. Es kam dann doch anders. Papa war so wütend auf den Kerl, dass er diesen Menschen zur Rechenschaft gezogen hat. Der hat mich dann über einen Bekannten in dieses Lebensbornheim verfrachtet und ich hab halt akzeptiert, wie es gekommen ist. Vielleicht war es am besten so."

Ella legte ihren Arm um Fannys Schultern.

Ihre Freundin wischte sich die nassen Wangen ab. „Genug von mir. Deine Mutter könnte doch auch Kraft daraus schöpfen, wenn sie erfährt, dass du ein Kind erwartest."

„Meinst du?" Ella hatte lange genug verschnauft. Sie nahm die nächsten Stufen in Angriff. „Ich befürchte, dass sie noch trauriger wird."

„Wieso das?"

„Weil sie weiß, dass mein Vater das Kleine nicht mehr miterlebt oder aufwachsen sieht. Ehrlich gesagt, erkenne ich Mutter kaum noch wieder.“

„Sie war immer stark, voller Kraft, lebensfroh und hat mir Mut gegeben. Irgendwann wird sie wieder von innen her leuchten.“

„Das hast du schön gesagt, Fanny. Nur ist sie jetzt leider unerreichbar in ihre Trauer versunken und in Gedanken weit fort. Ich vermisse Papa auch und weine seinetwegen. Und wenn ich dann an Jacques denke … Ich hoffe, dass es wenigstens ihm gut geht.“

„Bestimmt! Du wirst sehen. Der Krieg ist bald zu Ende und dein Liebster kehrt zurück.“

Die Eingabe

Auf einen warmen Juli folgte ein heißer und relativ trockener August, der mit schnellen Schritten auf den September zuging. Seit dem Tod ihres Vaters war über ein Vierteljahr verstrichen. Er fehlte an allen Ecken und Enden, genau wie Jacques. Sie hätte ihm gerne geschrieben, aber Post nach Frankreich? Mit dem Feind korrespondieren? Ausgeschlossen! Unglücklich ließ Ella am Frühstückstisch den Kopf hängen.

„Kindchen, du musst wat essen", drängte Traudl.

„Ich habe keinen Hunger." Sie schob ihren Teller weg.

„Genau wie deine Mutter. Die isst weniger als ein Spatz. Ich wollte, die vom Wehrmeldeamt würden ihr endlich antworten."

Kurz nach dem tragischen Unglück hatte Alphons Magdalena dazu geraten, einen Antrag auf Unabkömmlichkeit für Martin zu stellen. Als Wingerts Ortsvorstand bescheinigte er ihnen die entsprechende Linientreue und vaterländische Gesinnung gleich mit, ohne die eine solche Eingabe von vornherein zum Scheitern verurteilt war. Für den Erfolg konnte er natürlich nicht garantieren. Seit Wochen warteten sie auf eine Antwort des Wehrmeldeamtes. Die Ungewissheit zerrte nicht nur an Ellas Nerven, die ohnehin blank lagen. Ihr Magen rebellierte nach wie vor, wenn auch nicht mehr so oft wie zu Anfang nach dem Tod ihres Vaters und Jacques' Flucht. Manchmal träumte sie, dass die leblose Gestalt, die in der Scheune lag, die Züge ihres Liebsten trug.

„Darf ich vom Tisch aufstehen, Mama?"

„Wie du möchtest."

Ella ging hinüber in die Stube und griff nach ihrer Kladde. Dort verwahrte sie Martins letzte Briefe, weil sie bisher weder Zeit noch Kraft gefunden hatte, seine Feldpost ordentlich in die Schachtel im Schrank in der Stube einzuordnen. Oder gar einen Gedanken daran verschwendet hatte, weitere Eintragungen in ihr Heft zu machen. Dabei hatte es seit dem Tod ihres Vaters genug Ereignisse gegeben, die einer Erwähnung wert waren.

Vielleicht sogar Wendepunkte? Inzwischen wurde von der Presse nicht mehr Englands bevorstehende Niederlage beschworen, sondern der ungebrochene deutsche Siegeswille. Im Afrikafeldzug münzten die Journalisten den monatelangen Kampf um Tunis, den die deutschen und italienischen Truppen Mitte Mai verloren hatten, zu einer Art Sieg um: Die Engländer hätten teuer bezahlt. Hatte es die Niederlage, die mit einem Rückzug aus Afrika und dem Verlust sämtlicher Kolonien für Italien endete, nach dieser Logik umsonst gegeben? Zählten die Toten nichts? Mussolinis Pläne, den alten Römern Konkurrenz zu machen, und Italien zu neuem Glanz und alter Größe zu führen, war gescheitert und Sizilien von den Alliierten erobert. Auch das italienische Festland hatten sie bereits betreten. Ob die Amerikaner die deutschen U-Boote wirklich so sehr fürchteten, wie die Jubelartikel in der Zeitung behaupteten? Der Idee der Japaner, gleichzeitig Amerika und China anzugreifen, war bisher auch kein durchschlagender Erfolg beschieden. Wie es an der Front in Russland stand, wusste Martin besser als sie – hatte sie gedacht. Er sah das anders. Das Schreiben von Ende Juni war auf einen Notizzettel gekritzelt.

… wie gern wäre ich bei Euch, um Euch in dieser schweren Zeit zur Seite zu stehen. Dass die Verwaltungsleute vom Wehramt mich aus dem Dienst entlassen und unabkömmlich stellen, kann ich mir beim besten Willen nicht vorstellen. Ein hartnäckiger Funken Hoffnung bleibt: Bauern sind kriegswichtig. Lange dauert es nie, bis ich dank feindlicher Artilleriefeuer aus meinen Tagträumen gerissen werde. Wenn ich dann an das Schicksal der Soldaten der 6. Armee denke, ist es aus mit meiner Zuversicht. Denen wird es nicht anders gegangen sein als uns: Wir können schießen bis unsere Gewehrläufe glühen. Egal! Die Russen werfen immer neue Männer in den Kampf. Wie es an anderen Teilen der Ostfront aussieht, kriegen wir hier oft erst Wochen später mit. (Auch auf die Gefahr hin, dass ich mich wiederhole: Die Entfernungen sind ungeheuer). Gibt es im Westen was Neues? Wie sieht es in Afrika aus? (Schick mir einfach eine Abschrift aus Deiner Kladde). Mein Urlaubsschein ist im Stapel übrigens weit nach hinten gerutscht. Vielleicht, weil mein Kompaniechef Wind von Eurem Antrag bekommen hat? Ich fange an, zu hoffen. Mehr erzähle ich Euch mündlich, wenn es klappt. Hoffentlich bald! Ein Urlaub wäre besser als nichts …

„Ella, wo bleibst du?“ Luzie steckte ihren Kopf zur Tür hinein. „Wir müssen aufs Feld.“

„Ich bin gleich da.“ Sie legte Martins Schreiben in die Kladde zurück und stellte das Heft an seinen Platz.

***

Am Abend, als sie müde und verschwitzt mit den Pferden den Hof betraten, lief Lydia ihnen mit einem Brief entgegen, den sie aufgeregt in ihrer Hand schwenkte.

„Ist der vom Wehramt?“, fragte Magdalena mit matter Stimme.

Lydia nickte.

„Schnell, gib her!“ Mit zitternden Fingern öffnete ihre Mutter den Umschlag.

Ella fasste Fanny an der Hand. Sie brauchte jemanden zum Festhalten, ertrug die Spannung kaum.

„Ich wusste es!“ Magdalena las das Schreiben und schüttelte den Kopf „Sie haben abschlägig über den Antrag beschieden. Es ist ohnehin alles sinnlos. Den Martin werde ich bestimmt nicht lebend wiedersehen.“

„Mama!“, ächzte Ella.

„So darfst du nicht denken, Lenchen. Du bist müde, deprimiert und erschöpft. Du gehörst ins Bett!“ Lydia legte der von Schluchzern geschüttelten Magdalena einen Arm um die Schulter. „Du wirst heute gar nichts mehr tun. Sei ganz beruhigt: Gemolken und gefüttert habe ich die Kühe.“

Lydia brachte Magdalena das Abendbrot ins Schlafzimmer und blieb oben bei ihr. Als Ella nach der Stallarbeit zu den beiden hineinsah, schlief Magdalena tief und fest.

„Danke, Tante Lydia!"

„Ich bleibe noch ein bisschen hier. Geh du schlafen, Kind." Ella nickte lächelnd und hätte am liebsten geweint. Was sollte werden, wenn Lydia und Traudl nach Kallmünz zurückkehrten?

Lydias Diagnose

28. August 1943

Die Sonne brannte während der Weizenernte auf die Frauen des Gronau-Hofs herunter. Ella ging neben dem Mähbinder her, den ihr Vater kurz nach seiner Rückkehr aus dem Polenfeldzug angeschafft hatte. Mit Sensen wären sie in zwei Tagen nicht halb so weit gekommen wie mit dieser Maschine an einem Vormittag. Sie half mit einer Heugabel nach, wenn die Haspel, ein großes Transportrad, die Halme nicht richtig fasste. Außerdem musste sie darauf achten, ob die Bündel ordentlich verschnürt waren. Ihre Mutter saß oben auf dem Sitz und lenkte die Zugpferde.

„Luzie, kannst du mich bitte kurz ablösen?" Ihre Freundin stellte mit Ida und Fanny Garben auf.

„Ist dir übel? Oder drückt das Kleine auf die Blase?"

„Letzteres."

„Hast du deine Mutter inzwischen über den Irrtum aufgeklärt? Ist er dir peinlich?"

„Nein, und … jetzt ist wirklich nicht der Moment, damit anzufangen."

Luzie nahm ihren Platz ein, während Ella hinter das Gebüsch hastete. Kurz darauf tauchte sie wieder auf und weiter ging es mit den Feldarbeiten. Die Sonne brannte auf sie herab, während sie mit den anderen die

Getreidebündel gegeneinanderstellte, die vom Mähbinder ausgeworfen wurden. Der Arbeitstag wollte gar kein Ende nehmen. Mit Grauen dachte sie daran, dass sie am Abend noch die Traubenstöcke im Weinberg wässern musste. Sie war jetzt schon furchtbar müde.

„Ich will ja nix sagen, aber wat mit dir los is, kannst du nit mehr lang verbergen." Ida wischte Schweißperlen von ihrer Stirn. „Du musst mit deiner Mutter reden."

„Ich werde es bald tun, versprochen." Ella legte ihre Hand auf den Unterleib - wie zum Schutz für das kleine Wesen, das in ihr wuchs. Kein Außenstehender durfte je erfahren, dass es einen Franzosen zum Vater hatte. Ein Kind von Jacques. Sie hätte weinen können vor Glück und wusste nicht, wohin mit ihren Sorgen vor der Zukunft, die sie erwartete.

„Dat du auf die Fanny, Luzie und mich zählen kannst, weißt du hoffentlich."

Ella nickte. „Danke."

Ihre Probleme lösten sich dadurch trotzdem nicht in Luft auf. Sie griff nach der nächsten Garbe, formte sie zu einer Art Hut und stülpte ihn über die anderen neun, die sie zusammengestellt hatten. Sie musste mit ihrer Mutter reden – und Tante Lydia einweihen, die geschockt sein würde. Nicht heute. Vielleicht morgen?

***

Ella nahm sich jeden Tag beim Aufwachen fest vor, mit ihrer Mutter über das Offensichtliche zu sprechen und jedes Mal wurde es Abend, ohne dass sie etwas gesagt hatte. Zwei Wochen waren inzwischen vergangen.

Teller klapperten. Die Küche war verdunkelt. Im schwachen Schein einer Sturmlampe räumte Fanny den Tisch ab und stellte das Geschirr in den Spülstein.

Ida nickte Traudl und Lydia zu. „Bleibt sitzen, den Abwasch übernehm ich. Morgen müssen wir Seife kochen und ihr kriegt ein Stück davon mit, wenn ihr heimfahrt."

„Ich geh dann nach Hause." Luzie schob ihren Stuhl zurück. „Soll ich in der Früh zu Kathie und Zutaten kaufen?"

Ida holte einen Notizzettel aus ihrer Schürzentasche. „Pottasche hab'n wir. Fettreste auch. Ich bräucht ein halbes Pfund Ätznatron. Ich hoff nur, dat sie welches gekriegt hat."

„Ich frage nach. Gute Nacht, ihr Lieben."

„Bis morgen." Ella stützte das Kinn in die Kuhle ihrer Hand und sah ihrer Freundin nach. Wenn sie ihre Schwangerschaft nicht länger verbergen konnte, würde Johann Luzie vorwerfen, ihn hintergangen zu haben. Und ihm saß die Hand locker. Ellas Gefühle überwältigten sie. Eine Mischung aus Wut, Angst und Ohnmacht trieb ihr Tränen in die Augen.

„Du siehst blass aus, Kind." Tante Lydia strich Ella über das Haar. „Magdalena, wir müssen reden!"

„Eigentlich wollte ich ins Bett. Gibt es etwas Wichtiges?"

„Und ob! Sieh dir deine Tochter an. Du bist vor Schmerz überwältigt, du trauerst um deinen Mann, das verstehe ich. Aber Ella braucht ihre Mutter! Jetzt! Sie ist schwanger."

„Du lieber Himmel! Ich ... dachte ... O mein Gott, Ella, du hast mir doch selbst gesagt, dass du kein Kind bekommst.“

„Mag…da…lena!“ Lydia schnappte hörbar nach Luft. „Es ist, wie es ist. Keine Diskussionen. Akzeptiere es.“

In dem Moment hörte Ella ein Brummen, gefolgt vom Grummeln der Detonationen.

Fanny ächzte. „Bomber!“

„Dat Donnern kommt näher.“ Ida warf den Spüllappen ins Wasser und wischte die nassen Hände an ihrer Schürze ab. „Die greifen an.“

„Sofort in den Keller!“, befahl Lydia.

Sie ließen alles stehen und liegen, rannten die Stufen hinunter.

Was jetzt?

Im extra mit Balken verstärkten Kellerraum stellte Ida die Sturmlampe aus der Küche auf einem alten Tisch ab, den Matthias Anfang März mit Henri aus dem Speicher heruntergeschafft hatte. Ella fror. Die Luft hier drin war kühl. Ihre Zähne klapperten allerdings nicht nur wegen der Kälte aufeinander. Magdalena legte ihr eine Decke über, zog sie auf eines der Betten und nahm sie in den Arm. „Wann soll das Kind kommen?"

„Ich bin mir nicht ganz sicher. Mitte Dezember oder Anfang Januar?" Ella lehnte ihren Kopf an Magdalenas Schulter. „Es tut mir leid, Mama. Ich wollte mit dir reden. Aber mit jedem Tag, der verging, ist es mir schwerer gefallen, dich darauf anzusprechen. Es tut mir leid. Du trauerst um Papa und jetzt komme ich daher."

„Ich hätte viel besser auf dich achten müssen." Magdalena wiegte sie wie ein Kind. „Nicht mehr lange und dein Bauch wird sich wölben. Dein Kleines braucht einen Vater."

„Es hat einen!" In diesem Moment kam es Ella vor, als müsste sie in diesem kleinen Raum mit seiner abgestandenen Luft ersticken. Sie sprang auf. „Ich muss hier raus."

Ihre Mutter zog sie auf das Bett zurück. „Jacques kannst du nicht angeben."

„Dann nenne ich eben keinen Namen, wenn sie danach fragen, wer der Erzeuger ist!"

Lydia seufzte. „Die Leute werden eins und eins zusammenzählen und in deinem Fall ergibt die Summe drei.“

„Johann würde dich nach Trier zur Gestapo verschleppen.“ Magdalena dämpfte ihre Stimme. „Er würde dich so lange über Jacques’ Flucht ausquetschen, bis du uns alle einschließlich Frieder verrätst.“

„Das wird niemals passieren!“

„Und wenn er das Kind in deinem Leib bedroht? Es braucht einen deutschen Vater. Es gibt keine andere Lösung!“

„Dat könnt per Ferntrauung über die Bühne gehen“, sagte Ida. „Dat geht sogar, wenn der Bräutigam gefallen is. Also posthum oder wie dat heißt.“

Lydia runzelte die Stirn. „Ich überlege gerade, wer dafür infrage käme. Vielleicht kann Frieder einspringen. Er war um die Zeit herum immerhin da.“

„Nein!“ Ella schüttelte den Kopf. „Ich will keinen Ehemann, der als Vater gilt, das Sorgerecht hat und Alimente zahlen muss. Schluss, das kommt nicht infrage! Ist das so schwer zu verstehen?“

„Wat is dat nur für ne armselige Welt, in die dat Würmchen geboren wird.“ Traudl zog ein Taschentuch aus ihrem Ärmel und schnäuzte sich laut. „Kindchen, du musst an dat Kleine denken. Da darfst du nit egoistisch sein.“

„Et gibt übrigens auch Fernscheidungen!“, trumpfte Ida auf. „Ja, wirklich. Der Freund einer Bekannten hat dat gemacht.“

„Seid ihr allesamt verrückt geworden? Ich werde das Kind ohne irgendwelche Hochzeiten oder Scheidungen zur Welt bringen. Kein Wort mehr davon!“ Ella steckte ihre Finger in die Ohren. Von diesem Unsinn wollte sie nichts mehr hören.

Lydia sprang auf und beugte sich zu ihr hinunter. „Ich hatte mir überlegt, dass du die Zeit bis zur Geburt nach der Ernte bei uns in Kallmünz verbringen könntest."

Ella ließ ihre Hände sinken. Trotz ihrer Schutzmaßnahmen hatte sie jedes Wort verstanden. „Das ist lieb von dir, Tantchen."

Fanny räusperte sich. „Also ich habe in der Zeit ein Korsett getragen und es fest geschnürt. Mein Bauch war bis zuletzt fast nicht zu sehen." Zum ersten Mal überhaupt gab sie Einzelheiten über ihre ungewollte Schwangerschaft preis. „Ich kann es von zu Hause holen. Und, wenn es gar keine andere Möglichkeit gibt, vielleicht sogar ... so tun ... als ob ... es mein Kind ist."

„Nein, das will ich nicht!" Ella wippte mit beiden Füßen, am liebsten wäre sie aufgesprungen und losgerannt. „Wie stündest du dann im Dorf da? Du hast ohnehin schon so viel gelitten."

Detonationen waren keine zu hören. Oder vielleicht doch? Wie ein fernes Gewitter, das im Hintergrund grummelte.

„Das ist hier kein Weihnachtswunschkonzert. Ella, es geht um dein Leben und das deines Kindes! Lydia, sagen wir, dass ich meiner Tochter die Fahrt nach Bayern gestatte: Was ist damit gewonnen, wenn sie mit einem unehelichen Kind zurückkehrt?"

Lydias Antwort klang unsicher. „Lenchen, ich dachte, du könntest sie abholen und ..."

„Was dann?", fragte Magdalena.

Lydia schwieg.

Ida schnipste mit den Fingern. „... aufs Amt gehen und behaupten, dat es Ihres is, Herrin."

„Genau, dat war auch mein Gedanke!" Traudl hob die Hand. „Dat is ja nit so, dat es mit vierundvierzig unmöglich is. Die Berta war über ein Jahr älter bei ihrem Jüngsten. Wenn Sie dat Kleine als Ihres ausgeben, sin all die Probleme gelöst. Dat Kind wär ehelich und hätt auf dem Papier einen deutschen Vater."

Magdalenas Gesicht sah wie festgefroren aus. „Das geht nicht. Ich hatte eine Totaloperation."

Traudl stemmte ihre Hände in die Hüften. „Die im Ort wissen nur dat Ihr Kind nit überlebt hat."

„Seid mal still! Ich glaub, ich hör wat." Ida ruckte vor und sank wenig später auf das Feldbett zurück. „Ne, Fehlalarm. Wat ich noch sagen wollt. Wir haben dat nie rumgetratscht. Keine von uns wollt, dat die Dörte antanzt und Sie mit Hohn und Spott überschüttet. Dat Thema is tabu. Wenn Sie's der Berta nit erzählt haben?"

Magdalena schüttelte den Kopf. „Sie war hochschwanger mit der Hella, als ich aus dem Krankenhaus entlassen worden bin. Darüber konnte ich mit ihr nicht reden. Und später ... habe ich das Thema auch nicht berührt."

Bei dem Gedanken an die komplizierten Entbindungen, die ihre Mutter hinter sich hatte, wurde Ella bange zumute. Martin, ein Frühgeborenes, das nicht atmen wollte. Bei der dritten Schwangerschaft schwere Blutungen ... Und die Ängste vor der Zukunft musste Ella ohne Jacques' tröstende Umarmungen durchstehen. Sie vermisste ihn in dem Moment so sehr, dass es ihr die Kehle zuschnürte. *Nur nicht weinen, nicht jetzt.*

„Zum Glück war es Alma, die mich damals gefahren hat. Natürlich wird trotzdem Gerede aufkommen, wenn ich nach so langer Zeit plötzlich ein Kind erwarte. Und ich muss mich vor Dörte hüten. Sie wird nachprüfen wollen, ob ich wirklich schwanger bin.“

„Sie müssen eben ein Stützkorsett tragen. Dat is bei Schwangeren gang und gäbe. Und dat Kissen drunter stopfen wir gut aus. Und dat Kleine is eben ein Mirakel.“ Ida strahlte. „So ähnlich wie bei dem Abraham und seiner Sara.“

„Ein Wunder könnten wir tatsächlich brauchen“, murmelte Lydia.

Ella wusste nicht, was sie von der Idee halten sollte. Vom Verstand her fand sie die Argumente überzeugend, ihr Herz wollte nichts davon wissen: „Es ist Jacques und mein Kind!“

„Für das wir alle das Beste wollen.“ Ihre Mutter strich ihr sanft über das Haar.

„Und für Sie wär’s so wat wie ein Trost, Herrin. Ich hätt gern eins von meinem Valentin gehabt.“ Ida seufzte. „Aber dat hat nit sollen sein. Und wer weiß, wozu’s gut war. Meine Eltern hätt der Schlag getroffen. Ella, du hast ein solches Glück mit deiner Mutter. Meiner hätte ich mit einem unehelichen Kind nit unter die Augen treten dürfen.“

„Du machst mich ganz verlegen.“ Magdalena war aufgesprungen und lief ein paar Schritte auf und ab. „Es ist nur so, als Herrin des Hauses kann ich unmöglich wochenlang fort, um Ella in Kallmünz zu besuchen. Da würden die Leute misstrauisch.“

„Du bräuchtest lediglich ein paar Tage bei uns im Haus zu verbringen. Wir könnten dich anrufen oder dir telegrafieren, wenn das Kleine da ist."

„Und ich soll mich als vorgeblich Hochschwangere zu euch auf den Weg machen? Alle würden mich für verrückt erklären. Außerdem müssten wir mit einem Neugeborenen mitten im Winter auf die Bahn, um nach Hause zu kommen. Ihr habt zwei Tage für die Fahrt hierher gebraucht. Ein robustes Kind übersteht eine solche Strapaze vielleicht, aber ein empfindliches?"

Ella graute bei der Vorstellung. Sie mit ihrer Mutter und dem hilflosen kleinen Geschöpf in einem verräucherten Abteil, einer überfüllten Bahnhofshalle oder auf einem Bahnsteig, wo im Winter ein eisiger Wind pfiff. Dieses Risiko würde sie nur im äußersten Notfall eingehen.

„Was, wenn es unterwegs Fliegerangriffe gibt?" Magdalena schüttelte den Kopf. „Vor zwei Jahren oder auch noch 1942 hätte ich gesagt, wir wagen es. Im vierten Kriegsjahr - nein! Dass ihr in euer Heim zurückwollt, verstehe ich. Wohl ist mir bei dem Gedanken an eure weite Reise keineswegs. Ich werde heilfroh sein, wenn ihr unbeschadet angekommen seid. Ella, was sagst du? Willst du hierbleiben? Wir würden versuchen, deine Schwangerschaft zu verbergen. Vielleicht mit einem Korsett, wie Fanny vorgeschlagen hat. Oder möchtest du nach Kallmünz?"

„In beiden Fällen gibst du mein Kind als deins aus?"

„Das ist der Plan. Wir müssen das Kleine schützen."

Ella gab ihrem Bauchgefühl nach. „Wir versuchen es hier."

„Wunderbar, dann ist das geklärt." Magdalena hielt inne. „Sind überhaupt noch Flieger unterwegs? "

„Ich glaube nicht." Fanny lauschte. „Draußen herrscht Ruhe und ich würde gern wieder nach oben gehen. Sobald wir hier im Keller hocken, bilde ich mir ein, dass wir bei einem Treffer von Balken, Ziegelstein und Schutt begraben werden."

„Das wird hoffentlich nie passieren." Magdalena erhob sich. „Sehen wir zu, dass wir eine Mütze voll Schlaf kriegen."

Lydia rappelte sich hoch. „Mir reicht ein Fliegeralarm in der Nacht voll und ganz. Solche Aufregungen sind nichts mehr für mein altes Herz. Ach, übrigens, Traudl und ich bleiben vielleicht noch, bis die Weinlese beendet ist."

„Wirklich?" Ella stürmte zu den beiden alten Damen, um sie zu umarmen. „Geht das denn?"

„Die Familie unserer Magd möchte ihren Aufenthalt in Kallmünz nur zu gern weiter ausdehnen. Am liebsten würden die unser Häuschen mieten. Sie wohnen in Nürnberg und wollen raus aufs Land in die Nähe ihrer Tochter ziehen."

Traudl trat zu ihrer Freundin. „Vielleicht sollten wir's ihnen ermöglichen."

„Was sagst du?" Lydia hielt ihre Hand ans Ohr.

„Dat hast du schon richtig verstanden, meine Liebe. Der Gedanke is mir grad gekommen. Zur Feldarbeit taugen wir alten Weiber vielleicht nit mehr. Aber auf wat Kleines aufpassen, während die Jungen schaffen, dat funktioniert sicher noch ein Weilchen."

Ella hätte am liebsten laut gejubelt. „Bitte sag ja, Tante Lydia!"

„Wenn ihr uns hier haben wollt, bin ich einverstanden. Doch das letzte Wort in der Angelegenheit hat
deine Mutter.“

Alle Augen waren auf Magdalena gerichtet. „Als ob
ihr fragen müsstet: Ihr seid uns jederzeit willkommen!“

Zu später Stunde

10. September 1943

Ella saß nach der Feldarbeit und dem Abendessen bei den Frauen in der Stube und strickte eine neue Ferse an einen Strumpf. Gähnend warf sie einen Blick auf die Uhr. Halb zehn, höchste Zeit ins Bett zu gehen. Das Quietschen der Haustür alarmierte sie. War etwa einer der einquartierten Soldaten derart unverschämt, alleinstehende Frauen zu dieser späten Stunde noch aufzusuchen?

„Wer kann das sein?" Fanny riss die Augen auf. Seit nur noch Frauen im Haus waren, reagierten sie alle deutlich schreckhafter. Ella erhob sich und griff zur Schere.

„Kein Begrüßungskommando? Wo seid ihr denn alle? Ich bin's."

Die Stimme erkannte sie sofort.

„Martin?" Ella ließ ihre Schere in den Nähkorb fallen. Mit ihrem Bruder hatte sie am allerwenigsten gerechnet.

„Was ist denn los?" Martin deponierte sein Gewehr auf der Küchenbank. „Hat es euch die Sprache verschlagen?"

„Martin, mein lieber, lieber Junge." Der Stuhl ihrer Mutter polterte zu Boden. Magdalena stürmte zu ihm vor und fuhr ihm über den kurz geschorenen Kopf. Sie streichelte sein hageres, schlecht rasiertes Gesicht, schloss ihn in ihre Arme und lachte und weinte zugleich.

„Dat gibt's ja nit, der junge Herr. Komm!" Ida schnappte sich Fanny. „Der hat bestimmt Hunger. Dem kredenzen wir wat Gutes."

„Ich kann nicht glauben, dass du da bist!" Ella hatte den umgestürzten Stuhl aufgehoben. Sobald ihre Mutter zur Seite trat, fiel sie Martin um den Hals. „Ich dachte, dein Urlaubsschein wäre ganz weit nach hinten gewandert."

„War er auch, aber der Kompaniechef ist ein vernünftiger Kerl. Der hat dafür gesorgt, dass ich für den Ernteeinsatz Sonderurlaub erhalte und mir eine Platzkarte für den Urlauberzug zugeschanzt. Ich darf bis Mitte Oktober bleiben und freu mich wie närrisch darüber. Frisch machen muss ich mich. Die Fahrt war fürchterlich."

Ella wischte mit beiden Händen über ihre feuchten Augen. „Wie lange warst du denn unterwegs?"

„Vier Tage, aber die werden nicht auf den Urlaub angerechnet."

„Ich wünschte, wir hätten uns unter anderen Umständen wiedergesehen." Lydia strich ihm über die Wangen, während Traudl eifrig nickte.

„Danke, dass ihr beide dageblieben seid." Sein Blick wanderte zu Magdalena. „An Vaters Grab habe ich als Erstes vorbeigeschaut und gebetet."

„Morgen gehen wir gemeinsam hin. Setz dich zu mir, mein Junge." Ihre Mutter fasste nach seiner Hand. Als ob sie sich vergewissern wollte, dass er keine Fata Morgana war, die sie nie erreichen konnte.

„Wie schön für euch alle." Fanny hackte Zwiebeln klein und weinte. Ob nur deswegen, wagte Ella zu bezweifeln.

„Dat du da bist, freut mich ungemein." Ida schnippelte Kartoffeln in hauchfeine Scheiben, die sie für Martin mit Schmalz im Tiegel braten wollte.

Traudl, die ihr zur Hand ging, wies auf seine Waffe. „Aber dat Ding da räumst du vor dem Essen gefälligst weg."

„Unbewacht im Flur wollte ich meinen Karabiner nicht stehen lassen. Wegen der Partisanenangriffe auf die Züge müssen wir Waffen mitnehmen. Das ist ein Befehl. Fünf Schuss Munition gibt es für jeden Urlauber. Den Rest brauchen sie an der Front. Zum Glück gab es bei meiner Fahrt keinen Zwischenfall."

„Wenn Engel reisen …", entgegnete Traudl.

Martin lachte laut auf. „Beschrei es nicht. Ich möchte noch ein Weilchen auf Erden wandeln. Ich bringe die Waffe auf den Speicher und suche dort einen Platz dafür."

„Tu das. Bis du runterkommst, is dat Essen bald fertig", rief Ida vom Herd her.

„Ich begleite dich nach oben", sagte Ella.

Gemeinsam stiegen sie die Treppen zum Speicher hoch.

„Wie ist es denn wirklich an der Front?"

„Frag nicht. Es ist ein furchtbares Gemetzel." Er verstaute sein Gewehr in einem Seitenfach des alten Kleiderschranks. Die Nische hinter der Rückwand des Mittelstücks, hinter dem sich ein Mensch verstecken konnte, hatte Johann nie gefunden.

Martin sah sich um. „Da alle Zimmer besetzt sind, werde ich am besten hier oben schlafen.

„Das brauchst du nicht. Ich könnte zu Mama hinüber und du meine Stube nehmen."

„Unsinn, Ella. Ich habe schon an ganz anderen Plätzen geschlafen. Dagegen ist dieser Speicher das reinste Paradies. Eher noch würde ich eine der Liegen im Keller nutzen, von denen du mir geschrieben hast."

„Willst du dir unseren ‚Luftschutzbunker' anschauen?"

„Auf jeden Fall."

Seite an Seite trabten sie die Stufen hinunter und Martin besah sich die Stützbalken, die ihr Vater gemeinsam mit Henri und Jacques angebracht hatte. „Müsst ihr dort oft Zuflucht suchen?"

„In letzter Zeit häufiger", antwortete Ella. „In größeren Städten ist es mit den Angriffen sicher viel schlimmer."

„Wenn ich mir das hier angucke ..." Er musterte die Liegen und den Ofen. „... ist eins vollkommen klar: Der Krieg ist verloren und das Kämpfen sinnlos."

„Weißt du davon, dass die Italiener den Duce inhaftiert haben?"

Martin nickte. „Das habe ich in einer der Zeitungen gelesen, die wir uns organisiert hatten."

„Ob die Italiener ohne Mussolini an unserer Seite weiterkämpfen?"

„Warum sollten sie? Übrigens wird die Feldpost inzwischen sehr streng kontrolliert. Da darfst du keinerlei Zweifel am Endsieg äußern, sonst wirst du liquidiert. Das habe ich selbst erlebt. Einen meiner Kameraden hat es erwischt. Den haben sie erschossen. Ich hoffe nur, dass Henri und Leo schlau genug sind, ihre Klappe zu halten. Und jetzt erzähl, was war mit Vater? Meinst du wirklich, dass sein Tod ein Unfall war?"

„Er hat Jacques' Sachen aufgeräumt. Johann und seine Männer waren da gewesen, die hatten alles durchwühlt und auf den Boden geworfen. Einen Teil der Kleidung hatte Papa bereits wieder verstaut. Aber dann ist er in den Stall. Was er um die Zeit beim Wagen wollte, verstehe ich nicht. Er hatte die Pferde abgeschirrt und um die verstreuten Nägel aufzuheben, hätte er sich bücken müssen. Er lag jedoch am Rücken."

„Du meinst, er hat jemanden getroffen?", fragte ihr Bruder.

„Vermutlich, aber wir haben keine Beweise und können niemanden beschuldigen."

„Frieder war damals zu Besuch, hast du geschrieben."

„Sag nichts gegen ihn! Er hat Jacques und mir geholfen."

Sie stiegen die Stufen hoch. Ella schnupperte. Die Übelkeit hatte nachgelassen und ihr Appetit war zurückgekehrt. „Hoffentlich haben sie genug für uns beide gemacht. Später muss ich dir noch etwas erzählen."

„Hast du etwa Geheimnisse vor mir?"

***

Ella und ihre Mutter weihten Martin nach dem Essen in die Schwangerschaft und ihre Pläne ein.

„Seid ihr verrückt geworden?" Ihr Bruder sprang von seinem Sitzplatz auf. „Denkt ihr etwa, Dörte würde euch dieses Märchen von Mutters wundersamer Schwangerschaft glauben?"

„Warum denn nicht?", fragte Ella.

„Der Altersabstand zwischen diesem Kind und dir und mir ist viel zu groß."

„Darum werden solche Sprösslinge auch als Nachzügler bezeichnet", sagte Magdalena.

„Jeder wird misstrauisch werden. Vor allen Dingen, wenn du während Mutters angeblicher Schwangerschaft gleichzeitig an Gewicht zulegst, Ella."

„Ich benutze ein Korsett."

„Und gefährdest damit dich und dein Kind?"

Ella legte ihre Hand auf den Bauch. „Bei Fanny ist es auch gut gegangen."

„Wir schnüren es nicht zu eng und mit den weiten Wintermänteln und Jacken lässt sich auch einiges überspielen." Magdalena rieb über ihre Stirn. „Was mir tatsächlich Sorgen macht, ist die neue Dorfschwester, die angeblich im November kommen soll. Eine Schwester Angela Thies. Dörte hat sie empfohlen. Sie dürften also auf gleicher Wellenlänge liegen. Gegen die müssen wir uns eine Strategie überlegen."

„Wieso haltet ihr trotzdem an diesem Wahnsinn fest?" Martin schlug mit der flachen Hand auf den Tisch.

„Führ dich nicht auf wie Papa. Bei dir sieht das lächerlich aus."

„Ich sorg mich um Mutter und dich."

„Es wird funktionieren, Martin." Magdalenas früherer Kampfgeist flammte auf. „Es gibt Leute im Dorf, die auf unserer Seite stehen."

„Ich wünschte, Vater wäre hier, um euch zu überzeugen. Eigentlich wollte ich ein paar friedliche Tage genießen und an der frischen Luft arbeiten, ohne dass mir Kugeln um die Ohren fliegen - und jetzt das. Meine kleine Schwester, die bis vor Kurzem auf die höchsten Bäume geklettert ist, erwartet ein Kind." Ein Lächeln huschte über Martins Gesicht. Er nahm sie in die Arme. „Dann werde ich Onkel!"

Die neue Dorfschwester

Der Spätherbst brachte Nebel und Schnee. Martin war längst wieder an der Front. Ella, die bereits im siebten Schwangerschaftsmonat war, schnürte ihren Bauch und trug weite Jacken und Mäntel, die ihre Figur verbargen. Magdalena hatte Mitte Oktober begonnen, ein eigens genähtes, mit Bändern versehenes und sehr fest gestopftes Kissen unter ihrem Kleid zu tragen und mit Bertas und Kathies Hilfe ihren delikaten Zustand im Dorf bekannt gemacht. Bereits während der Weinlese hatte ihre Mutter sich auffällig geschont, was zur Glaubwürdigkeit ihrer späten Schwangerschaft ebenso beitrug wie Almas Berichte über das biblische Wunder. Die Schwester des Pfarrers galt bei den älteren Frauen im Dorf nach wie vor als eine geschätzte Respektsperson. Dörte war kurz nach Bekanntwerden des Gerüchts auf der Bildfläche erschienen. Statt ihrer Mutter hatte Ella sie an dem Abend in Empfang genommen und in die Stube geführt. Magdalena saß dort in Gustavs Lehnsessel. Ihre Füße ruhten auf einem Schemel.

„Du hast Besuch, Mama."

„Dörte, wie nett." Ihre Mutter kam auf die Beine.

„Lass dir gratulieren, Lenchen! Ich bin vollkommen aus dem Häuschen, was für eine unverhoffte Überraschung." Mit einem Aufschrei stürzte Dörte auf Magdalena und tätschelte ihren Bauch. „Wieso ist das so hart? Ich spüre den kleinen Engel gar nicht."

Magdalena schob Dörtes Finger weg. „Ich trage ein Stützkorsett."

„Warum?" Dörte kniff ihre Augen zusammen. „Bei dir ist noch kaum etwas zu sehen."

„Weil es mir guttut." Magdalena legte beide Hände auf ihren unteren Rücken. „Ich bin schließlich nicht mehr die Jüngste. Das Kleine strampelt übrigens genauso viel wie Martin seinerzeit. Wenn es ein Junge wird, soll er Matthias heißen, nach seinem Vater."

Mit den Worten ‚Was für eine schöne Idee' und dem obligatorischen ‚Heil Hitler', war ihre Besucherin zügig abgedampft. Seither warteten sie auf Dörtes nächste Attacke.

Vor drei Tagen und damit beinahe vier Wochen später als erwartet, war die Dorfschwester eingetroffen. Dörte, die allen zeigen wollte, wes Geistes Kind die Neue war, führte Schwester Angela Thies in ihren Wirkbereich ein. Dem Gronau-Haushalt hatten die beiden für heute eine erste Stippvisite angekündigt. Was Ellas Alarmglocken schrillen ließ. Magdalena war trotz ihrer ruhigen Miene ebenfalls angespannt – das verriet die Art, in der sie unablässig ihre Hände knetete. „Traudl, ist der Kaffee gekocht?"

„Der is fertig."

Zum Anbieten hatte sie eine kleine Portion Butterplätzchen und ein paar dünne Scheiben Früchtebrot bereitgestellt. Der Löwenanteil der Weihnachtsbäckerei war längst zu Martin und Henri unterwegs. Zu den

Feiertagen sollten sie etwas Gutes haben und die Laufzeit der Päckchen war lang.

Zum verabredeten Zeitpunkt klopfte jemand an die Haustür.

„Heil Hitler!“ Dörte trat zu ihnen in die Küche, ohne das Herein abzuwarten. Sie wies auf ihre Begleiterin, eine Frau von vielleicht Mitte vierzig und damit ungefähr im Alter Magdalenas. Die aschgrauen Haare trug sie zu einem strengen Knoten gebunden, ihre unregelmäßigen Gesichtszüge wirkten kantig für eine Frau, aber ihr Blick war nicht unfreundlich. „Schwester Angela, das ist die Schwangere, von der ich erzählt habe.“

Dörtes Begleiterin begrüßte Magdalena mit Handschlag. „Sehr erfreut. Darf ich fragen, wie weit die Schwangerschaft schon fortgeschritten ist?“

„Ich bin im siebten Monat.“

Ella blieb wie verabredet im Hintergrund. Weder Magdalena noch ihr war daran gelegen, dass die Aufmerksamkeit der Dorfschwester sich auf sie richtete.

Die Frau nickte Traudl und ihr zu und wandte sich wieder an Magdalena. „Haben Sie schon jemanden, der Sie betreut, gnädige Frau?“

„Ich dachte an die Hebamme, die meine älteren Kinder entbunden hat. Kommen Sie, wir haben nebenan in der Stube gedeckt. Dort ist es gemütlicher. Stammen Sie aus der Gegend, oder wie hat es Sie nach Wingert verschlagen, Schwester Angela?“

„Ich bin in Mehring geboren und habe meine Ausbildung in Trier gemacht.“

Wider Erwarten war bisher alles glattgelaufen und Schwester Angela kein Brechmittel, wie Ella befürchtet hatte. Ihre Mutter geleitete die Gäste in die Stube. „Bitte nach Ihnen."

„Danke." Schwester Angela ging vor.

In dem Moment stolperte Dörte und versetzte Magdalena einen Stoß mit der Schulter.

„Mama, Achtung!" Ellas Warnung kam zu spät! Der Rempler hatte gesessen. Ihre Mutter prallte mit dem falschen Schwangerschaftsbauch gegen die Kante des halbhohen Vertikos. *Diese hinterhältige Schlange von Dörte!*

„Ach du liebes bisschen, Lenchen, wie ungeschickt von mir. Hast du dich hart gestoßen? Am besten, Schwester Angela schaut gleich einmal, ob das Kleine in Ordnung ist. Sie kennt sich aus – sie ist nicht nur Krankenschwester, sondern auch Hebamme."

Aus welchem Grund sollte ihre Mutter diese Untersuchung ablehnen? Ella wäre am liebsten auf Dörte losgegangen. War jetzt alles vorbei – die Anstrengungen, ihre Schwangerschaft geheim zu halten, und sämtliche Pläne für die Katz? Viel fehlte nicht und sie wäre in Tränen ausgebrochen.

Auch Magdalena brauchte einen Augenblick, um den Schock zu verdauen. „Schon gut, ich konnte mich abfangen. So schlimm hat es sich überhaupt nicht angefühlt."

Dörtes widerliche Heuchelei ging weiter. „Lenchen, ich würde mir nie verzeihen, wenn irgendetwas wäre. Schwester Angela, was sagen Sie?"

„Sicher ist sicher. Wenn ich einen Blick auf Ihren Bauch werfe, sind wir alle beruhigt. Frau Gronau, können wir in ein anderes Zimmer gehen?"

„Ich komme mit." Ella würde Schwester Angela davon überzeugen, dass ihre Mutter die Täuschung nur
durchgeführt hatte, um den guten Ruf ihrer Tochter zu
wahren. Mit hängendem Kopf stieg sie hinter den beiden die Stufen empor. Alma hatte ihrer Mutter letzthin
ein schmales Buch geliehen: ‚Die letzte am Schafott'
von Getrud von le Fort. Ella kannte nur den Titel, aber
der passte. Vielleicht war sie in ein, zwei Stunden bereits auf dem Weg ins Gefängnis? Kaum, dass sie die
Tür geschlossen hatte, legte sie los. „Folgendes, es ist so,
dass wir ..."

Schwester Angela unterbrach sie. „Ihr seid also Frieder Scholtes Verwandte?"

„Wo...her wissen Sie?", fragte Ella.

„Wir kennen uns aus dem Hospital in Trier. Er hat im
Mutterhaus der Borromäerinnen famuliert. Meine
Schwester Eva hat mit ihm zusammen in Heidelberg
studiert und ihn öfter nach Hause mitgebracht. Er war
es, der mich auf die Stelle aufmerksam gemacht und
mir ans Herz gelegt hat, auf Ihre Mutter und Sie zu achten. Sie brauchen mir nichts zu erklären. Wann kommt
Ihr Kind, Fräulein Gronau?"

„Ende Dezember? Vielleicht auch Mitte Januar?"

„Wenn ich darf, werfe ich später in aller Ruhe einen
Blick auf Sie."

„Sehr gerne, danke!"

Schwester Angela wandte sich an ihre Mutter. „Wollen wir hinuntergehen? Ich denke, es ist genug Zeit verstrichen, damit unsere Untersuchung glaubhaft wirkt."

„Uuund?", fragte Dörte langgedehnt, sobald ihr
Grüppchen in die Stube trat.

„Bei Frau Gronau ist alles in schönster Ordnung."

„Das ist …" Dörtes dummes Gesicht mit der herunter-
geklappten Kinnlade machte die vorherige Aufregung
wieder wett. Ob Magdalena diesen Moment ebenso
sehr genoss wie Ella? Sie zwinkerte ihrer Mutter zu.

„… absolut unglaublich. Ich meine, ganz wunderbar."

Neujahrsgeschenk

01. Januar 1944

Ella ging früh zu Bett, während die anderen unten in der verdunkelten Küche saßen, um das neue Jahr willkommen zu heißen. Schon seit Tagen kamen und gingen Rücken- und Unterleibsschmerzen. Dieses Mal wollten sie nicht aufhören. Vier Stunden wälzte Ella sich unruhig von einer Seite zur anderen und ließ keinen Ton über die schmerzhaften Kontraktionen verlauten. Sie litt allein, bis die Wehen in den frühen Morgenstunden derart heftig über sie hinwegrollten, dass ihr lautes Stöhnen Magdalena alarmierte.

„Wie lange geht denn das schon?"

„Seit Stunden! Es tut so weh, Mama. Es soll aufhören!"

Ihre Mutter tupfte ihr mit einem Tuch über die Stirn. „Kannst du aufstehen?"

Ella nickte.

„Gut, dann richte ich das Bett."

„Mama, hilf mir!"

Magdalena hielt ihr die Hände hin und Ella wälzte sich schwerfällig aus dem Bett.

„Kannst du stehen?"

„Ich weiß nicht. Beeil dich!" Ellas Bauch wurde hart und der Schmerz unerträglich.

Ihre Mutter holte den Korb mit dem vorbereiteten Wachstuch, Zeitungspapier und alten Leinentüchern aus dem Eck. Die nächste Wehe rollte über Ella hinweg, während ihre Mutter die Zeitungen auslegte.

„Einen Moment noch."

„Es tut so weh!" Ella krümmte sich zusammen. Ob sie wollte oder nicht, sie musste pressen.

„Schnell, leg dich hin!"

„Mama, lass mich!" Ächzend umklammerte Ella die Bettkante und ging in die Hocke.

„Also gut, bleib so." Magdalena kniete hinter ihr nieder. „Ich kann den Kopf sehen."

Während ihre Mutter die Zeitungen und ein Tuch vom Bett riss und auf dem Boden auslegte, musste Ella wieder pressen.

„Verflucht!" Sie ächzte und stöhnte.

„Weiter so!", spornte Magdalena sie an. „Du hast es gleich geschafft."

Nach zwei weiteren Presswehen glitt der Kopf des Kindes aus Ella heraus, der Körper folgte bei der nächsten Wehe wie von selbst. Ihre Beine und ihr gesamter Körper zitterten. Sie verdrehte den Kopf. „Mein Kind! Ist alles in Ordnung?"

„Es ist mit einer Glückshaut geboren. Die muss schnellstens geöffnet werden."

„Dann red nicht rum, mach! Schnell!"

Magdalena griff nach der Schere, die Ida vorgestern ausgekocht und in ein sauberes Leintuch eingeschlagen hatte.

Ella konnte nicht hinsehen. „Tu ihm aber nicht weh!"

Ein unwilliges Quengeln ertönte.

„Was hat es? Ist ihm etwas passiert?"

„Alles ist gut. Sie atmet!" Ihrer Mutter liefen Tränen über die Wangen. „Was für ein wunderbares Neujahrsgeschenk. Ella, es ist ein wunderschönes, kleines Mädchen. Ich nabele sie ab, packe sie warm ein und helfe dir ins Bett. Ich bin stolz auf dich. Du hast es perfekt gemacht."

„Sollen wir nicht lieber die Hebamme zum Abnabeln holen?"

„Es tut der Kleinen nicht weh, vertrau mir."

„Wann kann ich sie haben?" Ella beobachtete jeden Handgriff ihrer Mutter. „Ich habe sie noch gar nicht richtig gesehen. Friert sie auch nicht?"

„Ich lege sie in die Wiege und packe sie gut ein. Kannst du mit meiner Hilfe aufstehen oder soll ich Ida holen?"

„Wir zwei schaffen das." Wenig später lag Ella im Bett und wartete sehnsüchtig darauf, dass Magdalena ihr das Kind reichte. Jacques' und ihre Tochter. „Sie ist … mein kleines Wunder."

„Wie soll sie denn heißen?", fragte Magdalena.

Ella betrachtete das winzige Geschöpf, den Mund, die süße Stupsnase und die blaugrauen Augen, deren Blick für einen magischen Moment in ihren tauchte. „Caroline! Der Name wird Jacques gefallen. Willkommen, meine wunderschöne kleine Caro." Sie lächelte und strich ihrer Tochter über den dunklen Flaum. Wie weich er war. „Sobald der Krieg vorbei ist und dein Vater von dir weiß, wird er sofort zu uns kommen und dich ebenso sehr lieben wie ich. Ich würde ihm so gerne eine Nachricht schicken und ihm von dir erzählen."

Magdalena setzte sich auf die Bettkante. „Willkommen, Caro, du hast mich zur Großmutter gemacht.

Danke, dafür. Dein Großvater hätte dich liebend gerne kennengelernt. Ich werde ihm von dir erzählen und ihm sagen, dass du da bist."

Lydia öffnete die Tür und spähte ins Zimmer. „Das Kind ist da? Dann haben mich meine alten Ohren nicht im Stich gelassen. Soll ich Schwester Angela Bescheid geben? Dann ziehe ich mich schnell um."

Fanny tippte ihr auf die Schulter. „Ida ist bereits losgelaufen. Alles Gute für dich und das Kind, Ella."

„Sie heißt Caro."

Traudl wies auf die Fenster. „Zugluft is nit gut für dat Kleine."

„Dürfen wir kurz gucken kommen?", fragte Lydia.

Ella nickte. „Schließt aber die Tür."

Traudl schlich auf Zehenspitzen näher. „Wat für ein winziges Dingelchen."

Fanny nickte.

„Die Kleine ist entzückend. Gesehen haben wir sie. Dann stören wir nicht länger." Tante Lydias Augen schimmerten feucht. „Schlaft gut, ihr zwei."

Fanny schluckte hörbar. „Darf ich sie vielleicht irgendwann einmal halten?"

Ihr Wunsch überraschte Ella. „Natürlich."

Die Drei gingen davon und schlossen die Tür.

„Das waren viele Leute, nicht wahr, Caro?" Ella zog ihr die Mütze zurecht. „Die brauchst du bei der Kälte."

Das Quäken ihrer Tochter wurde lauter und unwilliger.

Magdalena lächelte. „Ich denke, da hat jemand Hunger. Ich mache eine Flasche zurecht."

„Ich dachte …"

„Ella, Liebes, du kannst sie nicht stillen. Wenn die Milch ausläuft und es jemand sieht ... Das kannst du gar nicht verhindern, wenn dein Kind weint." Magdalena strich ihr über die Haare. „Binde deine Brüste hoch und trink wenig, dann schießt die Milch nicht sehr stark ein und versiegt schnell. Du könntest aber die Vormilch abpumpen, wenn du deiner Tochter etwas Gutes tun willst."

„Das mache ich. Das Kolostrum soll ganz besonders wertvoll für Neugeborene sein, hat Schwester Angela gesagt."

„Ich habe den Glasaufsatz ausgekocht und neue Gummibälle für das Pumpen besorgt. Ich bin gleich wieder da." Magdalena verließ das Zimmer.

„Na du? Ich wollte, ich könnte allen sagen, dass du meine Tochter bist. Leider geht das vorerst nicht, mein Glückskind."

Nach mehreren vergeblichen Versuchen war Caros Daumen in ihrem Mund gelandet. Ihr Quengeln hörte auf, sie schloss die Augen und nuckelte.

Jacques

Jacques saß im Bett seines Zimmers und atmete tief durch, während der Doktor, der Hausarzt seiner Eltern, ihm das Stethoskop gegen den Brustkorb drückte. Ob der Arzt zufrieden war? Jacques' Herzschlag ging schneller. Er war nervös. Dabei fühlte er sich langsam besser. Bei der Rückkehr in die Heimat hatte sein Körper vollkommen verrückt gespielt. Er war mit Typhus zusammengebrochen. Von den Durchfällen geschwächt konnte er der Maserninfektion, die im Dorf grassierte, nichts entgegensetzen.

Der Arzt horchte an mehreren Stellen. „Ich bin zufrieden. Die Herztöne klingen deutlich kräftiger; die Schlagrate ist an der oberen Norm. Der Rhythmus ist regelmäßig. Der Befund hat sich deutlich gebessert. Die Zeichen Ihrer Herzmuskelentzündung bilden sich langsam zurück.“

„Werde ich wieder ganz gesund, Herr Doktor?“

„Dank der erfreulichen Entwicklung der letzten Tage und Wochen würde ich sagen: Sie haben die besten Aussichten komplett zu genesen, sofern Sie meine Anweisungen befolgen und sich weiterhin schonen.“

„Das werde ich. Danke, dass Sie heute nach mir schauen.“

„Es ist mir ein Vergnügen, Monsieur Legrand.“

Vermutlich hatte seine Mutter den guten Doktor als Gegenleistung für die Untersuchung zum Neujahrsessen eingeladen. Seit Monaten musste Jacques strikte Bettruhe halten, wegen der Masern und seiner lichtempfindlichen Augen anfangs im abgedunkelten Raum. Diese Kinderkrankheit, besser gesagt die nachfolgenden Komplikationen, sowohl eine Mittelohr- als auch Lungenentzündung, die auf den Herzmuskel übergriff, schafften beinahe, was Krieg und Gefangenlager nicht vermocht hatten. Wochenlang schwebte er zwischen Leben und Tod. Ohne die gewissenhafte Pflege von Mutter und Kinderfrau hätte er es womöglich nicht über den Berg geschafft, wie der Hausarzt der Familie mehrfach und mit offenkundiger Bewunderung für die Hingabe der beiden betonte. Was der Arzt nicht wissen konnte: Es war der Gedanke an Ella, seine Ella, der Jacques die Kraft gegeben hatte, durchzuhalten.

„Ab heute dürfen Sie aufstehen und in Begleitung ein paar Schritte im Zimmer machen. Übertreiben Sie es nicht, sonst riskieren Sie einen Rückfall."

„Ich werde vernünftig sein, Herr Doktor, das verspreche ich Ihnen."

***

Viel zu langsam für Jacques' Geschmack ging es aufwärts. Er fühlte sich schwach wie ein neugeborenes Karnickel, war wacklig auf den Beinen und konnte ohne die Hilfe anderer kaum stehen, geschweige denn mehr als ein paar Meter gehen. Selbst seine eigene zittrige Handschrift kam ihm fremd vor. Doch er wollte nicht klagen. Er griff nach einer Unterlage, Stift und Papier. Auch wenn er vorerst nicht wagte, die Briefe abzuschicken:

Liebste Ella!
ma petite fée, mon amour, wenn Du wüsstest, wie sehr ich Dich vermisse. Mein Herz blutet. Heute schreiben wir bereits den 1. Januar 1944 – wo bleibt der Friede? Ich sehne mich nach Dir und vergehe vor Sorge um Dich und Euch, auch wenn das niemand hier versteht.

Dieses ‚Euch' hatte er, ohne groß nachzudenken, hingeschrieben, aber was, wenn ihre Liebe tatsächlich Folgen gehabt hatte? Was war dann mit ihr und dem Kind? Er krampfte seine Hand um den Stift. Nicht zu wissen, wie es ihr ging, keine Ahnung zu haben, ob er Vater geworden war oder nicht, zerriss ihm das Herz, das eigentlich heilen sollte. Er schrieb weiter.

Geht es Deinen Eltern und Martin gut? Was macht Henri? Sind Fanny und Ida wohlauf? Wie ist es Dir ergangen? Ella, ma chérie, Du bist morgens mein erster und abends mein letzter Gedanke. Ich frage mich oft, wie es ausgegangen ist. Vielleicht hätte ich gar nicht fliehen müssen? Oder war es nötig? Ich wüsste es gerne, Liebste, und ich versichere Dir, egal, was kommen mag, ich stehe Dir zur Seite.
Wann können wir uns endlich wiedersehen? Wann wird dieser Krieg endlich enden?
Je t'aime, ich liebe Dich – ich denke an Dich.
Für heute, immer und ewig!
Dein Jacques

Wir sehen uns wieder, n'est-ce pas, mon amour.

Danksagung

An erster Stelle möchte ich Ihnen danken, dass Sie bis zu dieser Stelle gelesen haben. Als Autorin freue ich mich sehr, dass Sie Ella, Jacques und ihre Freunde und Feinde durch die Höhen und Tiefen dieser Geschichte begleitet haben.

Meinem Mann und den Kindern will ich für ihre geradezu unerschöpfliche Geduld und Nachsicht danken. Ihr seid wirklich die Allerbesten. Auch bei diesem Projekt habe ich viel zu oft die Zeit vergessen und die Nacht zum Tag gemacht. Danke, dass ihr für mich da seid.

Der Autorin Bridget Sabeth danke ich einmal mehr für ihre Unterstützung, die wertvollen Tipps und die berechtigte Kritik – deine Anregungen und Kommentare sind unersetzlich.

Meine Mutter Anne hat die Entstehung dieses Projekts trotz ihres hohen Alters mit großem Interesse verfolgt und mir Tipps für die Fortsetzung gegeben. Ihre Erinnerungen sind zum Teil in den Text eingeflossen. Wenn ein Charakter sterben musste, den sie lieb gewonnen hatte, hielt sie mit ihrer Meinung nicht zurück. Sie hat die im Text erwähnten Gedichte auswendig aufgesagt und Bücher aus der Zeit erwähnt. Unsere Diskussionen und Gespräche fehlen mir. Leider hat sie Ellas Geschichte nur noch bis zur Hälfte gelesen. Aber wir haben darüber gesprochen, wie sie ausgehen wird. Das zu wissen, ist mir ein Trost.

Ein besonderer Dank geht an meine Agentin Alisha Bionda, die das Manuskript an dp DIGITAL PUBLISHERS vermittelt hat. Ohne dich gäbe es dieses Buch nicht.

Der Lektorin Sandra Effert vom Kreativlektorat Effert danke ich herzlich für die Zusammenarbeit. Sie hat jeden (Logik)fehler aufgespürt und mir viele wertvolle Hinweise für mein Schreiben gegeben.

Nicht zuletzt möchte ich mich bei Francesca Hintz und dem Team vom dp Verlag bedanken, die mir dieses Projekt nicht nur ermöglicht, sondern auch Änderungen im Ablauf der Geschichte und bei der Zeichenzahl akzeptiert haben. Vielen Dank für euer Verständnis.

Personenverzeichnis

Die Kriegsgefangenen:
Pierre Duprè, Lehrer
Jacques Legrand, Student
Emil Renard, landwirtschaftlicher Helfer

Aus Wingert:
Familie Berthold / Scholtes
Antonia Berthold, geb. Philipp, verw. Scholtes, Magdalenas Schwägerin
Frieder Scholtes, Antonias Sohn, Ellas Cousin, Medizinstudent
Alphons Berthold, Antonias zweiter Mann, Ortsvorsteher,

Familie Gronau:
Ella, (Eleonore), Tochter
Martin, Bruder
Matthias, Vater
Magdalena, geb. Scholtes, Mutter
Gustav, Großvater
Lieselotte, Großmutter, verstorben
Lydia, Großtante
Traudl, Köchin
Ida, Magd
Fanny, Magd,
Henri, Knecht

Familie Kornbach:
Fritz, Vater, der Dorfwart
Dörte, seine zweite Frau
Carl, Sohn, in der Nervenheilanstalt
Katharina Harrer, Tochter, verwitwet, betreibt den Dorfladen
Ihre Kinder: Frank und Hella
Konrad, Sohn, Mitglied der Hitlerjugend
Kurt, Sohn, liegt in der eisernen Lunge
weitere Kinder

Familie Lauterer:
Berta, geb. Marx, die Wahlschwester Magdalenas
Johann, ihr Mann, Wirt der *Blauen Forelle*
Johann, Sohn, arbeitet bei der Gestapo in Trier
Luzie, Tochter, Ellas Freundin
Max und Leo, Söhne, Zwillinge, Soldaten
Christoph, Sohn, Scharführer der Hitlerjugend
weitere Kinder und Enkel
Gudrun, eine Cousine
Ihre Kinder

Im Ruhestand, ehemalige Ladenbesitzerinnen:
Linda Ferber
Trudchen, ihre Schwester
Marie, ihre Schwester

Sonstige Dorfbewohner:
Julius Grimm, Pfarrer
Alma Grimm, Julius' Schwester und Haushälterin
Walter Diez, Mitglied der Hitlerjugend, ein Messdiener

Willhelm Zänder, Matthias' Cousin
Doktor Bender, Arzt

Quellen

Mütterliche Liebe
Friedrich von Logau: Sämmtliche Sinngedichte, Tübingen 1872, S. 244.
http://www.zeno.org/nid/20005289750
Lizenz: Gemeinfrei, zuletzt abgerufen am 30.04.2024
Wer nie sein Brot mit Tränen aß – zuletzt abgerufen am 30.04.2024
https://de.wikisource.org/wiki/Wer_nie_sein_Brot_mit_Tr%C3%A4nen_a%C3%9F
Hitlers Rede vom 22.06.1941 – Europeana - zuletzt abgerufen am 30.04.2024
https://www.europeana.eu/de/item/9200333/BibliographicResource_3000052997770
Open Access, Public Domain Mark 1.0
August Graf Galen, Predigten in dunkler Zeit, Rede vom 3. August 1941, S. 38 ff, broschiert, herausgegeben vom Domkapitel Münster, 1. Januar 1993. (auf der Website St. Paulusdom ist die Predigt online verfügbar)
E. Bleuler, Lehrbuch der Psychiatrie, IV. Seniles und präseniles Irresein (Alterspsychosen), S. 189 ff., Berlin im Julius Springer Verlag, 1930